Fuego nocturno

Michael Connelly

Fuego nocturno

Traducido del inglés por Javier Guerrero Gimeno

AdN Alianza de Novelas

Título original: *The Night Fire*
Esta edición ha sido publicada por acuerdo con Little, Brown & Company,
New York, NEW YORK, USA. Todos los derechos reservados.

Primera edición: 2020
Segunda edición: 2022

Diseño de cubierta: Estudio Pep Carrió

PAPEL DE FIBRA
CERTIFICADO

Copyright © 2019 by Hieronymus, Inc.
© de la traducción: Javier Guerrero Gimeno, 2020
© AdN Alianza de Novelas (Alianza Editorial, S. A.) Madrid, 2020, 2022
  Calle Juan Ignacio Luca de Tena, 15
  28027 Madrid
  www.AdNovelas.com
  ISBN: 978-84-1362-635-2
  Depósito legal: M. 27.780-2021
  Printed in Spain

SI QUIERE RECIBIR INFORMACIÓN PERIÓDICA SOBRE LAS NOVEDADES DE
ALIANZA DE NOVELAS, ENVÍE UN CORREO ELECTRÓNICO A LA DIRECCIÓN:

adn@adnovelas.com

A Titus Welliver,
por insuflar vida en Harry Bosch.
«Dale duro.»

Bosch

Harry Bosch llegó tarde y tuvo que aparcar en una de las calles del cementerio, lejos del lugar donde se celebraba el funeral. Con cuidado de no pisar ninguna sepultura, avanzó cojeando por dos secciones de lápidas, hundiendo el bastón en el suelo blando, hasta que vio a los congregados por John Jack Thompson. Ya no quedaba ni una silla libre en torno a la tumba del viejo detective y Bosch sabía que, a los seis meses de la operación, la rodilla no aguantaría que se quedara mucho rato de pie. Se retiró hasta la sección contigua, el Jardín de las Leyendas, y se sentó en un banco de cemento que en realidad formaba parte del sepulcro de Tyrone Power. Supuso que no era un problema, porque estaba claro que se trataba de un banco. Recordó que, siendo niño, su madre lo llevaba a ver a Power al cine: películas viejas que reponían en la sala Beverly. Recordaba al atractivo actor como el Zorro y en el papel del acusado en *Testigo de cargo*. Power murió trabajando, víctima de un ataque cardíaco mientras rodaba una escena de un duelo en España. Bosch siempre había pensado que no era una forma mala de morir, haciendo lo que te gustaba.

El funeral de Thompson duró media hora. Bosch estaba demasiado lejos para oír lo que se decía, pero podía imaginárselo. John Jack —como siempre lo habían llamado— era un buen hombre que dedicó cuarenta años de servicio al Departamento de Policía de Los Ángeles de uniforme y como detective. Sacó de circulación a muchos criminales y enseñó a varias generaciones de detectives a hacer lo mismo.

Uno de ellos era Bosch. Nada más acceder al puesto de detective de homicidios en la División de Hollywood, hacía ya más de tres décadas, Harry formó pareja con la leyenda. Entre otras cosas, John Jack le enseñó a interpretar detalles que delataban a un mentiroso en una sala de interrogatorios. Siempre sabía cuándo alguien estaba mintiendo. Una vez le dijo a Bosch que hacía falta un mentiroso para conocer a otro, pero nunca le explicó de dónde había sacado aquella perla de sabiduría.

Solo fueron compañeros dos años porque Bosch aprendió enseguida y John Jack era necesario para moldear al nuevo detective de homicidios. Sin embargo, mentor y estudiante habían permanecido en contacto a lo largo de los años. Bosch le dedicó unas palabras en su fiesta de jubilación. Habló de un día en que estaban trabajando juntos en un caso y John Jack paró a un camión de reparto de panadería al verlo girar a la derecha con el semáforo en rojo. Bosch preguntó por qué habían interrumpido la búsqueda de un sospechoso de asesinato por una infracción de tráfico menor y John Jack le explicó que tenían invitados a cenar esa noche y que su esposa, Margaret, le había encargado llevar el postre. Se bajó del coche, se acercó al camión y le mostró la placa al conductor. Le dijo que acababa de cometer una infracción de tráfico que valía dos pasteles, pero, como era un hombre justo, lo dejó en uno de cerezas y volvió al coche patrulla con el postre para esa noche.

Esa clase de anécdotas y la leyenda de John Jack Thompson se habían ido apagando en los veinte años transcurridos desde la jubilación, pero el grupo reunido en torno a la tumba era numeroso y Bosch reconoció a muchos de los hombres y mujeres con los que había trabajado durante la etapa en la que él mismo llevaba una placa del Departamento de Policía de Los Ángeles. Sospechaba que la recepción en casa de John Jack después del funeral iba a estar igual de concurrida y podría prolongarse hasta entrada la noche.

Bosch había perdido la cuenta de los funerales de detectives retirados a los que había acudido. Su generación estaba perdiendo la guerra de desgaste. Pero este funeral era de los grandes. No faltaba la guardia de honor oficial ni los gaiteros del departamento. Era un reconocimiento al prestigio de John Jack. La triste melodía de *Amazing Grace* resonó en el cementerio y por encima del muro que lo separaba de Paramount Studios.

Después de que bajaran el féretro y la gente empezara a regresar a sus coches, Bosch cruzó por el césped hasta el lugar donde permanecía sentada Margaret, con una bandera plegada en el regazo. La mujer le sonrió cuando se acercó.

—Harry, recibiste mi mensaje —dijo—. Me alegro de que hayas venido.

—No podía perdérmelo —repuso Bosch, que se inclinó, la besó en la mejilla y le apretó la mano—. Era un buen hombre, Margaret. Aprendí mucho de él.

—Sí —dijo ella—. Y tú eras uno de sus favoritos. Estaba muy orgulloso de todos los casos que resolviste.

Bosch se volvió y miró la tumba. El féretro de John Jack parecía hecho de acero inoxidable.

—Lo eligió él —explicó Margaret—. Dijo que parecía una bala.

Bosch sonrió.

—Siento no haber ido a verlo antes del final.

—No importa, Harry —dijo Margaret—. Tenías lo de la rodilla. ¿Cómo va?

–Cada día mejor. No voy a necesitar este bastón mucho más.

–Cuando operaron a John Jack de las rodillas, dijo que era como volver a nacer. Fue hace casi quince años.

Bosch asintió, pensando que eso de volver a nacer era pasarse de optimista.

–¿Vas a venir a casa? –preguntó Margaret–. Tengo algo para ti. De su parte.

Bosch la miró.

–¿De su parte?

–Ya lo verás. Es algo que yo no le daría a nadie más.

Bosch vio familiares reunidos junto a un par de limusinas en la zona de aparcamiento. Parecía que había dos generaciones de niños.

–¿Puedo acompañarte a la limusina? –preguntó Bosch.

–Me encantaría, Harry –dijo Margaret.

Bosch había comprado un pastel de cerezas esa mañana en Gelson's y eso era lo que le había hecho llegar tarde al funeral. Entró en el chalet de Orange Grove, donde John Jack y Margaret Thompson habían vivido durante más de cincuenta años, y lo dejó en la mesa del comedor, con los otros platos y bandejas de comida.

La casa estaba abarrotada. Bosch saludó y les estrechó la mano a unas cuantas personas mientras se abría paso a través de los corrillos de gente, buscando a Margaret. La encontró en la cocina, con las manoplas puestas y sacando una bandeja del horno. Manteniéndose ocupada.

–Harry –dijo ella–, ¿has traído el pastel?

–Sí. Lo he puesto en la mesa.

Margaret abrió un cajón y le dio a Bosch una espátula y un cuchillo.

–¿Qué ibas a darme? –preguntó Bosch.

–Paciencia –dijo Margaret–. Primero corta el pastel y luego ve al despacho de John Jack. Al fondo del pasillo, a la izquierda. Está en su escritorio, a la vista.

Bosch entró en el comedor y cortó el pastel en ocho porciones con el cuchillo. Luego pasó otra vez entre la gente que se agolpaba en el salón y enfiló el pasillo que conducía al despacho doméstico de John Jack. Ya había estado allí. Años atrás, cuando trabajaban casos juntos, Bosch a menudo terminaba en esa casa después de un turno largo y cenaban a deshoras lo que preparaba Margaret y planteaban una sesión de estrategia. En ocasiones, se quedaba a dormir en el sofá del despacho antes de volver al trabajo. Incluso guardaba ropa de recambio en un armario. Margaret siempre dejaba una toalla limpia para él en el cuarto de baño de invitados.

La puerta estaba cerrada y, sin saber por qué, Bosch llamó, aunque sabía que no había nadie.

Abrió y accedió al despachito con estantes en dos paredes y un escritorio apoyado contra una tercera pared, bajo una ventana. El sofá seguía allí, frente a ella. En un cartapacio verde, sobre el escritorio, había una carpeta gruesa de plástico azul con una pila de documentos de ocho o diez centímetros de grosor.

Era el expediente de una investigación de asesinato.

Ballard

Ballard estudió lo que alcanzaba a ver de los restos sin pestañear. El olor a queroseno y carne quemada era penetrante aun a tan poca distancia, pero se mantuvo firme. Estaba a cargo de la escena hasta que llegaran los expertos. La tienda de nailon, que se había fundido y derrumbado sobre la víctima, envolvía el cadáver como una mortaja solo en las partes que el fuego no había quemado por completo. El cuerpo parecía encontrarse en posición de reposo y Ballard se preguntó si era posible que el hombre no se hubiera despertado. Las pruebas de toxicidad determinarían los niveles de alcohol y drogas. Tal vez no había llegado a sentir nada.

Ballard sabía que no iba a ser su caso, pero sacó el teléfono y tomó fotos del cadáver y de la escena, incluidos primeros planos de la estufa de acampada volcada, el presunto origen del fuego. Abrió la aplicación termómetro en el móvil y anotó que la temperatura de Hollywood era en ese momento de once grados. Lo haría constar en el informe que entregaría a la unidad de investigación de incendios del Departamento de Bomberos de Los Ángeles.

La detective dio un paso atrás y miró a su alrededor. Eran las 3:15 y Cole Avenue estaba desierta, con la excepción de unos pocos sintechos que habían salido de las tiendas y cobijos de cartones que se sucedían en la acera a lo largo del Hollywood Recreation Center. Todos miraban con los ojos muy abiertos y desconcertados mientras continuaba la investigación sobre la muerte de uno de los suyos.

–¿Quién ha dado el aviso? –preguntó Ballard.

Stan Dvorek, el sargento de patrulla que la había llamado, se acercó. Llevaba más tiempo que nadie trabajando en la sesión nocturna de la División de Hollywood, más de diez años. Algunos miembros del turno lo llamaban Reliquia, pero no a la cara.

–Nos han llamado los bomberos –dijo–. Los avisaron de emergencias. Alguien que pasaba en coche vio las llamas y creyó que era un incendio.

–¿Hay algún nombre en el aviso? –preguntó Ballard.

–No dio el nombre. Llamó y siguió conduciendo.

–Muy bonito.

Dos camiones de bomberos continuaban en la escena, tenían un trayecto de solo tres manzanas desde la Estación 27 para apagar la tienda en llamas. Las dos dotaciones permanecían allí para responder preguntas.

–Me ocuparé de los bomberos –dijo Ballard–. ¿Por qué no habláis con esa gente, a ver si alguien vio algo?

–¿No es cosa de Incendios? –preguntó Dvorek–. Van a tener que repetir el interrogatorio si encontramos a alguien con quien valga la pena hablar.

–Somos los primeros en la escena, Devo. Tenemos que hacer esto bien.

Ballard se alejó y zanjó así la discusión. Dvorek era el supervisor de patrulla, pero ella estaba a cargo de la escena del crimen y, hasta que no se determinara que el incendio fatal había sido un accidente, lo trataría como tal.

Se acercó a los bomberos que estaban a la espera y preguntó cuál de las dos dotaciones había llegado antes. Luego interrogó a los seis bomberos asignados al primer camión acerca de lo que habían visto. La información que recibió fue escasa. El incendio casi se había extinguido por sí solo cuando llegó el equipo de bomberos. No vieron a nadie en torno al fuego ni en la zona más cercana del parque. Ni testigos ni sospechosos. Habían utilizado una manguera del camión para apagar las llamas restantes y a la víctima la dieron por muerta y no la transportaron al hospital.

Desde allí, Ballard caminó de un lado a otro de la calle buscando cámaras. El campamento de los sintecho rodeaba las pistas de baloncesto al aire libre del parque municipal, donde no había ninguna cámara de seguridad. En el lado oeste de Cole había una fila de almacenes de una sola planta ocupados por tiendas de atrezo y de alquiler de material para la industria del cine y la televisión. Ballard vio algunas cámaras, pero sospechaba que o bien eran falsas, o bien estaban situadas en ángulos que no servirían para la investigación.

Cuando regresó a la escena, vio a Dvorek hablando con dos de sus agentes de patrulla. Ella los reconoció de la reunión del turno de mañana de la División de Hollywood.

–¿Alguna cosa? –preguntó Ballard.

–Lo de siempre –dijo Dvorek–. «No vi nada», «No oí nada», «No sé nada»… Una pérdida de tiempo.

Ballard asintió.

–Había que hacerlo –dijo.

–Bueno, ¿dónde coño están los de Incendios? –preguntó Dvorek–. Tengo que volver a poner a mi gente en la calle.

–Según mis últimas noticias, en camino. No trabajan las veinticuatro horas, así que han tenido que despertar a gente que estaba en su casa.

–Joder, nos va a tocar esperar aquí toda la noche. ¿Todavía no has llamado al forense?

–Está en camino. Probablemente puedas despachar a la mitad de tus hombres, tú incluido. Pero deja un coche.

–Hecho.

Dvorek salió a impartir las nuevas órdenes a sus agentes. Ballard se acercó aún más a la escena del crimen y miró la tienda que se había fundido formando un sudario sobre el cuerpo de la víctima. Estaba examinándola cuando un movimiento periférico captó su atención. Levantó la mirada y vio a una mujer y a una niña saliendo de un refugio hecho con una lona de plástico azul atado a la verja que rodeaba la pista de baloncesto. Ballard fue con rapidez hacia ellas y las redirigió lejos del cadáver.

–No vayan por ahí –dijo–. Vengan por este lado.

Las acompañó por la acera hasta el final del campamento.

–¿Qué ha pasado? –preguntó la mujer.

Ballard estudió a la niña mientras respondía.

–Alguien se ha quemado –dijo–. ¿Han visto algo? Ocurrió hace una hora.

–Estábamos durmiendo –dijo la mujer–. Ella tiene que ir a la escuela por la mañana.

La niña todavía no había dicho nada.

–¿Por qué no están en un albergue? –preguntó Ballard–. Es peligroso estar aquí. Ese incendio podría haberse extendido.

Pasó la vista de la madre a la hija.

–¿Cuántos años tienes?

La niña tenía grandes ojos marrones, pelo castaño y algo de sobrepeso. La mujer se colocó delante de ella y respondió.

–Por favor, no me la quite.

Ballard vio la mirada de súplica en los ojos castaños de la mujer.

–No estoy aquí para eso. Solo quiero asegurarme de que está a salvo. ¿Es usted su madre?

–Sí. Es mi hija.

–¿Cómo se llama?

–Amanda. Mandy.

–¿Qué edad tiene?

–Catorce.

Ballard se agachó para hablar con la niña, que estaba mirando al suelo.

–Mandy, ¿estás bien? –Ella asintió–. ¿Te gustaría que os llevara a tu madre y a ti a un albergue para mujeres y niños? Estaríais mejor que aquí.

Mandy miró a su madre cuando respondió.

–No. Quiero quedarme aquí con mi madre.

–No voy a separaros. Os llevaré a las dos juntas si queréis.

La chica miró a su madre otra vez en busca de orientación.

–Si nos mete ahí, me la quitarán –dijo la madre–. Sé que lo harán.

–No, me quedaré aquí –dijo la niña con rapidez.

–De acuerdo –contestó Ballard–. No voy a hacer nada, pero creo que no deberían estar aquí. No es seguro para ninguna de las dos.

–Los albergues tampoco –replicó la madre–. La gente te lo roba todo.

Ballard sacó una tarjeta y se la entregó.

–Llámeme si le hace falta algo –dijo–. Trabajo en el turno de noche. Estaré cerca si me necesita.

La madre tomó la tarjeta y asintió. Ballard centró sus pensamientos en el caso. Se volvió y señaló la escena del crimen.

–¿Lo conocía? –preguntó.

–Un poco –dijo la madre–. No se metía con nadie.

—¿Sabe cómo se llamaba?

—Eh, creo que Ed. Eddie, decía él.

—Vale. ¿Llevaba mucho tiempo aquí?

—Un par de meses. Dijo que había vivido en el Santísimo Sacramento, pero que se estaba llenando demasiado para su gusto.

Ballard sabía que la iglesia del Santísimo Sacramento, en Sunset Boulevard, permitía a las personas sin hogar acampar en el atrio. Ella pasaba por delante a menudo y sabía que por la noche se llenaba de tiendas y cobijos improvisados, que desaparecían por completo antes de que comenzaran los servicios religiosos.

Hollywood era un lugar diferente en las horas de oscuridad, después de que se atenuara el brillo de los neones. Ballard percibía el cambio cada noche. Hollywood se convertía en un campo de depredadores y presas sin nada que los separase, un lugar donde los pudientes estaban seguros y cómodos detrás de su puerta bien cerrada y los pobres vagaban en libertad. Ballard siempre recordaba las palabras de un agente de patrulla, el poeta de la sesión nocturna. Los había llamado «plantas rodadoras humanas que iban adonde el viento las arrastraba».

—¿Eddie tenía algún problema con alguien de aquí? —preguntó.

—No que yo sepa —dijo la madre.

—¿Lo vio anoche?

—No, creo que no. No estaba aquí cuando nos fuimos a dormir.

Ballard miró a Amanda para ver si ella respondía, pero la interrumpió una voz desde atrás.

—¿Detective?

Ballard se volvió. Era uno de los agentes de Dvorek. Se llamaba Rollins. Era nuevo en la división, de lo contrario no habría sido tan formal.

–¿Qué?

–La gente de Incendios está aquí. Van...

–Vale. Ahora voy.

Se volvió hacia la mujer y su hija.

–Gracias –dijo–. Y recuerde que puede llamarme en cualquier momento.

Al dirigirse otra vez hacia el cadáver y los investigadores de Incendios, Ballard no pudo evitar recordar otra vez esa frase sobre las plantas rodadoras. La había escrito en una tarjeta de entrevista de campo un agente del que Ballard descubrió después que había visto demasiado de las deprimentes y oscuras horas de Hollywood y se había quitado la vida.

4

Los hombres de Incendios se llamaban Nuccio y Spellman. Siguiendo el protocolo del Departamento de
Bomberos de Los Ángeles, llevaban un mono azul con
una placa en el pecho y la palabra INCENDIOS escrita en
la espalda. Nuccio era el más veterano y apuntó que estaría al mando. Ambos hombres le estrecharon la mano
a Ballard antes de que Nuccio anunciara que se harían
cargo de la investigación a partir de ese momento. Ballard explicó que, en una primera batida por el campamento de los sintecho, no habían encontrado ningún
testigo y que en Cole Avenue no habían hallado ninguna cámara enfocada al incendio fatal. También mencionó que la Oficina del Forense ya había enviado una
unidad a la escena y que un criminalista del laboratorio
del Departamento de Policía de Los Ángeles también
estaba en camino.

Nuccio no parecía interesado. Le entregó a Ballard
una tarjeta de visita con su dirección de correo electrónico y le pidió que le mandara el informe de defunción
que tendría que cumplimentar en cuanto regresara a la
comisaría de Hollywood.

–¿Ya está? –preguntó Ballard–. ¿No necesita nada
más?

Sabía que los expertos del Departamento de Bomberos contaban con formación en investigación policial y
se esperaba de ellos que llevaran a cabo un examen con-

cienzudo de cualquier incendio en el que hubiera algún fallecido. También sabía que competían con el Departamento de Policía del mismo modo que un hermano menor con el mayor. A los tipos de Incendios no les gustaba estar a la sombra de la Policía de Los Ángeles.

–Nada más –dijo Nuccio–. Envíeme su informe y así tendré su dirección. Ya le contaré cómo avanza todo.

–Lo tendrá al amanecer –repuso Ballard–. ¿Quiere mantener a los uniformados aquí mientras trabajan?

–Claro. Uno o dos vendrían bien. Que nos guarden las espaldas.

Ballard se acercó a Rollins y su compañero, Randolph, que estaban esperando instrucciones junto a su coche. Les pidió que se quedaran y vigilaran la escena mientras se desarrollaba la investigación.

Luego llamó desde el móvil a la sala de control de la División de Hollywood e informó de que estaba a punto de abandonar la escena. El teniente se llamaba Washington. Acababan de trasladarlo desde la División de Wilshire. Aunque había trabajado anteriormente en el «turno tres», como se denominaba oficialmente el turno de noche, todavía se estaba acostumbrando al funcionamiento de la División de Hollywood. La mayoría de los que trabajaban en ese turno prácticamente hibernaban después de medianoche, pero eso rara vez ocurría en Hollywood. Por eso lo llamaban «sesión nocturna», como en los cines.

–Los bomberos no me necesitan aquí, teniente –comunicó Ballard.

–¿Qué pinta tiene? –preguntó Washington.

–Parece que el tipo volcó la estufa de queroseno mientras dormía, pero no hay cámaras en la zona. O no las hemos encontrado, y no creo que los tipos de Incendios vayan a buscar mucho más.

Washington se quedó en silencio durante un momento mientras tomaba una decisión.

–Muy bien, vete y escribe el informe –dijo por fin–. Si lo quieren todo para ellos, que se lo queden.

–Recibido –contestó ella–. Voy para allá.

Ballard colgó y se acercó a Rollins y Randolph para decirles que se iba y que la llamaran a la comisaría si surgía alguna novedad.

Como eran las cuatro de la mañana, tardó solo cinco minutos en llegar a la comisaría. El aparcamiento trasero estaba tranquilo cuando Ballard se dirigió a la puerta de servicio. Abrió con su tarjeta y tomó el camino largo a la oficina de detectives para pasar por la sala de control y presentarse ante Washington. Para el teniente era su segundo período de despliegue y todavía estaba aprendiendo como quien camina a tientas. Ballard pasaba a propósito por la sala de control dos o tres veces cada turno para darse a conocer a Washington. Técnicamente, su jefe era Terry McAdams, el teniente de la División de Detectives, pero este trabajaba en el turno de día y Ballard casi nunca lo veía. En la práctica, Washington era su jefe sobre el terreno y ella quería establecer una relación sólida con él.

Washington estaba en su puesto, mirando la pantalla de despliegue, que mostraba las ubicaciones determinadas por GPS de todas las unidades policiales de la División. El teniente era un hombre afroamericano alto y con la cabeza afeitada.

–¿Cómo va? –preguntó Ballard.

–Sin novedad en el frente –dijo Washington, que tenía los ojos entrecerrados y fijos en un punto particular de la pantalla.

Ballard rodeó la mesa para poder verlo también ella.

–¿Qué pasa? –preguntó.

–Tengo tres unidades en Seward y Santa Mónica –dijo Washington–. No hay ningún aviso allí.

Ballard señaló algo. La División estaba dividida en treinta y cinco zonas geográficas denominadas «distritos operativos» y estos a su vez estaban cubiertos por siete áreas básicas de patrulla. Siempre había un coche patrulla en cada zona, mientras que vehículos de supervisores como el sargento Dvorek tenían responsabilidades en todo el territorio de la División.

–Ahí confluyen tres áreas básicas de patrulla –explicó Ballard–. Y ahí es donde aparcan los *food-trucks* de marisco que abren toda la noche. Pueden estar en código siete allí sin dejar sus áreas.

–Entendido –dijo Washington–. Gracias, Ballard. Es bueno saberlo.

–No hay problema. Voy a preparar más café en la sala de descanso. ¿Quiere una taza?

–Ballard, puede que no supiera lo de ese *food-truck* de marisco, pero sí sé de ti. No hace falta que me traigas café. Puedo ir yo.

A ella le sorprendió la respuesta y tuvo ganas de preguntarle a Washington qué sabía exactamente de ella. Pero no lo hizo.

–Entendido –dijo en cambio.

Ballard volvió al pasillo principal y luego giró a la izquierda por el pasillo que conducía a la sala de brigada que ocupaban los detectives. Como era de esperar, estaba desierta. Miró el reloj de pared y vio que le quedaban dos horas hasta el final del turno. Eso le daba tiempo suficiente para escribir el atestado del incendio. Se dirigió al cubículo que utilizaba, en un rincón del fondo; ese lugar le brindaba una visión completa de la sala y de cualquiera que entrara.

Había dejado su portátil en el escritorio al recibir la llamada sobre el incendio de la tienda. Se quedó de pie delante de su mesa unos momentos antes de sentarse. Alguien había cambiado la sintonización en la pequeña radio que normalmente utilizaba en su puesto. La habían cambiado de la cadena de noticias KNX 1070 que por lo general escuchaba a KJAZ 88.1. También habían movido su ordenador a un lado, y habían dejado una carpeta azul desteñida –un expediente de asesinato– en el mismo centro del escritorio. Ballard abrió la carpeta. Había un pósit en el índice.

No digas que nunca te doy nada.
B.
P. D.: El jazz te ayuda más que las noticias.

Ballard quitó el pósit porque cubría el nombre de la víctima:

John Hilton, 17-1-1966 – 3-8-1990

A Ballard no le hacía falta el índice para encontrar la sección de fotos de la carpeta. Pasó varias secciones de informes por las tres anillas metálicas y encontró las fotos, protegidas por fundas de plástico. Las instantáneas mostraban el cadáver de un hombre joven desplomado en el asiento delantero de un coche, con una herida de bala tras la oreja derecha.

Ballard examinó las imágenes un momento y cerró la carpeta. Sacó el móvil, buscó un número y lo marcó. Miró el reloj mientras esperaba. Un hombre respondió enseguida y no dio la impresión de que acabaran de sacarlo de las profundidades del sueño.

–Soy Ballard. ¿Has estado en la comisaría esta noche?

–Ah, sí, me pasé hace una hora –dijo Bosch–. No estabas.

–Estaba en una intervención. Bueno, ¿de dónde ha salido este expediente?

–Supongo que se podría decir que ha estado desaparecido en combate. Ayer fui a un funeral, el de mi primer compañero en Homicidios. Fue mi mentor. Después, en su casa, su mujer, su viuda, me dio la carpeta. Quería que la devolviera. Así que es lo que he hecho. Te la he devuelto a ti.

Ballard abrió la carpeta otra vez y leyó la información básica del caso que figuraba encima del índice.

–¿George Hunter era tu compañero? –le preguntó.

–No –dijo Bosch–. Mi compañero era John Jack Thompson. No era su caso originalmente.

–No era su caso, pero cuando se retiró robó el expediente.

–Bueno, no sé si diría que lo robó.

–Entonces, ¿qué dirías?

–Diría que asumió la investigación de un caso en el que nadie más estaba trabajando. Lee la cronología, verás que estaba acumulando polvo. El detective original probablemente se retiró y nadie hizo nada al respecto.

–¿Cuándo se retiró Thompson?

–En enero de 2000.

–Mierda, ¿y lo ha tenido todo este tiempo? Casi veinte años.

–Eso parece.

–Menuda cagada.

–Mira, no voy a defender a John Jack, pero el caso probablemente recibió más atención de él de la que habría recibido en Casos Abiertos. Allí sobre todo buscan ADN y no hay ni rastro en este caso. Lo habrían pasado por alto y habría estado acumulando polvo si John Jack no se lo hubiera llevado.

–¿Sabes que no hay ADN? ¿Y has mirado la cronología?

–Sí. Lo he leído todo. Empecé cuando llegué a casa del funeral, pero te lo llevé en cuanto terminé.

–¿Y por qué lo has traído aquí?

–Porque tenemos un trato, ¿te acuerdas? Trabajamos casos juntos.

–¿Quieres que trabajemos este?

–Bueno, más o menos.

–¿Qué significa eso?

–Tengo cosas que hacer. De médicos. Y no sé cuánto...

–¿Qué cosas de médicos?

–Me han puesto una prótesis en la rodilla y, bueno, tengo que ir a rehabilitación y eso puede ser una complicación. No estoy seguro de cuánto me podré implicar.

–Me estás dejando el caso a mí. Me cambias la emisora y me sueltas el caso.

–No. Quiero ayudar y te ayudaré. John Jack fue mi mentor. Mira, fue él quien me enseñó la regla.

–¿Qué regla?

–La de tomarse todos los casos como algo personal.

–¿Qué?

–Si te tomas lo casos como algo personal, te cabreas. La rabia prende una llama que te da la fuerza que necesitas para llegar hasta el final.

Ballard pensó en eso. Comprendía lo que Bosch le estaba diciendo, pero sabía que era una forma peligrosa de trabajar y de vivir.

–¿Dijo «todos los casos»? –preguntó ella.

–Todos los casos –respondió Bosch.

–¿Y acabas de leerte esto de cabo a rabo?

–Sí. He tardado unas seis horas con algunas interrupciones. Necesito caminar y ejercitar la rodilla.

–¿Cuál es la parte personal para John Jack?

—No lo sé. No lo he visto. Pero sé que siempre encontraba una forma de que fuera algo personal. Si lo encuentras, es posible que puedas cerrarlo.

—¿Si lo encuentro yo?

—Bueno, si lo encontramos. Pero, como te he dicho, yo ya lo he mirado.

Ballard pasó las secciones hasta que volvió otra vez a las fotos contenidas en fundas de plástico.

—No sé —dijo—. Parece complicado. Si George Hunter no pudo resolverlo y luego John Jack tampoco, ¿qué te hace pensar que nosotros sí?

—Que tú tienes lo que hace falta —dijo Bosch—. Ese fuego. Podemos hacerlo, conseguirle un poco de justicia a ese chico.

—No me empieces con lo de la justicia. No me jodas, Bosch.

—Vale, no lo haré. Pero ¿al menos leerás la cronología y mirarás el expediente antes de decidir? Si lo haces y no quieres seguir, me parece bien. Entrega la carpeta o devuélvemela. Lo trabajaré solo. Cuando tenga tiempo.

Ballard no respondió de inmediato. Tenía que pensárselo. Sabía que el procedimiento adecuado sería entregarle el expediente a la Unidad de Casos Abiertos, explicar que había aparecido después de la muerte de Thompson y dejarlo ahí. Sin embargo, como había dicho Bosch, esa manera de proceder probablemente causaría que el caso se quedara en un estante acumulando polvo.

Miró las fotos otra vez. En la primera lectura le había parecido un ajuste de cuentas relacionado con drogas. La víctima para el coche y entrega el dinero, pero recibe una bala en lugar de una papelina de heroína o lo que fuera.

—Pasa una cosa —dijo Bosch.

—¿Qué? —preguntó Ballard.

–La bala. Si sigue en Pruebas, tendrás que buscarla en la Red Nacional Integrada de Información Balística y ver qué sale. Esa base de datos no existía en 1990.

–Aun así, es disparar a ciegas. Perdón por la broma.

Ballard sabía que dicha base contenía detalles únicos de balas y casquillos encontrados en escenas del crimen, pero distaba mucho de ser un archivo completo. Los datos de las balas tenían que incorporarse para que pasaran a formar parte de cualquier proceso de comparación, y la mayoría de los departamentos de policía, incluido el de Los Ángeles, llevaba retraso con el proceso de inclusión de los datos. Aun así, el archivo de balas existía desde el inicio del siglo e iba creciendo año tras año.

–Es mejor disparar a ciegas que no disparar –dijo Bosch.

Ballard no respondió. Miró el expediente y pasó ruidosamente una uña a lo largo del fajo grueso de documentos que contenía.

–Está bien –dijo por fin–. Lo leeré.

–Perfecto –repuso Bosch–. Ya me contarás qué te parece.

Bosch

5

Bosch se sentó en silencio en la fila posterior del juzgado del Departamento 106, captando únicamente la atención del juez, que hizo una señal sutil de reconocimiento. Habían pasado años, pero Bosch había participado en varios casos ante el juez Paul Falcone en el pasado. También lo había despertado en más de una ocasión en plena noche para pedirle que le autorizara una orden de registro.

Bosch vio a su hermanastro, Mickey Haller, tras el atril, situado al lado de las mesas de la defensa y la acusación. Estaba interrogando a su propio testigo. Lo sabía porque había estado siguiendo el caso en Internet y en el periódico, y ese día se iniciaba el turno de la defensa en un caso aparentemente imposible. Haller estaba defendiendo a un hombre acusado de matar a un magistrado del Tribunal Superior, Walter Montgomery, en un parque municipal situado a menos de una manzana del lugar donde en ese momento se celebraba el juicio. El acusado, Jeffrey Herstadt, no solo estaba relacionado con el crimen por pruebas de ADN, sino que además había colaborado confesando el crimen en vídeo.

–Doctor, a ver si me aclaro –le dijo Haller al testigo sentado a la izquierda del juez–. ¿Me está diciendo que los problemas mentales de Jeffrey lo pusieron en un estado de paranoia que le hizo temer que podría sufrir daños físicos si no confesaba este crimen?

El hombre que ocupaba el estrado de los testigos tendría unos sesenta años, el cabello blanco y una barba extrañamente más oscura. Bosch se había perdido la parte del juramento y no sabía cómo se llamaba. Su aspecto físico y sus maneras de catedrático conjuraron el nombre de Freud en la mente de Harry.

—Es lo que ocurre cuando tienes un trastorno esquizoafectivo —respondió Freud—. El paciente sufre todos los síntomas de la esquizofrenia, como alucinaciones, además de trastornos del estado de ánimo: obsesión, depresión, paranoia… Esta última conduce a la psique a tomar medidas de protección, como la aquiescencia y el acuerdo que se observan en el vídeo de la confesión.

—Así pues, cuando Jeffrey estaba asintiendo y mostrando su acuerdo con el detective Gustafson durante el interrogatorio, ¿estaba tratando de evitar que lo lastimaran? —preguntó Haller.

Bosch se fijó en el uso repetido del nombre de pila del acusado, un movimiento calculado para humanizarlo ante el jurado.

—Exacto —dijo Freud—. Quería sobrevivir al interrogatorio, salir ileso. El detective Gustafson era una figura de autoridad que tenía en sus manos el bienestar de Jeffrey, que lo sabía, y yo percibí su temor en el vídeo. En su mente, Jeffrey estaba en peligro y solo quería sobrevivir a ello.

—Lo cual lo llevaría a decir todo lo que el detective Gustafson quería que dijera, ¿no? —preguntó Haller, aunque era más una afirmación que una pregunta.

—Eso es —respondió Freud—. Empezó poco a poco con preguntas sin aparentes consecuencias: «¿Conocía el parque?», «¿Ha estado en el parque?». Y luego pasó a cuestiones de carácter más importante: «¿Mató al juez Montgomery?». Jeffrey ya estaba encaminado en ese momento y dijo de buena gana: «Sí, lo maté yo». Pero eso no es algo que pueda calificarse de confesión voluntaria. Dada la situación, la confesión no se produjo de un modo libre, voluntario e inteligente. Fue forzada.

Haller dejó eso flotar en el aire unos segundos mientras simulaba tomar notas en su libreta. Luego eligió una dirección diferente.

–Doctor, ¿qué es la esquizofrenia catatónica? –preguntó.

–Es un tipo de esquizofrenia en la cual la persona afectada, en situaciones de estrés, puede sufrir un ataque o lo que se denomina «negativismo» o «rigidez» –dijo Freud–. Estos episodios están marcados por la resistencia a las instrucciones o a ser desplazado físicamente.

–¿Cuándo ocurre eso, doctor?

–Durante períodos de gran tensión.

–¿Es lo que aprecia al final del interrogatorio del detective Gustafson?

–Sí, mi opinión profesional es que sufrió un ataque que al principio pasó desapercibido para el detective.

Haller le pidió al juez Falcone reproducir esa parte del interrogatorio a Herstadt. Bosch ya había visto el vídeo en su totalidad, porque había pasado a ser de dominio público después de que la acusación lo presentara en el tribunal y fuera posteriormente subido a Internet.

Haller reprodujo a partir del minuto veinte, cuando Herstadt parecía venirse abajo física y mentalmente. Estaba sentado, paralizado, catatónico, mirando a la mesa. No respondió a las múltiples preguntas de Gustafson y el detective pronto se dio cuenta de que algo iba mal.

Gustafson llamó a un equipo médico de urgencias, que se presentó enseguida. Comprobaron el pulso, la presión arterial y los niveles de oxígeno en sangre del detenido y determinaron que estaba sufriendo un ataque. Lo transportaron al centro médico County-USC, donde lo trataron y posteriormente retuvieron en la zona custodiada. El interrogatorio nunca continuó. Gustafson ya tenía lo que necesitaba: a Herstadt en vídeo diciendo que había sido él. La confesión se vio respaldada una semana después, cuando el ADN de Herstadt coincidió con el material genético sacado de debajo de una de las uñas del juez Montgomery.

Haller continuó el interrogatorio a su experto psiquiátrico después de que finalizara el vídeo.

–¿Qué ve aquí, doctor?

–Veo a un hombre con un ataque catatónico.

–¿Desencadenado por qué?

–Está muy claro que el desencadenante fue la tensión. Lo estaban interrogando sobre un asesinato que había confesado, pero que, en mi opinión, no cometió. Eso generaría estrés en cualquiera, pero mucho más en un esquizofrénico paranoide.

–Y, doctor, ¿descubrió cuando revisó el expediente del caso que Jeffrey había sufrido un ataque unas horas antes del asesinato del juez Montgomery?

–Sí. Recibí los informes de un incidente que ocurrió unos noventa minutos antes del asesinato; Jeffrey tuvo un ataque en una cafetería y lo trataron.

–¿Y conoce los detalles de ese incidente, doctor?

–Sí. Jeffrey, aparentemente, entró en un Starbucks y pidió un café, pero no tenía dinero para pagarlo. Se lo había dejado junto a la cartera en la residencia tutelada. Cuando el cajero se enfrentó con él, se sintió amenazado y tuvo un ataque. Llegó la ambulancia y determinó que efectivamente eso era lo que sucedía.

–¿Lo llevaron a un hospital?

–No, lo superó y rechazó que lo trataran. Se marchó.

–Entonces, tenemos estos episodios antes y después del asesinato del que estamos hablando aquí. Noventa minutos antes y unas dos horas después, y dice que los dos se produjeron por estrés. ¿Es así?

–Así es.

–Doctor, ¿considera que cometer un asesinato en el cual se usa un cuchillo para apuñalar tres veces a la víctima en el torso sería un hecho que generaría estrés?

–Muchísimo.

–¿Más que intentar comprar un café sin llevar dinero en el bolsillo?

–Sí, mucho más.

–En su opinión, ¿cometer un asesinato violento genera más tensión que ser interrogado sobre un asesinato violento?

La fiscal protestó, argumentando que Haller estaba llevando al doctor más allá de los límites de su experiencia con sus hipótesis ambiciosas. El juez aceptó la protesta y rechazó la pregunta, pero la idea de Haller ya había quedado clara.

–Está bien, doctor, sigamos –dijo Haller–. Déjeme preguntarle algo: ¿en algún momento de su implicación en este caso ha visto algún informe que indique que Jeffrey Herstadt sufrió un ataque durante la comisión de este asesinato violento?

–No.

–Que usted sepa, cuando fue detenido por la policía en Grand Park, cerca de la escena del crimen, y trasladado a comisaría para el interrogatorio, ¿sufría un ataque?

–No que yo sepa.

–Gracias, doctor.

Haller le comunicó al juez que se reservaba el derecho a volver a llamar al psiquiatra al estrado antes de cederle el testigo a la fiscalía. El juez Falcone iba a decretar la pausa para comer antes de iniciar el contrainterrogatorio, pero la fiscal, a quien Bosch reconoció –Susan Saldano, ayudante del fiscal de distrito–, prometió no tardar más de diez minutos en interrogar al doctor. El juez le permitió que procediera.

–Buenos días, doctor Stein –dijo ella, proporcionando a Bosch al menos el apellido del psiquiatra.

–Buenos días –respondió Stein con cautela.

–Vamos a hablar de otra cuestión relacionada con el acusado. ¿Sabe si durante su detención y posterior tratamiento en el County-USC se le tomó una muestra de sangre y se analizó en busca de drogas y alcohol?

–Sí, así fue. Es un proceso rutinario.

–Y cuando revisó este caso para la defensa, ¿examinó los resultados del análisis de sangre?

–Sí.

–¿Puede decirle al jurado si el análisis reveló algo?

–Mostraba niveles bajos de un fármaco llamado «paliperidona».

–¿Conoce la paliperidona?

–Sí, se la receté al señor Herstadt.

–¿Qué es la paliperidona?

–Es un antagonista de la dopamina; un psicotrópico utilizado para tratar la esquizofrenia y el trastorno psicoafectivo. En muchos casos, si se administra adecuadamente, permite a quienes sufren este trastorno llevar una vida normal.

–¿Y tiene efectos secundarios?

–Pueden producirse distintos efectos. Cada caso es diferente y para cada paciente en concreto disponemos de terapias farmacológicas adecuadas que tienen en cuenta cualesquiera efectos secundarios que se exhiban.

–¿Sabe que el productor de paliperidona advierte que puede provocar efectos secundarios, como agitación y agresividad?

–Bueno, sí, pero en el caso de Jef…

–Basta con un sí o un no, doctor. ¿Conoce esos efectos secundarios sí o no?

–Sí.

–Gracias, doctor. Y hace solo un momento, cuando ha descrito la paliperidona, ha usado la expresión «si se administra adecuadamente». ¿Lo recuerda?

–Sí.

–¿Sabe dónde vivía Jeffrey Herstadt en el momento del crimen?

–Sí, en una residencia tutelada en Angelino Heights.

–¿Y tenía una receta de paliperidona extendida por usted?

–Sí.

–¿Y quién estaba a cargo de administrarle el fármaco en esa residencia tutelada?

–La residencia tiene asignado un trabajador social que administra las prescripciones.

–Entonces, ¿sabe de primera mano que este fármaco se le administró adecuadamente al señor Herstadt?

–No entiendo bien la pregunta. Vi los análisis de sangre después de que lo detuvieran y mostraban niveles correctos de paliperidona, de modo que podemos asumir que le suministraban su dosis y él se la tomaba.

–¿Puede decirle a este jurado con seguridad que no se tomó su dosis después del asesinato, sino antes de que le extrajeran sangre en el hospital?

–Bueno, no, pero…

–¿Puede decirle a este jurado que no hizo acopio de pastillas y se tomó varias de una vez antes del asesinato?

–Tampoco, pero está entrando en…

–No hay más preguntas.

Saldano se acercó a la mesa de la acusación y se sentó. Bosch observó que Haller se levantaba de inmediato y le decía al juez que iría rápido en el turno de réplica; este dio su aprobación.

—Doctor, ¿quiere terminar su respuesta a la última pregunta de la señora Saldano? —dijo Haller.

—Desde luego —respondió Stein—. Solo iba a decir que el análisis de sangre del hospital mostraba un nivel correcto del fármaco en su torrente sanguíneo. Cualquier escenario que no sea el de una administración adecuada no cuadra. Si se hubiera estado guardando pastillas para sobremedicarse, o no medicándose para tomarse una después del crimen, se habría detectado en el análisis.

—Gracias, doctor. ¿Cuánto tiempo llevaba tratando a Jeffrey antes de que ocurriera este incidente?

—Cuatro años.

—¿Cuánto tiempo lleva Jeffrey tomando paliperidona?

—Cuatro años.

—¿Alguna vez lo ha visto actuar de manera agresiva contra alguien?

—Antes de este… incidente, no, nunca.

—¿Recibía regularmente informes de su conducta de la residencia tutelada donde vivía?

—Sí.

—¿Hubo algún informe en el que se dijera que Jeffrey era violento?

—No, ninguno.

—¿Le preocupaba que alguna vez pudiera ponerse violento con usted o con cualquier ciudadano?

—No. Si hubiera sido el caso, le habría recetado un fármaco diferente.

—Veamos, como psiquiatra es también médico, ¿no es así?

—Sí.

—Y cuando revisó este caso, ¿examinó además los informes de la autopsia del juez Montgomery?

–Sí, así es.

–Vio que fue apuñalado en tres ocasiones desde muy cerca por debajo de la axila derecha, ¿es correcto?

–Sí.

Saldano se levantó y protestó.

–Señoría, ¿adónde quiere llegar el abogado? –preguntó–. Esto va más allá del alcance de mi contrainterrogatorio.

Falcone miró a Haller.

–Estaba pensando lo mismo, señor Haller.

–Señoría, se trata en parte de un campo nuevo, pero me he reservado antes el derecho a volver a llamar al doctor Stein. Si la acusación lo desea, podemos ir a comer y lo llamaré después, o podemos ocuparnos ahora. Seré rápido.

–Objeción denegada –repuso el juez–. Adelante, señor Haller.

–Gracias, señoría –dijo él antes de volver al testigo–. Doctor, ¿hay vasos sanguíneos vitales en la zona del cuerpo donde fue apuñalado el juez Montgomery?

–Sí, unos que van directamente al corazón y que salen de él.

–¿Tiene los archivos personales del señor Herstadt?

–Sí.

–¿Sirvió en el ejército?

–No.

–¿Alguna formación médica?

–No que yo sepa.

–¿Cómo podía saber que había un punto especialmente vulnerable bajo la...?

–¡Protesto! –Saldano estaba otra vez de pie–. Señoría, este testigo no tiene experiencia que le permita siquiera adivinar lo que el letrado está tratando de preguntarle.

El juez admitió la protesta.

–Si quiere seguir por ese camino, señor Haller, traiga un experto en lesiones –dijo Falcone–. Este testigo no lo es.

–Señoría, ha aprobado la protesta sin darme la oportunidad de argumentar –repuso.

–Lo he hecho y lo haría otra vez, señor Haller. ¿Tiene más preguntas para el testigo?

–No.

–¿Señora Saldano?

Esta lo pensó un momento y luego dijo que no tenía más preguntas. Antes de que el juez pudiera informar al jurado de que iban a tomar una pausa para comer, Haller se dirigió al tribunal.

–Señoría –dijo–, esperaba que la señora Saldano pasara la mayor parte de la tarde con el contrainterrogatorio del doctor Stein. Y yo pensaba ocupar el resto del tiempo en mi réplica. Esto es una sorpresa.

–¿Qué me está contando, señor Haller? –preguntó el juez con un tono teñido ya por la consternación.

–Mi siguiente testigo es mi experta en ADN, que viene de Nueva York. Aterriza a las cuatro.

–¿Tiene algún testigo al que pueda cambiar de orden para traerlo después de comer?

–No, señoría, no lo tengo.

–Muy bien.

El juez estaba claramente contrariado. Se volvió y se dirigió a los miembros del jurado para comunicarles que su jornada había terminado. Les dijo que se fueran a casa, evitaran ver cualquier cobertura mediática del juicio y volvieran a las nueve de la mañana. Lanzando una mirada a Haller, el juez explicó al jurado que empezarían a escuchar testimonios antes de las diez en punto, la hora habitual, para recuperar el tiempo perdido.

Todos esperaron hasta que los miembros del jurado se marcharon hacia la sala de reuniones y entonces el juez se dirigió con gran frustración a Haller:

–Señor Haller, creo que sabe que no me gusta trabajar media jornada cuando he programado una completa.

–Lo sé, señoría. A mí tampoco.

–Debería haber traído a su testigo ayer para que pudiera estar disponible al margen de cómo progresara el caso.

–Sí, señoría. Pero eso habría supuesto pagarle otra noche de hotel y, como sabe, mi cliente es indigente y el tribunal me asignó el caso y los honorarios son significativamente reducidos. Mi solicitud al administrador del tribunal de traer a mi experta un día antes fue rechazada por motivos económicos.

–Señor Haller, todo eso está muy bien, pero hay expertos en ADN altamente cualificados aquí en Los Ángeles. ¿Por qué es necesario traer a su experta desde Nueva York?

Esa fue la primera pregunta que se le había ocurrido también a Bosch.

–Bueno, señoría, no me parece justo tener que desvelar la estrategia de la defensa a la acusación –dijo Haller–. Pero puedo asegurarle que mi experta está muy reconocida en su especialidad de análisis de ADN y esto quedará claro cuando testifique mañana.

El juez estudió un buen rato a Haller, aparentemente tratando de decidir si continuaba con el debate. Finalmente cedió.

–Muy bien –dijo–. El juicio se suspende hasta mañana a las nueve. Tenga a su testigo lista para entonces, señor Haller, o habrá consecuencias.

–Sí, señoría.

El juez se levantó de su estrado.

6

–¿Adónde quieres ir?

Estaban en el asiento trasero del Lincoln de Haller.

–Me da igual –dijo Bosch–. A algún sitio reservado, tranquilo.

–¿Te has enterado de que ha cerrado Traxx? –preguntó Haller.

–¿En serio? Me encantaba. Me gustaba ir a Union Station.

–Yo lo echo de menos. Era mi restaurante favorito durante los juicios. Ha durado veinte años, y en esta ciudad eso no es poca cosa.

Haller se inclinó hacia delante para dirigirse a su conductora.

–Stace, llévanos a Chinatown –dijo–. Al Little Jewel.

–Allá vamos.

Haller tenía una choferesa y eso era algo que Bosch nunca había visto antes. Siempre solía usar clientes antiguos para que condujeran el Lincoln: hombres que le pagaban de ese modo sus honorarios. Harry se preguntó qué deuda tendría Stace. Tenía cuarenta y tantos años, era negra y tenía más aspecto de maestra de escuela que de alguien sacado de las calles, como la mayoría de los chóferes de Haller.

–Bueno, ¿qué te ha parecido? –preguntó Haller.

–¿El juicio? –dijo Bosch–. Has ganado puntos con la confesión. ¿Tu experta en ADN va a ser tan buena?

«Muy reconocida en su especialidad de análisis de ADN», ¿cuánto de mentira hay en eso?

–Nada. Pero veremos. Es buena, pero no sé si es lo bastante buena.

–¿Y de verdad viene de Nueva York?

–Te he dicho que no había ninguna mentira.

–Entonces, ¿qué va a hacer? ¿Atacar al laboratorio? ¿Decir que la cagaron?

Bosch estaba harto de esa defensa. Cierto que le funcionó a O. J. Simpson, pero ya había pasado mucho tiempo desde entonces y había muchos otros factores implicados en ese caso. Factores relevantes. La ciencia del ADN era demasiado buena. Una coincidencia era una coincidencia. Si querías rebatir eso, necesitabas algo más que atacar a la ciencia.

–No sé lo que va a decir –dijo Haller–. Es nuestro trato. No es una embaucadora. Cuenta lo que ve.

–Bueno, como te he dicho, he estado siguiendo el caso –dijo Bosch–. Cuestionar la confesión es una cosa. Pero el ADN es otra. Necesitas hacer algo. ¿Tienes el expediente del caso?

–La mayor parte…, para la preparación del juicio. Está en el maletero. ¿Por qué?

–Estaba pensando que podría echarle un vistazo. Si quieres, claro. No prometo nada. Pero algo no me cuadraba mientras observaba. Algo me chirriaba.

–¿Del testimonio? ¿El qué?

–No lo sé. Algo no encaja.

–Bueno, me queda mañana y ya está. No hay más testigos. Si vas a mirarlo, necesito que lo hagas hoy.

–No hay problema. Después de comer.

–Vale. Adelante. ¿Cómo va la rodilla, por cierto?

–Bien. Mejor cada día.

–¿Dolor?

—No.

—No has llamado por un caso de mala praxis, ¿no?

—No, no es eso.

—¿Entonces qué?

Bosch miró a los ojos de la choferesa por el retrovisor. La mujer no podía evitar oír cosas. No quería hablar delante de ella.

—Espera a que nos sentemos –dijo.

—Claro –contestó Haller.

El Little Jewel estaba en Chinatown, pero no servía comida china. Era cajún de la auténtica. Pidieron en la barra y luego consiguieron una mesa en un rincón razonablemente tranquilo. Bosch había elegido un sándwich submarino de gambas. Haller había pedido el de ostras fritas y había pagado todo.

—Bueno, ¿chófer nuevo? –preguntó Bosch.

—Lleva tres meses conmigo –dijo Haller–. No, cuatro. Es buena.

—¿Es clienta?

—En realidad es la madre de un cliente. Su hijo cumple un año en la prisión del condado por posesión. Querían meterle intento de venta, así que no estuvo nada mal por mi parte. La madre dijo que me pagaría conduciendo.

—Eres todo corazón.

—Tengo que pagar las facturas. No todos somos afortunados pensionistas como tú.

—Sí, ese es mi caso.

Haller sonrió. Había representado con éxito a Bosch unos años antes, cuando el Ayuntamiento trató de retirarle la pensión.

—Y este caso –dijo Bosch–. Herstadt. ¿Cómo lo conseguiste? Pensaba que ya no te ocupabas de casos de asesinato.

–No, pero el juez me lo asignó –dijo Haller–. Un día estaba en su sala ocupándome de otro caso y me lo colgó. Le dije: «No me encargo de casos de asesinatos, señoría, y menos casos tan notorios como este» y él me contestó: «Ahora sí, señor Haller». Así que aquí estoy, con un puto caso imposible de ganar, y me pagan en hamburguesas cuando estoy acostumbrado a chuletón.

–¿Cómo es que no lo aceptó la defensa pública?

–Conflicto de intereses. La víctima, el juez Montgomery, fue abogado de oficio, ¿recuerdas?

–Claro, claro. Lo había olvidado.

Dijeron sus números y Bosch fue a la barra a recoger los sándwiches y las bebidas. Después de que llevara la comida a la mesa, Haller fue al asunto de su reunión.

–Bueno, me llamas en medio de un juicio y dices que tienes que hablar conmigo. Pues habla. ¿Estás metido en un lío?

–No, nada de eso.

Bosch pensó un momento antes de continuar. Él había concertado la reunión y de pronto no estaba seguro de cómo proceder. Decidió empezar por el principio.

–Hace unos doce años tuve un caso –dijo–. Un tipo en el mirador de encima de la presa de Mulholland. Dos tiros en la nuca, estilo ejecución. Resultó ser un doctor. Un médico. Estaba especializado en cánceres ginecológicos. Había ido a una clínica para mujeres del valle de San Fernando y se llevó de una caja de seguridad todo el cesio que usaban para tratamientos. Nadie encontró el cesio.

–Recuerdo algo de eso –dijo Haller–. El FBI se entrometió, creyendo que era una operación terrorista. Una bomba sucia o algo así.

–Exacto. Pero no lo era. Era otra cosa. Yo investigué el caso y recuperamos el cesio, pero no antes de que yo recibiera una buena dosis de radiación. Me trataron y luego me hicieron pruebas cada cinco años: radiografías de tórax, todo. Salí limpio cada vez y al cabo de cinco años me dijeron que estaba bien.

Haller asintió de un modo que parecía indicar que sabía hacia dónde iban.

—Bueno, la cuestión es que todo está en orden y el mes pasado voy a que me operen la rodilla y me sacan sangre —dijo Bosch—. Por rutina, salvo que en los análisis me sale algo llamado LMC: leucemia mieloide crónica.

—Mierda —dijo Haller.

—No es tan malo como suena. Me están tratando, pero...

—¿Qué tratamiento?

—Quimio. De la moderna. Básicamente me tomo una pastilla cada día y ya está. En seis meses verán cómo estoy y si necesito un tratamiento más agresivo.

—Mierda.

—Eso ya lo has dicho. Hay efectos secundarios, pero nada malo. Solo que me canso enseguida. Por lo que quería verte era por si tenemos alguna clase de caso aquí. Estoy pensando en mi hija. Si esto de la quimio no funciona, quiero asegurarme de que está protegida, ¿entiendes? Cuidar de ella.

—¿Has hablado de esto con ella?

—No. Solo te lo he contado a ti.

—Mierda.

—No paras de decir eso. Dime, ¿qué opinas? ¿Puedo demandar al Departamento de Policía de Los Ángeles por daños laborales? ¿Y al hospital? El tipo entró allí con su bata blanca y su placa y salió tan campante con treinta y dos cápsulas de cesio en un cubo de plomo. Fue un incidente que puso en evidencia la escasa seguridad en el laboratorio de oncología. Después cambiaron muchas cosas.

—Pero demasiado tarde para ti. Entonces, olvídate de una reclamación laboral. Estamos hablando de una muy grande.

—¿Y los términos de prescripción? La exposición ocurrió hace doce años.

—En una cosa así, el reloj no se pone en marcha hasta que te diagnostican. Así que no tienes problema por ese lado. El acuerdo al que llegamos cuando saliste del Departamento de Policía te dio un seguro de salud de un millón de dólares.

—Sí, y si enfermo de esto, me refiero a de verdad, lo voy a quemar en un año. No voy a tocar mi fondo de pensiones. Eso es para Maddie.

—Sí, lo sé. Con el Departamento tendremos que ir a un arbitraje y lo más probable es que lleguemos a un acuerdo. Pero el hospital es la vía que debemos seguir. Una seguridad deficiente condujo a esta trama que provocó tu exposición. Es nuestro plan A.

Empezaron a comer y Haller continuó con la boca llena:

—Muy bien, entonces cierro este juicio, que va a estar en manos del jurado en un día o dos máximo, y presentaremos la notificación. Voy a necesitar que declares en vídeo. Lo programamos y luego creo que tendremos todo lo que hace falta para continuar.

—¿Por qué el vídeo? ¿Por si me muero?

—Eso por un lado. Pero sobre todo porque quiero que te vean contando la historia. Si la escuchan de ti, en lugar de leerla en una demanda o en la transcripción de una deposición, se cagarán encima. Sabrán que tienen las de perder.

—Está bien. ¿Y lo vas a preparar tú?

–Sí. Tengo gente que hace eso todo el tiempo.

Bosch apenas había dado un bocado a su sándwich, pero Haller ya se había comido la mitad del suyo. Bosch supuso que la mañana de juicio le había dado hambre.

–No quiero que esto se sepa –dijo Bosch–. ¿Entiendes lo que digo? Nada de medios.

–Eso no te lo puedo prometer –dijo Haller–. A veces se pueden usar los medios para aplicar presión. Eres tú el que recibió una dosis de radiación mientras cumplías con tu trabajo. Créeme, la adhesión de la opinión pública estará contigo diez contra uno. Y eso puede ser una herramienta poderosa.

–Está bien, mira. Necesito saberlo con tiempo si esto va a saltar a los medios, para hablar antes con Maddie.

–Eso sí te lo puedo prometer. ¿Guardas registros de ese caso? ¿Hay alguna cosa que mirar?

–Llévame a mi coche cuando salgamos. Tengo la cronología y la mayoría de los informes importantes. Hice copias entonces por si las moscas. Lo tengo todo en el coche.

–Vale, iremos y cambiaremos carpetas. Tú me das eso y yo te daré lo que tengo de Herstadt. ¿Trato hecho?

–Trato hecho.

–Tienes que darte prisa con Herstadt. Casi no me queda tiempo.

Ballard

7

La tienda era cálida y acogedora y Ballard se sentía a salvo. Pero entonces los humos del queroseno le invadieron la boca, la nariz y los pulmones. De repente, el calor era insoportable y la tienda se estaba fundiendo y ardiendo a su alrededor.

Se incorporó, sobresaltada. Todavía tenía el cabello húmedo. Miró el reloj; solo había dormido tres horas. Pensó en volver a acostarse, pero los retazos del sueño y ese olor a queroseno seguían ahí. Se acercó un mechón de pelo a la nariz. Olía al champú de manzana que había usado después de ir a remar.

«Lola.»

Su perra entró por la abertura de la tienda y se colocó a su lado. *Lola* era medio bóxer, medio pitbull. Ballard le acarició la cabeza y sintió que el horror del sueño retrocedía. Se preguntó si el hombre de la tienda de la noche anterior se había despertado al final. Esperaba que no, que de tan drogado o borracho no hubiera llegado a sentir dolor ni a saber que iba a morir.

Pasó la mano por el lateral de la tienda de nailon y se imaginó que el calor de un incendio la derrumbaba sobre ella como una mortaja. Despierto o no, el hombre había sufrido una muerte horrible.

Ballard sacó el móvil de la mochila. No había llamadas ni mensajes de texto, solo un correo de Nuccio, el investigador de Incendios, diciendo que había recibido su mensaje y que le mandaría a su vez sus informes cuando los hubiera completado. Nuccio explicaba que él y su compañero habían determinado que la muerte había sido accidental y que la víctima permanecía sin identificar, porque cualquier posible identificación que llevara consigo en la tienda había ardido.

Ballard apartó el teléfono.

—Vamos a dar un paseo, nena.

Ballard salió de la tienda con su mochila y miró a su alrededor. Estaba a treinta metros del puesto de salvamento de Rose Avenue, que parecía vacío. No había nadie en el agua. Hacía demasiado frío.

—¿Aaron? —dijo en voz alta.

El socorrista asomó su cabeza de cabello rizado por el borde del puesto y Ballard se preguntó si había dormido en el banco. La detective señaló su tienda y la tabla de surf de remo que tenía al lado, en la arena.

—¿Vigilas mis cosas? Voy a por café. —Aaron levantó un pulgar—. ¿Quieres alguna cosa?

Aaron bajó el pulgar. Ballard sacó una correa de uno de los bolsillos con cremallera de la mochila y la ajustó al collar de *Lola*. Se colgó la mochila de un hombro y se dirigió hacia la hilera de restaurantes y tiendas para turistas que se sucedían en el paseo de la playa, a cien metros del océano.

Fue al Groundwork de Westminster Avenue, pidió un café con leche y eligió una mesa en el rincón del fondo desde donde trabajar sin atraer la atención de otros clientes. *Lola* se metió debajo de la mesa y encontró un sitio cómodo donde tumbarse. Ballard abrió la mochila y sacó el portátil y el expediente del caso de asesinato que Bosch le había dejado.

Esta vez decidió no dar saltos de un sitio a otro de la carpeta. De todos modos, la primera sección era la más importante: el registro cronológico. Consistía básicamente en un diario del caso, donde los detectives asignados describían sus movimientos y los pasos dados en el curso de la investigación.

Antes de empezar a leer, Ballard abrió el portátil y buscó los nombres de George Hunter y su compañero, Maxwell Talis, en el ordenador de personal del departamento de policía y determinó que ambos detectives se habían retirado hacía mucho tiempo, Hunter en 1996 y Talis al año siguiente. Al parecer, Hunter ya había fallecido, pero Talis todavía recibía una pensión. Se trataba de información valiosa, porque si decidía hacer una reevaluación concienzuda del asesinato de Hilton, tendría que intentar hablar con él para ver qué recordaba del caso.

Ballard cerró el portátil y abrió la carpeta del caso. Empezó a leer la cronología desde la primera entrada: la llamada. Hunter y Talis estaban en su escritorio en la Brigada de Detectives de Hollywood un viernes por la mañana cuando los alertaron de que unos agentes de patrulla habían encontrado un coche aparcado en un callejón detrás de una fila de tiendas en Melrose Avenue y el paso elevado de la autovía 101. Los detectives respondieron junto con sendos equipos de la escena del crimen y la Oficina del Forense.

La víctima era un varón blanco, provisionalmente identificado como John Hilton, de veinticuatro años, según el carnet de conducir hallado en la cartera, en el suelo de un Toyota Corolla de 1988. La foto parecía coincidir con el rostro del hombre tendido sobre el costado derecho a lo largo de los asientos delanteros y la consola central del vehículo.

Tras verificar el nombre y la fecha de nacimiento del carnet de conducir, se determinó que ese Hilton no era heredero de la familia hotelera, sino un exrecluso que había sido puesto en libertad el año anterior, tras cumplir treinta meses en una prisión estatal por posesión de drogas y robo.

George Hunter, el detective al mando, había escrito las primeras entradas de la cronología, todas firmadas con sus iniciales. Eso le dio a Ballard una buena perspectiva de cómo se enfocó la investigación al principio. Como había supuesto en su primera revisión rápida del expediente, la investigación partió del historial de adicción a las drogas y pequeños delitos de la víctima. Hunter y Talis claramente creían que se trataba de un asunto de drogas y que a Hilton lo habían asesinado por tan poco como el precio de un solo chute de heroína.

Ballard ahora se ocupaba de todas las llamadas para un detective del turno de noche, pero en su anterior puesto fue detective de homicidios y trabajaba en casos especiales desde el cuartel general de la policía en el centro de la ciudad. Si bien la política departamental de mirar hacia otro lado y la misoginia endémica habían propiciado su traslado a un puesto inferior, su talento como investigadora de homicidios no se había deteriorado. Bosch había reconocido ese talento y había apelado a él cuando sus caminos se cruzaron en un caso el año anterior. Habían acordado trabajar juntos en el futuro, aunque fuera extraoficialmente y escapando al control departamental. Bosch estaba retirado y ya no le incumbían las reglas ni el procedimiento del Departamento. Ballard no estaba retirada, pero, desde luego, el turno de noche se regía un poco por el «ojos que no ven, corazón que no siente». Eso hacía que estuviera con un pie dentro y otro fuera. Todo su talento en homicidios le decía que se enfrentaba a un caso casi imposible: una venta de drogas de ochenta dólares que había terminado con un balazo hacía casi treinta años. Puede que hubiera algo ahí que se le atravesara a John Jack Thompson y encendiera su fuego, pero, fuera lo que fuese, ya había desaparecido hacía mucho tiempo.

Ballard primero empezó a sospechar que Hilton era un confidente. Tal vez un soplón para Thompson, y por eso el detective se había interesado activamente en el caso, aunque no se le hubiera asignado a él. Ballard sacó la libreta de la mochila. Lo primero que anotó fue una pregunta para Bosch.

«¿Cuántos expedientes más robó JJT?»

Era una pregunta importante porque afectaba al nivel de dedicación que merecía el caso que les ocupaba. Bosch tenía razón. Si conseguía comprender por qué Thompson se había llevado ese expediente en particular, podría centrarse en un móvil y luego en un sospechoso. Sin embargo, como se describía en las primeras entradas de la cronología, se trataba de un asesinato ordinario –si existía algo así– que, si había sido casi imposible de resolver en su momento, con más razón veintinueve años después.

–Mierda –susurró Ballard.

Lola se puso en alerta, levantó la cabeza y la miró. Ella le acarició la cabeza.

–No pasa nada, nena –dijo.

Volvió a la cronología y continuó leyendo y tomando notas.

La transmisión manual del coche de Hilton estaba en punto muerto, pero la llave seguía en el contacto y en posición de encendido. El motor estaba apagado porque no quedaba gasolina en el depósito. Supusieron que Hilton había entrado en el callejón para comprar droga desde el coche y le habían disparado después de que parara y pusiera punto muerto. No se pudo determinar cuánta gasolina había en el depósito cuando Hilton entró en el callejón, pero los investigadores del forense calculaban que la muerte se había producido entre la medianoche y las cuatro de la mañana, es decir, entre cuatro y ocho horas antes de que uno de los propietarios de la tienda encontrara el cadáver después de que llegara a trabajar y aparcara detrás de su negocio.

Las ventanillas delanteras del coche estaban bajadas. A Hilton le habían disparado a bocajarro detrás de la oreja derecha. Esto condujo a los detectives a suponer que posiblemente buscaban a dos sospechosos: uno que se acercó a la puerta del conductor y atrajo la atención de Hilton y otro –el autor material– que se aproximó a la puerta del pasajero, metió la mano por la ventanilla y ejecutó a Hilton cuando este estaba mirando al otro lado. El hallazgo del casquillo expulsado por el arma homicida en la alfombrilla del asiento del pasajero respaldaba esa teoría, pues era una indicación de que la pistola se había disparado desde ese lado del coche. Hilton se habría derrumbado contra la puerta del conductor, pero fue empujado sobre la consola central cuando le registraron los bolsillos. En las fotos de la escena del crimen, los bolsillos delanteros de los pantalones de la víctima estaban dados la vuelta.

Para Ballard, la teoría de los dos asesinos y cómo llevaron a cabo el crimen se desviaba ligeramente de la idea de un atraco. Era más frío, más calculado. Parecía planeado. Un chanchullo de drogas también habría sido planeado hasta cierto punto, pero normalmente no con esa clase de precisión. Ballard empezó a preguntarse si los detectives originales se habían centrado en un móvil equivocado desde el principio. Eso podría haber provocado una visión de túnel en la investigación, por lo cual

Hunter y Talis no habrían hecho caso de ninguna pista que no encajara con su hipótesis.

Ballard también subestimó la teoría de los investigadores originales sobre la participación de dos asesinos, uno para distraer a Hilton desde la izquierda y otro para meter la mano en el coche desde la derecha y disparar. Sabía que una sola persona podría haber llevado a cabo el asesinato con facilidad. Podrían haberse usado muchas cosas del callejón para desviar la atención de Hilton a su izquierda.

Escribió otra nota para acordarse de plantearle todo eso a Bosch y luego volvió a la cronología.

Hunter y Talis centraron su búsqueda de sospechosos en el vecindario inmediato y entre los camellos que vendían en el callejón. Hablaron con el sargento al mando de una unidad de narcóticos a pie de calle asignada a la División de Hollywood. El sargento explicó que su equipo había trabajado intermitentemente en operaciones encubiertas de compra-detención en la zona, pues era un mercado de drogas conocido por su proximidad con la autovía 101. Los clientes llegaban a Hollywood por la autovía en Melrose, compraban drogas y se volvían por donde habían venido, dejando atrás la transacción. Además, la ubicación se hallaba cerca de varios estudios de cine y los empleados recogían droga al entrar o al salir del trabajo, a menos que fueran creativos de alto nivel a los que se la entregaban directamente.

La cronología señalaba que la clientela en la zona era mayoritariamente blanca, mientras que los camellos eran exclusivamente varones negros, que a su vez adquirían su producto a una banda callejera de la zona sur de Los Ángeles. Los Rolling Sixties Crips habían reivindicado esa sección de Hollywood y defendido su posición con violencia. El asesinato de John Hilton no fue beneficioso para el negocio, porque inundó la zona de actividad policial. Una nota en la cronología afirmaba que un informante le había contado a un agente que se ocupaba de las bandas que unos miembros de los Rolling Sixties estaban intentando identificar al asesino ellos mismos para eliminarlo y dar ejemplo con él. El negocio era lo primero, la lealtad a la banda iba después.

Esa nota paralizó a Ballard y le hizo preguntarse si estaba persiguiendo un fantasma. Los Rolling Sixties podrían haber capturado y ejecutado al asesino o asesinos de John Hilton décadas antes sin que el Departamento de Policía hubiera establecido la conexión entre los dos casos.

Hunter y Talis, aparentemente sin desanimarse por esa misma cuestión, reunieron una lista de traficantes conocidos que trabajaban en la zona y empezaron a llevarlos a comisaría para interrogarlos. Ninguno de los interrogatorios dio lugar a sospechosos o pistas, pero Ballard se fijó en que la lista estaba incompleta. Algunas personas de la lista nunca fueron encontradas o interrogadas. Entre ellos había un hombre llamado Elvin Kidd, un miembro de la banda Rolling Sixties Crips que era jefe de calle en el territorio donde se produjo el asesinato de Hilton.

Dejaron completamente de lado a otro camello, Dennard Dorsey, cuando les dijeron que estaba en estatus de alejamiento porque era un informante valioso. El reclutador del chivato –un detective de la unidad de narcóticos llamado Brendan Sloan– llevó a cabo el interrogatorio e informó de que su hombre no sabía nada de valor en relación con el asesinato de Hilton.

Ballard anotó todos los nombres. Le preocupaba que los detectives de homicidios no hubieran interrogado a todos los camellos y que le hubieran dejado el interrogatorio del soplón a su reclutador. Para ella significaba que ese ángulo de la investigación estaba incompleto. No sabía si lo que se interpuso fue la desidia u otra cosa. Las cifras de asesinatos a finales de la década de los ochenta y principios de los noventa fueron las más altas de la historia de la ciudad. Era probable que Hunter y Talis tuvieran otros casos en el momento, pues constantemente entraban nuevos.

Después de una hora y otro café con leche, Ballard terminó con la cronología. Lo que le llamó la atención era que el documento acababa con una entrada de Talis en el primer aniversario del asesinato: «No hay pistas ni sospechosos nuevos en este momento. El caso permanece abierto y activo».

Y eso era todo. Ninguna explicación respecto a cómo continuaba investigándose.

Ballard sabía que era una farsa. El caso se había paralizado por falta de pistas y ángulos de investigación viables. Los detectives estaban esperando lo que en homicidios se llamaba «una cura milagrosa», encarnada en alguien que se presentara con el nombre del asesino, casi siempre algún detenido que se enfrentara a cargos y buscara un trato para salir de un atolladero. Solo entonces tendrían un nombre que examinar. Así que se mantenía «abierto y activo», pero Hunter y Talis estaban a otras cosas.

Lo que también le pareció a Ballard que faltaba era el trabajo de John Jack Thompson. Durante los años que había tenido el expediente del caso, aparentemente no había añadido nada. No había nada de él en la cronología que indicara que hubiera hecho movimientos, llevado a cabo entrevistas o desbrozado terreno nuevo en el caso. Ballard se preguntó si había tomado notas de su investigación privada por separado para no modificar o mancillar el registro de la original. Sabía que tendría que hablar con Bosch de ello para probablemente regresar a la casa y al despacho doméstico de Thompson con el fin de ver si existía un segundo expediente o cualquier otro registro del trabajo de John Jack en el caso.

A continuación, Ballard pasó de la cronología a informes más amplios presentados por los investigadores basados en las pruebas reunidas y los interrogatorios a los testigos. En la sección del expediente correspondiente a la víctima, leyó una biografía redactada por Talis a partir de interrogatorios y documentos oficiales. La madre y el padrastro de la víctima seguían vivos en el momento del crimen. Según constaba, Sandra Hilton no expresó ninguna sorpresa por el fallecimiento de su hijo y dijo que este había vuelto cambiado de la prisión estatal de Corcoran. Manifestó que parecía hundido por la experiencia y lo único que quería era colocarse a todas horas. La mujer reconoció que ella y su marido echaron a John de casa poco después de que regresara de prisión porque, a su juicio, no estaba haciendo ningún esfuerzo por integrarse en la sociedad. Decía que quería ser artista, pero no hacía nada para seguir esa vocación. Les robaba para sostener su adicción.

Donald Hilton mantuvo su decisión de expulsar a John de la casa familiar, en la zona de Toluca Lake. Se apresuró en señalar que había adoptado a John, pero que ya tenía once años cuando conoció a Sandra y se casó con ella. El padre biológico no había formado parte de la vida de John durante esos primeros once años y Donald contó que los problemas de conducta ya estaban profundamente arraigados en el chico. Esa falta de lazos de sangre con el joven que crio aparentemente ayudó a Donald Hilton a echarlo de casa sin conciencia de culpa.

Había una sección del informe redactada con rotulador negro. En medio del resumen, dos líneas de la entrevista estaban completamente tachadas. Eso le pareció extraño a Ballard, porque un expediente de homicidio ya era un documento confidencial. La excepción a esta norma se producía cuando se presentaba un caso y los documentos del expediente se compartían con la defensa. En algunas ocasiones se editaba el expediente para proteger nombres de confidentes u otras personas. Pero ese caso nunca había dado lugar a presentar cargos y a Ballard le parecía extraño que una entrevista con los padres de una víctima contuviera cualquier información que necesitara mantenerse oculta o secreta. Abrió las anillas de la carpeta y sacó la página para estudiar el dorso y ver si podía leer alguna de las palabras tachadas. Incapaz de distinguir nada, puso la página en la parte delantera de la carpeta para recordarse a sí misma la anomalía cada vez que la abriera: ¿qué información se había eliminado del expediente del caso? ¿Y quién lo había hecho?

La revisión de Ballard de los otros informes de testigos dio lugar a una única cuestión significativa. Hilton había compartido apartamento en North Hollywood con un hombre llamado Nathan Brazil, asistente de producción en los Archway Studios de Hollywood. Ballard sabía que el estudio estaba en Melrose Avenue, cerca de Paramount y de donde fue asesinado Hilton. Brazil les contó a los investigadores que la noche del asesinato estaba trabajando en una producción cinematográfica y que Hilton se había pasado por la entrada custodiada del estudio y había preguntado por él. Él no recibió el mensaje hasta horas después, cuando Hilton ya estaba muerto. Presumiblemente, la víctima se marchó del estudio y se dirigió por Melrose al callejón donde recibió los disparos que le costaron la vida. Brazil contó que era inusual que Hilton acudiera a su puesto de trabajo. Nunca había ocurrido antes y no sabía por qué lo hizo la víctima ni qué quería.

Era otro misterio dentro del misterio que Hunter y Talis no habían resuelto.

Ballard revisó sus notas. Había apuntado los nombres de varias personas que tendría que investigar e interrogar si aún estaban vivas:

MAXWELL TALIS
DONALD HILTON
SANDRA HILTON
VIUDA DE THOMPSON
VINCENT PILKEY, CAMELLO
DENNARD DORSEY, CAMELLO/CHIVATO, PROTEGIDO
BRENDAN SLOAN, NARCÓTICOS
ELVIN KIDD
NATHAN BRAZIL, COMPAÑERO DE PISO

Ballard sabía que la viuda de John Jack Thompson estaba viva, igual que presumiblemente Maxwell Talis. Brendan Sloan también. De hecho, era alguien bien conocido. Había ascendido de detective de narcóticos a subdirector en los veintinueve años transcurridos desde el asesinato de Hilton. Estaba a cargo del West Bureau. Ballard no lo veía desde que la División de Hollywood se integrara en el mando del West Bureau, pero Sloan era técnicamente su jefe.

Tenía la espalda tensa. Era una combinación de una dura sesión de remo matinal con un fuerte viento de cara, falta de sueño y la dura silla de madera en la que había estado sentada durante dos horas. Cerró el expediente y decidió dejar las páginas y los informes que quedaban para otro momento. Se agachó a revolverle a *Lola* el pelaje del cogote.

–¡Vamos a ver a *Double*, nena!

La perra meneó la cola violentamente. *Double* era su amigo, un bulldog francés del centro para animales donde *Lola* pasaba la mayoría de las noches y algunos días cuando Ballard trabajaba.

Tenía que dejarla allí para seguir trabajando en el caso.

8

La primera parada de Ballard fue la División de Custodia, donde sacó la caja de pruebas precintada y marcada con el número del caso del asesinato de John Hilton. El precinto no estaba amarillento, como habría esperado, y se dio cuenta enseguida de que esa caja no tenía veintinueve años. El contenido había sido obviamente reempaquetado, lo cual no era inusual. La División de Custodia era un inmenso almacén, pero demasiado pequeño para todas las pruebas que se guardaban allí. El proceso de consolidación seguía en marcha y las cajas de pruebas viejas y cubiertas de polvo a menudo se abrían y se reempaquetaban en cajas más pequeñas para ahorrar espacio. Ballard tenía la lista de pruebas del expediente del caso y podía usarla para cerciorarse de que todo estaba intacto: la ropa de la víctima, pertenencias personales, etc. Estaba buscando sobre todo dos cosas: la bala recuperada del cadáver de Hilton durante la autopsia y el casquillo hallado en el suelo de su coche.

Firmó la hoja de retirada de la caja y vio que, aparte del reembalado que se había producido seis años antes, la caja aparentemente no se había abierto desde que los dos detectives originales –Hunter y Talis– la habían llevado al almacén hacía casi tres décadas. No se trataba de algo inusual porque no habían surgido sospechosos nuevos, de manera que no había ninguna razón para analizar las pruebas recogidas en relación con un asesino potencial. Hunter y Talis las habían recogido y tenían una lista del contenido de la caja en la carpeta del expediente del caso. Conocían de primera mano lo que tenían. Lo habían visto y lo habían guardado.

No obstante, lo que a Ballard le pareció curioso era que John Jack Thompson, cuando tomó posesión del expediente y aparentemente empezó a trabajar el caso, nunca fue a Custodia para ver la caja. No retiró las pruebas físicas.

Era literalmente el primer movimiento que había hecho Ballard. Sí, tenía la lista de pertenencias del expediente, pero aun así quería ver las pruebas. Era una cuestión visceral, como una extensión de las fotos de la escena del crimen. Así se acercaba al caso, a la víctima, y no veía forma de trabajar un caso sin ese paso necesario. Sin embargo, Thompson, mentor de dos generaciones de detectives, aparentemente había decidido no hacerlo.

Ballard dejó de lado la cuestión y empezó a revisar el contenido de la caja, cotejando cada elemento con la lista del expediente del caso y estudiando cada prenda de ropa y cada objeto recogido del Corolla. Había visto algo en las fotos de la escena del crimen que quería encontrar: una libretita que estaba en la consola que separaba los dos asientos delanteros del coche. Una entrada en la lista de pertenencias decía simplemente «libreta», sin ninguna descripción de su contenido ni ningún detalle sobre por qué Hilton la llevaba en el coche.

Ballard la encontró en una bolsa de papel marrón con otros elementos de la consola. Entre ellos había un mechero, una pipa de droga, monedas que sumaban ochenta y siete céntimos, un boli y una multa de aparcamiento emitida seis semanas antes de la muerte de Hilton. Esto lo exploraron los investigadores originales y había un informe en el expediente del caso que lo documentaba. Al parecer, no llevó a ninguna parte. Era de una calle de Los Feliz, donde vivía un amigo de Hilton, que recordó que lo había visitado para venderle un radiodespertador que le dijo que le había dado su padrastro. Sin embargo, terminó quedándose varias horas, porque el amigo compartió un chute de heroína con él. Mientras Hilton estaba adormilado en el apartamento de aquel, le estaban poniendo una multa. Hunter y Talis la consideraron irrelevante para la investigación y Ballard no vio nada que le hiciera pensar lo contrario.

A continuación, abrió la libreta y encontró el nombre de Hilton y una cifra –que suponía que era su número de recluso en Corcoran– en la cara interior. Las páginas de la libreta contenían en su mayor parte esbozos a lápiz y dibujos más elaborados de hombres de aspecto duro, muchos con tatuajes en el rostro y el cuello. Otros presos, conjeturó ella. Los dibujos terminados eran bastante buenos y Ballard pensó que Hilton poseía cierto talento artístico. Saber que Hilton tenía esta otra dimensión más allá de la de drogadicto y ladrón de poca monta hizo que lo viera más humano. Nadie merecía que lo mataran de un tiro en un coche, hiciera lo que hiciera, pero era útil contar con una conexión humana. Añadía combustible al fuego que un detective necesita mantener ardiendo de una forma o de otra. Se preguntó si Hunter, Talis o Thompson habían establecido una conexión con Hilton por medio de esa libreta. Lo dudaba. Si lo hubieran hecho, la habrían guardado en la carpeta del caso para poder verla y abrirla cuando necesitaran avivar el fuego.

Ballard terminó de pasar las páginas. Un esbozo captó su atención y se detuvo en él. Era de un hombre negro con la cabeza afeitada. Apartaba la mirada del artista y en el cuello tenía una estrella de seis puntas con el número sesenta en el centro. Ella sabía que todas las bandas o grupos de los Crips compartían el símbolo de la estrella de seis puntas, que simbolizaban los objetivos altruistas primigenios de la banda: amor, vida, lealtad, comprensión, conocimiento y sabiduría. El sesenta en el centro de la estrella fue lo que captó la atención de Ballard. Significaba que el sujeto del dibujo era miembro de los Rolling Sixties Crips, la misma banda notablemente violenta que controlaba la venta de droga en el callejón donde asesinaron a Hilton. ¿Era una coincidencia? Daba la impresión de que lo había dibujado cuando estaba en prisión; menos de dos años después de su puesta en libertad, fue asesinado en terreno de los Rolling Sixties.

Nada de ello constaba en los informes del expediente que había leído Ballard. Tomó nota mental de revisarlo otra vez. Podría ser una pista significativa o una mera coincidencia.

Siguió pasando las páginas de la libreta y vio otro dibujo que pensó que podría corresponder al mismo hombre con el tatuaje de los Rolling Sixties. Pero tenía la cara apartada y en sombra. No estaba segura. Luego encontró lo que parecía un autorretrato. Se asemejaba a la cara del hombre que había visto en las fotos de la escena del crimen. En el dibujo, tenía la mirada turbada y ojeras profundas; parecía asustado. Algo le dio como un pinchazo en el corazón a Ballard.

Decidió añadir la libreta a los elementos que se llevaría de Custodia. Los dibujos le recordaron un caso que fue resuelto por la Unidad de Casos Abiertos unos años antes, cuando Ballard había sido asignada a la División de Robos y Homicidios. La detective Mitzi Roberts había conectado los asesinatos de tres prostitutas con un vagabundo llamado Sam Little, al que capturaron y condenaron. Una vez en prisión, Little comenzó a confesar decenas de asesinatos cometidos en todo el país durante cuatro décadas. Todas las víctimas eran «prescindibles» –drogadictas y prostitutas– a las que la sociedad y los departamentos de policía habían marginado y prestado escasa atención. Little era artista y dibujó retratos de sus víctimas para ayudar a los investigadores que lo visitaban a identificar las mujeres y los casos. Conservaba sus imágenes en la cabeza, pero no con tanta frecuencia los nombres. Le proporcionaron material artístico y sus dibujos, en color y muy realistas, finalmente sirvieron para identificar víctimas en múltiples estados y ayudar a resolver casos. Pero no para humanizar a Sam Little, solo a sus víctimas. Él era un psicópata que no mostraba clemencia por ellas y no merecía compasión.

Ballard firmó para retirar la bala y la libreta y salió de la División de Custodia. Llamó a Bosch una vez fuera.

–¿Qué pasa?

–Acabo de salir de Custodia. He sacado la bala y el casquillo. Mañana es miércoles de puertas abiertas en Balística. Iré después de mi turno.

–Bien. ¿Algo más en la caja?

–Hilton era dibujante. Tenía una libreta en el coche con dibujos hechos en prisión. Me la he llevado.

–¿Cómo es eso?

–Porque creo que era bueno. Hay algunas cosas más de mi revisión que me gustaría discutir. ¿Quieres que nos veamos?

–Estoy liado con algo hoy, pero podríamos vernos unos minutos. Estoy cerca.

–¿En serio? ¿Dónde?

–En el Nickel Diner, ¿lo conoces?

–Claro. Llego en diez minutos.

9

Ballard encontró a Bosch en la parte de atrás, con su portátil y varios documentos extendidos en una mesa para cuatro. Aparentemente, era lo bastante tarde para que se le permitiera monopolizar el sitio. Había una bandeja con medio dónut de chocolate en la mesa, lo cual le confirmó que Bosch era un cliente de los que pagaba y no un aprovechado que no consumía más que café y monopolizaba la mesa durante horas.

La detective se fijó en el bastón enganchado en una de las sillas vacías al sentarse. Mientras valoraba los documentos que Bosch había empezado a apilar cuando reparó en su aproximación, Ballard levantó las manos con las palmas hacia arriba, como diciendo «¿Qué haces?».

–Creo que eres el jubilado más ocupado que he visto.

–No tanto. Acabo de comprometerme a echarle un vistazo a esto y en ello estaba.

Al poner su mochila en la silla vacía a su derecha, Ballard atisbó la cabecera en uno de los documentos que Bosch estaba apartando: «Michael Haller, abogado».

–Joder, ¿estás trabajando para ese tío?

–¿Qué tío?

–Haller. Trabajas para él, trabajas para el demonio.

–¿En serio? ¿Por qué dices eso?

–Es abogado defensor. No solo eso, además es bueno. Saca a gente que no debería salir. Deshace lo que hacemos. ¿Cómo es que lo conoces?

—En los últimos treinta años he pasado mucho tiempo en los tribunales. Él también.

—¿Eso es el caso del juez Montgomery?

—¿Cómo lo sabes?

—¿Y quién no lo sabe? Un juez asesinado delante del tribunal, eso llama la atención. Además, me caía bien Montgomery. Cuando estaba en el tribunal penal lo llamaba de vez en cuando para pedir órdenes. Era muy riguroso con la ley. Recuerdo una vez que el asistente me hizo pasar a su despacho para que el juez me firmara una orden y yo entré, miré y no estaba. Entonces lo oí decir: «Aquí fuera». Había abierto la ventana para salir a la cornisa a fumarse un cigarrillo. En el piso catorce. Me dijo que no quería infringir la norma de no fumar en el edificio.

Bosch dejó su pila de carpetas en una silla vacía a su derecha, pero Ballard no había terminado.

—No sé —continuó—, puede que tenga que valorar otra vez lo nuestro. Quiero decir, si vas a estar trabajando para el otro lado…

—No trabajo para el otro lado ni para el lado oscuro o como quieras llamarlo —dijo Bosch—. Esto es una cuestión de un día y en realidad me he presentado voluntario. He estado en la sala hoy y algo no cuadraba. Le he pedido mirar los archivos y, de hecho, he encontrado algo antes de que entraras.

—¿Algo que ayuda a la defensa?

—Algo que creo que el jurado debería saber. No importa a quién beneficie.

—Vaya, ahí está hablando el lado oscuro. Has cambiado de lado.

—Oye, ¿has venido a hablar del caso Montgomery o del caso Hilton?

—Calma, Harry. Solo te estoy tocando las pelotas.

Ballard se quitó la mochila, abrió la cremallera y sacó la carpeta del caso Hilton.

–Bueno, tú revisaste esto, ¿no? –preguntó ella.

–Sí, antes de dártelo –dijo Bosch.

–Vale, un par de cosas. –Buscó en la mochila los sobres que contenían las pruebas balísticas–. He sacado la caja de Custodia y me he llevado la bala y el casquillo. Como me dijiste, puede que tengamos suerte.

–Bien.

–También he encontrado esto en la caja.

Volvió a buscar en la mochila y sacó la libreta que había encontrado en la caja de Custodia. Se la entregó a Bosch.

–En las fotos de la escena del crimen esto estaba en la consola central del coche. Creo que era importante para él.

Bosch empezó a pasar páginas y miró los dibujos.

–Vale –dijo–. ¿Qué más?

–Bueno, nada más de Custodia –respondió Ballard–. Pero creo que lo que no he encontrado es digno de mención, y ahí es donde entras tú.

–¿Quieres explicarte?

–John Jack Thompson nunca sacó las pruebas del caso –dijo.

Ballard percibió que Bosch reaccionaba igual que ella. Si Thompson hubiera estado trabajando el caso, habría sacado la caja de Custodia para ver qué contenía.

–¿Estás segura? –preguntó Bosch.

–No está en la lista –dijo Ballard–. No estoy segura de que investigara este caso, a menos que haya algo más en su casa.

–¿Como qué?

–Cualquier cosa que demuestre que estaba investigando. Notas, registros, tal vez un segundo expediente...

No hay nada en absoluto, ni una palabra añadida, que indique que John Jack sacara este caso para trabajarlo. Es casi como si se hubiera llevado la carpeta para que nadie más pudiera investigar. Creo que tienes que volver a visitar a la viuda y ver si hay algo más. Algo que muestre qué ha estado haciendo con esto.

–Puedo ir a ver a Margaret esta noche. Pero recuerda que no sabemos cuándo se llevó exactamente la carpeta. Tal vez de camino a la puerta cuando se retiró y luego ya fue demasiado tarde para ir a Custodia. No tenía placa.

–Pero si vas a llevarte una carpeta para trabajar en ella, ¿no lo planearías de tal forma que pudieras pasar por Custodia antes de largarte?

Bosch asintió.

–Supongo que sí –dijo.

–Vale, entonces vas a ver a Margaret y te ocupas de esto –dijo Ballard–. He hecho una lista con los nombres del expediente. Gente con la que me gustaría hablar. Voy a empezar a investigarlos en cuanto termine aquí.

–¿Puedo verla?

–Faltaría más.

Por cuarta vez, Ballard buscó en la mochila y en esta ocasión sacó su propia libreta. La abrió y la giró en la mesa para que Bosch pudiera leer la lista:

Maxwell Talis

Donald Hilton

Sandra Hilton

Viuda de Thompson

Vincent Pilkey, camello

Dennard Dorsey, camello chivato, protegido

Brendan Sloan, narcóticos

Elvin Kidd

Nathan Brazil, compañero de piso

Bosch asintió al mirar los nombres. Ballard interpretó que estaba de acuerdo.

—Con suerte, algunos siguen vivos. Sloan sigue en el departamento, creo.

—Dirige West Bureau. Técnicamente es mi jefe.

—Entonces lo único que tienes que hacer es sortear a su ayudante.

—Eso no será problema. ¿Vas a comerte el resto del dónut?

—No, todo tuyo.

Ballard lo cogió y le dio un mordisco. Bosch levantó el bastón del respaldo de la otra silla.

—Tengo que volver al tribunal –dijo–. ¿Algo más?

—Sí –respondió Ballard con la boca llena–. ¿Has visto esto?

Dejó el resto del dónut en la bandeja, luego abrió la carpeta y las anillas, y le entregó a Bosch el documento que había trasladado a la parte superior.

—Está tachado –dijo–. ¿Quién eliminaría estas líneas de la declaración de los padres?

—También lo vi –contestó Bosch–. Es raro.

—Todo el expediente es confidencial, ¿por qué tachar nada?

—Lo sé. No lo entiendo.

—Y no sabemos quién lo hizo, si fue Thompson o los investigadores originales. Al mirar esas dos líneas en contexto (el padrastro hablando de la adopción del niño) tienes que preguntarte si están protegiendo a alguien. Voy a tratar de buscar la partida de nacimiento de Hilton a través de Sacramento, pero podría eternizarse, porque no tengo su nombre original. Eso probablemente también lo tacharon.

—Podría tratar de buscarlo en Norwalk. La próxima vez que vaya a ver a Maddie en fin de semana.

Los archivos del registro civil del condado de Los Ángeles se guardaban en Norwalk. La población estaba en el extremo sur del condado y con tráfico podía ser una hora de ida y otra de vuelta. Los certificados de nacimiento no eran accesibles desde el ordenador ni para el público ni para los agentes de la ley. Había que mostrar una identificación adecuada para sacar una partida de nacimiento, sobre todo si estaba protegida por las leyes de adopción.

—Eso solo funcionará si Hilton nació en el condado. Pero supongo que vale la pena intentarlo.

—Bueno, de una forma o de otra, lo descubriremos. Es un misterio por ahora.

—¿Qué tienes que hacer en el tribunal?

—Quiero ver si puedo conseguir una citación. Quiero llegar antes de que se marchen los jueces.

—Vale, te dejaré ir. Entonces, tú vas a ver a Margaret Thompson después y yo a buscar estos nombres. Los que estén vivos.

Bosch se levantó con los documentos y el portátil bajo el brazo. No tenía maletín. Volvió a colgar el bastón en el respaldo para poder meter la mano libre en el bolsillo.

—¿Has dormido hoy o te has puesto directamente con esto?

—Sí, papá, he dormido.

—No me llames así. Solo una persona puede y nunca lo hace. —Sacó dinero y dejó un billete de veinte en la mesa, dejando una propina que valía por la de cuatro personas.

—¿Cómo está Maddie? —preguntó Ballard.

—Un poco espantada ahora mismo —dijo Bosch.

—¿Por qué? ¿Qué le pasa?

—Le queda un semestre en Chapman antes de licenciarse. Hace tres semanas un tipo entró en su casa, que comparte con otras tres chicas. Dos de ellas estaban durmiendo.

–¿Y Maddie?

–No, ella estaba aquí conmigo, para ayudarme por lo de la rodilla. Pero eso no importa. Están todas espantadas. Ese tipo no fue a robar, no se llevó dinero ni nada. Dejó semen en el portátil de una de ellas, que estaba en la mesa de la cocina. Probablemente estaba mirando fotos de ella cuando lo hizo. Es un pervertido.

–Uf, mierda. ¿Han sacado el ADN del semen?

–Sí, y hay una coincidencia. Un caso de hace cuatro meses con unas chicas de Chapman. El pervertido dejó su ADN en una foto que estaba en la nevera. Pero no coincide con nadie que tengan en la base de datos.

–Entonces, ¿Maddie y las chicas se han mudado?

–No, a todas les quedan dos meses para licenciarse y no quieren complicarse con una mudanza. Pusimos cerraduras extra, cámaras dentro y fuera y un sistema de alarma. La policía local ha puesto la calle en doble vigilancia. Las chicas no se van a mudar.

–Y eso te acojona.

–Exactamente. Los dos casos fueron un sábado por la noche, así que creo que es la noche libre de este tipo y puede que vuelva. He ido y me he quedado allí los dos últimos sábados. Yo y esta rodilla mía. Me meto en el asiento de atrás con la pierna estirada. No sé qué haría si viera algo, pero estoy allí.

–Eh, si quieres compañía, voy contigo.

–Gracias, te lo agradezco de veras, pero no iba por ahí. No te quedes sin dormir. Recuerdo que el año pasado…

–¿Qué pasó el año pasado? ¿Te refieres al caso que trabajamos juntos?

–Sí. Los dos sufrimos falta de sueño y eso… afectó las cosas. Decisiones.

–¿De qué estás hablando?

–Mira, no quiero meterme en eso. Puedes culparme a mí. Mis decisiones se vieron afectadas, ¿vale? Asegurémonos de que dormimos esta vez.

–Tú te ocupas de ti y yo me ocupo de mí.

–Entendido. Siento haber sacado el tema.

Bosch cogió el bastón de la silla y se dirigió a la puerta. Se movía con lentitud. Ballard se dio cuenta de que quedaría fatal si lo adelantaba y salía antes que él.

–Eh, voy al lavabo –dijo–. ¿Hablamos luego?

–Claro –contestó Bosch.

–Y de verdad te digo lo de tu hija. Si me necesitas, allí estaré.

–Sé que lo dices en serio. Gracias.

10

Ballard caminó hasta el EAP, el Edificio de la Administración de Policía, para buscar algunos de los nombres de su lista en un ordenador. Era una parada de rutina para la mayoría de los detectives de las comisarías periféricas. Había incluso escritorios y ordenadores reservados para «visitantes». Sin embargo, Ballard tenía que andarse con pies de plomo. Había trabajado en la División de Robos y Homicidios situada allí antes de ser trasladada al turno de noche de la comisaría de Hollywood bajo una nube de sospecha y escándalo. Había denunciado a su superior por acoso sexual y la posterior investigación de Asuntos Internos puso patas arriba la unidad de Homicidios Especiales, hasta que la denuncia fue considerada infundada y Ballard fue enviada a Hollywood. En el EAP todavía había quienes no creían su historia y otros que consideraban que, aunque fuera cierta, no merecía una investigación que amenazó la carrera de un hombre. Ballard tenía enemigos en el edificio, incluso cuatro años después, y trataba de mantener su trabajo sin tener que pasar al otro lado de las puertas de cristal. No obstante, conducir desde el centro hasta Hollywood solo para usar la base de datos del departamento habría supuesto una pérdida de tiempo significativa. Si quería mantener el impulso, tenía que entrar en el EAP y encontrar un ordenador que pudiera usar durante media hora.

Cruzó el vestíbulo y llegó al ascensor indemne. En la quinta planta evitó la inmensa sala de Homicidios y entró en la Sección de Agresiones Sexuales, mucho más pequeña, donde conocía a una detective que la apoyó durante toda la controversia y el escándalo. Amy Dodd estaba en su escritorio y sonrió cuando la vio entrar.

—¡Balls! ¿Qué estás haciendo aquí?

Amy había empezado a llamarla así después de que Ballard plantara cara durante su situación problemática en Robos y Homicidios.

—Eh, Doddy. ¿Cómo va? Necesito un ordenador para buscar unos nombres.

—He oído que hay muchos escritorios libres en Homicidios desde los recortes.

—Lo último que quiero hacer es instalarme ahí. No quiero que me apuñalen por la espalda otra vez.

Amy señaló la mesa contigua a la suya.

—Esa está vacía.

Ballard dudó y Amy se dio cuenta.

—No te preocupes, no quiero calentarte las orejas. Trabaja. Yo tengo que hacer llamadas a tribunales.

Ballard se sentó y se puso a trabajar. Introdujo su contraseña en la base de datos del departamento y luego abrió su libreta por la lista de nombres del caso Hilton. Enseguida localizó un carnet de conducir de Maxwell Talis expedido en Coeur d'Alene, en Idaho, lo cual no era una información positiva. Sí, Talis seguía vivo, pero Ballard estaba trabajando el caso por su cuenta, con Bosch, y no era una investigación oficial del Departamento de Policía de Los Ángeles. Un viaje largo no entraba en sus planes, lo cual quería decir que tendría que contactar con Talis por teléfono. Eso la decepcionó porque siempre era preferible hablar cara a cara. Era más fácil interpretar a una persona si estaba delante.

La situación no mejoró al continuar con la lista. Ballard determinó que tanto Donald como Sandra Hilton estaban muertos. Habían fallecido –en 2007 y 2016, respectivamente– sin saber quién había matado a su hijo ni por qué, sin justicia para él ni para ellos. A Ballard no le importaba que John Hilton hubiera sido un drogadicto y un delincuente. Tenía talento y por lo tanto seguramente sueños, como escapar de la forma de vida en la que estaba atrapado. Ballard sintió que, si ella no le hacía justicia, nadie se la haría nunca.

A continuación, iba Margaret Thompson, pero Bosch se ocupaba de eso. Vincent Pilkey era el siguiente nombre y era otro callejón sin salida. Era uno de los camellos a los que Hunter y Talis nunca llegaron a interrogar, y ella tampoco lo haría: Pilkey constaba como fallecido en 2008. Solo tenía cuarenta y un años en el momento de su defunción y Ballard suponía que sufrió una muerte prematura por violencia o sobredosis, pero no pudo determinarlo a partir de los registros a los que estaba accediendo.

Su suerte cambió con el siguiente nombre: Dennard Dorsey, el camello con el que Hunter y Talis no habían hablado porque también era confidente de Narcóticos. Ballard buscó su nombre en el ordenador y sintió una inyección de adrenalina al descubrir que el soplón no solo había logrado sobrevivir a los últimos treinta años, sino que se encontraba literalmente a dos manzanas de ella en ese mismo momento: Dorsey estaba en la cárcel del condado por violar su libertad condicional. Ballard consultó sus antecedentes y vio que la última década estaba repleta de detenciones por drogas y robos, una acumulación que finalmente lo hizo aterrizar en prisión con una condena de cinco años. Parecía muy claro por la información que la utilidad de Dorsey como confidente había terminado hacía mucho y que ya no contaba con la protección de su reclutador de Narcóticos.

—¡Menos mal! —exclamó.

Amy Dodd se recostó en la silla para poder mirar por un lado de la mampara que separaba los dos espacios de trabajo.

—¿Algo bueno, supongo? —preguntó ella.

—Mejor que bueno —dijo Ballard—. He encontrado a un tipo y ni siquiera tengo que coger el coche.

—¿Dónde?

—En la penitenciaría central, no va a irse a ninguna parte.

—Afortunada tú.

Ballard volvió al ordenador, preguntándose si los dados empezarían a serle propicios. Abrió el informe por violación de la condicional y tuvo una segunda descarga de adrenalina al ver el nombre del agente que había denunciado la infracción y presentado la orden de detención de Dorsey. Sacó el teléfono del bolsillo de atrás y llamó a Rob Compton en marcado rápido.

—Eres tú —respondió Compton—. ¿Qué quieres?

Estaba claro por su brusquedad que todavía no había superado su última interacción. Compton y Ballard habían mantenido una relación esporádica fuera de servicio, que se fue al traste cuando discreparon respecto a un caso en el que estaban trabajando. Compton se apeó del coche en el que estaban discutiendo y luego se apeó de la relación.

—Quiero que nos encontremos en la penitenciaría central —dijo Ballard—. Tengo que hablar con Dennard Dorsey y podría necesitarte para presionarlo.

—Nunca he oído hablar de él —dijo Compton.

—Vamos, Rob, tu nombre está en la orden de violación de la condicional.

—Tendré que mirarlo.

—Adelante. Esperaré.

Ballard lo oyó teclear y se dio cuenta de que había pillado a Compton en su mesa.

—No sé por qué estoy haciendo esto —dijo—. Recuerdo que me dejaste en la estacada la última vez que te hice un favor.

—Venga ya —dijo Ballard—. Yo recuerdo que te rajaste y me cabreé. Te bajaste del coche y te largaste, pero puedes compensármelo ahora con lo de Dorsey.

—¿Yo tengo que compensártelo? Qué cojones tienes, Ballard. Es lo único que puedo decir al respecto.

Ballard oyó una carcajada al otro lado de la mampara. Sabía que Amy había oído el comentario de Compton. Se llevó el teléfono al pecho para que él no pudiera oír y luego bajó el volumen antes de acercárselo otra vez a la boca.

—¿Lo tienes o no? —preguntó.

—Sí, lo tengo —dijo Compton—. No me extraña que no me acordara. Nunca lo vi. Nunca se presentó. Salió de Wasco hace nueve meses, volvió aquí y desapareció. Presenté la denuncia y lo pillaron.

—Bueno, es un buen momento para conocerlo.

—No puedo, Renée. Me toca hacer papeleo hoy.

—¿Papeleo? Vamos, Robby. Estoy trabajando un caso de homicidio y este tipo podría haber sido un testigo clave.

—No parece que el tipo vaya a hablar. Es pandillero. De los Rolling Sixties desde los ochenta. Un tipo duro. O lo era.

—No tanto. Entonces era un soplón. Un soplón protegido. Mira, yo voy a ir. Puedes ayudarme si quieres. Tal vez darle algún incentivo para que hable.

—¿Qué incentivo sería ese?

—Supongo que podrías darle una segunda oportunidad.

—No, no, no. No voy a dejarlo salir. Me jodería otra vez. No puedo hacer eso, Ballard.

Que Compton usara su apellido le decía a Ballard que estaba decidido en eso.

—Está bien, lo he intentado. Intentaré otra cosa. Nos vemos, Robby. O, en realidad, probablemente no.

Ballard colgó y dejó el teléfono en el escritorio. Amy habló con tono provocativo desde el otro lado de la mampara.

—Zorra.

—Eh, se lo merecía. Estoy trabajando en un asesinato.

—Usted perdone.

El plan de Ballard era ir a la penitenciaría central, pero primero terminó de buscar los nombres de la lista. Después de Brendan Sloan, cuyo paradero ya conocía, iban Elvin Kidd, el jefe de calle de los Rolling Sixties en el momento del asesinato, y Nathan Brazil, el compañero de piso de Hilton. Ambos estaban vivos y consiguió las direcciones en el ordenador de Tráfico. Kidd vivía en Rialto, en el condado de San Bernardino, y Brazil estaba en West Hollywood.

Ballard tenía curiosidad por Kidd. Con ya casi sesenta años, se había alejado del territorio de los Rolling Sixties Crips y, al parecer, sus interacciones con el sistema de justicia terminaron veinte años antes. Constaban detenciones, condenas y tiempo en prisión, pero parecía que después o bien había empezado a pasar inadvertido por sus actividades ilegales, o había encontrado el buen camino. La última posibilidad no habría sido tan inusual. No había tantos pandilleros viejos en la calle. Muchos no llegaban vivos a los treinta, otros estaban en prisión sentenciados a cadena perpetua y otros tantos simplemente abandonaban la vida de la banda después de darse cuenta de que los esperaba una de las dos primeras alternativas.

Al revisar los antecedentes de Kidd, Ballard se encontró con una posible conexión con Hilton. Ambos estuvieron en la prisión estatal de Corcoran y coincidieron durante un período de dieciséis meses a finales de la década de 1980. Hilton estaba finalizando su condena mientras que Kidd empezaba la suya, que terminó trece meses después de que Hilton fuera puesto en libertad.

El solapamiento significaba que podían haberse conocido, aunque uno era blanco y el otro negro y los grupos en la prisión estatal tendían a autosegregarse.

Ballard accedió a la base de datos del Departamento Penitenciario de California y descargó las fotos de Kidd tomadas cada año en las prisiones donde estuvo encarcelado. Al ver las de Corcoran, sintió emoción al reconocerlo. Kidd se había afeitado la cabeza desde su anterior temporada en prisión, pero en ese momento vio que era él.

Enseguida abrió la mochila y sacó la libreta de John Hilton. Pasó las páginas hasta que dio con el dibujo de un hombre negro con la cabeza rapada. Lo comparó con las fotos de Elvin Kidd en Corcoran. Coincidían. John Hilton había sido asesinado en un callejón donde se vendían drogas controlado por un hombre al que evidentemente había conocido y dibujado en la prisión estatal de Corcoran.

Después de eso, Ballard reconfiguró su lista basándose en lo que ya sabía de las personas que la componían. Puso los nombres en dos grupos en función del ángulo desde el que los abordaría:

Dennard Dorsey
Nathan Brazil
Elvin Kidd

Maxwell Talis
Brendan Sloan

Ballard se puso nerviosa. Sabía que estaba progresando. Y sabía que las primeras tres entrevistas, si conseguía que los hombres hablaran con ella, darían contexto a la conversación que esperaba tener con Talis, uno de los investigadores originales del caso. Puso a Sloan en última posición porque, en función de si Dorsey hablaba con ella, podría no ser relevante para su investigación.

Se desconectó del sistema y metió todo el material del caso en la mochila. Se levantó y se inclinó sobre la mampara para mirar a Amy Dodd. Siempre se había preocupado por ella, que había pasado toda su carrera como detective ocupándose de casos de agresión sexual. Ballard sabía que eso podía desgastarte, dejarte una sensación de vacío.

–Me voy –dijo Ballard.

–Buena suerte –respondió Amy.

–Sí, lo mismo digo. ¿Estás bien?

–Estoy bien.

–Fantástico. ¿Cómo van las cosas por aquí?

–No hay controversias últimamente. Olivas mantiene un perfil bajo desde que lo ascendieron a capitán. Además, he oído que piensa retirarse en un año. Probablemente quiere que todo vaya como la seda hasta que se largue. Tal vez incluso se retire como subdirector.

Olivas era el teniente, ya capitán, que había estado al mando de la antigua unidad de Ballard, Homicidios Especiales. Había sido él quien había intentado meterle la lengua hasta la garganta, borracho en una fiesta navideña. Ese momento cambió la trayectoria profesional de Ballard, pero apenas le dejó un rasguño a Olivas. Este había sido ascendido a capitán y estaba al mando de todas las brigadas de la División de Robos y Homicidios. Pero Ballard había hecho las paces con ese asunto. Había encontrado una nueva vida en la sesión nocturna. Los jefes del departamento pensaban que la estaban desterrando a las horas oscuras, pero lo que no sabían era que la estaban redimiendo. Había encontrado su lugar.

Aun así, saber que Olivas planeaba retirarse en un año era información valiosa.

—Cuanto antes, mejor —dijo Ballard—. Cuídate, Doddy.

—Tú también, Balls.

11

La penitenciaría central estaba en Bauchet Street, a un paseo de veinte minutos desde el EAP. Sin embargo, Ballard cambió de opinión y decidió ir en coche para ponerse en marcha después de hablar con Dennard Dorsey y pasar a la siguiente entrevista.

Esperó veinte minutos en una sala de interrogatorios antes de que un ayudante del *sheriff* llamado Valens trajera a Dorsey y lo sentara en una mesa frente a ella. Dorsey tenía maneras que indicaban que se sentía cómodo con su entorno. Distaba mucho de ser un novato de ojos desorbitados. Era afroamericano, con la piel tan oscura que el collar de tatuajes que le rodeaba el cuello por completo resultaba ilegible y más bien parecía una sucesión de viejos moretones. Tenía la cabeza poblada de rastas grises y una barba del mismo tono que era tan larga que también la llevaba trenzada. Le habían esposado las muñecas a la espalda y tenía que inclinarse ligeramente en la silla.

Según los datos que Ballard había obtenido en el ordenador, Dorsey había cumplido cincuenta años en prisión solo unos días antes, lo cual implicaba que tenía veintiuno en el momento del asesinato de John Hilton. Sin embargo, el hombre de enfrente aparentaba más de sesenta. El envejecimiento parecía tan extremo que, al principio, Ballard pensó que se habían equivocado y Valens había llevado a la sala a otro hombre.

–¿Dennard Dorsey? –preguntó.

–Ese soy yo –dijo–. ¿Qué quieres?

–¿Qué edad tienes? Dime tu fecha de nacimiento.

–Diez de marzo del sesenta y nueve. Tengo cincuenta años. ¿Qué coño es esto?

La fecha coincidía y Ballard se convenció por fin. Continuó:

–Se trata de John Hilton.

–¿Quién coño es?

–Lo recuerdas. El tipo al que mataron en el callejón de Melrose donde vendías droga.

–No sé de qué cojones estás hablando.

–Sí, lo sabes. Hablaste con tu reclutador sobre eso. Brendan Sloan, ¿recuerdas?

–Que le den a Brendan Sloan, ese cabrón nunca hizo nada por mí.

–Mantuvo a los de Homicidios alejados cuando quisieron hablar contigo de John Hilton.

–A la mierda Homicidios. Nunca he matado a nadie.

Dorsey se volvió para ver si podía conseguir la atención de un guardia a través de la puerta de cristal que estaba detrás de él. Iba a levantarse para marcharse.

–No te levantes, Dennard –le ordenó Ballard–. No vas a ir a ninguna parte, no hasta que hables conmigo.

–¿Por qué tendría que hablar contigo? –preguntó Dorsey–. Si he de hablar con alguien, será con mi abogado.

–Porque ahora mismo estoy hablando contigo como posible testigo. Si llamas a un abogado, hablaré contigo como sospechoso.

–Te he dicho que nunca he matado a nadie.

–Entonces te voy a dar dos razones para hablar conmigo. Primero, conozco a tu agente de la condicional, al que nunca te presentaste cuando saliste de Wasco. Hemos trabajado juntos. Si me ayudas, hablaré con él. Tal vez retire la denuncia y vuelvas a la calle.

—¿Cuál es la otra razón? —preguntó Dorsey.

Ballard llevaba un traje marrón de raya diplomática. Buscó en el bolsillo interior de su chaqueta un documento doblado, un objeto en que apoyarse que había sacado del expediente del caso al prepararse para el interrogatorio. Lo desdobló y lo puso en la mesa delante de Dorsey, que se inclinó más adelante y hacia abajo para leer.

—No puedo —dijo finalmente—. No me dan gafas aquí. ¿Qué es?

—Es un informe de testigos del caso de asesinato de John Hilton de 1990 —le explicó Ballard—. El investigador al mando dice aquí que no puede hablar contigo porque eres un confidente muy valioso para la unidad de narcóticos.

—Es mentira. No soy ningún soplón.

—Puede que ahora no, pero lo eras entonces. Lo pone aquí, Dennard, y no querrás que este papel caiga en malas manos, ¿me explico? El agente Valens me contó que te tenían en el módulo de los Rolling Sixties. ¿Cómo crees que se lo tomarán los capos si un papel como este circula por ahí?

—Solo me estás vacilando. No puedes hacer eso.

—¿Crees que no? ¿Quieres descubrirlo? Necesito que me hables de ese asesinato de hace veintinueve años. Cuéntame lo que sabes y lo que recuerdas y entonces este papel desaparece y no tienes que preocuparte nunca más.

—Está bien, mira, recuerdo que hablé con Sloan entonces. Le dije que no estuve allí ese día.

—Y eso es lo que él les contó a los detectives del caso. Pero no es toda la verdad, Dennard. Sabes algo. Un asesinato así no ocurre sin que los camellos de esa calle sepan o escuchen algo tarde o temprano. Cuéntame lo que sabes.

–Casi no recuerdo nada de entonces. Yo también me metía muchas drogas.

–Si casi no recuerdas, significa que algo sí. Cuéntamelo.

–Mira, lo único que sé es que nos dijeron que nos abriéramos. Fue como si nos dieran un soplo de que iba a haber una redada. Así que no estuve allí, tía. Se lo dije entonces a Sloan y te lo digo a ti ahora. No vi nada y no sé nada porque no estuve allí. Punto. Venga, rompe el papel, lo has dicho.

–¿Es lo que le contaste a Sloan, que te dijeron que te abrieras?

–No lo sé. Le conté que no estuve allí ese día y no era mentira.

–Vale, ¿quién te dijo que os largarais?

–No lo sé. No me acuerdo.

–Tuvo que ser un capo, ¿no?

–Supongo. Fue hace mucho tiempo.

–¿Qué capo, Dennard? Colabora conmigo. Ya casi estamos.

–No voy a colaborar contigo. Si me sacas de aquí, te cuento quién era.

A Ballard le hizo gracia que Dorsey estuviera tratando de escribir las reglas del trato.

–No, no es así como funciona –dijo–. Me ayudas y yo te ayudo.

–Te estoy ayudando –protestó Dorsey.

–No, estás mintiendo. Cuéntame quién dio la orden de que os largarais y hablaré con tu agente de la condicional. Ese es el trato, Dennard. ¿Lo tomas o lo dejas? Me voy a largar ya. Odio estar en la cárcel.

Dorsey se quedó un momento sentado en silencio y luego asintió con la cabeza, como si se hubiera convencido internamente de aceptar el trato.

—Creo que ahora está muerto de todos modos —dijo.

—Entonces delatarlo no será un problema, ¿no? —dijo Ballard—. ¿Quién era?

—Un veterano. Se llamaba Kidd.

—Quiero un nombre real.

—Ese era su apellido.

—¿Cuál era su nombre?

—Elvin. Casi como Elvis. Elvin Kidd. Controlaba ese callejón y era el puto amo.

—¿Te dijo que te largaras ese día o qué?

—No, solo dijo que me tomara el resto del día libre. Ya casi estábamos terminando y él vino y dijo: «Os abrís de aquí todos».

—¿A quiénes te refieres? ¿Tú y quién más estabais allí?

—Yo y V-Dog, pero ese hijo de puta también está muerto. No va a poder ayudarte.

—Vale. ¿Cómo se llamaba V-Dog?

—Vincent. Pero no me acuerdo del apellido.

—¿Vincent Pilkey?

—Te digo que no lo sé. Solo trabajábamos juntos. No sé el apellido.

Ballard asintió. Su mente ya estaba volviendo a ese callejón veintinueve años antes. Se estaba formando una imagen de Dorsey y Pilkey pasando droga y Elvin Kidd entrando y pidiéndoles que se largaran.

Eso le hizo pensar que Elvin Kidd sabía lo que iba a ocurrirle en ese callejón a John Hilton antes de que pasara.

—Vale, Dennard —dijo Ballard—. Llamaré a tu agente.

—Háblale bien de mí.

—Ese es el plan.

Bosch

12

Bosch aparcó su Jeep Cherokee en el lado norte de Fremont, lo bastante cerca como para caminar sin su bastón hasta la Estación 3 del Departamento de Bomberos de Los Ángeles. Tenía un diseño moderno y se hallaba a la sombra del imponente edificio del Departamento de Agua y Electricidad. También estaba a menos de seis manzanas del Starbucks donde Jeffrey Herstadt sufrió el ataque y lo trató el Equipo de Rescate 3 el día del asesinato del juez Montgomery.

Al acercarse, Bosch vio que las dos puertas de doble anchura del garaje estaban abiertas y todos los vehículos de la estación se encontraban en su lugar. Eso significaba que no había nadie en la calle. El garaje tenía filas de dos estacionamientos. Un camión con escalera ocupaba una entera, mientras que en las otras tres había cuatro camiones de bomberos y una ambulancia. Un hombre con un uniforme azul de bombero sostenía una carpeta mientras inspeccionaba el camión con escalera. Bosch interrumpió su trabajo.

–Estoy buscando a un sanitario llamado Albert Morales. ¿Está aquí?

Bosch se fijó en que el nombre que figuraba en el bolsillo de la camisa del hombre era SEVILLE.

–Sí. ¿Quién lo busca?

–No me conoce. Solo pasaba para darle las gracias de parte de alguien de quien se ocupó en una intervención. Tengo…

De un bolsillo interior de la chaqueta, Bosch se sacó un sobrecito rosa cuadrado con el nombre de Morales escrito en él. Lo había comprado en una tienda del centro comercial subterráneo que había junto al edificio general.

–¿Quiere que se lo dé? –preguntó Seville.

–No, viene con una historia que quiero contarle –dijo Bosch.

–Está bien, voy a ver si puedo encontrarlo.

–Gracias. Espero aquí.

Seville pasó por delante del camión de bomberos y se metió en el edificio de la estación. Bosch se volvió y miró hacia el exterior. Había un terraplén que sostenía la autovía 110 y oyó el sonido del tráfico por encima. Suponía que la circulación no era muy fluida. Estaban en plena hora punta.

Levantó el pie y dobló la rodilla varias veces. La notaba entumecida.

–¿Quería verme?

Bosch se volvió y vio a un hombre con el uniforme azul del Departamento de Bomberos de Los Ángeles y la palabra MORALES en el bolsillo de la camisa.

–Sí, señor –dijo Bosch–. ¿Es usted Albert Morales, Rescate 3?

–Eso es –respondió este–. ¿Qué pa...?

–Entonces esto es para usted.

Bosch se metió la mano en un bolsillo interior de la chaqueta y sacó un papel doblado. Se lo entregó a Morales. El sanitario lo abrió y lo miró; parecía confundido.

–¿Pero esto qué es? –preguntó–. Seville me ha dicho que era una nota de agradecimiento...

–Es una citación firmada por un juez –dijo Bosch–. Tiene que presentarse en el tribunal mañana por la mañana a las nueve en punto. Jeffrey Herstadt le da las gracias de antemano.

Le ofreció el sobre rosa a Morales, pero este no lo cogió.

—Espere, se supone que esto se entrega en el parque central, enfrente del ayuntamiento —dijo Morales—. Luego me lo traen. Así que llévelo allí. —Y le tendió la citación a Bosch.

—No había tiempo para eso —dijo este—. El juez Falcone lo ha firmado hoy y quiere que se presente mañana a primera hora. Si no lo hace, dictará una orden.

—Y una mierda —dijo Morales—. Me largo mañana a Arrowhead. Tengo tres días.

—Creo que será entrar y salir. Todavía podrá llegar a Arrowhead.

—¿Qué caso es? ¿Ha dicho Herstat?

—Jeffrey Herstadt. H-E-R-S-T-A-D-T. Lo trató de un ataque en el Starbucks de Grand Park hace siete meses.

—Es el tipo que mató al juez.

—Presuntamente.

Bosch señaló la citación, que Morales todavía sostenía.

—Dice que tiene que llevar cualquier documentación que tenga sobre la llamada. Y su equipo de rescate.

—¿Mi equipo? ¿Para qué?

—Supongo que lo descubrirá. De todos modos, es lo único que sé. Ha sido notificado y lo veremos mañana a las nueve.

Bosch se volvió y se alejó, dirigiéndose a su coche mientras trataba de no cojear. Morales lanzó otro «Y una mierda» a su espalda y él respondió sin volverse:

—Hasta mañana.

Volvió a su coche e inmediatamente llamó a Mickey Haller.

—¿Has conseguido la citación? —dijo Haller.

—Sí —respondió Bosch—. Entrar y salir, gracias por acelerarlo.

—Ahora dime que se la has entregado a Morales.

–Acabo de hacerlo. No está muy contento, pero creo que estará allí.

–Más vale o me juego el cuello con Falcone. ¿Le dijiste que la citación incluye su equipo?

–Sí, y está en la citación. ¿Vas a poder subirlo al estrado?

–La fiscal va a cabrearse, pero no cuento con ninguna oposición del juez.

Bosch abrió el Jeep y entró. Decidió no probar suerte con la autovía a esa hora. Doblaría en la Uno, seguiría hasta Beverly y luego hasta Hollywood.

–¿Ha venido tu señora del ADN? –preguntó.

–Acaba de avisarme –dijo Haller–. Dice que está en el coche con Stace y va camino al hotel. Estará lista mañana.

–¿Has hablado con ella de esto? ¿Conoce el plan?

–Lo repasé todo con ella. Estamos listos. Tiene gracia, hoy iba casi de farol diciendo que era una experta y resulta que es su especialidad. Lleva cinco años ocupándose de casos de transferencia. Parece que los dioses de la culpa me están sonriendo hoy.

–Está bien. Todavía no tienes nada por lo que sonreír. Morales tiene que responder del modo en que pensamos que responderá. Si no lo hace, estamos jodidos.

–Tengo un buen presentimiento. Esto va a ser divertido.

–Solo recuerda que Morales tiene que ir antes que la señora del ADN.

–Sí, entendido.

Bosch encendió el motor del Jeep y arrancó. Giró a la derecha en la calle Uno y pasó por debajo de la autovía. Cambió ligeramente de tema.

–Me dijiste que cuando estabais preparando el caso pusiste a Cisco a explorar la culpabilidad de una tercera parte –dijo Bosch.

Cisco Wojciechowski era el investigador de Haller. Había ayudado a preparar el caso Herstadt, pero tuvo que dejarlo para someterse a una apendicectomía de urgencia. No tenía que volver al trabajo hasta la semana siguiente. La culpabilidad de una tercera parte era una estrategia de defensa estándar: otro lo hizo.

—Lo miraremos —dijo Haller—. Pero para llevar eso al tribunal como defensa necesitas pruebas y no teníamos ninguna. Eso ya lo sabes.

—¿Os centrasteis en alguien en concreto? —preguntó Bosch.

—Joder, no. El juez Montgomery tenía montones de enemigos. No sabíamos por dónde empezar. Conseguimos una lista de nombres, sobre todo del expediente del caso, y partimos de ahí, pero nunca llegamos al punto de poder señalar con el dedo en un juicio. Simplemente no estaba ahí.

—No he visto ninguna lista en el material que me diste. ¿Tienes una copia del expediente del caso?

—Cisco tenía la copia que compartieron con nosotros. Pero, si esto va como creemos que puede ir mañana, no tendremos que probar la culpabilidad de una tercera parte. Ni siquiera lo necesitamos. Ya tendremos una duda lo bastante razonable.

—Puede que tú no lo necesites, pero yo sí. A ver si puedes conseguirlo de Cisco. Quiero ver otras vías de investigación. El Departamento de Policía de Los Ángeles tiene que haber buscado otros sospechosos posibles. Quiero saberlo.

—Entendido, hermano, lo conseguiré. Y gracias por lo de hoy.

Bosch colgó. Se sentía incómodo de que le dieran las gracias por una trama que podría poner en libertad a un acusado de asesinato. Se sentía incómodo siendo investigador para la defensa, incluso si el acusado de ese caso era posiblemente un hombre inocente.

13

Bosch aparcó justo delante de la casa .de Margaret Thompson. Pensó en recorrer el breve trayecto hasta la entrada sin el bastón, pero se lo pensó mejor al ver los seis escalones que conducían al porche. Le dolía la rodilla de un día entero en movimiento, con y sin él. Decidió no forzar; lo cogió del asiento del pasajero y se apoyó para acercarse poco a poco a la entrada y subir los escalones. No vio ninguna luz encendida, pese a que estaba oscureciendo. Llamó a la puerta, pero ya estaba pensando que debería haber avisado antes, se habría ahorrado perder el tiempo. En ese momento se encendieron las luces del porche y Margaret abrió la puerta.

–¿Harry?

–Hola, Margaret. ¿Cómo estás?

–Bien. ¿Qué te trae por aquí?

–Bueno, quería ver cómo te va y también preguntarte por el caso, el expediente que me diste. He pensado que tal vez podría mirar en el despacho de John Jack para ver si tenía notas relacionadas con su investigación.

–Bueno, puedes mirar si quieres, pero no creo que haya nada.

Margaret lo hizo pasar y fue encendiendo las luces. Eso hizo que Bosch se preguntara si había estado sentada en la oscuridad hasta que él había llamado a la puerta.

En el despacho, Margaret señaló el escritorio. Bosch hizo una pausa y estudió toda la estancia.

—Cogí la carpeta del caso de encima de la mesa –dijo–. ¿Ya estaba ahí o la encontraste en otro sitio?

—Estaba en el cajón de abajo a la derecha –dijo Margaret–. La encontré mientras buscaba los papeles del cementerio.

—¿Los papeles del cementerio?

—Compró esa parcela en Hollywood Forever hace muchos años. Le gustaba el nombre.

Bosch rodeó el escritorio y se sentó. Abrió el cajón inferior derecho. Estaba vacío.

—¿Lo has vaciado?

—No, no he mirado ahí desde el día que encontré la carpeta.

—Entonces, ¿no había nada más? ¿Solo el expediente?

—Nada más.

—¿John Jack pasaba mucho tiempo aquí?

—Un día o dos por semana. Cuando revisaba las facturas y los impuestos. Cosas así.

—¿Tenía ordenador? ¿Algún portátil?

—No, nunca tuvo. Decía que odiaba trabajar con ordenador.

Bosch asintió. Abrió otro cajón mientras hablaban.

—¿Alguna vez viste la carpeta antes de que la encontraras en el cajón?

—No, Harry, nunca. ¿Qué pasa?

En el cajón había dos talonarios de cheques y pilas de sobres de la compañía de la luz y la televisión por cable sujetas con gomas elásticas. Eran facturas domésticas.

—Bueno, se lo di a una detective y ha empezado a revisarlo. Me ha dicho que John Jack no había añadido nada y hemos pensado que podría haber guardado notas por separado.

Bosch abrió el cajón superior y estaba lleno de bolígrafos, clips y pósits. Había unas tijeras, un rollo de cinta de embalar, una linternita y una lupa con un mango de hueso con una inscripción grabada:

A mi Sherlock.
Con amor, Margaret.

–Da la impresión de que se llevó el expediente cuando se retiró, pero que nunca lo trabajó. –Desde el escritorio, Bosch vio una puerta en la pared opuesta–. ¿Te importa si busco en el armario?

–No, adelante.

Bosch se levantó y se acercó. El armario era para guardar ropa de otra temporada. Había unos palos de golf con aspecto de que apenas se habían utilizado, y Bosch recordó que se los habían regalado a John Jack en su fiesta de jubilación.

En el estante de encima de la barra, Bosch vio una caja de cartón al lado de una pila de discos viejos y un casco de *bobby* que probablemente le había regalado a John Jack algún agente de la policía británica de visita.

–¿Qué hay en la caja?

–No lo sé. Era su cuarto, Harry.

–¿Te importa si miro?

–Adelante.

Bosch bajó la caja. Era pesada y estaba precintada. La llevó al escritorio y con las tijeras del cajón cortó la cinta por la parte superior.

La caja estaba llena de documentos policiales, pero estos no estaban contenidos en carpetas o expedientes. A primera vista, parecían de casos múltiples, almacenados de manera azarosa. Bosch empezó a sacar gruesos fajos de documentos y a ponerlos en el escritorio.

–Puede que tarde un rato –dijo–. Tengo que mirar esto para ver qué es y si está relacionado con el caso.

—Te dejo tranquilo para que puedas trabajar —repuso Margaret—. ¿Quieres un café, Harry?

—Ah, no. Pero un vaso de agua me vendría bien. Se me está hinchando la rodilla y tengo que tomarme una pastilla.

—¿La has forzado?

—Probablemente. Ha sido un día largo.

—Voy a buscarte agua.

Bosch terminó de sacar los documentos de la caja y empezó a revisarlos, empezando por los del fondo. Rápidamente quedó claro que no guardaban ninguna relación con el caso de John Hilton. Lo que tenía delante eran copias de registros parciales de casos e informes de detención, así como notificaciones de la junta de libertad condicional del estado de California. John Jack Thompson había seguido la pista de personas a las que había enviado a prisión como detective y había escrito cartas a la junta para oponerse a la concesión de condicionales y se había informado de cuándo ponían a los presos en libertad.

Margaret volvió a la habitación con un vaso de agua. Bosch le dio las gracias y buscó un frasco de pastillas en el bolsillo.

—Espero que no sea la oxicodona esa de la que hablan en los periódicos a todas horas —dijo Margaret.

—No, no es nada fuerte —contestó él—. Solo es un antiinflamatorio.

—¿Has encontrado algo?

—¿Aquí? La verdad es que no. Parecen registros viejos de gente que metió en prisión. ¿Alguna vez dijo que estuviera asustado de que alguno pudiera venir a buscarlo?

—No, nunca. Le pregunté por eso alguna vez, pero siempre me decía que no había de qué preocuparse. Que los peores nunca iban a salir.

Bosch asintió.

–Probablemente es cierto –repuso.

–Entonces te dejo –dijo Margaret.

Después de que la mujer saliera de la habitación, Bosch consideró los documentos que tenía delante. Decidió que no iba a pasarse dos horas mirando todos los papeles de la caja. Estaba seguro de que el contenido no guardaba relación con Hilton. Empezó a revisar una muestra final de papeles solo para asegurarse y se encontró con una copia de un resumen de un informe de sesenta días de un caso de asesinato que reconoció.

La víctima era una estudiante de diecinueve años del City College de Los Ángeles llamada Sarah Freelander. La violaron y apuñalaron en el otoño de 1982. Había desaparecido en algún punto entre el colegio universitario, situado del lado este de la autovía 101, y su apartamento, en Sierra Vista, en el lado oeste de la autovía, después de asistir a clase. Su apartamento estaba a trece manzanas de la escuela y ella hacía el trayecto en bicicleta. Su compañera de piso denunció la desaparición, pero Sarah era joven y no había indicaciones sospechosas. La denuncia no se tomó en serio.

Llamaron a Thompson y Bosch cuando hallaron el cadáver de la joven y su bicicleta bajo una fila de árboles en el paso elevado de la autovía, más allá de la valla exterior de un campo de béisbol del Lemon Grove Recreation Center.

El pequeño parque se extendía a lo largo de Hobart Boulevard en el lado oeste de la autovía y se encontraba en un punto equidistante de Melrose Avenue al sur y Santa Monica Boulevard al norte, las dos calles que pasaban por debajo de la autovía entre las que Sarah probablemente habría elegido para volver de la escuela. Bosch y Thompson trabajaron el caso con todo su empeño, y Harry recordaba haber ido a la casa de John Jack para salir de comisaría a discutir ideas y posibilidades. La muerte de la chica encendió el fuego interno de John Jack, le conmovió. Había prometido a los padres que encontraría al asesino. Fue la primera vez que Bosch vio la intensidad que su mentor ponía en el trabajo y en su búsqueda de la verdad.

Pero nunca resolvieron el caso. Encontraron a un testigo creíble que vio a Sarah pedaleando en su bicicleta hacia el paso subterráneo de Melrose, pero nunca encontraron su pista al otro lado. Los detectives se centraron en un compañero estudiante del City College de Los Ángeles que había sido rechazado un mes antes cuando le pidió una segunda cita a Sarah. Pero no pudieron con él ni con su coartada y el caso finalmente no llegó a ninguna parte. Sin embargo, John Jack jamás lo olvidó. Mucho después de que dejaran de ser compañeros, cada vez que Bosch se lo encontraba en una fiesta de jubilación o en una sesión de formación, John Jack sacaba a colación a Sarah Freelander y la decepción de no haber dado con su asesino. Todavía pensaba que era el otro estudiante.

Bosch dejó el informe otra vez en la caja y usó cinta de embalar del cajón del escritorio para volver a cerrarla. La devolvió a su lugar en el armario y salió de la habitación. Se encontró a Margaret sentada en el salón, mirando las llamas de una chimenea de gas.

–Margaret, gracias.

–¿No has encontrado nada?

–No, y no hay ningún otro lugar en la casa donde podría haber guardado algo relacionado con el expediente, ¿no? ¿En el garaje?

–No lo creo. Allí solo guardaba herramientas y cañas de pescar, pero puedes mirar.

Bosch se limitó a asentir. No creía que hubiera nada que encontrar. Ballard quizá tuviera razón: John Jack no se había llevado el expediente del caso para trabajarlo; era otra cosa.

—No creo que haga falta –dijo–. Voy a irme, pero volveré si surge algo. ¿Estás bien?

—Estoy bien –dijo Margaret–. Solo me pongo un poco melancólica y llorosa por la noche. Lo echo de menos.

Margaret estaba completamente sola. John Jack y ella no habían tenido hijos. Él le dijo una vez que no podía traer un hijo al mundo que veía como agente de policía.

—Claro –dijo Bosch–. Lo entiendo. Si no te importa, vendré de vez en cuando, para ver si necesitas algo.

—Es bonito, Harry. En cierto modo, eres lo más parecido a un hijo que tuvimos. John Jack no quería niños y ahora me he quedado sola.

Bosch no sabía qué decir a eso.

—Bueno, eh, si necesitas algo, me llamas –murmuró–. De día o de noche. Ya cierro yo al salir.

—Gracias, Harry.

De regreso en su coche, Bosch se sentó allí y se relajó durante unos minutos antes de llamar a Ballard para contarle que el despacho doméstico de Thompson no llevaba a ninguna parte.

—¿Nada de nada?

—Ni una libreta de apuntes. Creo que tienes razón: no se lo llevó para trabajarlo. Simplemente no quería que nadie más lo hiciera.

—Pero ¿por qué?

—Esa es la cuestión.

—Dime, ¿qué haces mañana? ¿Quieres venir conmigo a Rialto?

—No puedo. Tengo tribunal por la mañana. Tal vez después. Pero ¿qué hay allí? Está lejos.

—Elvin Kidd, el jefe de calle de los Rolling Sixties que le dijo a sus camellos que se marcharan del callejón el día que mataron a Hilton.

—¿Cómo lo has conseguido?

—Del soplón que Hunter y Talis no tuvieron ocasión de interrogar en 1990.

—Espera a que termine y luego vamos a verlo. —Vaciló un momento y añadió—: No deberías ir sin refuerzos.

—El tipo tiene como sesenta y está fuera de juego —dijo Ballard—. Rialto está a dos horas y a un mundo del sur de Los Ángeles. Es donde van los pandilleros cuando dejan las calles.

—No importa. Te llamo cuando esté libre y salimos. Tal vez podrías dormir un poco hasta entonces.

—No puedo. Voy a ver a los de Balística a primera hora.

—Entonces vete a casa, donde esté tu casa, y duerme.

—Sí, papá.

—Ya te dije que no me llamaras así.

—Hagamos un trato. Dejaré de llamarte «papá» si tú dejas de decirme que duerma un poco.

—Trato hecho.

—Buenas noches, Harry.

—Eso mismo. Cuéntame qué te dicen mañana en Balística.

—Lo haré.

Ballard colgó y Bosch arrancó el Jeep y se dirigió a su casa.

Ballard

Ballard acudió a la reunión del tercer turno, pero no había necesidad de sus talentos al inicio de su jornada. No había seguimientos ni interrogatorios ni entregas de citaciones ni nada de nada. Después, Ballard fue a la sala de detectives vacía, eligió un escritorio y puso la radio, dejándola en la emisora que había programado Bosch. Se preparó para trabajar con el ordenador y empezó a buscar información sobre Elvin Kidd y Nathan Brazil.

Descubrió que Kidd era propietario de una casa valorada en seiscientos mil dólares y dirigía una empresa de construcción llamada Kidd Construction, especializada en proyectos de renovación comercial. La licencia estaba a nombre de Cynthia Kidd. Ballard suponía que era la esposa y que Elvin utilizaba su nombre para sortear el hecho de que tenía antecedentes penales.

Ballard se quedó con la impresión de que, al menos sobre el papel, en algún momento, Kidd se había alejado de las bandas y había elegido el buen camino. La licencia de actividad de Kidd Construction se había concedido en 2002, doce años después del asesinato de John Hilton.

Ballard buscó la casa de Kidd en Google Maps y estudió la foto un momento. Parecía la imagen ideal de la vida en un barrio residencial: fachada gris con molduras blancas y garaje de dos plazas; solo faltaba una cerca blanca delante. Ballard se fijó en una furgoneta con un remolque aparcada en el sendero. En el lateral estaba escrito el nombre de la empresa y, aunque Google lo había pixelado, a Ballard no le cabía duda de que decía KIDD CONSTRUCTION. Buscó la dirección correspondiente a la licencia y determinó que era un almacén pequeño. Así que tal vez Kidd dirigía su negocio desde casa y quizá su situación económica no era la más boyante. No obstante, la casa tenía una única hipoteca y la furgoneta no aparentaba más de un año o dos. No estaba mal para un tipo que había cumplido dos condenas en una prisión estatal antes de los treinta. Ahora, a los sesenta y dos, era uno de los pocos afortunados que habían sobrevivido a las bandas.

Nathan Brazil era otra historia. Ballard encontró dos bancarrotas en su registro y una retahíla de órdenes de desahucio dictadas contra él a lo largo de los últimos veinticinco años. También encontró una solicitud de alquiler en línea según la cual trabajaba en restauración. Ballard interpretó que eso significaba que seguramente era camarero en un bar o chef. Una de las referencias que daba en la solicitud –que era de 2012– era la del encargado de un restaurante tex-mex de West Hollywood, Marix. Ballard solía cenar allí con frecuencia unos años antes, cuando vivía en la zona. Era el lugar al que ir para tomar margaritas o comer fajitas. Se preguntó si alguna vez la habría servido Brazil, aunque no lo reconoció en la foto del carnet de conducir que había encontrado.

La foto de Google Maps de la que Ballard creía que era la dirección actual de Brazil correspondía a un edificio posmoderno de los años cincuenta en Sweetzer: una única planta de apartamentos encima de un aparcamiento abierto. El complejo parecía envejecido y trasnochado y la fachada de yeso amarillento se veía llena de carteles pegados que recordaban que el aparcamiento estaba reservado a los inquilinos.

Cuando Ballard estaba imprimiendo las capturas de pantalla de su búsqueda, el móvil empezó a sonar. «Número desconocido.» Aceptó la llamada.

–Soy Max Talis. Me has dejado un mensaje.

Ballard miró el reloj de pared y se sorprendió. Le había dejado el mensaje a Talis cuatro horas antes. No estaba segura de si había diferencia horaria entre Idaho y Los Ángeles, pero el hecho de que llamara después de medianoche parecía extraño para un hombre retirado.

–Sí, detective, gracias por llamar.

–Deja que lo adivine, ¿es sobre Biggie?

–¿Biggie? No. Eh…

–La mayoría de las veces me llaman por eso. Solo tuve el caso veinte minutos antes de que me lo quitaran los peces gordos. Pero todavía me llaman porque estoy en los archivos.

Ballard supuso que se estaba refiriendo a Biggie Smalls, el rapero cuyo asesinato en la década de los noventa seguía oficialmente sin resolver y que había sido objeto de incontables artículos, documentales y películas basadas en hechos reales. Era uno más de una larga lista de asesinatos en Los Ángeles que fascinaba a la opinión pública, cuando en realidad fue un asesinato callejero no muy diferente del de John Hilton: un hombre al que dispararon en el asiento delantero de su coche.

En su mensaje, Ballard no había mencionado el caso del que quería hablar con Talis, porque eso podría haberle dado una razón para no llamar.

–En realidad, quiero hablar con usted sobre John Hilton –dijo en ese momento.

Hubo una pausa antes de que Talis contestara.

–John Hilton –dijo él–. Tendrás que ayudarme un poco.

Ballard le dio la fecha del asesinato.

–Varón blanco, veinticuatro años, recibió un disparo en su Toyota Corolla en un callejón donde se vendía droga cerca de Melrose –añadió–. Un tiro detrás de la oreja. El caso les tocó a Hunter y a usted. Yo acabo de heredarlo.

–Vaya, sí, Hilton, como el hotel. Recuerdo que al ver su identificación pensamos: «Ojalá que no sea pariente», porque habríamos tenido una tormenta mediática.

–Así que recuerda el caso.

–No todo, pero sí que nunca llegamos a ninguna parte. Solo fue un robo que acabó mal. Que si drogas, que si bandas…, difícil de resolver.

–Hay aspectos del caso que hacen que lo vea de otra forma. ¿Puede hablar ahora? Sé que es tarde.

–Sí, estoy en el trabajo. Tengo mucho tiempo.

–¿En serio? ¿Qué hace?

–Decías en el mensaje que estás en el turno de noche. Lo llamábamos «la sesión nocturna». El caso es que yo estoy igual. Vigilante nocturno. Sesión nocturna.

–¿En serio? ¿Dónde?

–En una vía de servicio para camiones. Me aburría, ¿sabes? Así que vengo tres noches por semana a mantener la paz y… la pipa, no sé si me explico.

Era un vigilante de seguridad armado. A Ballard le parecía venirse muy a menos, habiendo sido detective de homicidios en el Departamento de Policía de Los Ángeles.

–Bueno, tenga cuidado –dijo–. ¿Puedo preguntarle por el caso Hilton?

–Puedes –dijo Talis–, pero no estoy seguro de que recuerde nada.

–Vamos a ver. Mi primera pregunta es sobre la carpeta del caso. El resumen del informe sobre los padres de la víctima tiene un par de líneas tachadas.

–¿Te refieres a la página? ¿Alguien las tachó?

–Exacto. ¿No fue usted o Hunter?

–No, ¿por qué íbamos a hacerlo? ¿Te refieres a partes tachadas como hacían los federales con lo de Rusia?

–Sí, tachado. Son solo dos líneas, pero llama la atención. Nunca había visto eso antes. Podría leer la página o enviársela por fax. Tal vez le ayude…

–No, no me ayudará. Si no lo recuerdo, no lo recuerdo.

Ballard detectó un cambio de tono en la voz de Talis. Pensó que podría haber recordado algo sobre el caso, pero que se estaba cerrando.

–Deje que saque la carpeta y se lo lea –insistió Ballard.

–No, cielo, te lo acabo de decir –dijo Talis–. No recuerdo el caso y estoy ocupado.

–Vale, deje que le pregunte una cosa. ¿Recuerda a John Jack Thompson?

–Claro. Todo el mundo conoce a John Jack. ¿Qué tiene…?

–¿Alguna vez discutió este caso con él?

–¿Por qué iba a hacerlo?

–No lo sé. Por eso se lo pregunto. El expediente de este caso acabó en sus manos. Cuando se retiró, se lo llevó a casa, lo robó…, y estoy tratando de descubrir por qué.

–Pues tendrás que preguntárselo a él.

–No puedo. Murió la semana pasada y su mujer entregó el expediente. Ahora lo tengo yo y estoy tratando de descubrir por qué se lo llevó.

–Siento enterarme de que John Jack ha muerto, pero no puedo ayudarte. No tengo ni idea de por qué tenía el expediente. Tal vez habló con mi compañero de eso, pero conmigo no.

Ballard instintivamente supo que Talis estaba ocultando algo. Qué era no iba a compartirlo con ella. Hizo un último intento de sacárselo.

–Detective Talis, ¿está seguro de que no puede ayudarme? –preguntó–. Da la impresión de que recuerda el caso. ¿Está protegiendo a alguien o algún secreto? No hace falta…

–Alto ahí, jovencita –dijo Talis con voz enfadada–. ¿Estás diciendo que estoy protegiendo a alguien, guardando secretos…? Entonces ahora es cuando te digo que te vayas a la mierda. A mí nadie me habla así. Les di al Departamento y a la ciudad…

–Detective, no estoy tratando de insultarlo.

–… veinticinco años de mi vida y mandé a prisión a gente cuando tú hacías mamadas a los chicos debajo de las gradas. Si me insultas a mí, estás insultando todo lo que hice. Adiós, detective Ballard.

Talis colgó.

Ballard se quedó a cuadros y se puso colorada de rabia y vergüenza.

–Pues que te den –le dijo a la sala vacía.

En ese momento sonó su nombre en el altavoz del techo, que la salvó de la situación. El teniente Washington requería su presencia.

Se levantó para ir a la sala de control.

15

Algunas llamadas acarrean una sensación de profundo terror que impacta mucho antes de ver una escena del crimen o plantear preguntas. Era uno de esos casos. El teniente Washington había enviado a Ballard a una casa de Beachwood Canyon, donde se había informado de un suicidio. La patrulla quería que un detective lo confirmara. El teniente le contó a Ballard que se trataba de una niña.

La casa estaba una manzana al norte de Franklin, en Van Ness. Era un viejo chalet estilo *craftsman* en el que el revestimiento de madera tenía el aspecto de haber sido devorado desde dentro por termitas. Delante había dos coches patrulla y una furgoneta blanca con una franja azul en el lateral que pertenecía a la Oficina del Forense. Ballard aparcó detrás de la furgoneta y bajó del coche.

Dos agentes estaban esperando en el porche delantero. Los había visto antes, en la reunión de turno, y sabía que se llamaban Willard y Hoskins. Tenían la mirada distante y se notaba que la escena del interior los había horrorizado.

–¿Qué tenemos aquí? –preguntó Ballard.

–Una niña de once años se ha colgado en el dormitorio –dijo Willard–. Es una escena espantosa.

–Su madre la encontró al volver del trabajo, alrededor de las once –añadió Hoskins.

–¿Alguien más en la casa? –preguntó Ballard–. ¿Dónde está el padre?

–Aquí no –dijo Hoskins–. No sabemos nada de él.

Ballard pasó por al lado de los agentes y abrió la puerta de la casa. De inmediato, oyó a una mujer llorando. Entró y a su derecha vio a una agente llamada Robards sentada en un sofá, al lado de una mujer que sollozaba con la cara entre las manos. Le hizo un gesto a Robards y señaló la escalera del vestíbulo principal. Esta asintió: el cadáver estaba arriba.

Ballard subió y oyó una conmoción procedente de la puerta abierta en el lado derecho del descansillo. Entró en un dormitorio de paredes rosas y vio el cuerpo de una niña colgando de un lazo hecho de corbatas anudadas en torno a un viga. En el suelo, delante de una cama enorme, había una silla volcada que correspondía a un escritorio. Había orina en la alfombra, debajo del cadáver, y olía a excremento en el dormitorio.

Un agente llamado Dautre estaba allí, con las manos en los bolsillos para asegurarse de no tocar nada. También había un criminólogo llamado Potter y dos investigadores del forense a los que Ballard no conocía. Habían introducido un termómetro en el cadáver a través de una incisión para tomar la temperatura del hígado y determinar la hora estimada de la muerte.

–Ballard –dijo Dautre–, esto es dantesco. Es una cría.

Ballard había estado en escenas del crimen con Dautre antes –le había explicado el truco de mantener las manos en los bolsillos– y él nunca se había mostrado agobiado por lo que veía. Pero esta vez sí. Era mulato, pero tenía la tez casi blanca y los ojos desorbitados. Ballard asintió y empezó a moverse en círculo en torno a la habitación. No quería mirar el rostro de la niña muerta, pero sabía que tenía que hacerlo. Estaba contorsionado, con los ojos entrecerrados. La mirada de Ballard descendió por el cuerpo en busca de cualquier signo de lucha, llegando en última instancia a los dedos. Muchas veces los suicidas cambiaban de opinión y se agarraban a la cuerda o la correa en torno al cuello y se rompían las uñas o se hacían laceraciones. No había ninguna señal de eso. La niña aparentemente nunca había flaqueado en su decisión.

Llevaba una falda verde lisa y una blusa blanca con el escudo de una escuela privada en el bolsillo. Tenía unos quince kilos de sobrepeso y Ballard se preguntó si habría sufrido acoso escolar.

También se fijó en que se habían atado dos corbatas de hombre y se habían pasado en torno a la viga para luego hacer el lazo que la chica había puesto en torno al cuello. Ballard supuso que la niña había tenido que entrar en la habitación de sus padres para coger las corbatas y se preguntó si eso era significativo.

–¿Te parece bien si la bajamos? –dijo uno de los investigadores del forense.

Ballard asintió.

–¿Habéis terminado?

–Sí –dijo el mismo hombre–. No vemos ningún indicio de homicidio. ¿Lo confirmas?

–¿Habéis encontrado alguna nota?

–Nada. Pero su teléfono móvil estaba en el vestidor. Parece que llamó a su padre anoche a las nueve. Nada más.

–Quiero un examen toxicológico completo, raspaduras de las uñas y todas las pruebas de agresión sexual, solo por si las moscas.

–Lo apunto. ¿Confirmas el suicidio?

–Lo confirmo. Por ahora. Envíame esos informes, por favor. Soy la detective Ballard, tercer turno de Hollywood. Y que nadie hable a la madre y al padre de eso.

—Entendido.

Ballard y Dautre retrocedieron cuando uno de los hombres del forense abrió una escalera mientras el otro desplegaba una mortaja en el suelo. Uno subió a cortar la corbata en lo alto de la viga para conservar el lazo de una pieza. El otro se quedó de pie detrás del cadáver, separó los pies para prepararse y luego envolvió a la niña muerta con los brazos. El primero cortó la ligadura y el del suelo sostuvo el cuerpo hasta que su compañero bajó de la escalera y lo ayudó a bajarlo hasta la mortaja. Envolvieron el cadáver, lo trasladaron a una bolsa amarilla y la cerraron con la cremallera. Como la escalera de la casa era muy estrecha, no habían traído camilla. Los dos levantaron la bolsa amarilla, uno por cada lado, y la sacaron de la habitación.

Ballard se acercó al vestidor y buscó alguna nota. Se puso guantes y empezó a abrir cajones y un joyero. Nada.

—¿Me necesitas aquí, Renée? —preguntó Dautre.

—Puedes bajar —dijo Ballard—. Pero no desmontes la escena todavía. Diles a Willard y Hoskins que pueden irse.

—Entendido.

Ballard y Potter se quedaron solos en la habitación.

—¿Quieres todas las pruebas? —preguntó Potter.

—Sí —dijo Ballard—. Por si acaso.

—¿Has visto algo?

—No, todavía no.

Ballard pasó otros veinte minutos en la habitación buscando una nota o algo que explicara por qué una niña de once años se había quitado la vida. Miró el móvil de la menor, que no estaba protegido por contraseña —probablemente una regla parental— y no vio nada digno de señalar, salvo el registro de una llamada de doce minutos a un contacto llamado «Papá».

Finalmente bajó la escalera y entró en el salón. Robards se levantó de inmediato, evidentemente ansiosa por cederle la responsabilidad de la pesadilla a Ballard.

—Ella es la señora Winter —dijo.

Robards rodeó una mesita de café para alejarse de manera que Ballard pudiera pasar y sentarse en el sofá en su lugar.

—Señora Winter, lo siento mucho —empezó Ballard—. ¿Puede decirnos dónde está su marido ahora mismo? ¿Ha tratado de localizarlo?

—Está en Chicago por trabajo. No he tratado de hablar con él. Ni siquiera sé cómo decirle o contarle esto.

—¿Tiene familia en la zona, alguien con quien quedarse esta noche?

—No, y no quiero irme. Quiero estar cerca.

—Creo que es mejor que se vaya. Puedo llamar a un psicólogo para que la ayude. El Departamento tiene un equipo de…

—No, no quiero nada de eso. Solo quiero que me dejen sola. Quiero quedarme aquí.

Ballard había visto el nombre de la niña en el joyero y en unas libretas escolares que había ojeado en el piso de arriba.

—Hábleme de Cecilia. ¿Estaba teniendo problemas en la escuela o en el barrio?

—No, estaba bien. Era buena. Si hubiera habido un problema, me lo habría contado.

—¿Tiene más hijos, señora Winter?

—No, solo ella.

Esto produjo un nuevo estallido de llanto y un gemido desgarrador. Ballard dejó que se desahogara mientras se dirigía a Robards.

–¿Tienes algún folleto de ayuda psicológica que podamos darle? ¿Números a los que llamar para hablar con alguien?

–Sí, en el coche. Vuelvo enseguida.

Ballard devolvió su atención a la señora Winter. Se fijó en que iba descalza y en que la planta del pie que quedaba a la vista estaba sucia.

–¿Está segura de que su hija no dejó una nota o envió algún mensaje de texto sobre lo que pensaba hacer?

–¡Claro que no! Lo habría impedido. ¿Qué clase de madre horrible cree que soy? Esto es la pesadilla de mi vida.

–Lo siento, señora. No quería dar a entender eso. Vuelvo enseguida.

Ballard se levantó y le hizo una seña a Dautre para que la siguiera. Salieron y se detuvieron en el porche, justo cuando Robards estaba subiendo los escalones con un folleto. Ballard habló en voz baja.

–Mirad por el barrio y buscad una nota en las papeleras. Empezad por esta casa, pero hacedlo con discreción.

–De acuerdo –dijo Dautre.

Los dos policías bajaron juntos las escaleras del porche y Ballard volvió a entrar y regresó al sofá. La señora Winter habló antes de que ella se sentara.

–No creo que se haya suicidado.

La afirmación no sorprendió a Ballard. La negación formaba parte del proceso de duelo.

–¿Por qué?

–Creo que no quería matarse. Creo que fue un accidente. Cometió un error. Estaba jugando y las cosas fueron mal.

–¿A qué estaba jugando?

–Bueno, como hacen los niños en sus cuartos. Cuando están solos. Seguramente esperaba que yo llegara y la encontrara. Para llamar la atención. Yo la habría pillado, la habría rescatado y entonces ella habría sido la protagonista.

–¿Era hija única y pensaba que no recibía suficiente atención?

–Ningún niño cree que recibe atención suficiente. A mí me pasaba.

Ballard sabía que la gente golpeada por la pérdida y el trauma procesaba el dolor de miles de formas distintas. Siempre trataba de reservarse su juicio sobre lo que decía la gente después de una catástrofe vital.

–Señora Winter, en este folleto se explican todos los servicios que tiene disponibles en este momento tan difícil.

–Ya se lo he dicho. No quiero nada. Solo que me dejen sola.

–Lo dejaré en la mesa, por si cambia de opinión. Pueden ser muy útiles.

–Por favor, váyase ya. Quiero estar sola.

–Me preocupa dejarla así.

–No se preocupe. Déjeme llorar por mi hija.

Ballard no respondió ni se movió. De pronto, la mujer levantó la mirada de las manos y le clavó sus ojos llorosos y enrojecidos.

–¡Váyase! ¿Qué tengo que hacer para que se marche?

Ballard asintió.

–Muy bien. Me voy. Pero creo que sería bueno saber por qué Cecilia hizo lo que hizo.

–Nunca se sabe por qué un niño decide hacer algo.

Ballard cruzó el salón hasta el recibidor. Miró atrás, a la mujer. Otra vez tenía la cara entre las manos.

Salió de la casa y se unió a Robards y Dautre en su coche.

–Nada –dijo Dautre.

–Hemos mirado en sus cubos y en los de los vecinos de ambos lados –dijo Robards–. ¿Quieres que sigamos?

Ballard miró a la casa. Vio que la luz se apagaba detrás de las cortinas del salón. Sabía que algunos misterios nunca se resolvían.

–No –dijo ella–. Podéis iros.

Los agentes se dirigieron con rapidez a su coche patrulla, como ansiosos por salir de la escena. Ballard no los culpaba. Se metió en su coche y se quedó un buen rato sentada, mirando la casa, ahora oscura. Finalmente, sacó su teléfono y marcó el número que Cecilia había guardado como «Papá» en su lista de contactos; lo había anotado. Un hombre respondió la llamada enseguida, pero aun así parecía sobresaltado por haberlo sacado de su sueño.

–¿Señor Winter?

–Sí. ¿Quién es?

–Detective Ballard, Departamento de Policía de Los...

–Ay, Dios, ¿qué ha ocurrido?

–Siento decírselo, señor, pero su hija, Cecilia, está muerta.

Hubo un largo silencio, roto solo cuando el hombre al otro lado de la línea empezó a llorar.

–Señor, ¿puede decirme dónde está? ¿Hay alguien con usted?

–Se lo dije. Le dije que esta vez parecía que iba en serio.

–¿A Cecilia? ¿Qué le dijo?

–No, a mi mujer. Mi hija, nuestra hija es... Estaba... inquieta. Se ha suicidado, ¿no? Ay, Dios mío, no puedo...

–Sí, me temo que sí. ¿Ha hablado con ella esta noche?

–Me ha llamado. Me ha dicho que iba a hacerlo. Lo había dicho antes, pero esta vez parecía... ¿Está mi mujer ahí?

—Está en casa. Nos ha pedido que nos marchemos. ¿Hay algún familiar o amigo al que pueda llamar para que esté con ella? En realidad, lo llamo por eso. Tenemos que respetar sus deseos de que nos vayamos, pero no creo que haya que dejarla sola.

—Conseguiré a alguien. Llamaré a su hermana.

—Gracias, señor. —Hubo más sollozos y Ballard lo dejó un rato antes de interrumpirlo—: ¿Dónde está ahora, señor Winter?

—En Naperville. La empresa para la que trabajo tiene la sede aquí.

—¿Dónde está eso, señor?

—En las afueras de Chicago.

—Creo que tiene que volver a casa y estar con su esposa.

—Sí. Voy a reservar el primer vuelo.

—¿Puede decirme lo que le dijo su hija en la llamada telefónica?

—Dijo que estaba cansada de no tener amigos y de su sobrepeso. Probamos varias cosas con ella. Para ayudarla. Pero nada funcionó. Parecía diferente esta vez, muy triste. Le dije a Ivy que la vigilara porque nunca la había oído tan triste.

Sus últimas palabras salieron entre sollozos mientras empezaba a llorar ruidosamente.

—Señor Winter, tiene que estar con su mujer. Sé que eso no va a ocurrir hasta mañana, pero debería llamarla. Hable con Ivy. Voy a colgar para que pueda llamar.

—Está bien… La llamo.

—Este es su móvil, ¿no?

—Eh, sí.

—Entonces debería tener mi número en su historial de llamadas. Llámeme si tiene cualquier pregunta o necesita algo.

–¿Dónde está? ¿Dónde está mi niña?

–Se la han llevado a la Oficina del Forense. Se pondrán en contacto con usted. Buenas noches, señor Winter. Lo acompaño en el sentimiento.

Ballard colgó y se quedó sentada en el coche, sin moverse durante un buen rato. Estaba dividida entre aceptar que una niña de once años se hubiera quitado la vida y sospechar porque la madre la había echado y el padre no le había preguntado cómo se había matado.

Colgó el teléfono y volvió a llamar al mismo número. Winter respondió de inmediato.

–Señor Winter, siento volver a llamarlo –dijo–. ¿Estaba hablando con su mujer?

–No –dijo Winter–. Todavía no he reunido valor para llamarla.

–¿Está hablando desde un iPhone, señor?

–Eh, sí. ¿Por qué me lo pregunta?

–Porque para el informe que voy a tener que escribir, necesito confirmar su ubicación. Esto significa que necesito contactar con la Policía de Naperville y pedir a un agente que vaya a su hotel o podría solo enviarme un mensaje de texto y compartir su ubicación conmigo. Ahorraría tiempo y no tendría que interrumpirle la policía ahí.

Hubo un silencio durante un buen rato.

–¿De verdad tiene que hacerlo? –preguntó Winter por fin.

–Sí, señor –dijo Ballard–. Forma parte del protocolo. Todas las muertes se investigan. Si no quiere compartir su ubicación por teléfono, solo dígame dónde está y le enviaré un agente local lo antes posible.

Se hizo otro silencio y, cuando Winter habló, su voz reveló una frialdad inconfundible.

–Le enviaré mi información de contacto y compartiré mi ubicación con usted –dijo–. ¿Hemos terminado?

–Sí, señor –dijo Ballard–. Gracias otra vez por su cooperación. Lo acompaño en el sentimiento.

16

En el camino de regreso a la comisaría, Ballard dio un rodeo por Cahuenga Boulevard antes de tomar Cole Avenue. Pasó despacio, junto a la fila de tiendas de campaña, construcciones de lona improvisadas y sacos de dormir ocupados que se sucedían a lo largo del perímetro vallado del parque público. Vio que el lugar previamente utilizado por el hombre fallecido la noche anterior ya estaba ocupado por alguien con una tienda naranja y azul. Se detuvo en la calle –no había que preocuparse por obstaculizar el tráfico– y miró la tienda de lona azul donde sabía que dormía la niña llamada Mandy. Todo parecía tranquilo. Una ligera ráfaga de viento sacudió la lona un momento, pero enseguida la escena se convirtió de nuevo en una naturaleza muerta.

Ballard pensó en Mandy y en las perspectivas de su vida. Luego pensó en Cecilia y se preguntó por qué había perdido toda esperanza de felicidad. Por último, pensó en la desesperación de sus propios inicios. ¿Cómo era posible que una niña conservara la esperanza en medio de la oscuridad y que otra se hubiera convencido de haberla perdido para siempre?

Le sonó el móvil y respondió. Era el teniente Washington; inmediatamente, miró el cargador para ver si se había dejado la radio en alguna parte. Pero estaba allí, en su receptáculo. Washington había elegido llamarla en lugar de usar la radio.

—¿Teniente?

—Ballard, ¿dónde estás?

—Camino de la comisaría. A unas tres manzanas de distancia. ¿Qué pasa?

—Dautre y Roberts acaban de llegar. Me han contado lo de la niña.

Pronunció mal Dautre y le cambió el apellido a Robards.

—¿Qué pasa con eso? —dijo.

—Me han dicho que ha sido horrible —dijo Washington—. ¿Confirmas que fue suicidio?

—Lo he confirmado, sí. Los padres eran un poco raros. Él no está en la ciudad, confirmado también. Está donde dijo que estaba. Se lo entregaré todo al West Bureau para su seguimiento.

—Muy bien, de acuerdo, quiero que vuelvas y que pidas a la UCC que hable con los tres.

La Unidad de Ciencias del Comportamiento. Significaba terapia psicológica. Era lo último que quería Ballard del Departamento. Medio departamento ya pensaba que había inventado alegaciones de acoso sexual contra un supervisor. Esa investigación «no corroborada» había resultado en que fuera obligada a asistir a sesiones de terapia en la UCC durante un año. Añadir otra intervención psiquiátrica a su historial convencería a la otra mitad del departamento. Y eso sin contar con el doble rasero que sufrían las mujeres policía. Un agente varón que pedía terapia era valiente y fuerte; una mujer que hacía lo mismo era solo débil.

—Y una mierda —dijo Ballard—. No quiero hablar con nadie.

—Ballard, era una escena terrible —insistió Washington—. Acabo de recibir los detalles y es una puta película de terror. Tienes que hablar con alguien.

–Teniente, no quiero hablar con nadie, no lo necesito. He visto cosas peores, ¿vale? Y tengo trabajo.

El tono de voz dio que pensar a Washington. Se hizo el silencio durante unos segundos. Ballard observó a un hombre que salió a rastras de una tienda individual, caminó hacia la acera y empezó a orinar en el desagüe. No se había fijado en ella ni había oído su coche al ralentí.

–Muy bien, Ballard, que conste que te lo he ofrecido –dijo Washington.

–Sí, lo ha hecho, teniente –respondió ella en un tono más suave–. Y lo valoro. Voy a volver a comisaría y escribiré esto, luego habré terminado el día. Llegaré a la playa y todo será hermoso otra vez. El agua de mar lo cura todo.

–Entendido, Ballard.

–Gracias.

Pero Ballard sabía que no iría hacia el oeste, a la playa, al final del turno. Era miércoles de puertas abiertas en la Unidad de Balística y planeaba ser la primera de la cola.

Bosch

17

Eran las 9:05 en el Departamento 106 y no había ni rastro del técnico de emergencias médicas Albert Morales.
Bosch estaba de pie en la parte de atrás de la sala para
poder levantarse y buscar en el pasillo, como había estado haciendo cada cinco minutos. Haller se encontraba
en la mesa de la defensa, ocupado con papeles y archivos para transmitir la impresión de que se estaba preparando para la jornada en el tribunal.

—Señor Haller —dijo la secretaria judicial—, el juez está
listo.

La voz proyectó la impaciencia que el juez muy probablemente le había transmitido a ella por teléfono desde su despacho.

—Sí, lo sé —dijo Haller—. En cuanto encuentre un formulario de testigos estaré listo para empezar.

—¿Podemos hacer pasar a su cliente? —preguntó la
mujer.

Haller se volvió y observó de nuevo a Bosch, lanzán-
dole una mirada de decepción.

—Eh, todavía no —dijo—. Déjeme hablar un momento
con mi investigador.

Haller se levantó de la mesa y cruzó con rapidez la
portezuela para acercarse a Bosch.

—No soy tu investigador —susurró Bosch.

—Me importa una mierda —dijo Haller—. Eso iba para
ella, no para ti. ¿Dónde coño está nuestro testigo?

—No lo sé. La citación decía a las nueve y eso le dije, pero no está aquí. No tengo forma de contactar con él, a no ser que llame a la estación de bomberos, y sé que no está allí porque tiene el día libre.

—¡Joder!

—Mira a ver si el juez te da una hora. Iré a buscar...

—La única cosa que me va a dar el juez es una citación por desacato. Probablemente está en el despacho redactándola ahora mismo. Puedo tapar la hemorragia con una tirita unos cinco minutos. Después tendré que hacer pasar a mi testigo de ADN y hacer esto al revés...

Se calló cuando se abrió la puerta. Bosch reconoció a Morales con ropa de calle. Parecía tan cabreado como Haller. Tenía la frente perlada de sudor. Llevaba un maletín de primeros auxilios, que recordaba una caja de pescador grande.

—Es él.

—Bueno, ya era hora.

Bosch dejó a Haller y fue hacia Morales.

—La citación decía a las nueve —dijo.

—No encontraba sitio para aparcar —protestó Morales—. Así que he dejado el coche en la estación de bomberos y he venido caminando, cargado con esto. Son catorce kilos. Y luego el puto ascensor que no llegaba.

—Está bien, vuelva al pasillo y siéntese en un banco. No hable con nadie. Solo cálmese y no se mueva hasta que vaya a buscarlo.

—Estoy sudando. Tengo que ir al baño un momento y secarme o algo.

—Está al fondo del pasillo, pasando los ascensores. Haga lo que tenga que hacer, pero hágalo deprisa y vuelva aquí. ¿Quiere que le vigile el equipo?

—No quiero sus favores. Igual que no quiero estar aquí.

Morales salió al pasillo y Bosch se acercó a Haller.

–Estará listo en cinco minutos. Ha venido andando desde la estación y está sudando, quiere limpiarse un poco.

–¿Tiene el aparatito en la caja?

–Debería. No se lo he preguntado.

–Más le vale.

Haller se volvió y cruzó de nuevo la portezuela. Saludó a la secretaria judicial.

–Ya puede sacar a mi cliente e ir a buscar al juez –anunció–. La defensa está lista para empezar.

Bosch se fijó en que Saldano, la fiscal, miraba a Haller con suspicacia. No tenía ni idea de lo que iba a ocurrir.

Diez minutos más tarde, Herstadt se había sentado al lado de Haller y la sesión estaba en marcha. El juez Falcone ocupaba el estrado, pero la tribuna del jurado continuaba vacía. Bosch estaba observando desde la fila de atrás de la galería, cerca de la puerta de la sala.

El juez estaba enfadado. Les había pedido a los miembros del jurado que llegaran pronto y así lo habían hecho. Pero en ese momento permanecían sentados en la sala de deliberaciones mientras los abogados discutían sobre la inclusión del testigo inesperado. Morales no figuraba en la lista de testigos proporcionada por la defensa al tribunal y a la acusación al inicio del juicio. Saldano había protestado a ciegas para impedir que declarara, por principio, sin siquiera saber quién era o qué diría.

Todo contribuyó a un mal inicio del día.

–Señor Haller, al concederle la citación ayer no estaba garantizándole que este testigo declararía –dijo el juez–. Estaba anticipando la protesta de la fiscalía y que usted proporcionaría una base sólida para su inclusión en un momento tan avanzado del juicio.

—Señoría —dijo Haller—, el tribunal le ha concedido a la defensa margen de maniobra y desde luego se agradece. Pero, como les dijo a los miembros del jurado al inicio de este proceso, este juicio es una búsqueda de la verdad. Mi investigador localizó ayer por la tarde a un testigo que podría cambiar el curso de esa búsqueda. Sería injusto no solo para mi cliente, sino para el pueblo de California, que no se permitiera que el jurado lo escuche.

Falcone miró a la tribuna y sus ojos encontraron a Bosch. Durante una fracción de segundo, este pensó que vio decepción y una vez más lamentó que Haller lo hubiera tratado como su investigador.

—Pero, verá, señor Haller, con su investigador y este testigo ha creado una circunstancia que es evidentemente injusta para la acusación —dijo el juez—. La señora Saldano no ha tenido tiempo para preparar este testimonio, para que su investigador examinara a fondo a este testigo o para interrogarlo ella misma.

—Bueno, bienvenido a mi mundo, señoría —repuso Haller—. Yo tampoco he visto ni he hablado nunca con este testigo. Como he dicho antes, su importancia se descubrió ayer a última hora; creo que su señoría firmó la citación a las cinco y cuarto. Ahora está aquí para testificar. Todos conoceremos lo que tiene que decir en el momento en que lo diga.

—¿Y qué va a preguntarle exactamente?

—Le preguntaré sobre los hechos en los que participó el día del asesinato. Es un técnico de emergencias médicas que trató a mi cliente cuando sufrió un ataque en la cafetería poco más de una hora antes del asesinato del juez Montgomery.

El juez centró su atención en la fiscal.

—Señora Saldano, ¿qué responde?

Saldano se levantó. Tenía casi cuarenta años y era una estrella en alza en la Oficina del Fiscal, asignada a la Unidad de Crímenes Mayores. Allí adonde iba, los medios la seguían. Bosch ya se había fijado en los periodistas que llenaban la fila delantera de la tribuna.

—Gracias, señoría —dijo ella—. La fiscalía podría simplemente protestar sobre la base que el tribunal ya ha señalado: la ausencia de aviso, la no inclusión de este testigo en la lista de testigos de la defensa y la falta de información en relación con su testimonio. Ahora bien, como el señor Haller ha decidido usar el tropo de todo por la verdad en su demanda de una dispensa especial, la acusación argumenta que este testigo no tiene nada que añadir a los testimonios de este caso para acercarnos en modo alguno a la verdad. Ya hemos oído el testimonio del propio testigo experto del señor Haller sobre el ataque que su cliente supuestamente sufrió en la cafetería. La fiscalía no puso trabas a ese testimonio. Este testigo nuevo solo puede proporcionar la misma información. —Hizo una pausa para respirar antes de cerrar su argumento—. Así pues, claramente, señoría, esto es un intento de dilación, en pérdida de tiempo para el tribunal. Otra maniobra de humo y espejismos de un mago de las salas al que no le queda nada en su saco de trucos.

Bosch sonrió y vio que Haller, que estaba recostado en su silla y vuelto hacia la mesa de la acusación, también tuvo que contener una sonrisa.

Cuando Saldano se sentó, Haller se levantó.

—¿Se me permite, señoría? —preguntó.

—Por favor, sea breve, señor Haller —dijo Falcone—. El jurado lleva esperando desde las nueve.

—¿«Humo y espejismos», señoría? ¿Un «saco de trucos»? La vida de un hombre está en juego y protesto a las caracterizaciones que ha hecho la ayudante del fiscal del distrito. Viene de…

–Venga ya, señor Haller. He oído cómo lo llamaban cosas peores en esta misma sala. Y no nos engañemos: ambos sabemos que la señora Saldano acaba de darle el eslogan para los anuncios que pone en autobuses y marquesinas de toda esta ciudad. Como si lo viera: «"El mago del tribunal", dice la fiscalía».

Hubo un murmullo de risas en la sala y Bosch vio que Saldano bajaba la cabeza y se daba cuenta de lo que había hecho.

–Gracias por el consejo promocional, señoría –dijo Haller–. Me pondré con eso en cuanto termine este juicio. Pero lo que importa aquí y ahora es que la vida y la libertad de mi cliente están en juego. Hay un testigo sentado en un banco del pasillo que quiere testificar y estoy convencido de que aportará claridad no solo a lo ocurrido en la cafetería, sino también a lo que le sucedió una hora después a su amigo y colega el juez Montgomery en Grand Park. La información que se espera que proporcione el testigo es relevante para la cuestión central de la fiabilidad de las pruebas de la acusación. Y finalmente quisiera añadir que la fiscal conocía, o debería haberla conocido, de la existencia de este testigo y su testimonio, puesto que mi investigador dio con su nombre en los materiales entregados por la acusación. Pido indulgencia al tribunal para que me permita hacer pasar a este nuevo testigo con el fin de que declare.

Haller se sentó y el juez miró a Saldano, que no hizo el menor amago de levantarse.

–Aceptado –dijo ella.

Falcone asintió.

–Está bien, que pase el jurado –dijo–. Señor Haller, voy a permitir que saque a su testigo al estrado, pero luego voy a concederle a la señora Saldano el tiempo que necesite para su contrainterrogatorio si de verdad desea cuestionar a este testigo.

–Gracias, señoría –dijo Haller.

Se volvió, miró otra vez a Bosch y le hizo una seña con la cabeza. Este se levantó para ir a buscar a Morales.

18

Desde el principio, Albert Morales se mostró como un hombre contrariado. Era patente que no deseaba estar en el tribunal en su día libre y lo evidenció actuando con desinterés y dando respuestas sucintas a todas las preguntas. Era algo positivo, en opinión de Bosch. El desagrado manifiesto del sanitario por Haller daría más credibilidad a cualquier cosa que el abogado de la defensa pudiera sacarle y que fuera beneficioso para su cliente.

Bosch otra vez estaba observando desde la última fila. No lo hacía para estar cerca de la salida, sino porque esa fila le proporcionaba cierta protección de las miradas de la secretaria del tribunal, que estaba sentada a una mesa delante de la puerta que daba a los calabozos. El uso de dispositivos electrónicos estaba prohibido en el Tribunal Superior, salvo en los pasillos. Los alguaciles a menudo daban cierto margen a agentes de policía y fiscales, pero nunca a la defensa. Y Bosch necesitaba poder comunicarse con Haller mientras llevaba a cabo su interrogatorio a Morales sin haber hablado con él previamente. Era un número de funambulismo sin red y Haller agradecería toda la ayuda posible. Llevaba un reloj inteligente en el que recibía los mensajes que le enviaban al teléfono. Siempre y cuando Bosch escribiera mensajes cortos, Haller podría verlos en el reloj y leerlos como si estuviera mirando la hora.

Después de las cuestiones preliminares para determinar nombre, ocupación y experiencia, Haller fue al grano y le preguntó a Morales si había recibido un aviso relacionado con un hombre que había sufrido un ataque en el Starbucks de la calle Uno el día del asesinato del juez Montgomery.

–Sí –dijo Morales.

–¿Iba algún compañero con usted?

–Sí.

–¿Quién era?

–Gerard Cantor.

–¿Y ustedes dos trataron al hombre que estaba en el suelo del Starbucks?

–Sí.

–¿Reconoce a ese hombre en la sala hoy?

–¿Si lo reconozco? No.

–Pero ¿sabe que está en la sala?

–Sí.

–¿Y cómo es eso?

–Ha salido en las noticias. Sé de qué trata este juicio.

Lo dijo en un tono exasperado al que Haller no hizo caso mientras insistía.

–Entonces, ¿sabe que el acusado en este caso, Jeffrey Herstadt, es el hombre al que trató ese día en el suelo del Starbucks?

–Sí.

–Pero ¿no lo reconoce?

–Trato a mucha gente. No puedo recordarlos a todos. Además, parece más limpio desde que ha estado en prisión.

–Y como no puede recordar a todo el mundo que trata, escribe informes en los que detalla lo que hizo en cada intervención, ¿es así?

–Sí.

Con la base establecida, Haller le pidió al juez permiso para aportar una copia del informe del Departamento de Bomberos de Los Ángeles que presentó Morales después del incidente con Herstadt. Una vez que se aceptó, Haller dejó una copia delante de Morales y regresó al estrado.

–¿Qué es ese documento, señor Morales?

–El informe sobre el incidente que rellené.

–Después de tratar a Jeffrey Herstadt en el Starbucks.

–Exacto. Está su nombre.

–¿Puede leerle el informe al jurado?

–Sí. «Sujeto caído en el suelo de un establecimiento a consecuencia de un ataque. Constantes vitales correctas. Niveles de oxígeno correctos. Rechaza tratamiento o transporte por una pequeña laceración en la cabeza a consecuencia de la caída. El sujeto se marcha por su propio pie.»

–De acuerdo, ¿qué significa esa última parte: «El sujeto se marcha por su propio pie»?

–Significa exactamente lo que dice: el sujeto rechazó cualquier ayuda por nuestra parte, se levantó y se fue. Se acercó a la puerta y ya está. No sé por qué es tan importante.

–Bueno, vamos a intentar dejárselo claro. ¿Qué...?

Saldano se levantó y protestó.

–Señoría, está acorralando a su propio testigo, que tiene preocupaciones legítimas respecto a qué está haciendo aquí. Igual que yo.

–Señor Haller, más le vale... –dijo Falcone.

–Sí, señoría.

–Y me uno al testigo y al fiscal al cuestionar el modo en que estamos avanzando en la búsqueda de la verdad con este testigo –agregó el juez.

Morales se giró hacia la galería y se encontró con Bosch, al que miró con cara de pocos amigos.

—Señoría —dijo Haller—, creo que muy pronto les quedará claro a todos los implicados si se me permite continuar con mi testigo.

—Adelante, por favor —dijo Falcone.

Haller miró el reloj como si quisiera ver la hora y leyó el primer mensaje de Bosch: «El aparatito».

—Señor Morales, su informe sobre el incidente dice: «Constantes vitales correctas. Niveles de oxígeno correctos». ¿Qué significa eso?

—Le medimos el pulso y la presión arterial y presentaban niveles aceptables. La sangre estaba oxigenada. Todo estaba en orden.

—¿Y cómo llegó a esa conclusión?

—Le tomé el pulso y mi compañero le tomó la presión. Uno de nosotros le puso un oxímetro en el dedo.

—¿Todo eso es rutina?

—Sí.

—¿Qué hace el oxímetro?

—Mide el contenido de oxígeno en la sangre. Nos da una buena idea de cómo está funcionando el corazón en términos de circulación de la sangre oxigenada.

—¿Por eso se engancha al dedo? ¿Se requiere tomar la medida en una extremidad?

—Exactamente.

—Me he fijado en que ha traído su maletín, ¿es así?

—Sí, porque en la citación se me pedía que lo hiciera.

—¿Este oxímetro que acaba de mencionar está en su equipo?

—Debería.

—¿Puede abrirlo y mostrarle el oxímetro al jurado?

Morales se agachó y abrió los cierres del maletín y la tapa y cogió un pequeño dispositivo de una bandeja. Lo levantó para que lo viera Haller, luego se volvió y se lo mostró al jurado.

–¿Cómo funciona eso, señor Morales? –preguntó Haller.

–Es sencillo. Se enciende, se ajusta al dedo y lanza una luz infrarroja a través de él. A partir de ahí puede medirse la saturación de oxígeno en sangre.

–¿Y se ajusta a cualquier dedo?

–Al índice.

–¿Cualquier mano?

–Sí.

–¿Cuánto tiempo trató a Jeffrey Herstadt ese día?

–¿Puedo mirar el informe?

–Puede.

Morales miró el informe y respondió:

–Desde el principio hasta el final, cuando se marchó, once minutos.

–¿Qué hizo entonces?

–Bueno, primero nos dimos cuenta de que se iba con nuestro oxímetro en el dedo. Lo seguí y se lo cogí. Luego recogimos, compramos un par de cafés y nos fuimos.

–¿Regresaron a la estación?

–Sí.

–¿Dónde está?

–En Fremont con la Uno.

–Muy cerca de aquí, ¿no?

–Sí.

–De hecho, hoy ha venido caminando desde allí con su equipo para testificar, ¿es correcto?

–Sí.

–¿Pasó por Grand Park?

–Sí.

–¿Había estado allí antes?

–Sí.

–¿Cuándo?

–Muchas veces. Forma parte de la zona de cobertura de la Estación 3.

–Volviendo al día en que trató a Jeffrey Herstadt en el Starbucks, ¿Rescate 3 recibió otra llamada de emergencia poco después de que regresara a la estación esa mañana?

–Sí.

–¿Cuál fue el aviso?

–Un apuñalamiento. Era este caso, el juez que fue apuñalado.

Bosch dejó de mirar a Morales para mirar a Saldano. Se había inclinado hacia su ayudante, que estaba sentado a su lado, y estaba susurrándole al oído. El hombre se levantó y fue a coger la caja de cartón que había en una silla junto a la barandilla que delimitaba la tribuna del público. Empezó a pasar documentos.

–¿Recuerda cuánto tiempo pasó desde que regresaron de tratar al señor Herstadt y verificaron sus constantes vitales hasta que recibieron la llamada? –preguntó Haller.

–No a bote pronto –dijo Morales.

Haller repitió el procedimiento de pedirle permiso al juez para entregarle a Morales un informe de incidente, en este caso, el del apuñalamiento de Montgomery.

–¿Esto se lo aclara, señor Morales? –preguntó Haller.

–Si usted lo dice –repuso.

–Si lo compara con el informe del primer incidente, ¿no indica que las llamadas se produjeron con una diferencia de una hora y nueve minutos?

–Eso parece.

–Vamos a seguir por aquí. Ha dicho que estuvo con Herstadt once minutos y que luego compró un café. ¿Cuánto tiempo tardó en eso?

–No lo recuerdo.

–¿Recuerda si había cola?

–Era un Starbucks, había cola.

—Muy bien, entonces digamos que unos minutos. ¿Usted y su compañero se sentaron a tomarse los cafés o los pidieron para llevar?

—Para llevar.

—¿Y fueron directamente a la estación?

—Sí, directamente.

—¿Hay alguna clase de protocolo o procedimiento que deban seguir después de regresar de una misión?

—Rellenar los suministros, escribir los informes...

—¿Se terminó antes el café?

—No lo recuerdo.

—Pero entonces recibió la llamada del apuñalamiento en Grand Central, ¿es así?

—Sí.

—Y fueron para allá.

—Sí.

—¿Cuánto tiempo tardaron en llegar usted y su compañero?

Morales miró el informe y dijo:

—Cuatro minutos.

—Cuando llegaron, la víctima, el juez Montgomery, ¿estaba vivo? –preguntó Haller.

—Estaba en las últimas.

—¿Qué significa eso?

—Estaba agonizando. Había perdido mucha sangre y no respondía. No tenía pulso. No pudimos hacer nada por él.

—Acaba de decir que no tenía pulso, así que le verificaron las constantes vitales a pesar del hecho de que, como dice, «estaba en las últimas».

Era el momento, Bosch lo sabía. El juicio se reducía a esa pregunta.

—Lo hicimos. Es protocolo. Hay que hacerlo pase lo que pase.

—¿Con el oxímetro? —preguntó Haller de nuevo.

—Sí —dijo Morales al fin—. Forma parte del protocolo.

—¿Era el mismo oxímetro que habían usado menos de una hora antes para comprobarle las constantes vitales a Jeffrey Herstadt?

—Debería.

—¿Es eso un sí?

—Sí.

—Un momento, señoría.

Haller dejó que esa última respuesta flotara delante del jurado. Bosch sabía que estaba tratando de tomar una decisión sobre la siguiente pregunta. Le lanzó un mensaje rápido: «Haz la pregunta».

Vio que Haller miraba el reloj y lo leía.

—¿Señor Haller? —le apremió Falcone.

—Señoría —dijo Haller—, ¿puedo disponer de otro momento para hablar con mi investigador?

—Que sea rápido —dijo Falcone.

Bosch se levantó, se guardó el teléfono en el bolsillo y fue por el pasillo hasta la barandilla. Haller se acercó y susurraron.

—Ya está —dijo Haller—, creo que voy a dejarlo ahí.

—Pensaba que ibas a lanzar los dados —dijo Bosch.

—Sí, lo he hecho. Pero si voy demasiado lejos las cosas podrían saltar por los aires.

—Si no lo preguntas, lo hará la fiscal.

—No estés tan seguro. Para ella también es un arma de doble filo. Podría no preguntarle nada.

—Es una búsqueda de la verdad. Lo dijo el juez y lo dijiste tú. Haz la pregunta o dejaré de ser tu investigador.

Bosch se volvió otra vez hacia el lugar donde había estado sentado. Por primera vez se fijó en que Renée Ballard estaba en la sala, en el otro lado de la tribuna. No la había visto entrar y no tenía ni idea de cuánto tiempo llevaba allí.

Una vez sentado, volvió su atención a la parte delantera de la sala. Haller estaba mirando a Morales, todavía decidiendo si dejarlo mientras iba por delante o hacer la pregunta que podía hacerle ganar o perder el día, y el juicio.

—Señor Haller, ¿tiene más preguntas? —le instó el juez.

—Sí, señoría —dijo Haller.

—Pues adelante.

—Sí, señoría. Señor Morales, entre las dos llamadas de rescate, ¿dónde estuvo el oxímetro?

—En mi maletín.

Bosch vio que Haller cerraba el puño y lo hacía rebotar ligeramente en el estrado, como si estuviera clavando una bola después de un *touchdown*.

—¿Lo sacó?

—No.

—¿Lo limpió o desinfectó?

—No.

—¿Lo esterilizó?

—No.

—Señor Morales, ¿sabe lo que es la transferencia de ADN?

Saldano se levantó de un salto para protestar. Argumentó que Morales no era experto en ADN y no debería permitírsele dar testimonio en relación con dicha transferencia. Antes de que el juez pudiera responder, lo hizo Haller:

—Retiro la pregunta —dijo.

Estaba claro que Haller sabía que se produciría la protesta. Solo quería que constara en acta la expresión «transferencia de ADN» y que el jurado pensara en ello. La siguiente testigo de Haller cerraría el caso con eso.

—Entonces, ¿tiene más preguntas, señor Haller? —preguntó el juez.

—No, señoría —dijo él—. No tengo nada más.

Haller regresó a la mesa de la defensa, mirando a Bosch y asintiendo al pasar. Este miró la fila de periodistas. Parecían paralizados. Había un silencio en la sala que subrayaba lo que Haller acababa de lograr con su interrogatorio a Morales.

—Señora Saldano, ¿quiere interrogar al testigo o prefiere tomarse un tiempo de preparación? —preguntó el juez.

Bosch esperaba que la fiscal pidiera una vista 402 para decirle al juez sin el jurado presente cuánto tiempo necesitaría para preparar el contrainterrogatorio de Morales. El juez ya había dicho que iba a concederle un margen de maniobra amplio.

Sin embargo, la fiscal sorprendió a Bosch y probablemente a todos los presentes en la sala al levantarse y dirigirse al atril.

—Brevemente, señoría —dijo.

Puso una libreta en el atril, buscó una nota y miró al testigo.

—Señor Morales, ¿solo lleva un oxímetro en su equipo? —preguntó.

—No —dijo Morales—. Llevo uno de repuesto, por si se acaba la batería.

—No hay más preguntas —dijo la fiscal.

En aquel silencio, dio la sensación de que la dinámica había cambiado. Con una sola pregunta, Saldano había logrado deshacer parte de lo que Haller había conseguido.

—Señor Haller, ¿algo más? —preguntó el juez.

Haller dudó y le pidió un momento. Bosch trató de pensar en una pregunta que pudiera enviarle en un mensaje. Daba la impresión de que cualquier cuestión podría ofrecer otra oportunidad para la fiscal. Escribió con rapidez y no se preocupó por corregir erratas: «Q abra el maletin».

Observó que Haller miró su reloj, y el juez también.

–Le voy a parar antes de que lo pida, señor Haller –dijo–. No vamos a hacer la pausa de esta mañana hasta que no terminemos con el testigo.

–Gracias, señoría –dijo Haller antes de volver al testigo–. Señor Morales, ¿puede abrir su maletín otra vez para mostrarnos dónde guarda ambos oxímetros?

Morales hizo lo que le pedían. El oxímetro que había mostrado al jurado estaba en la bandeja superior de su equipo. Luego levantó la bandeja, movió las manos por el contenido de la parte inferior hasta que encontró el otro oxímetro y lo levantó.

–Gracias, ya puede cerrar –dijo Haller.

Esperó mientras Morales cerraba el maletín. Miró a Bosch e hizo un ligero asentimiento. La dinámica estaba a punto de cambiar otra vez.

–Entonces, señor Morales, cuando dijo que tenía un oxímetro de repuesto, está hablando de que tiene uno extra en el fondo de su maletín para usar si el dispositivo que está en ese momento en la bandeja superior de su maletín resulta que funciona mal o se le acaba la batería, ¿es así?

Morales claramente sabía que estaba proporcionando información capital para el jurado y su lealtad estaba con la Fiscalía. Dudó y luego trató de pensar en una respuesta que no le diera a Haller lo que quería.

–Nunca se sabe –dijo–. Usamos cualquiera, en función de la situación.

–Entonces, ¿por qué uno está arriba y el otro debajo de la bandeja, en el fondo? –repuso Haller.

—Es simplemente la forma de organizar el maletín.

—Claro. Entonces deje que le plantee una pregunta hipotética, señor Morales. Rescate 3 recibe una llamada. Un hombre ha sido atropellado por un coche en la calle Uno. Usted responde. El hombre está en la calzada, sangrando e inconsciente, en las últimas, si lo prefiere. Abre su maletín. ¿Coge el oxímetro que está en la bandeja superior o levanta esa bandeja, la retira y saca el del fondo?

Como si le hubieran dado pie, Saldano protestó, diciendo que Haller estaba otra vez acosando a su propio testigo. Este retiró la pregunta, porque sabía que el jurado no necesitaba oír la respuesta. El sentido común dictaba que Morales cogería el oxímetro de la bandeja superior y que hizo lo mismo cuando trató al juez Montgomery, herido de muerte.

—No tengo más preguntas —dijo Haller.

Saldano dudó. No quería saber nada más del oxímetro. El juez le preguntó a Haller si tenía más testigos.

—Sí, señoría, una última testigo —contestó—. La defensa querría llamar al estrado a la doctora Christine Schmidt.

—Muy bien —dijo Falcone—. Ahora vamos a tomarnos el descanso matinal y volveremos para oír a su última testigo. Señoras y señores del jurado, es el momento de ir al lavabo y tomarse un café. Pero vuelvan a la sala de deliberaciones y estén preparados en quince minutos. Gracias.

El juez no hizo ademán de abandonar el estrado mientras los miembros se levantaban y salían por la puerta al extremo de la tribuna del jurado. Eso significaba que la sesión no se había levantado y que Falcone tenía algo más que decir a los letrados una vez que aquellos se hubieran ido.

Esperó hasta que el último miembro abandonó la sala antes de hablar.

–Está bien, el jurado ya no está presente, pero lo que sigue constará en acta –empezó–. No quiero decir a los letrados aquí presentes lo que tienen que hacer, pero me parecería un uso prudente del descanso que la señora Saldano y el señor Haller me acompañaran al despacho para discutir la viabilidad de que este caso siga adelante. ¿Alguna objeción a eso?

–No, señoría –dijo Haller de inmediato.

–No, señoría –repitió Saldano con vacilación.

19

Después de que los abogados se metieran en el despacho del juez, Bosch salió al pasillo. Christine Schmidt estaba sentada en un banco, esperando a que la llamaran para testificar. A los testigos no siempre se les permitía oír otros testimonios en un juicio y, por consiguiente, ella no era consciente de lo que Morales acababa de ofrecer ni del movimiento sísmico que había ocasionado al caso. Bosch cruzó el pasillo para hablar con ella y simplemente le explicó que los abogados se estaban reuniendo con el juez y que testificaría después.

Harry volvió a cruzar el ancho pasillo hasta otro banco donde estaba esperando Ballard. Se sentó y ella puso la mochila entre ambos.

—Bueno, ¿qué acaba de pasar ahí dentro? –preguntó.

—Creo que Haller acaba de conseguir un veredicto directo de absolución –dijo Bosch–. Al menos apuesto a que están hablando de eso en el despacho del juez.

—El testimonio… ¿se ha cargado lo del ADN?

—Más bien ha encontrado una manera de explicar cómo el ADN del acusado acabó bajo la uña del juez. Se transfirió.

Señaló al otro lado del pasillo, al banco donde estaba la doctora Schmidt.

—Ella es su experta en ADN –dijo Bosch–. Viene a continuación para hablar del contacto de ADN, la transferencia. Encontraron ADN de Herstadt debajo de una uña del juez Montgomery. Solo una. El oxímetro podría haberlo transferido. Ahí está la duda razonable. El jurado no llegará a un acuerdo si no consigue la absolución directa.

—Pero, espera —dijo Ballard—, ¿qué pasa con la confesión? Admitió el crimen.

—Haller destrozó eso ayer. Herstadt es esquizofrénico. Su doctor estuvo en el estrado diciendo que tiene una psicosis que lo llevaría a aceptar cualquier cosa bajo tensión, a decir que sí a todo, incluso a haber matado a un juez en el parque. Creo que Haller lo tiene ganado. Y creo que el juez piensa lo mismo. Deben de estar en el despacho hablando de eso.

—¿Y tú le diste todo eso?

Ballard lo dijo en un tono que Bosch percibió desconfiado, como si lo que él había hecho formara parte de un plan urdido por la defensa. Eso lo ofendió.

—Le di hechos —dijo—, no trucos. Creo que lo que él ha explicado es lo que ocurrió. Herstadt no lo hizo.

—Lo siento —dijo Ballard con rapidez—. No quería insinuar… Me gustaba el juez Montgomery. Te lo dije.

—A mí también me caía bien. Solo quiero asegurarme de que condenan al verdadero culpable de su muerte, nada más.

—Claro, claro. Todos queremos eso.

Bosch no dio más explicaciones. Todavía sentía la rabia de haber sido acusado de algo injustamente. Se volvió y miró por el pasillo a la gente que entraba y salía de las salas de justicia, que esperaba en los bancos o que caminaba sin rumbo fijo por los pasillos del tribunal. Vio a algunos de los miembros del jurado del caso Montgomery, que volvían de los lavabos.

—Dime, ¿por qué estás aquí? —preguntó por fin—. ¿Has conseguido algo de Balística esta mañana?

–En realidad, no –dijo Ballard.

Su tono había mutado. Bosch pensó que probablemente estaba contenta de cambiar de tema después de revolver la mierda con la cuestión del juicio.

–No había nada en la base de datos que coincidiera con el proyectil o el casquillo de Hilton –continuó–, pero al menos ahora está ahí si surge algo.

–Lástima –dijo Bosch–, pero sabíamos que era muy poco probable. ¿Ahora qué? ¿Rialto?

–Cuanto más averiguo de Elvin Kidd, más creo que la respuesta está ahí.

–¿Qué has encontrado?

Ballard cogió su mochila y sacó su portátil. Lo abrió y puso una junto a otra fotos de la ficha policial de un hombre negro que miraba al frente y vuelto hacia un lado.

–Son fotos de Kidd en Corcoran, tomadas en 1989, el año en que él y John Hilton estuvieron allí. Ahora mira esto.

Sacó de la mochila la libreta de dibujos de Hilton. La abrió por una página concreta y se la entregó a Bosch. Él comparó el dibujo con el hombre de las fotos.

–Es él –dijo.

–Se conocieron allí –siguió Ballard–. Creo que eran amantes. Y entonces los dos consiguieron la condicional y volvieron a Los Ángeles. Eso era un problema para Kidd. Era un capo de los Crips. Cualquier insinuación de homosexualidad podía ser fatal.

–Eso es un salto muy grande. ¿Has confirmado que era gay?

–Por el momento, no, es una intuición. Hay algo en los dibujos de la libreta… Luego está la cuestión de la adicción, la frialdad de los padres en su declaración… Todavía estoy trabajando en eso. ¿Por qué…? ¿Qué es lo que sabes?

–No sé nada de eso. Pero recuerdo que John Jack y yo trabajamos unos cuantos asesinatos de gais y él nunca se motivó mucho con ellos. Era su único defecto. Nunca podía mantener viva la llama cuando la víctima era gay. Recuerdo un caso, una cita que fue mal. Un viejo gay recogió a un tipo joven en West Hollywood, se lo llevó a su casa en las colinas de Outpost. El chico lo atracó, luego lo mató de una paliza con su cinturón. Tenía una hebilla enorme de rodeo y la escena era dantesca. Y recuerdo que John Jack dijo algo que me preocupó. Dijo: «A veces la gente se merece lo que le pasa». No quiero decir que eso sea falso siempre, he tenido casos en los que he creído eso. Pero en ese caso estaba mal.

–Todo el mundo cuenta o nadie cuenta.

–Eso es.

–Así que volvemos al motivo por el que John Jack se llevó la carpeta del caso, ¿no? ¿Porque odiaba a los gais y no quería que se resolviera?

–Eso me parece muy extremo. No creo que estemos ahí todavía.

–Puede que no.

Se quedaron un momento sentados en silencio. Los miembros estaban regresando a la sala de reuniones. Bosch sabía que tenía que volver, más por curiosidad sobre lo que estaba ocurriendo que por cualquier obligación de estar ahí.

–No importa lo que Thompson hizo o dejó de hacer con el caso –dijo Bosch–. O Hunter y Talis.

–Pero igualmente vamos a resolverlo –dijo Ballard.

Bosch asintió y dijo:

–Sí.

Se levantó y la miró desde arriba.

–Tengo que volver a entrar. ¿Vas a ir a Rialto?

–No, a West Hollywood. A visitar al antiguo compañero de piso, a ver si puedo confirmar esto.

–Cuéntame cómo va.

20

Bosch entró en la sala cuando los últimos miembros del jurado estaban regresando a su lugar. El juez se volvió en su silla de respaldo alto para poder mirar directamente a la tribuna del jurado mientras hablaba. Bosch se situó en su lugar habitual, en la última fila de la galería del público. Vio que tanto Haller como Saldano estaban en sus asientos y mirando al frente, así que no pudo obtener de ellos ninguna pista de lo que estaba ocurriendo. Justo cuando el juez estaba a punto de empezar, se abrió la puerta de la sala y Jerry Gustafson, el detective del Departamento de Policía al mando del caso, entró apresuradamente y enfiló el pasillo central para ir a sentarse en la primera fila, justo detrás de la mesa de la acusación. Gustafson había estado entrando y saliendo de la sala durante los días que Bosch había asistido a las sesiones del juicio.

–Damas y caballeros –empezó Falcone–, para comenzar, quiero darles las gracias por su servicio público en este caso. El deber del jurado consume tiempo, es difícil y, en ocasiones, hasta traumático. Todos ustedes han sido muy diligentes estos últimos diez días y el estado de California y yo lo elogiamos y se lo agradecemos. Sin embargo, ha habido un cambio y este caso ha llegado a su final. La Oficina del Fiscal del Distrito ha decidido retirar todos los cargos contra el señor Herstadt y no continuar con el caso en este momento.

Se produjo el inevitable zumbido de susurros en la sala cuando un grupo disperso de observadores y la fila de periodistas reaccionaron a la noticia. Bosch observó la espalda de Haller. No se movió hacia su cliente para tomarle del brazo o del hombro, no mostró ninguna indicación visual de victoria.

Bosch sí vio a Gustafson, que estaba inclinado hacia delante, con los brazos en la barandilla, la cabeza baja como un hombre arrodillado en la iglesia, suplicando un milagro a su dios.

Lo que desconcertó a Bosch fueron las últimas palabras del juez: «en este momento». ¿Qué significaba eso? Sabía, con la misma seguridad que el juez, que retirar los cargos en ese momento equivalía a una absolución. No había vuelta atrás. En California, un juicio se consideraba en curso en el momento en que se seleccionaba el jurado. Acusar a Herstadt de nuevo cuestionaría el principio de doble incriminación. Bosch no tenía dudas: el caso contra Jeffrey Herstadt había terminado.

Después de su explicación poco clara, el juez dio las gracias una vez más a los miembros del jurado y les pidió que regresaran a la sala de deliberaciones y esperaran. Dijo que el equipo de la acusación deseaba hablar con ellos. Bosch suponía que Saldano quería sondear en qué posición se hallaban respecto a un veredicto. La conversación podría decirle si había cometido un error crítico al abandonar el caso o bien podría confirmar que había tomado la decisión correcta.

Falcone levantó la sesión y abandonó el estrado. Haller se puso en pie para salir, se volvió y buscó con la mirada a Bosch, que estaba en la última fila. Sonrió, lo apuntó con el dedo y luego se lo sopló como si este fuera el cañón de una pistola imaginaria. Por fin, le apretó el hombro a su cliente, que continuaba sentado. Haller se inclinó y empezó a susurrarle al oído.

Saldano y su ayudante se levantaron de la mesa de la acusación para dirigirse hacia la sala de deliberaciones del jurado. Gustafson también se puso en pie y se encaminó por el pasillo hacia la salida. Se detuvo para mirar a Bosch. Años atrás habían trabajado juntos en la inmensa sala de brigada de la División de Robos y Homicidios, pero no se conocían bien.

—¿Contento, Bosch?

—¿Qué ha pasado exactamente?

—Saldano ha dejado el caso para mantener limpio su perfecto historial. Herstadt sale libre y lo que pase será culpa tuya, capullo. Sé que has preparado esto para Haller.

—Todavía crees que es culpable.

—Vete a la mierda, tío. Yo lo sé y tú lo sabes.

—¿Y los otros cinco, Gustafson?

—¿Qué cinco?

—Recibimos la carpeta del caso. Tú y tu compañero estabais dando palos de ciego con otras cinco personas que habrían estado encantadas de ver a Montgomery muerto, pero simplemente lo dejasteis cuando recibisteis el resultado de la prueba de ADN de Herstadt. ¿Vais a volver a ellos?

Gustafson señaló la parte delantera de la sala, donde Haller todavía estaba susurrándole al oído a Herstadt.

—Ahí mismo tienes a tu asesino, Bosch. No tengo que retomar nada. Fue él, lo detuvimos y luego tú lo has jodido. Buen trabajo. Deberías sentirte orgulloso. Acabas de deshacer todo lo que conseguiste cuando llevabas la placa.

—¿Eso es un no?

—Bosch, por lo que a mí respecta, el caso es RPD. Y la culpa es tuya.

Gustafson salió de la sala.

Bosch se quedó sentado, con la cara ardiendo de indignación. Trató de calmarse mientras Haller terminaba con su cliente y permitía que un alguacil se llevara a Herstadt al calabozo mientras se preparaban los papeles de su puesta en libertad. Haller enseguida reunió sus carpetas y libretas y las metió en su maletín. Luego cerró los dos cierres de cobre y pasó la portezuela. Había cuatro periodistas esperándolo. Hablando uno encima de otro, le lanzaron preguntas para determinar qué acababa de ocurrir exactamente en el despacho del juez.

Haller les dijo que respondería en el pasillo. Salió por delante de ellos, haciéndole un guiño a Bosch al pasar junto a su fila. Este se levantó y los siguió hasta el otro lado de las puertas. Haller se situó en medio del pasillo y los periodistas se reunieron en torno a él formando un semicírculo. Bosch se quedó fuera del corro, pero lo bastante cerca para poder escuchar.

Los periodistas empezaron a gritar variaciones de las mismas preguntas.

—Muy bien, muy bien, escuchen en lugar de hablar y se lo explicaré —dijo Haller con una voz casi embriagada por la victoria en la sala.

Esperó a que todos se callaran antes de continuar.

—Muy bien, ¿listos? —dijo—. La Fiscalía, confrontada a las más que razonables dudas sobre las pruebas que presentó al jurado, ha optado por la vía más segura y ha retirado las endebles acusaciones contra mi cliente. Ahora mismo se están haciendo los trámites para que el señor Herstadt salga del calabozo y sea un hombre libre.

—Pero este caso parecía muy claro —dijo una periodista que Bosch sabía que era del *Times*—. Tenían una confesión y una coincidencia de ADN. ¿Qué ha ocurrido?

Haller abrió los brazos y sonrió.

–¿Qué puedo decirles? Una duda razonable a un precio razonable –soltó–. Lo que ha ocurrido aquí es que no hicieron los deberes. La confesión era falsa, procedía de un hombre que habría confesado que mató a la Dalia Negra si se lo hubieran preguntado. Y había una explicación perfectamente razonable de la coincidencia de ADN. El juez lo vio, sabía que este caso tenía menos vuelo que una gallina vieja y se lo planteó a la Fiscalía. La señora Saldano llamó a su jefe y prevalecieron las mentes razonables. Hizo lo que cualquier fiscal prudente haría: plegar velas.

–Entonces, ¿el caso se ha desestimado? –preguntó otro periodista.

–La Fiscalía ha retirado todos los cargos –dijo Haller.

–Eso significa que pueden volver a presentarse –inquirió un tercer periodista.

–No –respondió–. Este caso ya ha ido a juicio. Acusar otra vez a mi cliente sería someterlo a una doble incriminación. Se ha terminado, amigos, y se ha demostrado la inocencia de un hombre.

–¿A quién ha llamado Saldano para conseguir la aprobación de dejar el caso? –preguntó la periodista del *Times*.

–No lo sé –dijo Haller–. Salió del despacho para hacer la llamada. Tendrán que preguntárselo a ella.

–¿Qué ocurre con su cliente ahora? –preguntó la periodista del *Times*.

–Es un hombre libre –contestó Haller–. Voy a ver si puedo conseguirle un lugar donde vivir y que reanude la terapia. Estoy pensando en abrir una página en GoFundMe para ayudarlo con los gastos. No tiene domicilio ni dinero. Lo han tenido siete meses en prisión.

–¿Va a pedir indemnizaciones al Ayuntamiento y al Condado? –preguntó un periodista.

–Puede ser –dijo Haller–. Creo que hay que indemnizarle. Pero eso es una cuestión para otro día. Gracias. Recuerden que es Haller con doble ele. No se confundan.

Haller se retiró del semicírculo y levantó el brazo en dirección a los ascensores, sin hacer más caso de los periodistas. La del *Times*, que caminaba a su lado, le entregó una tarjeta y le dijo algo en voz baja que Bosch no oyó. Haller cogió la tarjeta y se la guardó en el bolsillo del pecho de la americana. Se acercó a Bosch, con la sonrisa convertida en un rasgo permanente de su semblante.

–No hay muchos días como este, Harry.

–Supongo que no. ¿Qué ha pasado en realidad en el despacho?

–Más o menos lo que les he contado. No he mencionado la parte en la que el juez le ha dicho a Saldano que era imposible que un jurado llegara a un veredicto de culpabilidad más allá de toda duda razonable. Dio la opción de continuar y oír a mi experta en ADN y luego mis mociones, muy persuasivas, para que se desestimara el caso. Fue entonces cuando Saldano salió a hacer su llamada a los mandamases. El resto es como lo he contado. A lo mejor ahora sí salen a pillar al tipo que lo hizo.

–Lo dudo. Gustafson todavía cree que lo hizo tu cliente. Se ha parado al salir para decírmelo.

–Orgullo herido, nada más. O sea, ¿qué otra cosa iba a decir?

–Sí, pero ¿no te das cuenta? No va a ir a por el verdadero asesino. Lo dijo cuando se marchaba: RPD, caso cerrado.

–¿Qué significa RPD?

–«Resuelto por detención.» Significa que no se va a investigar más. Entretanto, el culpable sigue libre.

—Pero no es problema nuestro. Trabajamos para Herstadt y él está libre.

—Puede que no sea tu problema.

Haller miró a Bosch un buen rato antes de responder:

—Supongo que tú has de hacer lo que tengas que hacer.

Bosch asintió.

—Voy a quedarme toda la información que se pasó a la defensa y la copia del expediente del caso.

—Claro, como quieras. Te llamaré pronto por esa otra cosa de la que hablamos. Lo del médico.

—No andaré lejos.

Ballard

21

Ballard se despertó con un dolor intenso entre los omóplatos y un hormigueo en el pie izquierdo. Se sentó en la tienda, quejándose por lo bajo, y descubrió que *Lola* había decidido dormirse con sus dieciséis kilos sobre el pie de su dueña. Ballard liberó el pie, y *Lola* se despertó y la miró como si la hubiera traicionado.

—Me has aplastado el pie —protestó.

Empezó a masajearse y ejercitar el tobillo hasta que la sensación de adormecimiento comenzó a remitir. Una vez que logró devolverlo a la vida, Ballard empezó a girar los hombros, tratando de relajar los músculos de la espalda. Antes de dormir se había exigido mucho en la tabla. Había remado hasta la escollera de la ensenada, y el regreso se había convertido en una batalla contra el fuerte viento que soplaba desde Malibú.

La perra tenía una mirada expectante y Ballard captó el mensaje.

—Uno corto, *Lola*. Tengo trabajo.

Salió a gatas de la tienda y miró alrededor. La playa estaba desierta. Aaron se encontraba en el puesto de socorrista, tan repantigado que solo se le veía la parte superior de la cabeza. Ballard cogió la correa de la arena y, en cuanto oyó el tintineo metálico, *Lola* salió disparada de la tienda, pasó entre sus piernas y se le sentó delante. Miró por encima del hombro a Ballard, lista para que le sujetaran la cadena al collar.

–No seas tan ambiciosa. Solo una vueltecita.

Ballard se calzó las sandalias que había dejado fuera de la tienda y subieron al paseo entablado, donde a *Lola* le gustaba trotar y observar el mundo. Ballard decidió caminar hacia el norte, porque había remado hacia el sur antes. Fueron hasta Rose Avenue y allí dieron la vuelta, pese a la resistencia de la perra.

Al cabo de media hora, Ballard empezó a prepararse. Eran casi las cuatro y quería volver a la ciudad antes de que el tráfico en dirección este se pusiera imposible. Fue a su furgoneta, abrió una lata de comida para *Lola* y puso su bol en el suelo del aparcamiento. Mientras el animal comía, miró la ropa de trabajo que colgaba en un perchero de la furgoneta para asegurarse de que tenía un traje limpio para la noche.

Después de dejar a *Lola* en la guardería canina, Ballard evitó las autovías y tomó vías urbanas hacia Hollywood. Llegó allí a las cinco y media, aparcó en el estacionamiento de la comisaría y se cambió de ropa en el vestuario antes de regresar y tomar un coche oficial. Después se dirigió a West Hollywood y pasó junto al edificio de apartamentos donde creía que vivía Nathan Brazil, el compañero de piso de John Hilton en el momento de su asesinato.

Encontró aparcamiento en Willoughby y caminó hasta el apartamento. No había puerta de seguridad, otra indicación de que no era un edificio muy demandado. Se acercó directamente al 214 y llamó. Casi de inmediato, abrió la puerta un hombre con el pelo negro corto y barba bien arreglada. Ballard no lo reconoció de la foto de carnet de conducir de cuatro años antes que había buscado en el ordenador.

Se había soltado la placa del cinturón y la estaba sosteniendo en alto.

–¿Señor Brazil?

–Sí, ¿qué ocurre?

–Soy la detective Ballard de la policía de Los Ángeles. Me gustaría hacerle unas preguntas.

–Bueno, ¿qué pasa? Esto es West Hollywood, no Los Ángeles.

–Sí, lo sé. Estoy investigando el asesinato de John Hilton en Hollywood y sé que ha pasado mucho tiempo, pero me gustaría preguntarle por él y sobre su vida cuando vivían juntos.

–No sé de qué está hablando. Nunca he vivido con nadie que se llamara así.

–¿No es usted Nathan Brazil?

–Ah, no. Soy Dennis. Nathan es mi marido, tomé su apellido. Pero estoy seguro de que no sabe nada sobre un asesinato. ¿Qué...?

–¿Está aquí?

–No, está trabajando.

–¿Dónde trabaja?

Dennis empezó a ponerse nervioso.

–Trabaja en un restaurante, así que no puede presentarse sin...

–¿Todavía trabaja en Marix?

Los ojos de Dennis lo confirmaron al abrirse desmesuradamente en expresión de sorpresa.

–¿Tiene una tarjeta? –dijo–. Le pediré que la llame.

–O puede simplemente enviarle un mensaje ahora y decirle que se prepare, que voy para allá. Esto es una investigación de homicidio, señor Brazil. No hacemos citas a conveniencia de la gente. ¿Lo entiende?

–Supongo que ahora sí.

–Bien. Gracias por su tiempo.

Ballard volvió a su coche. Marix estaba en Flores, casi a la vuelta de la esquina. Aunque podría ser más rápido ir caminando, quería aparcar el coche oficial delante como parte de su muestra de autoridad. Si Nathan Brazil tenía la misma actitud que su marido, podría necesitar que le recordaran el poder y la autoridad de la policía.

Aparcó en zona prohibida delante de los tres escalones que conducían al restaurante. Antes de llegar al primer peldaño, se abrió la puerta de cristal y un hombre de unos cincuenta y cinco años que luchaba sin éxito contra la calvicie salió y se situó en el peldaño de arriba con los brazos en jarras. Llevaba pantalones negros, camisa blanca y corbata y delantal negros.

–¿Mesa para una policía?

El sarcasmo goteó de sus palabras como queso fundido.

–¿Señor Brazil?

–¡Es asombroso! Solo han tardado treinta años en responder a mi llamada.

Ballard se unió a él en el peldaño superior.

–¿A qué llamada se refiere, señor?

–Quería hablar de mi amigo. Llamé muchas veces y nunca vinieron ni me llamaron porque John les importaba un pimiento.

Ballard vio una zona cerca de la puerta de la calle con mesas de bar donde los clientes podían beber y reunirse mientras esperaban a que los sentaran. No había nadie allí: demasiado pronto para esperar una mesa. Ballard hizo un gesto para señalar el espacio.

–¿Podemos hablar en privado ahí?

–Claro, pero tengo unos clientes que han llegado pronto y debo estar pendiente.

–No hay problema.

Se desplazaron a la zona de espera y Brazil se situó de manera que pudiera controlar a través de las ventanas de cristal del restaurante una mesa de cuatro personas.

–¿Cuánto tiempo lleva trabajando aquí? –preguntó Ballard.

–Casi ocho años –dijo Brazil–. Buena gente, buena comida y puedo venir caminando desde casa.

–Sé que la comida es buena. He estado aquí varias veces.

–¿Es ahora cuando me dora la píldora y me dice que el caso nunca se va a resolver?

–No. Es cuando le digo que voy a resolverlo.

–Claro.

–Mire, Nathan, no voy a mentirle. Ha pasado mucho tiempo. Los padres de John están muertos, uno de los detectives que se ocuparon del caso está muerto y el otro está retirado en Idaho. Hay…

–Nunca les importó una mierda, de todos modos. Les daba igual.

–¿Se basa en que no le respondieron a las llamadas?

–No solo por eso. No es que las cosas sean tan diferentes ahora, pero entonces no iban a complicarse la vida por un bujarra adicto. Así eran las cosas.

–¿Se refiere a un gay?

–Bujarra, maricón, mariquita…, como quiera llamarnos. A la policía no le importaba una mierda. Sigue siendo así.

–Yo lo único que veo es una víctima, ¿entiende? Heredé este caso, porque se perdió y luego lo encontramos. Ahora lo llevo yo y no me importa quién era John Hilton ni qué estilo de vida eligió.

–¿Lo ve?, a eso me refiero. Ese es el problema. No es un estilo de vida. Y no es una elección. Usted es hetero, ¿no?

–Sí.

–¿Eso es un estilo de vida o simplemente es hetero?

–Entiendo. Fallo mío y le agradezco lo que me está diciendo. Lo que quiero decir es que no me importa lo que era John ni lo que hizo. Gay o drogadicto o las dos cosas, no se merecía lo que le ocurrió y no sé qué pensaban los que vinieron antes, pero a mí me interesa el caso. ¿De acuerdo?

–De acuerdo. Pero tengo que ir a atender mi mesa.

–Esperaré aquí.

Brazil entró en el comedor del restaurante. Ballard observó que le pedían unos margaritas –era la hora feliz– y que él ponía la nota en la barra de la parte de atrás del restaurante. Volvió al cabo de un momento. Ballard sentía que habían establecido las reglas básicas y que le había dado a Brazil la oportunidad de desfogarse. Era el momento de ir al grano.

–Muy bien, ¿cuánto tiempo llevaba viviendo con John antes de su muerte?

–Antes de que lo asesinaran. Prefiero hablar de un asesinato, porque es lo que fue.

–Tiene razón. Fue un asesinato. ¿Cuánto tiempo vivió con él?

–Once meses. Lo recuerdo porque fue extraño. Vivíamos en un zulo en North Hollywood y era el momento de renovar el contrato de alquiler. Ninguno de los dos quería hacerlo, pero éramos demasiado haraganes para buscar otro apartamento y pensar en trasladar todas nuestras cosas. Entonces lo asesinaron y no pude alquilarlo solo. Tuve que mudarme.

–Dice en el expediente del caso que él fue al estudio donde usted estaba trabajando la noche que fue asesinado.

–Sí, en Archway. Lo descubrí después, cuando me lo dijo el portero.

–¿Y era inusual que fuera allí?

–Más o menos. En realidad, no.

A Ballard le había llamado la atención leer en la cronología del expediente del caso que era inusual que Hilton fuera al puesto de trabajo de Brazil. Ahora estaba escuchando algo distinto.

–Leí un informe de la primera investigación en el que usted decía que nunca lo había hecho antes –lo instó.

–Para empezar, no conocía al tipo que me estaba preguntando –dijo Brazil–. Yo lo llamaba detective Vitalis; ¿recuerda esos frascos verdes? Y durante un tiempo, hasta que confirmaron mi coartada, pensaba que iban a tratar de culparme y hacer de esto un crimen entre maricas. Así que le dije lo que le dije.

–¿Que era mentira?

–No, no era mentira. Pero no era todo. Trabajaba para una empresa que hacía servicios de cáterin. Llevábamos toda la comida, aperitivos y tal para la producción que nos contrataba. Algunas veces estábamos en el estudio y otras, filmando sobre el terreno, en la calle. Yo siempre le decía a John dónde estaríamos y él venía para que le pasara algo de comida. Y por eso vino al estudio ese día. Tenía hambre. No tendría dinero y querría comer. Pero dar mi nombre en la garita del guarda en Archway no podía funcionar. Era nuestra primera vez en ese sitio y no me conocían de nada.

Ballard asintió. Siempre era bueno conocer la historia más completa, aunque, en ocasiones, cuanto más sabías, más conflictos veías con otra información.

–Entonces, si no tenía dinero para comer y trató de acudir a usted, ¿cómo tenía dinero para ir a comprar drogas en ese callejón? –preguntó.

–No lo sé –dijo Brazil–. Tal vez tenía algo con lo que comerciar. Quizá robó algo. Hacía esas cosas. –Ballard asintió. Era posible–. Lo único que sé es que vino a buscarme porque no tenía dinero –dijo Brazil–. Tengo que volver al bar.

Mientras estuvo ausente, Ballard decidió llevar la entrevista en otra dirección cuando volviera. Esta vez tuvo que esperar mientras Brazil servía las bebidas en su única mesa, les preguntaba a los clientes qué iban a comer y volvía a la cocina.

—¿Sabe?, me cae bien —dijo Brazil cuando regresó—. No es como el detective Vitalis para nada.

—¿Supongo que se refiere al detective Talis? —dijo Ballard—. Yo también las pasé canutas con él.

—No, no era por su apellido. Tenía el pelo con la raya a un lado y muy repeinado. Percibía el Vitalis, porque es lo que siempre usaba mi padre.

—¿Se llamaba Hunter?

—Sí, eso es. Hunter. Lo recuerdo porque entonces había un bar en el bulevar que se llamaba The Hunter. Su eslogan era «Donde el cazador encuentra sus presas». Da igual, era un capullo.

—Está muerto.

—Bueno, ya parecía viejo entonces.

—¿Usted y John eran amantes o solo compañeros de piso?

—Oh, vamos a lo personal.

—Forma parte del trabajo. Lo siento.

—Las dos cosas, se puede decir. Nada serio, pero a veces pasaban cosas.

—¿Él tenía a alguien más?

—Ah, sí, tenía su fantasía inalcanzable. Como todos.

—¿Quién era?

—John estuvo en prisión, ¿sabe? Sus padres no le consiguieron un buen abogado y terminó con una sentencia de tres años. Se enamoró de alguien que lo protegía. Pero solo allí. Hay tipos que hacen lo que tienen que hacer en la cárcel y cuando salen es otra historia. Pasan de amar a un gay a odiarlos. Ocurre muchas veces. Es autonegación.

—¿Alguna vez le dijo el nombre de ese tipo?

–No. Quiero decir, no recuerdo si me lo dijo. No importaba, porque había acabado. Su amante salió y volvió a la vida hetero.

–Pero ¿John se aferró a la fantasía?

–Sí, al sueño. Se sentaba a hacer dibujos del tipo.

–¿Dibujos?

–El tipo posó para él en prisión o algo así y Johnny siempre fue buen artista. Era lo único que hacía bien. Estaba dibujando todo el tiempo. En servilletas, en papeles sueltos…, donde fuera. Guardaba una libreta de cuando estuvo en prisión.

–¿Alguna vez le contó esto al detective Vitalis?

–No, nunca volvió a llamarme después de ese primer interrogatorio. En cuanto dejé de serle útil como sospechoso, dejé de serle útil en general.

–¿Por eso quería usted contactar con él? ¿Por el hombre de la cárcel?

–No, quería que llamara otra vez a mi jefe y le dijera que no era sospechoso. Me echaron por lo que les contó, que le pasaba comida a John de vez en cuando. Se lo contó y me echaron. Pensaban que yo era sospechoso y eso era injusto.

Lo único que pudo hacer Ballard fue asentir. No dudó de la historia ni por un momento. Hunter y Talis habían armado un expediente del caso incompleto de una investigación incompleta. Los habían desviado de la verdad o se habían apartado ellos mismos. En todo caso, no era ninguna sorpresa que dejaran otras víctimas y bajas por el camino.

–No sea como ellos –dijo Brazil.

–No lo soy –dijo Ballard.

22

Ballard llegó a la comisaría temprano y entró en una sala de brigada de detectives que nunca había visto tan llena a esas horas. Varios detectives del turno de día estaban en su mesa, trabajando en el ordenador o al teléfono. Había ocurrido algo. Vio a su jefe, el teniente McAdams, de pie junto a uno de los detectives y mirando por encima del hombro mientras escribía al teclado.

Se acercó a él.

—Teniente, ¿qué está pasando?

McAdams se volvió y le dijo:

—Ballard, ¿qué estás haciendo aquí tan pronto?

—Iba a empezar pronto. Me queda papeleo pendiente y quería acabarlo antes de la reunión de turno. Nunca se sabe qué pasará después.

—¿Qué papeleo?

—Eh, solo unas cosas de seguimiento del chamuscado de la otra noche. Incendios quería las fotos de mi móvil. Y luego nunca me mandaron su informe. Así que voy a pedirlo, a ver si han identificado a alguien. ¿Qué está pasando ahí?

—Un flipado que ha decidido robar el furgón del dinero en el InN-Out de Sunset. El muy imbécil arranca y se da cuenta de que no puede salir del párking porque la cola de coches atasca la entrada. Deja el furgón y corre hasta Hawthorne. Allí trata de hacerle un puente a un furgón de UPS, sin saber que el conductor está atrás con los paquetes. El furgón arranca, el tipo de dentro lo sorprende, se pelean por el control y el furgón choca con tres coches aparcados.

—Buf.

—No he terminado. Entonces el tipo este salta del furgón y sigue su fuga, pero ahora lo persiguen el de UPS y alguien que estaba en uno de los coches aparcados. Va hacia el norte otra vez, trata de cruzar Hollywood y lo atropella un autobús turístico. ¿Sabes cuánta burocracia ha generado esto, Ballard? Tengo cuatro hombres haciendo horas extra y dos son prestados de Wilshire. Así que espero que no pienses pedir una verde con tu chamuscado.

Una verde era una tarjeta de solicitud de horas extra.

—No, teniente, nada de horas extra.

—Bien, porque va a costar un ojo de la cara este despliegue y todavía nos quedan ocho días.

—No se preocupe. ¿Necesita que haga algo?

Ballard sentía que tenía que ofrecerse, aunque no quería formar parte del caso.

—No, lo tenemos cubierto —dijo McAdams—. Solo ocúpate del chamuscado y lo que surja esta noche. Por cierto, no hay nada nuevo sobre tu nuevo compañero, pero el capitán Dean de Wilshire dice que pueden continuar ocupándose de la División de Hollywood en sus noches libres.

—Genial —dijo Ballard—. Pero no me importa trabajar sola, teniente. Tengo a la patrulla respaldándome cuando lo necesito.

Ballard se volvió y buscó un escritorio. El que había estado utilizando últimamente en ese momento estaba ocupado por su propietario de día. Eligió el lugar más alejado de la actividad de los otros detectives y se sentó a trabajar.

Ballard no estaba segura de cómo se sentía respecto a la mención de McAdams de sus intentos de asignarle un compañero. El último se había retirado hacía cuatro meses y antes se había tomado una baja extendida por la muerte de su esposa. En total, Ballard llevaba siete meses trabajando sola. Aunque el trabajo siempre había conllevado dos detectives que se dividían las siete noches, los últimos meses de trabajar verdaderamente sola habían sido diferentes. Había habido momentos de puro terror, pero en general le gustaba más que tener que estar con un compañero o informarle constantemente de cada movimiento que hacía. Le gustaba que el responsable del turno mantuviera una vigilancia muy relajada sobre ella. Y su verdadero supervisor, McAdams, nunca sabía a ciencia cierta en qué andaba.

Ballard se dio cuenta de que la historia que había hilado para McAdams sobre el chamuscado tenía un elemento de verdad. No había recibido ningún informe del equipo de investigación de incendios del Departamento de Bomberos sobre el hombre que había muerto en su tienda en Cole Avenue. Eso le impedía completar su propio informe.

Encontró la tarjeta de Nuccio en el fondo de su mochila y abrió la cuenta de correo electrónico del Departamento en el ordenador de sobremesa. Redactó un mensaje y se lo envió; le preguntaba por la identidad de la víctima y la causa oficial de la muerte, así como por cualquier otro detalle pertinente, incluso si se había localizado al pariente más próximo del hombre sin hogar y se le había informado de la muerte. No esperaba volver a tener noticias de Nuccio al menos hasta el siguiente día laborable. Sabía que los agentes de Incendios se ceñían al turno de nueve a cinco a menos que estuvieran en un caso.

Sin embargo, el teléfono sonó un minuto después de enviar el mensaje.

—Ballard, soy Nuccio.

—Acabo de enviarle un mensaje. Necesito...

—Lo he leído. Por eso llamo. Puede dejarlo. Se ocupa Robos y Homicidios.

—Espere, ¿qué?

—Al final lo hemos calificado de muerte sospechosa y ese es el protocolo. La División de Robos y Homicidios se encarga.

—¿Qué hay de sospechoso en la muerte?

—Unas cuantas cosas. Para empezar, el muerto tenía algo de dinero, lo crea o no. Era de una familia rica de San Diego. Así que el foco se va a centrar en eso.

—¿Cómo se llamaba? ¿Quién era?

—Se llamaba Edison Banks Jr., y su padre tenía un astillero o algo así y se enriquecieron gracias a contratos con la Armada. El padre murió el año pasado y este chico de la tienda heredó un pastón, pero probablemente no lo sabía. Hace cinco años, su padre se cansó de sus problemas, le dio diez mil en efectivo y lo echó de casa. Tenía veinte años. La familia nunca volvió a oír de él. Supongo que se gastó todo el dinero y estuvo en las calles desde entonces. Hay un hermano menor que ahora se queda toda la pasta.

—¿Y está diciendo que eso lo hace sospechoso?

—No, estoy diciendo que eso hace que quiera que marquemos todas las casillas. Y al hacer eso, se volvió sospechoso.

—¿Cómo?

—Dos cosas. La primera es la autopsia. La concentración de alcohol en sangre estaba por las nubes, 0,36. Es como el triple del límite para conducir.

—Más bien el cuádruple. Pero no estaba conduciendo, Nuccio.

–Lo sé, pero este tipo mide uno setenta y tres y pesa sesenta y tres kilos, según la autopsia. Con tanto alcohol ni podía conducir ni hacer nada. Estaría KO.

Ballard no se molestó en corregir a Nuccio respecto a que la concentración de alcohol en sangre era independiente de la altura o el peso.

–No importa lo borracho que estuviera, podría igualmente haberle dado una patada a la estufa mientras dormía –dijo ella.

–Tal vez –repuso Nuccio–. Salvo que examinamos también la estufa. Tiene una válvula que corta el suministro de queroseno a la llama si el dispositivo se inclina más de cuarenta y cinco grados. Es una medida de seguridad. Así que tumbarla en realidad apaga la llama. No enciende un fuego.

–¿Y lo ha probado?

–Varias veces. Y no filtra. La única forma de derramar el combustible es quitar la tapa y poner la estufa de costado. Pero la tapa estaba cerrada. Así que es sospechoso. Este tipo de la tienda se desmaya, alguien por alguna razón entra en la tienda, desenrosca la tapa y vacía el aceite caliente. Vuelve a enroscarla y sale. Luego enciende una cerilla, la lanza y ¡fiiiu! El pobre chico nunca supo qué pasó. Es la única explicación y eso aumenta la sospecha. Robos y Homicidios lo está asumiendo por protocolo.

Ballard se quedó en silencio y consideró lo que Nuccio había descrito. Lo vio como una película en su mente.

–¿Quién lo lleva en Robos y Homicidios? –preguntó por fin.

–No lo sé –dijo Nuccio–. Hablé con el capitán Olivas de ello y hay una gran reunión mañana a las ocho. Entonces descubriré a quién se lo asigna.

Por supuesto, era Olivas. Los equipos de Robos y Homicidios se ocupaban de los grandes casos. Ballard había formado parte de uno de esos equipos. Hasta que defenderse de Olivas le costó el puesto.

–Vale, Nuccio, lo veré allí mañana –dijo.

–¿Qué? –contestó él–. No. Esto era solo informativo. No es su caso, Ballard. Lo tiene Robos y Homicidios, además, ni siquiera sabe dónde es la reunión.

–Sé que irán a Robos y Homicidios. Ellos nunca se mueven. Lo veré allí.

Ballard colgó. No estaba segura de si iría a la reunión –su objetivo en la vida era no volver a estar nunca en la misma sala que Olivas–, pero necesitaba que Nuccio pensara que iba a ir. Eso los agitaría a él y a Olivas cuando se lo contara. Eso era lo que quería Ballard.

23

Ballard pasó la primera hora después de la reunión de turno tratando de conseguir una pista sobre Edison Banks Jr. La víctima del incendio no tenía antecedentes penales y su permiso de conducir había expirado tres años atrás y no se había renovado. Ballard examinó la foto de Tráfico y calculó que se había tomado siete años antes, cuando se emitió la licencia. Mostraba a un chico con aspecto de surfero, de pelo rubio, labios finos y ojos verdes. Ballard la imprimió, aunque sabía que probablemente sería inútil en términos de mostrarla a gente que hubiera conocido a Banks en los últimos años.

A continuación, empezó a trabajar al teléfono, llamando a albergues, comedores de beneficencia y centros de personas sin techo de la zona de Hollywood. No había muchos y no todos estaban abiertos las veinticuatro horas. Ballard buscaba cualquier tipo de conexión con Banks que pudiera guardarse bajo la manga si asistía a la reunión de Robos y Homicidios por la mañana. No esperaba que le permitieran mantenerse en el caso —eso estaba garantizado con Olivas como capitán al mando—, pero, si encontraba información que diera un empujón a la investigación o la orientara, sus acciones en la noche del descubrimiento del cadáver no se juzgarían con tanta severidad. Sabía que Olivas aprovecharía cualquier oportunidad para cuestionar sus decisiones y ella era vulnerable a las críticas en ese caso: había cedido lo que podría ser calificado como homicidio a la brigada de incendios del Departamento de Bomberos de Los Ángeles, y eso no debería haber ocurrido. Debería haber sido ella la que informara a Robos y Homicidios, y no ellos.

Transcurrida una hora, no tenía nada. Banks aparentemente había rehuido aquellos lugares donde se pedían nombres y fotos a cambio de una cama, una comida caliente o una pastilla de jabón. O estaba usando un alias. En cualquier caso, había logrado pasar inadvertido. Eso sugería claramente que había estado escondiendo su pista y no quería que su familia lo encontrara.

Ballard cogió la foto de Tráfico de la impresora y una radio de la estación de carga antes de dirigirse por el pasillo a la sala de control. Le contó al teniente Washington que iba a llevar a cabo un barrido de segundo nivel de la zona, una vez que la muerte se había calificado de sospechosa.

–Las muertes por incendios van a Robos y Homicidios –dijo Washington.

–Lo sé –repuso Ballard–. Hay una reunión mañana a las ocho. Solo quiero terminar mi informe y entregarlo. Hay gente que se nos pasó la otra noche y es hora de llegar hasta ellos. Se dispersan en cuanto sale el sol.

Washington le preguntó si quería refuerzos, pero Ballard los rechazó. La presencia de agentes uniformados no ayudaría a obtener información de los moradores de la noche hollywoodiense.

Primero circuló lentamente en torno al parque municipal y por Cole Avenue para evaluar la situación. No vio ninguna actividad, salvo unos pocos habitantes del campamento que todavía estaban despiertos y sentados en el bordillo o en sillas plegables, fumando y bebiendo.

En el lado norte del parque, Ballard vio un grupo de hombres sentados bajo una farola. Aparcó el coche al otro lado de la calle, delante de una tienda de alquiler y venta de atrezo, y usó la radio para comunicar su ubicación a la sala de control. Era rutina.

Al bajar del coche, se abrió la chaqueta del traje de manera que la placa de su cinturón fuera inmediatamente reconocible en cuanto se acercara a ellos. Mientras cruzaba la calle, contó cuatro hombres sentados juntos en un pequeño espacio libre entre dos tiendas y un cobertizo de lona azul unido al perímetro de la valla del parque. Uno habló con una voz áspera por el whisky y los cigarrillos antes de que Ballard llegara a ellos.

—Vaya, es la agente de policía más guapa que he visto nunca.

Los otros hombres rieron y Ballard se dio cuenta de que estaban en la gloria.

—Buenas noches, colegas —dijo ella—. Gracias por el cumplido. ¿Algo interesante esta noche?

—Nada —dijo el de la voz áspera.

—Acabamos de hacer un funeral irlandés en homenaje a Eddie —dijo otro que llevaba una boina negra.

Un tercero levantó un petaquita de vodka para brindar por los caídos.

—Así que conocíais a Edison —dijo Ballard.

—Sí —dijo el cuarto hombre.

Le pareció que tendría apenas veinte años, con su barba incipiente en las mejillas.

—¿Estabais aquí la otra noche? —preguntó.

—Sí, pero no vimos nada hasta que terminó —dijo el de la boina.

—¿Y antes? —preguntó ella—. ¿Visteis a Eddie antes esa noche? ¿Estaba por aquí?

—Estaba por aquí —dijo el de la voz áspera—. Se consiguió una de las grandes y no la compartió con nadie.

—¿Una botella grande?

–Una botella de tres cuartos de alcohol del bueno.

Ballard asintió. A juzgar por la botellita del hombre, supuso que conseguir suficientes monedas de la gente que pasaba para comprar una botella grande era algo raro.

–¿Cómo la consiguió? –preguntó ella.

–Eh, tenía un ángel de la guarda –dijo el chico.

–¿Alguien se la compró? ¿Viste quién?

–No. Solo dijo que alguien se la dio por la cara. No tuvo que comerle el rabo a nadie ni nada.

–¿Recuerdas qué era lo que bebía?

–Sí, Tito's.

–¿Eso es tequila?

–No, vodka. Del bueno.

Ballard señaló la botellita en la mano del otro hombre.

–¿Dónde compráis el alcohol?

El hombre señaló con la botellita hacia Santa Monica Boulevard.

–Casi siempre en Mako's.

Ballard conocía el sitio: una tienda abierta toda la noche que sobre todo vendía alcohol, cigarrillos, papel de fumar, pipas y condones. Había respondido a numerosas llamadas del local a lo largo de los años en la sesión nocturna. Era un sitio que atraía como un imán a artistas del hurto y atracadores. En consecuencia, había cámaras dentro y fuera del establecimiento.

–¿Creéis que fue allí donde Eddie consiguió su botella? –preguntó ella.

–Sí –dijo el chico.

–Tuvo que ser allí –dijo el de la botellita–. No hay otro sitio por aquí que abra hasta tan tarde.

–¿Oísteis que Eddie tuviera problemas con alguien? –preguntó Ballard.

—No, Eddie le caía bien a todo el mundo —dijo el de la botellita.

—Era un alma amable —añadió el de la voz áspera.

Ballard esperó. Nadie ofreció voluntariamente ninguna información que sugiriera que Eddie tenía problemas.

—Vale, chicos, gracias —dijo Ballard—. Cuidaos.

—Sí —respondió el más joven—. No queremos acabar como Eddie.

—Eh, señorita detective —dijo el de la boina—. ¿A qué vienen tantas preguntas? Eddie no le importaba a nadie antes.

—Ahora sí. Buenas noches, amigos.

Ballard volvió a su coche y se dirigió a Santa Monica Boulevard. Giró a la derecha y circuló tres manzanas hasta un centro comercial decadente, donde se hallaba Mako's. El pequeño negocio ocupaba un extremo del centro comercial y una tienda de dónuts abierta las veinticuatro horas, el otro. En medio había dos locales vacíos, un Subway y otro cuyo escaparate ofrecía desde material para notarías y fotocopias hasta un plan para perder peso o dejar de fumar a través de la hipnosis.

El coche patrulla de la zona estaba aparcado delante de la tienda de dónuts, confirmando el clisé. Ballard se bajó del coche y saludó con la palma hacia abajo, la señal clásica para desear un viaje tranquilo. Al volante del coche patrulla iba Rollins, uno de los que respondió al incendio fatal la otra noche. El agente hizo un destello con las luces del coche en señal de reconocimiento. Ella supuso que su compañero estaba dentro de la tienda de dónuts.

Mako's era una fortaleza. La puerta de la calle tenía una cerradura electrónica que debía abrirse desde dentro. Una vez que la dejaron entrar, Ballard vio que el local estaba construido como un banco en un barrio conflictivo. La puerta de la calle conducía a una antesala que tenía tres metros de ancho y metro ochenta de profundidad. No había nada en ese espacio, salvo un cajero contra la pared de la izquierda. Enfrente y en el centro, un mostrador de acero inoxidable con un cajón grande para entregar los artículos y una pared de cristal a prueba de balas por encima. A la derecha del mostrador, una puerta de acero con cerradura triple. Había un hombre sentado en un taburete al otro lado del cristal. Saludó con la cabeza a Ballard al reconocerla.

—¿Cómo va, Marko? —preguntó ella.

El hombre se inclinó hacia delante, pulsó un botón y habló al micrófono.

—Todo bien, agente —dijo.

Ballard había oído que Marko Linkov encargó el letrero de su negocio hacía muchos años y aceptó el que le hicieron con una errata a mitad de precio. No sabía si era cierto.

—¿Vende vodka Tito's? —preguntó Ballard.

—Sí, claro —respondió Marko—. Lo tengo atrás.

Empezó a bajar del taburete.

—No, no —dijo Ballard—. Solo quería saberlo. ¿Vendió una botella la otra noche? ¿El lunes?

Marko pensó un momento y asintió lentamente.

—Puede ser —dijo—. Creo que sí.

—Necesito ver las grabaciones —dijo Ballard.

Marko bajó del taburete.

—Claro —dijo—. Pase.

Marko desapareció por su lado izquierdo y Ballard oyó que se abrían los cerrojos de acero de la puerta. Ya se había imaginado que no se resistiría a su petición ni preguntaría por órdenes de registro u otras formalidades. Marko dependía de que la policía mantuviera un ojo en su negocio y respondiera a sus numerosas llamadas sobre clientes beligerantes o sospechosos. Sabía que esa clase de servicio era una calle de doble sentido.

Ballard entró y Marko cerró la puerta detrás de ella. La detective se fijó en que, además de los cerrojos, colocaba una barra de metal antirrobo en la puerta. No iba a correr riesgos.

La acompañó más allá de los estantes hasta una trastienda que se utilizaba como almacén y oficina. Había un ordenador en un pequeño escritorio repleto que estaba arrinconado contra una pared. La puerta trasera, que daba a un callejón detrás del centro comercial, también era de acero y estaba equipada con dos barras antirrobo.

—Entonces… —dijo Marko.

No terminó la frase, simplemente abrió una pantalla que estaba dividida en cuatro vistas de cámara: dos frontales, del aparcamiento y la puerta de la calle; una tercera del callejón en la que se veía la puerta trasera, y la cuarta, sobre el cajero, en la parte de delante. Ballard vio el coche patrulla todavía situado fuera de la tienda de dónuts. Marko lo señaló.

—Son buenos chicos —dijo él—. Me protegen.

Ballard pensaba que eran más bien los dónuts lo que los atraía, pero no lo mencionó.

—Vale, el lunes por la noche —dijo.

Ballard no tenía ni idea de cuándo consiguió Edison Banks Jr. la botella de Tito's con la que lo habían visto sus compañeros de campamento ni cuánto tiempo habría tardado en tomársela, de manera que le pidió a Marko que empezara a reproducir el vídeo en velocidad rápida desde el anochecer del lunes. Cada vez que un cliente entraba en la tienda, ponía el vídeo a velocidad normal hasta que Ballard determinaba que el cliente no estaba comprando lo que ella estaba buscando.

A los veinte minutos vieron a alguien llevándose vodka Tito's, pero no era lo que Ballard esperaba: un Mercedes Benz cupé aparcó delante de Mako's. Una mujer con el cabello negro y largo, con tacones de aguja, pantalones de cuero y chaqueta negros se bajó del Mercedes y entró en la tienda. Una vez en el interior, retiró dinero del cajero y compró una botella de Tito's. Mako's solo admitía efectivo.

—¿Es clienta habitual? —preguntó Ballard.

—No —dijo Marko—. Nunca la había visto. No parece una curranta, ¿no? Son diferentes.

—Sí, no conducen un Mercedes.

Ballard observó que la mujer regresaba al coche, entraba y se alejaba del aparcamiento del centro comercial para dirigirse al oeste por Santa Mónica, en sentido contrario al parque municipal donde Edison Bank Jr. murió quemado cuatro horas más tarde. Memorizó la matrícula, lo cual era fácil, porque era de California y estaba personalizada: 14U24ME.

—¿Qué significa? —dijo Marko.

—*One for you, two for me:* uno para ti, dos para mí —dijo Ballard.

—Ah, muy bueno.

—¿De quién es el cajero?

—Es mío —dijo Marko—. Quiero decir, es de una empresa, pero me pagan por tenerlo ahí. Recibo una comisión. Me da buen dinero, porque la gente necesita efectivo cuando entra aquí.

—Comprendo. ¿Puede conseguir los registros?

—¿Qué registros?

—De las retiradas de fondos. Para saber quién es esa mujer.

—Mmm, no lo sé. Puede que necesite un papel legal para eso. No es mi empresa.

—Una orden judicial. Vale.

—Quiero decir, si dependiera de mí, se lo daría, ya lo sabe. Siempre ayudo a la policía. Pero este tipo puede que no sea como yo.

—Entiendo. Tengo su matrícula. Me servirá.

—Vale. ¿Seguimos?

Señaló la pantalla del ordenador.

—Sí, sigamos —dijo Ballard—. No estamos ni a mitad de la noche.

Unos minutos más tarde en tiempo real y una hora más tarde en la reproducción de vídeo, Ballard vio algo que captó su atención. Un hombre con la ropa raída y un carrito lleno de botellas y latas llegó a Mako's, dejó el carrito en la acera y llamó al timbre para que le abrieran. Entró y depositó billetes arrugados y monedas suficientes en el cajón de seguridad para comprar una botella de litro de licor de malta Old English. Después salió de la tienda, aseguró la botella entre las que ya llevaba y las latas que había recogido y empezó a empujar el carrito para salir del aparcamiento. Se dirigió al este por Santa Mónica y Ballard lo reconoció: era uno de los mirones del lunes por la noche después del incendio.

Eso le dio otra idea.

Decidió ir a buscar al hombre que recogía botellas.

24

Ballard recibió una llamada justo antes del final del turno que la distrajo de terminar su informe para la reunión de Robos y Homicidios sobre Banks y la llevó a hacer horas extra no pagadas. Era un caso de «uno dijo, el otro dijo» en Citrus, justo al sur de Fountain. La patrulla la llamó para que mediara en una disputa doméstica violenta entre dos hombres que compartían un apartamento de una habitación y un baño y se habían peleado por quién podía usar la ducha primero antes de ir al trabajo. Habían pasado la mayor parte de la noche bebiendo y drogándose y la pelea comenzó cuando uno de ellos cogió la última toalla limpia y se encerró en el cuarto de baño. El segundo se opuso y abrió la puerta de una patada. Esta golpeó al primero en la cara y le partió la nariz. La pelea se extendió por el pequeño apartamento y despertó a otros residentes del edificio. Para cuando llegó la policía después de múltiples llamadas al 911, ambos hombres mostraban heridas por el altercado y ninguno iba a ir a trabajar.

Los dos agentes de patrulla que respondieron querían trasladar la decisión a un detective para evitar cualquier posible repercusión futura del caso. Ballard llegó y habló primero con los agentes y luego con las partes implicadas. Suponía que la pelea no se debía en realidad a una toalla limpia ni a la ducha, sino que era un síntoma de la relación entre los dos hombres, fuera la que fuese. Sin embargo, decidió detener a ambos para protegerlos a ellos y a sí misma. Las disputas domésticas eran complicadas. Calmar la rabia, apaciguar los nervios y luego simplemente retirarse podía parecer el procedimiento más juicioso, pero si, al cabo de una hora o una semana, la misma relación terminaba en una muerte, los vecinos hablarían a las cámaras y dirían que la policía había venido antes y no había hecho nada. Mejor ser cauta que tener que lamentarlo después. Esa era la regla y la razón por la cual los agentes de patrulla no querían formar parte de la decisión.

Ballard detuvo a ambos hombres y ordenó que los trasladaran por separado al calabozo de la División de Hollywood, donde los mantendrían en celdas contiguas. El papeleo implicaba fichar a los dos, y además Ballard tuvo que preparar otros documentos que la ocuparon hasta más allá de las siete y el final del turno.

Después de presentar los informes de detención necesarios, Ballard cogió su coche oficial y lo aparcó en la calle Uno, delante del EAP. No había aparcamiento allí, pero llegaba tarde y tenía la esperanza de que cualquier agente de tráfico reconocería el vehículo como un coche de detective y no la multaran. Además, no esperaba estar mucho tiempo dentro.

Llevaba la mochila colgada de un hombro y una bolsa de pruebas de papel en la mano. En la quinta planta, entró en la División de Robos y Homicidios y se dio cuenta de que era la primera vez que estaba allí desde que se le impusiera el traslado a la sesión nocturna de la División de Hollywood. Examinó la inmensa sala, empezando por la oficina del capitán en el rincón del fondo. Vio a través del cristal que estaba vacía. No había ninguna otra señal de él –ni de Nuccio y Spellman–, así que se dirigió a la sala de operativos. En la puerta vio que el cartelito corredero estaba en la posición EN USO y supo que había encontrado su fiesta. Llamó una vez y entró.

La sala de operaciones era un almacén reconvertido de cuatro metros por nueve, amueblado con una mesa de salón de juntas, con pizarras blancas y pantallas planas en las paredes. Se usaba para casos que requerían equipos de trabajo, reuniones que implicaran a múltiples investigadores o casos delicados que era preferible no discutir en la sala de brigada abierta.

El capitán Robert Olivas estaba sentado a la cabecera de la mesa larga. A su izquierda, Nuccio y Spellman. A su derecha, Ballard vio a dos detectives que reconoció, Drucker y Ferlita, ambos veteranos especializados en casos de quemados. Drucker llevaba tanto tiempo en la brigada que su apodo era Chatarrería, porque ya le habían sustituido dos rodillas, una cadera y un hombro.

—Detective Ballard —dijo Olivas con tono monocorde y sin proyectar nada de la animadversión que la detective sabía que todavía sentía por ella.

—Capitán —lo saludó Ballard con el mismo tono.

—El investigador Nuccio me dijo que era posible que vinieras, pero creo que tenemos la situación controlada y no vamos a necesitarte.

—Muy bien, porque he aparcado en zona prohibida. Pero antes de irme pensaba que querrían ver y oír algunas de las pruebas que he recogido.

—¿Pruebas, detective? Me dijeron que el lunes por la noche te fuiste de la escena en cuanto pudiste.

—No es así, pero sí que me marché una vez que el Departamento de Bomberos dijo que tenía la situación controlada y que contactaría con Robos y Homicidios si cambiaba algo.

Ballard le estaba diciendo a Olivas cuál iba a ser su posición si intentaba cuestionar el modo en que se había ocupado del aviso original. También imaginó que Nuccio y Spellman no supondrían un problema, porque eran lo bastante listos para no interponerse en una disputa interna del Departamento de Policía de Los Ángeles.

Dio la impresión de que Olivas, un hombre taciturno de caderas anchas, llegó a la conclusión de que esa batalla no merecía la pena. Formaba parte de ese deseo de que todo fuera como la seda que le había mencionado Amy Dodd: no quería complicaciones en su año final. Ballard sabía que eso le vendría bien a su plan verdadero para la reunión.

–¿Qué tienes? –preguntó él–. Ni siquiera estamos seguros de que haya un homicidio aquí.

–Y por eso es aquí donde se llevan una buena pasta –dijo Ballard–. Tienen que resolverlo.

Olivas había terminado con las cortesías introductorias.

–Como he dicho, ¿qué es lo que tienes, Ballard?

Ya estaba perdiendo el tono. La condescendencia y el desagrado estaban tomando el mando. Ballard puso la bolsa de pruebas sobre la mesa.

–Tengo esto, para empezar –dijo ella–. Una botella vacía de vodka Tito's.

–¿Y cómo encaja en esto? –preguntó Olivas.

Ballard señaló a Nuccio y dijo:

–El inspector Nuccio me dijo ayer que el nivel de alcohol en sangre de la víctima era de 0,36 en la autopsia. Eso requiere mucho alcohol. Hablé con algunos de los hombres sin techo que conocían a la víctima y dijeron que el lunes por la noche Banks estaba tomándose una botella grande de Tito's que no compartió con nadie. Dijeron que alguien («un ángel de la guarda») se la había dado. La recuperé de otro hombre sin techo que acampa en la misma acera y recoge botellas y latas para reciclar.

La cadena de custodia está rota, pero el hombre estaba bastante seguro de que recogió la botella después de que Banks se tomara el vodka. Supongo que podría querer buscar huellas dactilares, capitán. Si las consigue, se confirmará la historia. Pero también podría tener las huellas del «ángel de la guarda», alguien con quien querrá hablar. Es decir, si lo ayudaron a emborracharse para poder prenderle fuego.

Olivas digirió la información durante un momento antes de responder:

—¿Alguien vio a este «ángel de la guarda»? —preguntó—. ¿Estamos hablando de un hombre, de una mujer, de qué?

—Ninguno de los chicos con los que hablé vio a nadie —dijo Ballard—. Pero fui a Mako's, al fondo de la calle, y tenían un vídeo de una mujer que se bajó de un Mercedes y compró una botella de Tito's unas cuatro horas antes de que Banks ardiera. Eso podría ser una mera coincidencia, pero dejaré que lo decidan ustedes.

Olivas miró a sus hombres.

—Es endeble —dijo—. Toda esta cuestión es endeble. Coged esa botella y cualquier otra cosa que tenga Ballard. Necesitamos recoger la estufa y hacer nuestras propias pruebas con ella. Vamos a contener la determinación de la muerte hasta que sepamos de qué se trata. Ballard, puedes irte. Estás fuera de servicio ahora de todos modos, ¿no?

—Lo estoy —dijo Ballard—. Y me largo de aquí. Ya me contarán si necesitan que vuelva a la escena para algo esta noche.

—Eso no será necesario —dijo Olivas—. Nos ocuparemos a partir de aquí.

—Solo necesito que firme un informe sobre la recuperación de la botella —repuso Ballard—. Así habrá un registro de la cadena de custodia y no habrá ninguna confusión si la botella de Tito's resulta significativa.

–Y para asegurarte de que te llevas el mérito –dijo Olivas.

No era una pregunta y Ballard se alegró de que él se lo tomara así.

–Todos queremos reconocimiento por lo que hacemos, ¿no? –contestó ella.

–Como quieras –dijo Olivas–. Tú lo escribes y yo lo firmo.

Ballard bajó la cremallera de la mochila y sacó una carpeta que contenía dos copias de un documento de dos páginas. La primera consistía en un resumen detallado del origen de la botella y la segunda era la página de firmas, solo con el nombre y el rango de Olivas bajo una línea. Ballard colocó los documentos en la mesa.

–Una para usted y otra para mí –dijo.

Olivas firmó ambos documentos. Ballard cogió uno y dejó el otro en la mesa. Volvió a guardarse su copia otra vez en la carpeta y la metió en la mochila.

Ballard lanzó un saludo teatral a Olivas antes de darse la vuelta y marcharse. En su camino de salida de Robos y Homicidios, trató de calmarse y controlar sus emociones. Era difícil. Olivas siempre la sacaba de sus casillas. Ballard lo sabía. Él le había arrebatado algo, como otros hombres en el pasado. Pero los otros habían pagado de una forma o de otra: su merecido…, venganza…, justicia…, fuera cual fuese el término. Pero Olivas no. Hasta el momento. Como mucho tenía una mancha temporal en su reputación que no tardó en desaparecer. Ballard sabía que, por mucho que fuera más lista y mejor investigadora que él, Olivas siempre tendría esa cosa innombrable que le había arrebatado.

25

Después de salir de Robos y Homicidios, Ballard recorrió otra vez el pasillo hasta la Sección de Agresiones Sexuales. En esta ocasión, Amy Dodd no estaba en su cubículo, pero el puesto contiguo al suyo parecía todavía desocupado. Ballard se sentó y se conectó al ordenador del departamento. Exhaló un suspiro profundo y trató de relajarse ahora que estaba lejos de su atormentador. En realidad, había terminado su jornada, pero ver a Olivas la había dejado con una sensación de angustia. Acababa de abandonar un caso y quería volver al otro. Quería mantener el impulso.

Abrió su libreta junto al ordenador y buscó la página en la que había escrito la información recopilada sobre Elvin Kidd. Tenía tanto el número de móvil como el fijo asociado a su negocio. Se conectó a Nexis/Lexis para llevar a cabo una búsqueda de ambos y consiguió los proveedores de servicios, un requisito para solicitar a un juez la intervención de un teléfono. Una vez que tuvo eso, abrió una plantilla para solicitar la aprobación de vigilancia de audio en ambos números de teléfono.

Conseguir que aprobaran una intervención telefónica era un proceso complicado y difícil, porque escuchar llamadas personales entraba en grave conflicto con las protecciones de la cuarta enmienda contra la busca y captura ilegales. La causa probable para una intrusión de esas características tenía que ser completa, irrefutable y desesperada. Completa e irrefutable porque quien redactaba tenía que exponer en la declaración de causa probable que el umbral de actividad criminal del objeto de vigilancia se había traspasado con creces. Desesperada porque el investigador también debía presentar una argumentación convincente de que pinchar el teléfono era la única alternativa para avanzar en el caso. Se suponía que una escucha tenía que ser una medida de último recurso y como tal requería que un detective consiguiera la aprobación por escrito del departamento. Tenía que estar firmada por un supervisor de alto rango, como un capitán o superior.

Ballard tardó una hora en redactar un documento de siete páginas de causa probable que era mitad jerga legal estándar y mitad descripción del caso contra Kidd. Se basaba en gran medida en datos de un confidente certificado del Departamento de Policía de Los Ángeles llamado Dennard Dorsey y afirmaba que la escucha era una medida de último recurso, porque el caso se remontaba a hacía veintinueve años y muchos testigos habían muerto, tenían un recuerdo impreciso o no podían ser localizados. El documento no mencionaba que el confidente Dorsey no estaba en activo desde hacía más de una década ni que Kidd llevaba todavía más tiempo sin estar en activo en los Rolling Sixties Crips.

Mientras Ballard estaba corrigiendo el documento en pantalla, llegó Amy Dodd a su cubículo.

—Esto se va a convertir en rutina —dijo.

Ballard la miró. Dodd parecía cansada como si hubiera estado toda la noche trabajando en un caso. Ballard se preocupó una vez más.

—Justo a tiempo —dijo—. ¿Cuál es el código de la impresora de esta unidad?

Dodd le dijo que tenía que buscarlo. Se sentó a su escritorio, se conectó y leyó en su pantalla el nombre de la impresora. Ballard envió a imprimir el documento de causa probable.

—Entonces, ¿qué pasa? —dijo Dodd desde el otro lado de la mampara—. ¿Vas a trasladarte aquí?

—Estaba escribiendo una orden judicial —dijo Ballard—. Tengo que llevársela al juez Thornton antes de que empiece la sesión.

—¿Un pinchazo?

—Sí, dos líneas.

El juez Billy Thornton era el magistrado de intervenciones telefónicas del Tribunal Superior, lo cual significaba que todas las órdenes de vigilancia telefónica requerían su aprobación. También dirigía una sala con muchos casos que por lo general se ponía en marcha cada mañana a las diez.

Siguiendo las instrucciones de Dodd, Ballard fue a una sala de descanso situada en la parte de atrás de la brigada para recoger su documento de la impresora. Luego volvió a su escritorio prestado y sacó de la mochila la misma carpeta que había llevado a la reunión con Olivas en la sala de operaciones. Añadió la página de firma del documento de la cadena de custodia a la parte posterior de la solicitud de orden y listo.

—Me largo —anunció—. Si alguna vez quieres que nos veamos después de trabajar, me paso, Amy. Al menos hasta que empiece la sesión nocturna.

—Gracias —dijo Dodd, que pareció captar la preocupación de Ballard—. Puede que te tome la palabra.

Ballard bajó en ascensor y cruzó la plaza hasta su coche. Miró en el parabrisas y no vio ninguna multa. Decidió probar a doblar su suerte y dejó el coche allí. El tribunal estaba a solo una manzana, en Temple; si se daba prisa y el juez Thornton no había abierto la sesión, podría volver al coche en menos de media hora. Aceleró el paso.

El juez Billy Thornton era un pilar bien considerado en el sistema de justicia penal. Había servido como abogado público y como fiscal del distrito en sus primeros años, antes de ser elegido para el estrado y mantener la posición en el Departamento 107 del Tribunal Superior de Los Ángeles durante más de un cuarto de siglo. Su campechanía en la sala ocultaba una mente brillante, lo cual era una de las razones por las cuales el juez presidente le había asignado las órdenes de escucha. Su nombre completo era Clarence William Thornton, pero prefería que lo llamaran Billy, y su asistente cada vez que entraba en la sala lo anunciaba así: «Preside el honorable Billy Thornton».

Debido a la espera inusitadamente larga para un ascensor en ese tribunal de cincuenta años de antigüedad, Ballard no entró en el Departamento 107 hasta las diez menos diez; entonces vio que la sesión estaba a punto de iniciarse. Un hombre con un mono azul del condado se hallaba en la mesa de la defensa con un abogado de traje a su lado. Parecían listos para empezar y la única parte que faltaba era el juez en el estrado. Ballard se echó la chaqueta atrás para que el alguacil pudiera ver la placa en su cinturón y pasó la portezuela. Rodeó las mesas de los letrados y fue al puesto del secretario, a la derecha del estrado del juez. Un hombre con una camisa de cuello deshilachado levantó la cabeza para mirarla. El nombre de su placa decía ADAM TRAINOR.

–Hola –susurró Ballard fingiendo estar sin aliento para que él creyera que había subido corriendo los nueve pisos y se apiadara–. ¿Hay alguna posibilidad de que pueda ver al juez para una orden de escucha antes de que empiece la sesión?

–Oh, vaya, solo estamos esperando a que llegue el último miembro del jurado antes de empezar –dijo Trainor–. Puede que tenga que volver en el descanso para comer.

–¿Puede preguntárselo, por favor? La orden solo tiene siete páginas y la mitad es material estándar que ha leído un millón de veces. No tardaría mucho.

–Voy a ver. ¿Cuál es su nombre y departamento?

–Renée Ballard, Policía de Los Ángeles. Estoy trabajando en un caso abierto de homicidio. Y hay una urgencia.

Trainor levantó su teléfono, pulsó un botón y giró en su silla para dar la espalda a Ballard y que ella tuviera dificultad para oír la llamada telefónica. No importó, porque la llamada terminó en veinte segundos y Ballard esperaba que la respuesta fuera un «no» cuando Trainor se volviera hacia ella.

Pero se equivocaba.

–Puede pasar –dijo Trainor–. Está en su despacho. Tiene diez minutos. El jurado que falta acaba de llamar desde el garaje.

–Con estos ascensores tardará más en llegar –dijo Ballard.

Trainor abrió una portezuela en el cubículo que permitió a Ballard el acceso a la puerta trasera de la sala. La detective cruzó otra sala llena de ficheros y luego un pasillo. Había estado en despachos judiciales en otros casos y sabía que ese pasillo conducía a una fila de oficinas asignadas a los jueces de lo penal. No sabía si ir a la derecha o la izquierda hasta que oyó una voz que dijo: «Aquí atrás».

Estaba a la izquierda. Encontró una puerta abierta y vio al juez Billy Thornton de pie junto a un escritorio, sacando su toga negra para el juicio.

–Pase –dijo.

Ballard entró. El despacho era como todos los despachos de juez en los que ella había estado. Una zona de escritorio y otra de asientos rodeada por tres lados con estantes que contenían volúmenes de jurisprudencia encuadernados en piel. Suponía que eran para impresionar, porque ya todo estaba en bases de datos.

–Un caso abierto, ¿eh? –dijo Thornton–. ¿De cuándo?

Ballard habló mientras abría la mochila y sacaba la carpeta.

–Mil novecientos noventa –dijo ella–. Tenemos un sospechoso y queremos provocarlo para que hable del caso.

Le pasó la carpeta a Thornton y este la tomó y se sentó. Leyó las páginas sin sacarlas de la carpeta.

–Mi asistente ha dicho que hay un elemento de urgencia –dijo.

Ballard no se lo esperaba.

–Eh, bueno, es miembro de una banda y hemos hablado del caso con otros miembros –dijo improvisando–. Podría llegarle la noticia antes de que tengamos tiempo de entrar y agitar las cosas para conseguir que hable por teléfono.

Thornton continuó leyendo. Ballard se fijó en una foto en blanco y negro de un músico de jazz enmarcada en la pared, al lado del perchero del que colgaba la toga del juez. Thornton hablaba mientras aparentemente leía la tercera página del documento.

–Me tomo las peticiones de intervención telefónica con mucha seriedad –dijo–. Escuchar las conversaciones privadas de alguien es la intrusión máxima.

Ballard no estaba segura de si se suponía que tenía que responder. Pensó que tal vez Thornton estaba hablando de forma retórica. Contestó de todos modos con voz nerviosa:

–Nosotros también –dijo ella–. Creemos que es nuestra primera oportunidad de resolver el caso, que, si se le incita, el sospechoso hablará con sus colegas de la banda y podría surgir un reconocimiento de la culpabilidad.

Estaba citando el documento que Thornton estaba leyendo. El juez asintió mientras mantenía la mirada baja.

–Y quiere los mensajes de texto del móvil –dijo.

–Sí, señoría –dijo Ballard.

Cuando el juez llegó a la sexta página, Ballard vio que negaba con la cabeza una vez y empezó a pensar que iba a rechazar la solicitud.

–Dice que este hombre ocupaba una posición importante en la banda –dijo Thornton–. Incluso en el momento del crimen. ¿Cree que fue el autor material de la muerte?

–Eh, sí, eso creemos –dijo Ballard–. Estaba en posición de ordenar que se hiciera, pero, por lo embarazoso de la situación, creemos que lo hizo él mismo.

Esperaba que el juez no preguntara a quién incluía su uso del plural, porque estaba trabajando el caso sola en ese punto. Bosch estaba fuera del Departamento y no contaba.

Thornton llegó a la última página del texto, donde Ballard sabía que se agarraba a un clavo ardiendo en apoyo de la causa probable.

–Este dibujo que menciona… –dijo el juez–, ¿lo ha traído?

–Sí, señoría –dijo Ballard.

–Deje que le eche un vistazo.

–Sí, señoría.

Ballard buscó en su mochila, sacó el bloc de dibujos de prisión de John Hilton y se lo entregó a Thornton.

–El dibujo que se menciona en la orden está marcado con un pósit –dijo.

Había marcado solo uno, porque en el segundo Kidd no era tan claramente reconocible. Thornton hojeó la libreta en lugar de ir directamente al pósit. Cuando finalmente llegó, estudió el dibujo a página completa un buen rato.

–¿Y dice que es Kidd? –preguntó.

–Sí, señoría. Tengo fotos de él de esa época, de la ficha policial, por si quiere verlas.

–Sí, deje que les eche un vistazo. –Ballard regresó a la mochila mientras el juez continuaba–: Mi preocupación es que ha llegado a una conclusión subjetiva aquí: primero, que este dibujo es de Kidd y segundo, que los dibujos implican alguna clase de romance en prisión.

Ballard abrió el portátil y sacó las fotos de Kidd tomadas mientras estaba en Corcoran. Giró la pantalla hacia el juez, que se inclinó para mirarlas con atención.

–¿Quiere que las amplíe? –preguntó Ballard.

–No es necesario –dijo el juez–. Le concedo que es el señor Kidd. ¿Qué me dice de la relación sentimental? No tiene prueba de ello, más que decir que lo ve en este dibujo. Hilton podría haber sido simplemente un buen artista.

–Lo veo en el dibujo –dijo Ballard sin ceder terreno–. Además, está el compañero de piso de la víctima, que confirma que era gay y que tenía una fijación con alguien. Está el hecho de que Hilton fue asesinado en un callejón controlado por Kidd después de que este ordenara a otros miembros de la banda que se marcharan de allí. Creo que Hilton estaba enamorado de él, pero lo que ocurre en prisión se queda en prisión. Kidd no podía aceptar que la exposición de la relación socavara su posición de autoridad en la banda. Creo que está ahí, señoría.

–Eso lo decido yo, ¿no? –repuso Thornton.

–Sí, señoría.

–Bueno, su teoría está ahí –dijo Thornton–. Parte de ella está sustentada por causa probable, pero, como digo, otra parte es hipótesis, incluso conjetura.

Ballard no respondió. Se sentía como una estudiante reprendida después de clase por su maestro. Sabía que iba a fracasar. Thornton iba a decirle que no lo tenía, que volviera cuando la causa probable estuviera fundamentada. Lo observó pasar a la última página, donde constaban la firma y el nombre de Olivas.

–¿Está trabajando con el capitán Olivas en esto? –preguntó.

–Está al mando de Casos Abiertos –dijo Ballard.

–¿Y él lo ha firmado?

–Sí, señoría.

Ballard de repente se sintió mareada. Se dio cuenta de que su engaño la había llevado por el mal camino. Estaba mintiendo a un juez del Tribunal Superior. Su animadversión por Olivas la había impulsado a utilizar un subterfugio con una persona por la cual solo sentía respeto. En ese momento lamentó haber aceptado el expediente del caso de Bosch.

–Bueno –dijo Thornton–, tengo que suponer que sabe lo que está haciendo. Trabajé casos con él en mi época de fiscal, hace veinticinco años. Entonces sabía lo que estaba haciendo.

–Sí, señoría –dijo Ballard.

–Pero he oído rumores sobre él. Sobre su, llamémoslo así, estilo de control. –Ballard no dijo nada y Thornton tuvo que darse cuenta de que ella no quería morder el anzuelo que había lanzado al agua. Continuó–: Está pidiendo una escucha de siete días. Voy a darle setenta y dos horas. Si no tiene nada entonces, la quiero fuera. Fin. ¿Lo entiende, detective?

–Sí, señoría. Setenta y dos horas. Gracias.

Thornton procedió a firmar la orden que Ballard entregaría a los proveedores de servicios telefónicos de Kidd. Ballard quería que el juez se diera prisa para poder salir de allí antes de que cambiara de opinión. Estaba mirando la foto del músico en la pared, pero en realidad viéndola miraba sin ver mientras pensaba en los siguientes pasos a dar.

–¿Sabe quién es? –preguntó el juez.

Ballard salió del ensueño.

–Ah, no –dijo ella–. Me lo estaba preguntando.

–El Bruto y Hermoso, así lo llamaban –dijo Thornton–. Ben Webster. Te hacía llorar simplemente tocando el saxo tenor. Pero cuando bebía se ponía violento. Veo esa historia a todas horas en mi sala.

Ballard se limitó a asentir y Thornton le pasó los documentos.

–Aquí tiene su orden –dijo el juez.

Bosch

26

Bosch se sentó a la mesa del comedor con copias de documentos del caso Walter Montgomery divididas en seis pilas delante de él. En las pilas estaban todos los registros de la investigación del asesinato del juez del Departamento de Policía de Los Ángeles que Mickey Haller había recibido en el proceso de divulgación de pruebas. Sabiendo lo que sabía de los detectives de homicidios, los fiscales y las reglas que obligaban a compartir pruebas, Bosch estaba convencido de que no tenía todo lo que se había acumulado durante la investigación. Pero sí lo suficiente para empezar la suya.

Y Bosch también estaba seguro de que era el único que investigaba la cuestión. Jerry Gustafson, el detective al mando del caso, había dejado claro cuando se desestimaron los cargos contra Jeffrey Herstadt que sentía que el asesino había sido puesto en libertad. Reexaminar su investigación significaría desautorizar su conclusión anterior. Los pecados del orgullo y la arrogancia dejaban la justicia para el juez Montgomery en la estacada.

Eso lo molestaba sobremanera.

Las pilas de documentos que tenía delante correspondían a las cinco vías de investigación que habían seguido Gustafson y su compañero, Orlando Reyes, hasta que se encontró ADN de Herstadt en las uñas del juez. Eso detuvo toda investigación que no estuviera dirigida a Herstadt. Era una forma de visión de túnel que Bosch había visto antes y en la que probablemente también él había incurrido al cumplir con sus deberes en la brigada de homicidios del Departamento de Policía de Los Ángeles. Con la aparición de la genética forense, Bosch había visto repetidamente que la ciencia monopolizaba las investigaciones. El ADN era la panacea. Un resultado positivo convertía una investigación en una vía única, transformaba una acusación en pan comido. Gustafson y Reyes abandonaron todas las líneas de investigación salvo la de Herstadt una vez que creyeron que tenían a su hombre.

Una sexta pila de documentos incluía la cronología del caso y otros informes secundarios sobre el asesinato, incluido el de la autopsia y declaraciones de testigos que se encontraban en el parque cuando se produjo la agresión mortal. Dichos documentos estaban relacionados con las otras cinco vías de investigación. Bosch ya había seleccionado y separado los documentos referentes a la vía Herstadt.

Había también varios discos que contenían vídeos grabados por las cámaras de la zona, incluidas tres enfocadas al parque. Bosch las conocía por el juicio de Herstadt, pero las revisó por completo por primera vez. Ninguna de las cámaras del parque había captado el asesinato porque este se había producido en un punto ciego, detrás de un edificio pequeño que albergaba los ascensores que comunicaban con el aparcamiento subterráneo del complejo. Otros discos entregados en el proceso de divulgación de pruebas contenían vídeos de las cámaras situadas dentro de los dos ascensores y el garaje de cinco plantas, pero no mostraban a ningún sospechoso ni cualquier otra persona en el momento del crimen.

Las cámaras del parque eran útiles por un motivo: precisaban la hora de la muerte. El juez Montgomery fue visto bajando las escaleras desde Grand Street, donde acababa de desayunar. Iba unos metros por detrás de una mujer rubia, que también se dirigía al tribunal con lo que parecía ser una tarjeta identificativa en la blusa. Esta pasó por detrás del edificio de los ascensores y Montgomery la siguió. Al cabo de unos segundos, ella salió y continuó caminando hacia el tribunal. Sin embargo, Montgomery nunca volvió a aparecer en la cámara. El asesino había estado esperándolo en un punto ciego. El juez fue apuñalado y se pensó que su agresor había usado el punto ciego de los ascensores para colarse por una escalera y escapar. No había cámaras en la escalera y las del garaje de cinco plantas que había debajo o estaban mal colocadas o faltaban o estaban rotas y esperando una sustitución. El asesino podría haberse escabullido con facilidad evitando la red de cámaras.

Manipulando el vídeo, Gustafson y Reyes habían conseguido identificar la tarjeta de la mujer que iba por delante de Montgomery. Se trataba de una tarjeta de miembro de un jurado. La tarde del asesinato, Reyes habló con ella en la cafetería del tribunal. Era Laurie Lee Wells, una actriz de treinta y tres años de Sherman Oaks. Sin embargo, su declaración, que Bosch leyó, no aportaba pistas para la investigación. Llevaba auriculares Bluetooth y había estado escuchando música en su camino desde la estructura del párking al tribunal. No oyó que ocurriera nada detrás de ella cuando pasó junto a los ascensores. Los detectives la descartaron como testigo útil.

El punto de partida de Bosch eran las otras vías de la investigación que Gustafson y Reyes habían tomado antes de obtener el resultado del ADN de Herstadt. Harry necesitaba ver si habían seguido el camino correcto antes de que el ADN los desviara.

Las cinco vías implicaban dos casos que estaban en ese momento en la lista de procesos en curso de Montgomery, uno en el que había dictado sentencia recientemente y otros dos de sus días en el tribunal penal. Los casos penales implicaban a acusados que habían amenazado al juez. En los casos civiles había implicadas grandes cantidades de dinero que dependían del fallo o futuro fallo del juez.

Bosch sabía por experiencia que las amenazas de los criminales que se dirigen a prisión son básicamente vanas. Era el clavo ardiendo al que se agarraba la gente aplastada por el sistema y a la que no le quedaba nada más que la capacidad de lanzar promesas vacías de venganza a aquellos que percibían como sus torturadores. A Bosch lo habían amenazado muchas veces en sus años como agente de policía y detective y ni una sola vez la persona en cuestión había pasado a la acción.

Así pues, si empezó por las dos vías que implicaban amenazas a Montgomery durante sus días en el tribunal penal, no fue porque creyera que eran las más prometedoras, sino porque quería examinarlas deprisa para concentrarse en los casos que implicaban grandes sumas de dinero. El dinero siempre era el mejor móvil.

Puso una grabación en directo de Charles Mingus en el Carnegie Hall en el tocadiscos, que eligió por la versión de veinticuatro minutos de *C Jam Blues* en la cara A. El concierto de 1974 tenía un tempo alto y mucha energía; era principalmente improvisación y eso era justo lo que necesitaba Bosch para avanzar con los informes de los casos. El concierto, en el que también participaba al saxo tenor John Handy, otro de sus músicos favoritos, lo ayudó a ponerse en marcha.

La primera amenaza correspondía a un hombre sentenciado a cadena perpetua sin posibilidad de condicional por el asesinato de su exnovia, que había sido secuestrada y torturada durante tres días antes de morir desangrada. No parecía haber nada en el juicio que implicara ninguna decisión controvertida del juez contra la defensa. Al sospechoso, Richard Kirk, lo detuvieron en posesión de cuchillos y otras herramientas relacionadas mediante pruebas forenses con las heridas infligidas a la víctima. También había alquilado el almacén donde se produjeron las torturas y la muerte. Un mes después de que Kirk fuera condenado a prisión, el juez recibió una carta anónima que afirmaba que lo iban a destripar con un cuchillo de quince centímetros y que se desangraría «como un cerdo en el matadero». La amenaza no estaba firmada, pero tenía el sello distintivo de Richard Kirk, que había cometido gran parte de sus torturas con un cuchillo de quince centímetros.

Si bien a Montgomery no lo habían destripado, sí lo habían acuchillado tres veces en un área concentrada de su torso bajo el brazo derecho, lo cual sugería un ataque carcelario: tres enviones rápidos con un arma blanca.

Cuando llegó la carta amenazadora, se abrió una investigación del Departamento del Sheriff y se encontró una huella dactilar en el sello de la misiva anónima que correspondía a la de un asistente que trabajaba para el abogado defensor de Kirk. Al confrontarlo, el abogado defensor reconoció haber tomado la carta de Kirk durante una visita con su cliente para discutir una apelación. Declaró que no la había leído porque iba en un sobre cerrado. Simplemente se la entregó a su ayudante para que la echara al correo. Como consecuencia de la investigación, Kirk fue puesto en confinamiento solitario durante un año y su abogado fue sancionado discretamente por la abogacía de California.

El incidente también puso a Kirk en el radar de los detectives que se ocupaban del asesinato de Montgomery. Reyes solicitó una lista de los compañeros de prisión que hubieran sido puestos en libertad el año anterior, siguiendo la hipótesis de que Kirk de alguna manera podría haber pagado a un recluso a punto de recibir la condicional para que acabara con Montgomery. En la lista solo había un hombre que hubiera obtenido la condicional en Los Ángeles un mes antes del asesinato de Montgomery. Lo interrogaron y tenía coartada gracias a las cámaras del hogar de acogida donde se le exigía vivir. Gustafson no llevó la investigación más lejos una vez que Herstadt se convirtió en su sospechoso principal.

Bosch se levantó y dio la vuelta al disco. La banda de Mingus había compuesto una canción titulada *Perdido*. Bosch cogió la cubierta del álbum y la examinó. Había tres fotos de Mingus, con los brazos grandes en torno al contrabajo, pero ninguna mostraba por completo su rostro. En una imagen estaba de espaldas a la cámara. Era la primera vez que Bosch se había fijado en ello y le pareció curioso. Fue a su pila de discos y revisó sus otros álbumes de Mingus. En casi todos se mostraba con claridad su rostro, incluidos tres donde estaba fumándose un cigarrillo o encendiéndolo. No era tímido en la vida real ni en otras cubiertas. Las fotos del álbum del Carnegie Hall eran un misterio.

Bosch volvió al trabajo y pasó a la segunda amenaza del historial de Montgomery como magistrado de lo penal. Correspondía a un caso donde su veredicto fue revocado en la apelación y se ordenó un nuevo juicio por un error que había cometido el juez en sus instrucciones al jurado.

El acusado era Thomas O'Leary, un abogado que había sido condenado por dos cargos de posesión de cocaína. Según el resumen del caso de Gustafson, lo detuvieron en una operación encubierta en la que un agente del Departamento del Sheriff se hizo pasar por traficante, contrató a O'Leary para que lo defendiera y pagó por sus servicios en tres ocasiones distintas con cocaína. Las cámaras del coche camuflado lo grabaron recibiendo las drogas. En el juicio, admitió que las había recibido, pero presentó una defensa basada en que lo habían inducido y argumentando que previamente nunca había aceptado drogas como pago. También afirmó que habían ido a por él como represalia por haber defendido a clientes de renombre en otros casos presentados por la brigada de narcóticos del *sheriff*. El argumento de O'Leary se basó en defender que no estuvo predispuesto a infringir la ley de ese modo hasta que el agente encubierto lo persuadió para hacerlo.

Parte de la instrucción que el juez Montgomery dio al jurado era que O'Leary no podía ser condenado si el jurado consideraba que no había estado predispuesto a cometer el delito en el primer incidente. Montgomery se negó erróneamente a permitir una instrucción adicional solicitada por la defensa, según la cual, si no condenaban a O'Leary por el primer incidente, tampoco podían por los dos siguientes, pues eran en esencia fruto del primer delito.

El jurado halló a O'Leary inocente del primer cargo, pero lo acusó de los otros dos y Montgomery lo condenó a once años de cárcel. Pasó más de un año antes de que el tribunal de apelación fallara a su favor y ordenara que lo pusieran en libertad bajo fianza para afrontar otro juicio. La Oficina del Fiscal del Distrito decidió no seguir con el caso una segunda vez y retiraron los cargos contra O'Leary. Para entonces, este había sido expulsado del colegio de abogados y su mujer se había divorciado de él. Estaba trabajando como asistente en un bufete. Durante la vista final, en la cual se retiraron los cargos y se desestimó el caso, O'Leary había despotricado contra Montgomery, sin amenazarlo con violencia, pero gritando en el tribunal que el juez pagaría algún día por el error que le había costado su carrera, su matrimonio y los ahorros de su vida.

Gustafson y Reyes lo investigaron, verificaron su coartada y determinaron que, en el momento exacto del asesinato, la identificación de empleado del bufete en el que trabajaba constaba como registrada en la entrada de seguridad del edificio de la empresa. No era una coartada completa, porque no había cámara a la entrada, pero Gustafson y Reyes no lo verificaron después de que Herstadt se convirtiera en el sospechoso número uno.

Bosch tomó algunas notas en una libreta: ideas sobre cómo podía seguir esas pistas. Sin embargo, el instinto le decía que ni Kirk ni O'Leary eran culpables, por muy resentidos que estuvieran con Montgomery. Quería seguir adelante con las otras tres líneas de investigación para ver si eran más viables.

Se levantó de la mesa y caminó un poco antes de volver. Se le entumecía la rodilla cuando pasaba mucho rato sentado en la misma posición. Salió a la terraza trasera de su casa y contempló la vista del paso de Cahuenga. Era solo media tarde, pero la autovía ya estaba repleta de coches que avanzaban con lentitud en ambos sentidos. Bosch se dio cuenta de que había estado trabajando toda la mañana. Tenía hambre, pero decidió dedicar una hora más al caso antes de bajar la colina y conseguir algo que contaría como comida y cena.

Cuando volvió a entrar, la música se había detenido y fue a la pila de discos para hacer otra selección que lo ayudara a mantener el impulso. Decidió quedarse con un contrabajo fuerte que marcara el ritmo y empezó a repasar sus álbumes de Ron Carter.

Lo interrumpió el timbre de la puerta.

27

Ballard estaba en el umbral.

–Necesito tu ayuda –dijo.

Bosch dio un paso atrás y la dejó entrar. La siguió al interior, fijándose en que llevaba una mochila al hombro. Al pasar junto a la mesa del comedor, ella miró los documentos clasificados en dos pilas separadas.

–¿Es el caso Montgomery? –preguntó.

–Eh, sí –dijo Bosch–. Teníamos una copia del expediente. Solo estoy mirando los otros…

–Genial, entonces estás trabajando en esto aquí.

–¿Dónde iba a…?

–No, está bien. Quiero que me ayudes desde aquí.

Parecía nerviosa, excitada. Bosch se preguntó si había dormido desde que terminara su turno.

–¿De qué estamos hablando, Renée? –preguntó.

–Necesito que controles una escucha cuando yo no pueda –dijo–. Tengo el software en mi portátil y puedo dejártelo.

Bosch hizo una pausa para ordenar sus ideas antes de contestar.

–¿Esto tiene que ver con el caso Hilton? –preguntó.

–Sí, claro –dijo ella–. Es nuestro caso. Puedes trabajar en el de Montgomery, pero cuando entre una llamada o un mensaje recibiré una alerta en mi portátil y necesito que lo monitorices. Es bueno que tengas algo que hacer mientras tanto. –Hizo un gesto hacia las pilas extendidas sobre la mesa.

–Renée –dijo–, ¿es un pinchazo legal?

Ballard se rio.

–Claro. Me han firmado la orden esta mañana. Luego he pasado las dos horas siguientes preparándolo con los proveedores de las líneas: un fijo y un móvil, mensajes de texto incluidos. Después he ido a la unidad técnica a pedir que me instalaran el software en mi portátil.

–¿Has recurrido a Billy Thornton? –preguntó Bosch.

–Sí, Departamento 107. ¿Qué problema hay, Harry?

–No habría aprobado esto sin autorización del Departamento. Pensaba que era nuestro caso. ¿Ahora los mandos están al corriente?

–Hice que lo firmara un capitán y no habrá ningún problema.

–¿Quién?

–Olivas.

–¿Qué?

–Harry, todo lo que necesitas saber es que es una intervención legal. Podemos empezar.

–¿Billy todavía tiene esa foto de jazz en la pared?

–Joder, no me crees, ¿no? Ben Webster, ¿vale? «El Bruto y Bello», ¿contento?

–Hermoso.

–¿Qué?

–A Webster lo llamaban el Bruto y Hermoso.

–Pues vale. ¿Estás satisfecho?

–Sí, estoy satisfecho.

–No me puedo creer que pienses que podría falsificar una orden judicial.

Bosch sabía que le convenía cambiar de tema.

–¿Desde cuándo es capitán Olivas?

–Acaba de recibir los galones.

Bosch sabía que era la némesis de Ballard en el Departamento, y viceversa. Decidió que no quería saber cómo había conseguido que le firmara la orden. Preguntarle habría supuesto correr el riesgo de que hubiera otra desavenencia entre ellos.

–Bueno, ha pasado mucho tiempo desde mi última escucha –dijo en cambio–. Antes usábamos una sala de monitorización en Commerce. ¿Me estás diciendo que puedo monitorizarlo desde aquí?

–Completamente –dijo Ballard–. Está todo en el portátil.

Bosch asintió.

–¿Y a quién vamos a escuchar? –preguntó.

–A Elvin Kidd –dijo Ballard–. Empezamos mañana. Quiero instalarte el programa y que te familiarices con él, y después de mi turno de mañana iré a Rialto a alborotar el avispero. Con suerte, usará el teléfono para llamar o enviar un mensaje a alguno de sus viejos amigos del sur para preguntar qué está pasando. Si reconoce algún hecho, lo detenemos.

Bosch asintió otra vez.

–¿Tienes hambre? –preguntó.

–Me muero de hambre –dijo Ballard.

–Bien. Vamos a buscar algo de comer y hablamos de esto. ¿Cuánto tiempo llevas sin dormir?

–No me acuerdo. Pero sí recuerdo que tenemos un trato.

–Sí.

Fueron en el coche de Bosch. Bajaron la colina, cruzaron la autovía en Barham y se dirigieron al Smoke House, junto al estudio de la Warner Brothers. Ballard le explicó que no había comido nada desde una pausa en su último turno; ella pidió un bistec, una patata asada y pan de ajo para compartir y Bosch, una ensalada y pollo a la parrilla. Ballard se había llevado la mochila al restaurante y mientras esperaban la comida puso a Bosch al día de la investigación; le detalló su entrevista previa con el antiguo compañero de piso de Hilton, Nathan Brazil, que le había confirmado que era gay y estaba enamorado de un hombre inalcanzable.

—Todo conduce a Kidd —dijo—. Era el amo del callejón; los echó a todos, preparó su reunión con Hilton y lo ejecutó.

—¿Y el móvil? —preguntó Bosch.

—Orgullo. No podía permitir que ese chico colado por él amenazara su reputación. ¿Miraste los registros telefónicos cuando tuviste el expediente?

—Sí, pero solo por encima.

—Hubo varias llamadas desde la línea del apartamento de Hilton a un teléfono público de South Central. Estaba en un centro comercial en Slauson con Crenshaw, en pleno territorio de los Rolling Sixties. Los detectives de entonces no hicieron nada con esa información, pensaron que era el contacto de un camello, pero creo que Hilton estaba llamando a Kidd allí o tratando de hablar con él, así que se estaba convirtiendo en un problema.

Bosch se recostó en la silla y consideró la teoría de Ballard mientras llegaba su comida. Una vez que el camarero se alejó, hizo un resumen:

—Amor prohibido —dijo—. Amantes en prisión, pero en la calle era una amenaza para la posición y el poder de Kidd. Eso podría hacer que lo echaran de la banda, incluso que lo mataran.

Ballard asintió.

—Mil novecientos noventa —dijo ella—. Eso no iba a aceptarse en una banda.

—Ahora tampoco —repuso Bosch—. Me enteré de un caso unos años antes de retirarme. Tenían una orden judicial para entrar sin avisar en una casa y pillaron a un tipo de Grape Street en la cama con otro tío. Eso les sirvió para convertirlo en confidente en cinco minutos. Fue más eficaz que amenazarlo con una sentencia de cinco años. Saben que pueden cumplir la pena si es necesario y salir reforzados, pero nadie quiere la etiqueta de gay en una banda. Si se descubre, están listos.

Empezaron a comer; los dos tenían tanta hambre que dejaron de hablar. Bosch lo fue asimilando todo mientras permanecían en silencio y habló cuando hubo calmado el apetito.

—Entonces, mañana –dijo–, ¿cómo vas a provocarlo?

—Para empezar, espero pillarlo en casa –respondió Ballard con la boca todavía llena del último bocado del bistec–. Ahora está casado y tiene una empresa a nombre de su mujer. Espero que sienta pánico en cuanto empiece a mencionar a Hilton y su anterior relación. No creo que la mujer sepa nada de su homosexualidad. Tengo la libreta de dibujos. Empezaré a mostrárselos y se cagará…

—Pero ¿cómo hace eso que se ponga al teléfono? Lo conviertes en algo entre él y ella.

—¿Qué propones entonces?

—No estoy seguro todavía. Pero hay que vincularlo a la banda.

—Pensé en eso, pero entonces pondría en riesgo a Dennard Dorsey. Está en el módulo de los Rolling Sixties en la penitenciaría central. Si Kidd se comunica con alguien de allí, Dorsey está acabado.

—Necesitamos prepararlo de otra forma, sin usar a Dorsey.

—En el expediente se nombraba a otro tipo que trabajaba en la calle con él: Vincent Pilkey. Pero murió hace unos años.

–Eso fue después de que Kidd dejara South Central, ¿no? ¿Crees que sabrá que Pilkey está muerto?

Ballard se encogió de hombros y atacó el pan de ajo.

–Es difícil saberlo –respondió ella–. Podría ser arriesgado usar su nombre. Kidd podría ver la trampa de entrada.

–Sí –aceptó Bosch.

La observó comerse el pan. Parecía consumida, como una persona sin hogar que encuentra un resto de pizza en una papelera.

–Supongo que vas a ir sin refuerzos –dijo.

–No tengo –repuso ella–. Somos tú y yo y te necesito al teléfono.

–¿Y si estoy cerca? En algún sitio con wifi. Tiene que haber algún Starbucks por allí. O puedes enseñarme cómo hacer que mi teléfono sirva de punto de acceso. Maddie lo hace.

–Es demasiado arriesgado. Si te quedas sin señal, pierdes cualquier llamada que pueda hacer Kidd. No me va a pasar nada. Será visto y no visto. Entraré, prenderé la mecha y saldré. Él con suerte empezará a hacer llamadas o a enviar mensajes.

–Todavía necesitamos descubrir cómo prender la llama.

–Creo que solo le diré que trabajo en Casos Abiertos, que me han asignado este y que vi que nunca lo interrogaron en su momento. Dejo caer que entonces hubo un testigo que describió a un asesino que se parecía mucho a él. Lo negará, lo volverá a negar, yo me marcharé y él se pondrá al teléfono para descubrir quién es el testigo.

Bosch pensó en ello y se dijo que podía funcionar.

–Vale –convino–. Bien. –Pero sabía que si ese era el plan, tenía que decir algo sobre la preparación de Ballard–. Mira, sé que hicimos un trato y todo eso, pero aquí estamos hablando de una jugada de alto riesgo y tienes que estar preparada –dijo–. Así que tengo que decírtelo: pareces cansada y no puedes estar así cuando lo hagas. Creo que deberías dejarlo hasta que estés lista.

–Lo estoy –protestó Ballard–. Y no puedo posponerlo. Es una escucha de setenta y dos horas. El juez no me va a dar más. Comienza en cuanto el proveedor de servicios empiece a mandar la señal, que se supone que será hoy al final del día. Así que tenemos tres días para hacerlo. No puedo posponerlo.

–Vale, vale. Entonces pídete la baja esta noche para poder dormir.

–Tampoco. Me necesitan en la sesión nocturna y no voy a dejarlos en la estacada.

–Bueno, entonces volvamos a mi casa. Tengo una habitación libre, así duermes en una cama y no en la arena hasta que tengas que irte a trabajar esta noche.

–No. Tengo mucho que hacer.

–Pues es una lástima. Crees que este tipo no es peligroso porque ya no está en la banda, pero te equivocas, lo es. Y no voy a monitorizar nada si creo que hay una falla en el plan.

–Harry, estás exagerando.

–No. Y ahora mismo lo que creo es que la falla eres tú. La falta de sueño provoca errores, en ocasiones fatales, y no quiero formar parte de eso.

–Mira, te agradezco lo que dices, pero no soy tu hija.

–Ya lo sé y no tiene nada que ver con eso. Pero lo que te digo se mantiene. O usas la habitación de invitados o ya le puedes pedir a Olivas que monitorice él la escucha.

–Está bien. Dormiré. Pero quiero llevarme el pan de ajo.

–Por supuesto.

Bosch buscó al camarero para pedirle la cuenta.

28

Mientras Ballard dormía, Bosch volvió al caso Montgomery. No puso música para no molestarla. No sabía cuándo iba a levantarse y decidió sumergirse en la más baja de las tres pilas de documentos relacionados con los tres casos que le quedaban por revisar. Eran casos del tribunal civil en el que el juez Montgomery había servido durante los últimos dos años de su vida.

La pila más baja era en realidad un caso híbrido que implicaba al juez en el tribunal penal y en el civil. Empezó con un asesinato en el cual un hombre llamado John Proctor fue acusado del atropello intencionado de una mujer que fue arrollada mientras caminaba hacia su coche después de salir de Burbank, donde había rechazado varios intentos de Proctor de invitarla a una copa y entablar una conversación.

En el juicio lo representó un abogado llamado Clayton Manley, al que despidió después del veredicto para contratar a otro, George Grayson, que se ocupara de la apelación. Antes de la condena de Proctor, Grayson presentó una moción para que se repitiera el juicio sobre la base de una asistencia defensiva ineficaz. Pedir un nuevo juicio debido a una mala defensa era una práctica habitual, aunque rara vez tenía éxito. Sin embargo, en ese caso el argumento era sólido. La moción describía varias cosas que Manley había omitido en su preparación del juicio, entre ellas explorar la culpabilidad de una tercera parte basándose en el hecho de que la víctima se hallaba en medio de un tenso divorcio en el momento de su muerte y que su marido despechado había sido detenido en dos ocasiones por violencia doméstica.

El recurso también se refería a varios momentos del juicio en los que Manley no planteó las preguntas pertinentes a los testigos de la acusación o tuvo que ser instado por el juez a protestar ante los interrogatorios de la fiscalía a los testigos. Dos veces, y siempre con el jurado fuera de la sala, el juez Montgomery amonestó a Manley por su incompetencia, en una ocasión preguntándole directamente si estaba tomando alguna medicación que explicara su falta de concentración en el caso.

Manley trabajaba para Michaelson & Mitchell, un bufete del centro de la ciudad que había tomado el caso y luego se lo había asignado a él. Aunque Manley ya se había ocupado de otras cuestiones penales para el bufete, ese fue su primer caso de asesinato.

En una decisión que ocurría una vez de cada cien, Montgomery ordenó que se celebrara un nuevo juicio, revelando su decisión en el momento en que debía dar a conocer la sentencia de Proctor. En vista pública, el juez aceptó el argumento de Grayson, según el cual Manley había echado por tierra el caso con su falta de atención e inacción. Al cancelar la sentencia y ordenar un nuevo juicio, Montgomery hizo constar su opinión sobre la actuación de Manley, amonestó al abogado por sus numerosos fallos y le prohibió que se ocupara de otros casos en su tribunal en el futuro.

Un periodista del *Los Angeles Times* estaba en la sala para informar de la sentencia de un caso que había suscitado una atención considerable de los medios por la naturaleza del crimen. Sin embargo, se marchó con un artículo sobre Manley que, cuando se publicó al día siguiente, recogía muchos de los comentarios más severos del magistrado. Manley enseguida se convirtió en el hazmerreír del tribunal, el objeto de muchos chistes que los abogados se contaban en los pasillos.

En el nuevo juicio, el jurado declaró inocente a John Proctor. Nadie más fue acusado del crimen.

Montgomery fue entonces trasladado por el juez presidente al tribunal civil y pronto él mismo se vio envuelto en una demanda civil. Clayton Manley demandó al juez por difamación y reclamó daños y perjuicios por las declaraciones «injustas y falsas» que Montgomery había hecho en la sala y que fueron difundidas por la prensa. Manley aseguraba en la demanda que Montgomery lo había convertido en un paria del tribunal y había destruido su carrera. Manley manifestó que todavía trabajaba para Michaelson & Mitchell, pero ya no se le asignaban casos penales y no había vuelto a aparecer en el tribunal desde el caso Proctor.

La demanda fue desestimada enseguida sobre la base de que las decisiones y declaraciones de un juez no solo estaban amparadas por el derecho a la libertad de expresión de la primera enmienda, sino que eran sacrosantas para administrar justicia sin restricciones en la sala. Manley apeló el veredicto, pero los tribunales superiores lo rechazaron de manera similar dos veces más antes de que él desistiera.

Eso fue el final, pero, cuando asesinaron a Montgomery un año después, el secretario del tribunal les dio el nombre de Clayton Manley a los detectives que preguntaron quiénes podían ser los enemigos del juez. Gustafson y Reyes lo tuvieron en cuenta y empezaron a revisar todas las cuestiones relacionadas con el caso Proctor. Vieron suficientes indicios como para pasar al siguiente nivel: Reyes interrogó a Manley en la oficina de este y en presencia de su propio abogado William Michaelson. Manley proporcionó una coartada sólida para la mañana del asesinato. Estaba de vacaciones con su mujer en un *resort* de Lanai, en Hawái. Manley entregó al detective copias de sus tarjetas de embarque, recibos de hotel y de restaurante e incluso fotos de su iPhone, tomadas el día en que fue asesinado Montgomery, en las que se lo veía en una excursión de pesca. También proporcionó copias de mensajes de correo de amigos y colegas, incluido Michaelson, que le habló del asesinato porque sabía que se hallaba a miles de kilómetros.

El interrogatorio a Manley se había producido una semana antes de que se recibiera el resultado del análisis de ADN que incriminó a Herstadt. Eso explicaba por qué la pila de Manley era la más corta. Los detectives aparentemente aceptaron la negación de Manley de su implicación en el caso y su coartada.

Aun así, algo le chirriaba a Bosch. No había ninguna mención en el registro cronológico de que el interrogatorio se hubiera concertado con antelación. De hecho, eso habría sido negligente. Los investigadores siempre abordaban a los sospechosos sin previo aviso. Era mejor conseguir respuestas improvisadas que declaraciones preparadas. Era una regla básica del trabajo en homicidios: no dejes que te vean venir.

No obstante, sin ninguna indicación en los documentos de que Reyes hubiera avisado de que iba a hablar con Manley, el abogado estaba aparentemente preparado para el interrogatorio: tenía a su propio abogado presente y la documentación de la coartada lista para entregar. Bosch se preguntó si eso molestó a Reyes o Gustafson, porque a él sí.

Desde luego, Manley había mantenido una prolongada disputa con Montgomery, así que probablemente podía suponer que la policía querría hablar con él. Eso no le resultaba sospechoso a Bosch. Ni siquiera el hecho de que hubiera un abogado presente le habría hecho mostrarse escéptico. Trabajaba en un bufete de abogados, al fin y al cabo. Lo que le molestaba a Bosch era el detalle de la coartada. Parecía a prueba de bombas, hasta el extremo de un sello de tiempo digital en la foto de Hawái tomada solo unos minutos antes de que Montgomery fuera apuñalado en Los Ángeles. La experiencia de Bosch era que una coartada (incluso legítima) rara vez era a prueba de bombas. Eso le sonaba a trampa. Como si tal vez Manley supiera precisamente cuándo iba a necesitar una coartada.

Gustafson y Reyes aparentemente no presintieron lo mismo. Una semana más tarde dejaron de considerarlo, cuando llegó el informe del ADN. Bosch pensaba que él no lo habría hecho, ni siquiera con una coincidencia directa de ADN con otro sospechoso.

Escribió una nota en su libreta. Era solo una palabra: Manley. Se sentía cómodo dejando las dos primeras líneas de investigación que había revisado, pero pensaba que Manley necesitaba más seguimiento.

Se levantó para ejercitar un poco la rodilla. Cogió el bastón, que había apoyado en un rincón, al lado de la entrada, y salió a dar un paseíto, una manzana colina arriba y volver. Consiguió eliminar la rigidez y sentir la rodilla fuerte. Tenía ganas de prescindir por completo del bastón en unos días.

Cuando volvió a entrar en casa, se encontró a Ballard sentada a la mesa donde él había estado trabajando.

–¿Quién es Manley? –dijo.

–Solo un nombre –contestó Bosch–. Tal vez un sospechoso. Pensaba que dormirías más que un par de horas.

–No me hacía falta. Me siento renovada. Dos horas en la cama es como cinco en la arena.

–¿Cuándo vas a dejar de hacer eso?

–No lo sé. Me gusta estar cerca del agua. Mi padre decía que la sal del mar lo cura todo.

–Hay otras formas de estar bien. Puede que te sientas «renovada» ahora, pero mañana por la mañana no te aguantarás en pie cuando vayas a confrontar a Kidd.

–No me pasará nada. Hago esto todo el tiempo.

–Eso no me tranquiliza. Tenemos que preparar alguna clase de señal para que pueda darte apoyo si lo necesitas. Que entres sola es una locura.

–Trabajo sola todas las noches. No es ninguna novedad. –Bosch negó con la cabeza. Seguía sin estar satisfecho–. Oye –prosiguió–, quiero mostrarte el software de mi portátil para que puedas monitorizar todo cuando vaya a alborotar el avispero. Volveré por la mañana y te dejaré el portátil antes de irme.

–¿No puedes copiarlo en mi ordenador? –preguntó Bosch.

–No es posible. Es software propietario. Pero solo voy a tardar unos minutos en ponerte al día de todo. Sé que eres de la vieja escuela y nunca lo habías hecho así.

–Tú enséñamelo.

Bosch despejó la mesa para que pudiera sentarse a su lado y ella abrió el programa de monitoreo.

–Ah, bien, estamos listos –dijo Ballard–. La escucha está en marcha.

–Así que el reloj de las setenta y dos horas ya está corriendo –dijo Bosch.

–Exacto. Pero, por supuesto, nada de lo que diga hoy va a merecer la pena, porque ni siquiera sabe que está siendo investigado.

Ballard le mostró cómo utilizar el software. Estableció para el móvil y el fijo de Elvin Kidd tonos de alarma distintos, que sonarían en el ordenador en cualquier momento en que el sospechoso hiciera o recibiera una llamada. Había un tercer tono para los mensajes de texto enviados o recibidos. Ballard le reiteró las reglas de la escucha. La policía tenía prohibido por ley escuchar llamadas personales. Si una llamada no trataba específicamente sobre el crimen documentado en la declaración de causa probable de la orden de búsqueda, el policía tenía que apagar el altavoz, aunque se le permitía verificar brevemente cada treinta segundos para confirmar que la conversación en curso era de naturaleza personal.

El software solo grababa lo que se monitorizaba en directo, pero no las llamadas no escuchadas. Esa era la razón por la cual una escucha requería monitorización las veinticuatro horas. Habían pasado al menos diez años desde que Bosch estuvo implicado en un caso con escucha. El software era nuevo, pero las reglas no habían cambiado. Le contó a Ballard que comprendía todo eso.

–¿Y el hecho de que ya no soy policía? –preguntó–. ¿Y si surge algo bueno después de alborotar el avispero y yo estoy aquí solo?

–Sigues estando en la reserva del Departamento de Policía de San Fernando, ¿no? –preguntó Ballard.

Después de dejar el Departamento de Policía de Los Ángeles, Bosch había sido contratado como agente en la reserva para ocuparse de casos abiertos en el departamento de policía de la pequeña localidad. Pero su posición allí había terminado hacía casi un año, cuando fue acusado de tomar demasiados atajos en las investigaciones.

–Bueno, más o menos –dijo–. No han venido a quitarme la placa porque todavía hay un par de casos en los que trabajé que no han llegado a juicio. Los fiscales quieren que tenga placa y esté en la reserva cuando declare. Así que, técnicamente, sí, soy agente de reserva, pero en realidad no estoy haciendo...

—No importa. Tienes placa y un agente de reserva sigue siendo un agente jurado. No hay problema. Podemos hacerlo.

—De acuerdo.

—Entonces, vengo por la mañana, te dejo esto y tú solo déjalo encendido mientras haces tu trabajo. Y cuando oigas alguna de las alarmas, empieza a escuchar y grabar hasta que sepas de qué se trata.

—Y me llamas en cuanto entres.

—Sí.

—Y cuando salgas. Cuando estés a salvo.

—Recibido. No tienes que preocuparte.

—Alguien tiene que hacerlo. ¿Y si usamos un par de agentes uniformados del Departamento de Policía de Rialto como refuerzo? Que esperen fuera mientras estás dentro.

—Si insistes, haré eso.

—Insisto.

—Vale, llamaré cuando esté de camino, a ver si tienen un coche libre.

—Bien.

Eso hizo que Bosch se sintiera mejor con todo. Solo tenía que asegurarse por la mañana de que Ballard haría lo que decía que iba a hacer.

Ella estaba a punto de cerrar el portátil cuando sonó uno de los tonos que había programado.

—Oh, llamada recibida —dijo—. Vamos a ver cómo funciona esto.

Movió la mano por la pantalla táctil y deslizó el cursor hasta el botón de grabación. Oyeron que respondía un hombre.

—*¿Hola?*

29

Era una llamada a cobro revertido desde la penitenciaría central. Una máquina informó al receptor de que el
emisor era Doble D. y que necesitaba pulsar el 1 para
aceptar la llamada o el 2 para rechazarla. Habían llamado a Elvin Kidd al móvil. El sospechoso aceptó.

—*Eh, ¿eres tú, bro?*

—*¿Qué quieres? No voy a pagarte la fianza, tío. Estoy fuera.
Ya lo sabes.*

—*No, no, no, hermano. No quiero nada… Además, me tienen por violar la condicional. Solo quiero avisarte, tío.*

—*¿Sobre qué?*

Ballard cogió la libreta en la que Bosch había escrito
el nombre de Manley, garabateó algo y se la colocó delante a Bosch: «Doble D. = Dennard Dorsey. Hablé con él
el martes».

Él asintió. Ahora entendía quién estaba llamando a
Kidd. Este y Dorsey no podían oírlos si hablaban, pero se
mantuvieron en silencio porque no querían que se les
pasara nada.

—*Es por la movida esa en el callejón de hace siglos, tío. La
pasma vino aquí a preguntar qué pasó con el blanquito ese.*

—*¿Qué te preguntaron?*

—*Que si estuve allí y qué pasó.*

—*¿Qué rajaste?*

—*No abrí el pico. No estuve allí. Pero, no sé, pensaba que tenía
que contarte que siguen interesados, ¿me explico? No des la nota…*

—¿Cuándo fue eso?

—Vino el martes. Me metieron en una habitación con ella.

—¿Una mujer?

—Sí. Anda que no me la zumbaría.

—¿Tiene nombre?

—Ballet o algo así. No lo pillé bien al principio porque fue del palo ¿qué quieres de mí, cabrona? Pero sabía algo, tío. Sabía que V-Dog y yo trabajamos en el callejón ese día. ¿Te acuerdas de él? La palmó en Folsom, creo. Es un caso abierto.

—¿Quién le habló de mí?

—Ni puta idea. Se plantó aquí y me preguntó por ti.

—¿Quién te ha dado este número?

—No lo tenía. He llamado a un par de capos para conseguirlo. Por eso he tardado un par de días en localizarte.

—¿A quién?

—Marcel. Tenía un número de...

—Vale, colega, no me llames más. Lo dejé.

—Lo sé, pero aun así pensaba que...

Kidd colgó.

Ballard se levantó de inmediato y se puso a pasear.

—Joder —dijo—. Dorsey acaba de hacer lo que iba a hacer yo mañana.

—Pero Kidd no ha soltado nada —le advirtió Bosch—. Iba con pies de plomo.

—Es verdad, pero ha hecho un montón de preguntas. Tenemos al tipo correcto. Es él y hemos tenido la puta suerte de tener el pinchazo ya. Pero ¿ahora qué? ¿Sigo yendo para allá mañana?

—Ni hablar. Te estará esperando y no te conviene.

Ballard asintió mientras paseaba por la sala.

—¿Puedes ponerlo otra vez? —preguntó Bosch.

Ballard volvió a la mesa y reprodujo la llamada. Bosch escuchó con atención cualquier cosa que pudiera sonar como un código de pandilleros, pero concluyó que a Kidd la llamada le había pillado desprevenido y no se había comunicado ningún mensaje o código secreto. Como Dorsey había dicho, simplemente estaba pasando una advertencia sobre una situación potencialmente amenazadora.

–¿Qué opinas? –preguntó Ballard.

Bosch pensó un momento.

–Creo que esperaremos y veremos si Kidd hace un movimiento –dijo.

–Pero ahora que sabe de la investigación podría desconectarse –dijo Ballard–. Irá a comprar un prepago. Yo en su caso lo haría.

–Puedo ir y vigilarlo esta noche.

–Voy contigo.

–Eso no funcionará. Está a dos horas de aquí con el tráfico y tienes tu turno y has dicho que no puedes dejarlo. Tendrías que dar la vuelta en cuanto llegáramos. Iré yo y tú monitoreas las llamadas, por si es estúpido.

El tono de mensaje de texto sonó en el portátil de Ballard.

–Hablando del rey de Roma… –dijo.

Abrió el mensaje, que procedía del teléfono de Kidd: «Tenemos que vernos. Dulan mañana a la 1. Importante!!!».

Ambos miraron la pantalla y esperaron una respuesta.

–¿Crees que es el tal Marcel que ha mencionado Dorsey? –preguntó Ballard.

–No lo sé –dijo Bosch–. Es probable.

Llegó una respuesta corta: «Ahí estaré».

Bosch se levantó de la mesa para relajar la rodilla otra vez.

–Supongo que adivinaremos qué es Dulan, podemos ponernos con él mañana –dijo.

–Es un restaurante –dijo Ballard–. Buena comida sureña. Pero conozco al menos tres en el sur de Los Ángeles.

Bosch asintió, impresionado por su conocimiento.

–¿Alguno en el territorio de los Rolling Sixties? –preguntó.

–Hay uno en Crenshaw Boulevard, a la altura del 5000 –dijo Ballard.

–Probablemente sea ese. ¿Has comido allí? ¿Llamaremos la atención si vamos?

–Tú sí, pero yo puedo pasar por mulata.

Era cierto. Ballard tenía sangre polinesia, a buen seguro, aunque Bosch nunca le había preguntado por sus antepasados.

–O sea, tú dentro y yo fuera –dijo–. No estoy seguro de que me guste eso.

–No van a intentar nada en un bar repleto –repuso ella–. A la una ese sitio estará a reventar.

–Entonces, ¿cómo vas a acercarte para escuchar?

–Ya se me ocurrirá algo.

–Vas a tener que vestirte de otra forma.

–¿Qué? ¿Por qué?

–Por lo que ha dicho Doble D. en la llamada, que eras un pibón.

–No es exactamente lo que ha dicho. Pero ya lo pillo. Iré un par de horas a la playa después de trabajar y me vestiré para no llamar la atención. No te preocupes.

–Tal vez deberíamos llamar a las tropas. Puedes recurrir a tu teniente y contarle lo que has estado haciendo y que meta a más gente.

–Si voy con un homicidio me lo quitarán en menos de lo que tarda un carterista en levantarse una billetera en el paseo de Venice.

Bosch asintió, sabía que tenía razón. Señaló su portátil.

–En el trabajo, esta noche, ¿puedes rastrear el número al que ha mandado el mensaje y descubrir quién es?

–Puedo intentarlo, pero seguramente será un prepago.

–No lo sé. Kidd ha estado fuera de circulación. Ha usado su propio móvil para enviar el mensaje, lo cual es un error. Fuera de circulación puede significar que no tiene un prepago. Y los que siguen en la banda tienen prepagos y los cambian todo el tiempo. Pero este es un número que Kidd tenía, que conocía. Podría ser un teléfono legal.

Ballard asintió.

–Puede ser –repuso–. Veré si puedo localizarlo.

Bosch se acercó a la puerta corredera, la abrió y salió a la terraza. Ella lo siguió.

–La vista es alucinante –dijo.

–Me gusta más por la noche –contestó él–. Con las luces y todo. Hasta la autovía parece bonita. –Ballard se rio–. Oye, todavía no sabemos por qué John Jack tenía este expediente o por qué no hizo nada con él en veinte años.

Ballard se acercó a la barandilla a su lado.

–¿Importa? Tenemos una pista sobre el culpable. Y tenemos la oportunidad y un motivo.

–A mí sí me importa –dijo Bosch–. Quiero saberlo.

–Creo que llegaremos a ello –dijo Ballard–. Lo descubriremos.

Bosch se limitó a asentir, pero estaba cargado de dudas. Ellos –sobre todo Ballard– habían conseguido en una semana lo que John Jack no había conseguido en dos décadas. Estaba empezando a suscribir la teoría de Ballard de que había algo siniestro, de que John Jack Thompson se llevó el expediente porque no quería que se resolviera el caso.

Y eso creó un misterio completamente nuevo en el que pensar. Y doloroso.

Ballard

30

Ballard empezó su jornada con la reunión del turno tres. Los detectives del turno de día no le habían dejado nada en su bandeja de entrada, así que subió a la reunión de turno para hacerse una idea de lo que estaba ocurriendo en la calle. El teniente Washington estaba en la tarima, otro signo de que se perfilaba una noche tranquila. Normalmente le pedía a un sargento que se ocupara de la reunión mientras él se quedaba en la sala de control, monitorizando lo que estaba ocurriendo fuera.

Washington nombró los equipos y los distritos asignados.

–Meyer y Shuman: seis-A-quince.

»Doucette y Torborg: seis-A-cuarenta y cinco.

»Travis y Marshall, os toca el cuarenta y nueve esta noche.

Y así con todos. Washington también anunció que la aseguradora State Farm continuaba con su programa de recuperación de coches robados, que concedía pines para el uniforme a los agentes que recuperaban cinco o más vehículos durante la campaña mensual. Mencionó que algunos de los agentes del turno ya habían alcanzado los cinco y otros estaban encallados en tres o cuatro. El teniente quería que todos los del turno lo consiguieran. Por lo demás, no había mucho de que hablar. La reunión terminó con una advertencia del jefe de turno.

–Sé que estas noches han sido tranquilas, pero se animará. Siempre pasa –dijo Washington–. No quiero a nadie haciendo el submarino. Recordad que no es como en los viejos tiempos. Tengo vuestros GPS en la pantalla. Si veo a alguien dando vueltas en torno al fuerte, le asignaré el treinta y uno en el próximo período de despliegue.

Se decía que un equipo hacía el submarino cuando dejaba su zona de patrulla asignada y circulaba cerca de la comisaría para poder regresar en cuanto terminaba el turno y se avisaba de que los equipos del primero ya estaban saliendo. Seis-A-treinta y uno era la zona de patrulla más alejada de la comisaría: comprendía sobre todo East Hollywood, donde las llamadas por molestias –sintechos, borrachos y alborotadores– eran más frecuentes. Nadie quería trabajar el treinta y uno, y menos durante un período de despliegue de veintiocho días, así que normalmente se le asignaba a alguien que estaba en la lista negra del jefe de turno.

–Muy bien, tropa –dijo Washington–. A la calle y buen trabajo.

La reunión se dispersó, pero Renée se quedó sentada para poder hablar con Washington después de que los agentes uniformados dejaran la sala. Él la vio esperando y sabía la razón.

–Ballard, ¿qué pasa?

–Teniente, ¿tiene algo para mí?

–Todavía no. ¿Tienes algo en marcha?

–Me quedan un par de flecos de anoche, un número de teléfono que tengo que localizar. Avíseme si me necesita.

–Recibido, Ballard.

Bajó la escalera y se metió en la sala de detectives, donde se sentó en un rincón, como de costumbre. Abrió su portátil y cargó el software de escucha por si se daba la casualidad de que Elvin Kidd decidía hacer una llamada o enviar un mensaje a medianoche. Sabía que era improbable, pero el reloj estaba en marcha en la intervención telefónica de setenta y dos horas, así que no le vendría mal tener el canal abierto, por si tenía suerte otra vez.

Se puso a trabajar y rastreó el número al que Kidd había enviado un mensaje después de recibir la llamada desde prisión de Dennard Dorsey. Su primer paso fue buscarlo directamente a través de una base de datos de Google que contenía un directorio inverso de teléfonos. No obtuvo ningún resultado. Una búsqueda en Lexis/Nexis fue igualmente infructuosa, lo cual indicaba que el número no constaba. A continuación, se conectó con la base de datos del Departamento e hizo una búsqueda para ver si el número había sido introducido en una denuncia o en otro documento recopilado por el Departamento. Esta vez tuvo suerte. El número aparecía en la tarjeta de una entrevista de campo de hacía cuatro años. La habían digitalizado y estaba en la base de datos de ámbito departamental; Ballard la abrió en su ordenador.

La entrevista de campo la había realizado un equipo de inteligencia de bandas del South Bureau que había parado a un hombre que vagaba por el exterior de un restaurante cerrado en el cruce de las avenidas Slauson y Keniston. Ballard situó esa ubicación en la frontera entre Los Ángeles e Inglewood, en pleno territorio de los Rolling Sixties. El hombre era Marcel Dupree. Tenía treinta y un años y aseguró que no pertenecía a ninguna banda, pese a que tenía un tatuaje de la estrella de seis puntas de los Crips en el dorso de la mano izquierda.

Según la tarjeta, Dupree les contó a los agentes que lo pararon que estaba esperando a que lo recogiera su novia porque había bebido demasiado. Viendo que no se había cometido ningún delito, los agentes rellenaron la tarjeta –incluido el número de móvil, el domicilio y la fecha de nacimiento, entre otros datos– y dejaron al hombre donde lo encontraron.

Ballard introdujo a continuación el nombre de Marcel Dupree en el ordenador del NCIC y obtuvo un registro de numerosas detenciones y al menos dos condenas que se remontaban hasta treinta y tres años atrás. Dupree había estado en prisión en dos ocasiones, una por atraco a mano armada y otra por disparar un arma de fuego en una vivienda habitada. Lo más importante de todo era que había una orden de búsqueda por no pagar la pensión alimenticia. No era gran cosa, pero Ballard ya tenía algo con lo que podría intentar presionarlo en caso de necesidad.

Pasó la siguiente hora sacando cada uno de los informes de detención y más de una vez encontró descripciones de Dupree como miembro importante de los Rolling Sixties Crips. La denuncia por no pagar la pensión alimenticia se había elevado a la categoría de delito, porque debía más de cien mil dólares a dos mujeres distintas en un total de tres años.

Ballard estaba entusiasmada. Acababa de conectar dos de los puntos de la investigación de Kidd y tenía algo sobre Dupree que podría usar para continuar indagando. Tenía ganas de contárselo a Bosch, pero supuso que estaría durmiendo. Descargó la imagen más reciente de Dupree de la base de datos de Tráfico, que era de cuatro años atrás, junto con su última foto policial, que se remontaba hasta una década. En ambas tenía la cabeza perfectamente redonda y el cabello poblado y despeinado. Ballard incluyó las dos fotos en un mensaje para Bosch. Quería que supiera qué aspecto tenía Dupree antes de que establecieran la operación de vigilancia al día siguiente.

No sabía si le sonaban los mensajes de móvil, pero al cabo de cinco minutos no había recibido respuesta. Cogió la radio que había sacado del cargador al inicio del turno y le comunicó al teniente Washington que iba a estar en código 7 (pausa para comer), pero se llevaba la radio consigo, como de costumbre. Cruzó la comisaría desierta hasta su vehículo de servicio y salió.

Había un puesto de tacos abierto toda la noche en un aparcamiento en Sunset con Western. Ballard comía allí a menudo y conocía a Rigoberto Rojas, el hombre que lo regentaba. Le gustaba practicar español con él, aunque las más de las veces confundía al hombre con su mezcla de español e inglés.

Esa noche, Rojas estaba trabajando solo y Ballard le preguntó en español entrecortado dónde estaba su hijo. El joven había trabajado con su padre la mayoría de las noches hasta recientemente. Las últimas dos o tres veces que Ballard había ido al *food truck*, Rigoberto estaba trabajando solo. Eso la preocupó, porque lo convertía en un objetivo más vulnerable. Hablaron a través de la ventanilla del puesto mientras Rigoberto le preparaba un par de tacos de gambas.

—Es perezoso —dijo él—. Quiere pasarse el día con sus vatos. Luego dice que está demasiado cansado para ir a trabajar.

—Si quiere que vaya a hablar con él —dijo Ballard ya en inglés—, lo haré.

—No, no pasa nada.

—Rigoberto, no me gusta que trabaje solo. Es peligroso.

—¿Y usted? Está sola.

—Es diferente.

Ballard levantó el faldón de la americana para mostrar la pistola enfundada en su cadera y luego la radio.

—Llamo y mis amigos vienen corriendo —dijo.

—La policía me protege —repuso Rigoberto—. Como usted.

—No podemos estar aquí a todas horas. No quiero recibir una llamada y enterarme de que le han robado o le han hecho daño. Si su hijo no lo ayuda, encuentre a alguien que lo haga. Lo necesita de verdad.

—Está bien, está bien. Aquí tiene.

Le pasó una bandeja de cartón por la ventanilla. Dentro estaban los tacos de Ballard envueltos en papel de aluminio. Ella le pasó un billete de diez, pero Rigoberto levantó las manos como si estuviera bajo arresto.

—No, no, está invitada —dijo—. Me cae bien. Me trae policías.

—Pero tiene que ganarse la vida. No es justo.

Ballard dejó el billete en el mostrador y se negó a guardárselo. Se llevó la bandeja a una mesa plegable donde había diversas salsas picantes y servilletas. Cogió servilletas y una botella de salsa suave y se fue a la mesa de pícnic comunitaria, que estaba vacía en ese momento.

Comió de cara a Sunset Boulevard y de espaldas al puesto. Los tacos estaban deliciosos y no se molestó en poner salsa en el segundo. Antes de terminar, Rigoberto salió del puesto por la puerta trasera de la cocina y le llevó otro taco.

—De pescado —dijo—. Pruébelo.

—Va a ponerme gorda —dijo en español—. Pero gracias.

Dio un mordisco al taco de pescado y descubrió que estaba tan bueno como el de gambas. Era más suave y le agregó salsa picante. El segundo mordisco fue mejor, pero nunca llegó a dar un tercero. Su radio crepitó y Washington la envió a un semáforo en Cahuenga, debajo del paso elevado de la autovía 101. Estaba a menos de cinco minutos. Ballard preguntó a Washington por qué se necesitaba un detective y él simplemente dijo:

–Ya lo verás.

Como no había oído antes ninguna llamada de patrulla o control relacionada con esa ubicación, Ballard supo que, se tratara de lo que se tratase, lo estaban manteniendo fuera de la radio. Había mucha gente en la ciudad que escuchaba las frecuencias de la policía y respondía a cualquier cosa que pudiera producir un vídeo susceptible de venderse.

Ballard dio las gracias a Rigoberto, que ya estaba otra vez en su puesto, tiró sus bandejas en una papelera y se metió en el coche. Tomó Sunset hasta Cahuenga y se dirigió al norte hacia la 101. Vio un solo coche patrulla con las luces del techo destellando detrás de una vieja furgoneta que anunciaba limpieza de alfombras las veinticuatro horas en sus paneles laterales. Ballard no tenía tiempo para preguntarse quién necesitaría limpiar una alfombra en plena noche. Uno de los agentes de patrulla que había parado la furgoneta se acercó a su coche, linterna en mano. Era Rich Meyer, al que había visto antes en la reunión de turno.

Ballard paró el motor y bajó del coche.

–Rich, ¿qué tienes?

–Este tipo de la furgoneta debe de haber salido de la autovía y ha aparcado aquí abajo para que las mujeres que llevaba atrás pudieran hacer sus necesidades. Shoo y yo hemos pasado y había cuatro mujeres agachadas en la acera.

–¿Agachadas?

–¡Orinando! Parece tráfico de personas, pero ni tienen identificación ni hablan inglés.

Ballard se dirigió a la furgoneta, donde el compañero de Meyer, Shuman, estaba de pie junto a un hombre y cuatro mujeres, todos ellos con las manos atadas a la espalda con bridas. Las mujeres llevaban vestidos cortos y se las veía desaliñadas. Todas tenían el pelo oscuro y eran claramente latinas. Ninguna parecía mayor de veinte.

Ballard se sacó la linternita del cinturón y primero apuntó a través de las puertas traseras de la furgoneta. Había un colchón y algunas mantas raídas extendidas. También vio un par de bolsas de plástico llenas de ropa. La furgoneta olía a humanidad y desesperación.

Ballard enfocó la parte delantera y en un soporte en el salpicadero vio un teléfono con un mapa GPS cargado en la pantalla. Rodeó la furgoneta hasta la puerta del conductor, la abrió, se inclinó hacia el interior y sacó el teléfono de su soporte. Con unos toques en la pantalla logró determinar el destino de la furgoneta: una dirección en Etiwanda Street, en el valle de San Fernando. Se guardó el móvil en el bolsillo y volvió al lugar donde Meyer y Shuman estaban con las personas detenidas.

—¿Quién trabaja esta noche que hable español? —preguntó Ballard.

—Eh, Pérez está... de U-boat —dijo Meyer—. Y Basinger habla bien.

Ballard recordó que había visto a los dos agentes en la reunión de turno. Conocía muy bien a Pérez; además pensaba que era mejor que fuera una mujer quien hablara con las cuatro chicas. Si estaba trabajando el U-boat, que era como llamaban al coche con un solo agente que solo se ocupaba de denuncias por delitos menores, llamarla no la sacaría de la patrulla activa. Levantó la radio y pidió que la agente Pérez acudiera a la escena. Pérez respondió con un recibido y dio un tiempo estimado de llegada de ocho minutos.

—Deberíamos llamar al ICE y terminar con esto —dijo Shuman.

Ballard negó con la cabeza.

–No vamos a hacer eso –dijo.

–Es el protocolo –insistió Shuman–. Es evidente que son ilegales. Llamamos al ICE.

Ballard vio que Shuman tenía un galón en la manga del uniforme. Cinco años en el puesto. Miró a Meyer, que tenía cuatro. Estaba ligeramente detrás de Shuman. Puso los ojos en blanco de manera que solo Ballard pudo verlo. Era una señal de que no iba a causar complicaciones a Ballard.

–Yo soy la detective aquí –dijo–. Tengo el control de esta investigación. No vamos a llamar al ICE. Si te molesta, Shuman, puedes meterte en el coche y volver a patrullar. A partir de aquí ya me ocupo yo.

Shuman desvió la mirada y negó con la cabeza.

–Llamamos al ICE, los devuelven y vuelta a empezar –insistió Ballard–, a pasar por todos los horrores y violaciones que han sufrido para llegar aquí.

–No es asunto nuestro –dijo Shuman.

–Tal vez debería serlo –repuso Ballard.

–Eh, Shoo –intervino Meyer–. Yo me encargo. ¿Por qué no vuelves a la tienda y empiezas con el informe del incidente?

La «tienda» era el coche patrulla. Shuman se alejó sin decir nada más y se metió en el lado del pasajero. Ballard vio que simplemente giraba el terminal hacia él para poder empezar a redactar el informe.

–Espero que escriba mi apellido bien –dijo Ballard.

–Seguro que sí –contestó Meyer.

Pérez llegó allí con dos minutos de antelación. Gracias a su labor de interpretación, Ballard primero interrogó al conductor, que aseguró que solo sabía que le pagaban por llevar a las cuatro mujeres a una fiesta. Dijo que no recordaba dónde las había recogido ni quién le había pagado. Ballard hizo que Meyer lo pusiera en la parte de atrás de su coche patrulla y lo llevara al calabozo de la comisaría de Hollywood, donde después gestionaría el papeleo para detenerlo por tráfico de personas.

Las cuatro mujeres recuperaron la voz después de que el conductor desapareciera de la escena. A través de Pérez, una por una contaron su historia, triste y horrible, pero típica de esos éxodos desesperados. Habían viajado desde Oaxaca, en México, y las metieron ilegalmente por la frontera en un camión de aguacates con un compartimento secreto. A todas ellas las obligaron a pagar el viaje manteniendo relaciones sexuales con varios de los hombres implicados. Una vez al otro lado, en Calexico, las metieron en la furgoneta, les dijeron que todavía debían miles de dólares por el resto del viaje y las condujeron al norte, hacia Los Ángeles. No sabían lo que las esperaba en Etiwanda Street, en el valle de San Fernando, pero Ballard sí: servidumbre sexual en burdeles dirigidos por bandas donde nunca descansaban ni las echarían en falta si dejaban de generar ingresos y sus dueños decidían enterrarlas en el desierto.

Después de solicitar que viniera la grúa de la policía a llevarse la furgoneta, Ballard hizo una llamada a una clínica de mujeres maltratadas de North Hollywood, adonde había llevado a otras antes. Habló con su contacto y le explicó la situación. La mujer accedió a aceptar a las cuatro mexicanas y encargarse de que recibieran tratamiento médico y ropa limpia. Por la mañana, les explicarían sus opciones: regresar a casa voluntariamente o pedir asilo basándose en la amenaza de que el grupo de proxenetas trataría de hacerles daño si volvían a México. Ninguna opción era buena. Ballard sabía que a las mujeres les esperaban penurias.

Después de que llegara una grúa del garaje de la policía para requisar la furgoneta, Ballard y Pérez metieron cada una a dos mujeres en sendos coches para llevarlas a North Hollywood.

Ballard no volvió a la comisaría hasta las cinco de la mañana. Redactó el informe de detención del conductor sin nombre de la furgoneta, porque el hombre todavía se negaba a identificarse. No le importó. Sabía que su huella proporcionaría una identificación si había tenido algún contacto previo con las fuerzas policiales federales y pensaba que las posibilidades eran altas.

El departamento tenía un equipo de trabajo de tráfico de personas que funcionaba desde el EAP. Ballard reunió una carpeta sobre el caso y la puso en la valija para que la entregaran a primera hora en el centro. Era una de las pocas veces en las que no le importaba despachar un caso, como dictaba el protocolo de la sesión nocturna. El tráfico de personas era uno de los peores crímenes que se encontraba como detective y no solo dejaba cicatrices, sino que evocaba recuerdos de su propio pasado, cuando la dejaron sola en las calles de Honolulu con catorce años.

Salió de la comisaría a las siete de la mañana y se dirigió a su furgoneta. Sabía que tenía que llegar al distrito de Crenshaw a mediodía a más tardar para estar sobre el terreno y lista para espiar la reunión entre Elvin Kidd y Marcel Dupree. Pero por el momento necesitaba la playa. Por muy cansada que estuviera, no tenía intención de dormir. Tenía que recoger a su perra y meterse en el agua para impulsarse contra la corriente. Hundir a fondo el remo hasta agotar el cuerpo y la mente y nada pudiera atormentarla.

Bosch

31

Bosch se había levantado temprano para completar su valoración de las cinco líneas de investigación abandonadas en el caso del asesinato de Montgomery. Quería terminar antes de que tuviera que salir de casa para dar respaldo a Ballard en Dulan, el restaurante de comida sureña.

La noche anterior, después de que se fuera Ballard, había revisado la cuarta vía de la investigación. Descubrió que esa vía, que giraba en torno al fallo del juez Montgomery en una disputa civil, necesitaba seguimiento. Todo empezó cuando un hombre de Sherman Oaks llamado Larry Cassidy comenzó a comercializar una fiambrera que afirmaba que había inventado. La fiambrera contaba con un compartimento caliente y otro frío separados, pero lo que la hacía destacar era su ventanita de plástico transparente en el lado interior de la tapa; un padre o una madre podía meter allí una nota o una foto para que su hijo o hija la viera a la hora de comer en la escuela.

Las ventas fueron moderadas hasta que la mujer de Cassidy, Melanie, empezó a aparecer en el canal de la televisión por cable Home Shopping Network para venderlas a 19,95 dólares cada una. Melanie iba a los estudios de HSN en Tampa, en Florida, dos veces al mes y estaba consiguiendo miles de ventas con cada aparición. El coste de fabricación era barato y, después de la comisión de HSN, la pareja estaba ganando casi doscientos mil dólares al mes. Fue entonces cuando la exmujer de Cassidy, Maura Frederick, le exigió una parte por ser ella la que había diseñado la fiambrera cuando todavía estaba casada con Cassidy y criando a su hijo, Larry Jr.

Él se negó a compartir siquiera un pequeño porcentaje de los ingresos generados por la fiambrera, bautizada como Love for Lunch, y Frederick lo demandó. Él presentó a su vez una demanda, asegurando que el pleito era una forma maliciosa de conseguir dinero por algo a lo que no tenía ningún derecho.

En una audiencia probatoria, el juez Montgomery hizo que ambas partes explicaran su historia sobre la inspiración de la invención del producto. Cassidy proporcionó dibujos originales fechados mucho después de su divorcio de Frederick, así como la solicitud de la patente que había presentado y recibos de un fabricante de productos de plástico que había elaborado los primeros prototipos de las coloridas fiambreras a partir de los bocetos.

Frederick solo aportó una declaración ante notario de su hijo, Larry Jr., a la sazón de diecisiete años, en la cual decía que recordaba haberse encontrado notas, tarjetas y dibujos de su madre en la fiambrera de *Star Wars* que llevaba a la escuela de niño.

Montgomery desestimó la demanda de Frederick y falló a favor de Larry sénior, argumentando que, si bien las acciones de Frederick de tiempo atrás ciertamente podrían haber inspirado el invento de Lunch for Love, su implicación se detuvo allí; no corrió con ninguno de los riesgos ni participó en los aspectos creativos de la fabricación y la venta del producto. Lo comparó con alguien que usa un libro u otro objeto para aguantar de pie el teléfono móvil y ver la pantalla y demanda al fabricante de soportes para móvil. Frederick no podía ser la única madre que alguna vez le había puesto una nota en la fiambrera a sus hijos.

Todo parecía muy claro y Bosch inicialmente se preguntó por qué el caso se incluyó como potencial línea de investigación en el asesinato de Montgomery. Pero entonces leyó un informe que afirmaba que Larry Cassidy sénior y su nueva esposa, la cara pública de Lunch for Love, habían sido asesinados en Tampa, donde habían ido a grabar un anuncio de HSN. Hallaron a la pareja tiroteada en un coche de alquiler en el aparcamiento vacío de un club de campo, no muy lejos de un restaurante donde habían disfrutado de una cena. Ambos habían recibido sendos balazos en la nuca desde el asiento trasero del coche. No era un distrito con una criminalidad alta y los asesinatos permanecían sin resolver en el momento en que Montgomery fue asesinado en Los Ángeles. Una copia homologada incluida en la documentación del caso revelaba que Larry Jr. era el heredero de su padre y del dinero ganado con Love for Lunch. Todavía vivía en la casa de su madre, Maura Frederick.

Los detectives del Departamento de Policía de Los Ángeles Gustafson y Reyes incluyeron el caso en su lista de potenciales vías de investigación siguiendo la hipótesis de que, si Frederick estuvo implicada en el asesinato de su exmarido y su nueva mujer, su rabia hacia la pareja también podría haberse extendido al juez que falló contra ella. Trataron de interrogar a Maura Frederick, pero su abogado bloqueó cualquier intento y luego abandonaron la idea por completo cuando detuvieron y acusaron a Herstadt del asesinato del juez.

Bosch puso el nombre de Maura Frederick en su lista debajo de Clayton Manley. Pensaba que debía investigarla con más detalle.

Entonces, con una taza de café matinal en la mesa delante de él, Bosch empezó a tirar del último hilo de la investigación original. Se trataba de la tercera acción civil que captó la atención de los investigadores. De nuevo implicaba una demanda y una contrademanda. En esta ocasión, la disputa era entre un actor famoso de Hollywood y su agente desde hacía mucho tiempo. El actor acusó al agente de defraudar millones de dólares en su carrera, y ahora que esa carrera estaba en decadencia, quería todos los detalles contables y el retorno de todo lo que se había robado.

Una disputa en Hollywood por lo general no se convertía en objeto de investigaciones de asesinato, pero el pleito del actor contenía alegaciones de que el agente era una tapadera de una familia del crimen organizado y que había utilizado su posición en Hollywood para desviar dinero de clientes y blanquearlo a través de inversiones en producciones de cine. El actor dijo que había sido tratado con violencia por el agente y sus colegas, y ello incluía la visita a su casa –cuya dirección era un secreto cuidadosamente guardado– de un hombre que le amenazó con echarle ácido en la cara y arruinarle su carrera si persistía con la demanda o intentaba cambiar de agente.

En un caso que se extendía los tres años en los que Montgomery había ocupado el estrado en el tribunal civil, en última instancia, el juez falló a favor del actor, le asignó una indemnización por daños valorada en 7,1 millones de dólares y anuló el contrato entre ambos. El caso se incluyó en la investigación del asesinato de Montgomery porque en un momento del largo procedimiento este informó a las autoridades judiciales de que el gato de su mujer había aparecido muerto en su jardín, lo que parecía una amenaza. El animal estaba destripado y no presentaba heridas que pudieran atribuirse a un coyote, aunque Montgomery y su esposa vivían en las colinas de Hollywood.

Una investigación del incidente señaló la disputa entre el actor y su agente por las amenazas alegadas por el primero en la acción. Sin embargo, no se encontró ninguna relación entre la muerte del gato y ese caso ni cualquier otro del que estuviera ocupándose Montgomery.

Gustafson y Reyes lo pusieron en su lista de posibles, pero no avanzaron más. Bosch coincidía en que era la menos viable de las cinco vías de investigación potenciales. A pesar del hecho de que el actor obtuvo una sustanciosa indemnización y la disolución de su contrato con el agente, no había sufrido ningún daño en el tiempo transcurrido desde que el caso se resolvió y tampoco había presentado más quejas por amenazas posteriores. Parecía improbable que alguien fuera a por Montgomery y dejara al actor en paz y cobrando lo estipulado en el juicio.

Bosch había terminado con su revisión del expediente del caso y solo tenía dos nombres en la lista de seguimiento: Clayton Manley, el abogado al que Montgomery había avergonzado públicamente, y Maura Frederick, a quien el juez le había negado derechos creativos y económicos por el producto Love for Lunch.

No estaba especialmente entusiasmado con ninguno. Merecían un vistazo más, pero ambas posibilidades eran remotas y los individuos implicados ni siquiera llegaban al nivel de sospechosos, en su opinión.

Y luego estaban los aspectos del caso (e incluso posibles sospechosos) no incluidos en la versión del expediente entregada a la defensa. Bosch había estado a ambos lados de la ecuación. Un expediente era la biblia, sagrado; sin embargo, había algo innato en cada detective de homicidios que lo empujaba a reservarse y no entregárselo todo a un abogado defensor. Tenía que asumir que Gustafson y Reyes habían actuado de ese modo. Pero saberlo no significaba nada. Con lo que Gustafson le había dicho a Bosch en el tribunal después de que se desestimara el caso Herstadt, ¿estaría dispuesto a revelarle a él alguna cosa? ¿Lo haría Reyes?

Estaba casi seguro de que la respuesta era un «no» rotundo. Pero tenía que hacer la llamada o nunca tendría la certeza.

Todavía se sabía de memoria el teléfono de la División de Robos y Homicidios. Esperaba no olvidarlo nunca. Lo marcó en el móvil y cuando la llamada pasó por secretaría preguntó por la detective Lucía Soto. Le pasaron de inmediato.

—Lucky Lucy —dijo—, soy Bosch.

—Harry —contestó ella con una sonrisa perceptible en el tono—. Una voz del pasado.

—Anda ya, no hace tanto tiempo.

—Me lo parece.

Soto había sido la última compañera de Bosch en el Departamento de Policía de Los Ángeles. Habían pasado más de tres años desde que se había retirado, pero sus caminos se habían cruzado varias veces desde entonces.

—¿Debería susurrar? —dijo Soto—. Eres una especie de *persona non grata* últimamente.

—¿Por el caso Montgomery? —preguntó Bosch.

—Lo has adivinado.

—Por eso te llamo. Tengo que hablar con Gustafson y Reyes. Puede que ellos hayan dejado el caso porque creen que tenían al hombre que lo hizo. Pero yo no. Sigo trabajándolo y no conozco a ninguno de los dos. ¿Cuál de ellos crees que sería más receptivo a una llamada mía?

Se produjo un breve silencio antes de que Soto respondiera:

—Mmm —dudó—, buena pregunta. Creo que la respuesta es que ninguno. Pero si mi vida dependiera de ello, probaría con Orlando. Es más justo y no era el responsable del caso, sino Gussy, que se lo ha tomado muy a pecho. Si tuviera una diana en su escritorio, tendría tu foto.

—Vale —dijo Bosch—. Es bueno saberlo. ¿Ves a Reyes en la brigada ahora mismo?

—Eh…, sí. Está en su mesa.

—¿Y Gustafson?

—No. Ni rastro de él.

—¿No tendrás el número directo de Reyes a mano?

—Siempre tramas algo, Harry.

—¿Qué tramo? Solo te estoy pidiendo un número de teléfono. No es gran cosa.

Soto se lo dio y añadió una pregunta:

—Bueno, ¿qué tal trabajar para el otro lado?

—No estoy trabajando para el otro lado. Ahora mismo estoy haciendo esto por mí. Nada más.

Su tono debió de ser demasiado estridente. Soto reculó y le preguntó en tono mecánico si necesitaba alguna cosa más.

—No —dijo Bosch—. Pero agradezco tu ayuda. ¿Con quién trabajas ahora?

—Estoy con Robbie Robins. ¿Lo conoces?

—Sí, es un buen hombre. Un detective firme, fiable. ¿Te gusta?

—Sí, está bien. Me gusta su estilo y hemos resuelto un par de casos buenos.

—¿Sigues trabajando casos abiertos?

—Mientras nos dejen… Corre la voz de que el jefe quiere cerrar y poner más gente en la calle.

–Sería una pena.

–Ni que lo digas.

–Bueno, buena suerte, Lucía. Y gracias.

–De nada.

Colgaron y Bosch miró el número de teléfono del detective Orlando Reyes que acababa de escribir. No creía que Soto fuera a advertirle de que iba a contactar con él, pero lo llamó de inmediato.

–División de Robos y Homicidios, detective Reyes. ¿En qué puedo ayudarlo?

–Puedes empezar por no colgarme. Soy Harry Bosch.

–Bosch, debería colgarte. Con quien quieres hablar es con mi compañero, no conmigo.

–Ya he hablado con tu compañero. Ahora quiero hablar contigo.

–No tengo nada que decirte.

–¿Gustafson y tú todavía creéis que teníais al culpable?

–Sabemos que sí.

–Entonces no estáis trabajando en eso más.

–Caso cerrado. No conseguimos el resultado que queríamos gracias a ti. Pero el caso es RPD.

–Entonces, ¿qué hay de malo en hablar conmigo?

–Bosch, llegué aquí después de que te fueras, pero he oído hablar de ti. Sé que luchaste hasta el final y que hiciste un buen trabajo, pero ahora es agua pasada. Eres historia y tengo que colgar.

–Respóndeme una pregunta.

–Qué.

–¿Qué os guardasteis?

–¿De qué estás hablando?

–En divulgación de pruebas. Tengo la carpeta que entregasteis, pero os guardasteis algo. Siempre pasa. ¿Qué era?

–Adiós, Bosch.

–Sabíais que la coartada de Clayton Manley estaba preparada, ¿no?

Hubo una pausa y Bosch supo que ya no tenía que preocuparse de que Reyes le colgara.

–¿De qué estás hablando?

–Él sabía que iban a matar a Montgomery, así que se va a Hawái y pide el recibo de cada centavo que gasta. Y hay un montón de selfis, incluido uno antes del alba en un barco alquilado, una hora antes de que mataran al juez. ¿No os sonó a farsa?

–Bosch, no voy a hablar del caso contigo. Si quieres ir a por Clayton Manley, que te diviertas, pero no esperes que te apoyemos. Estás solo.

–¿Y qué pasa con Maura Frederick? La guapa de la segunda mujer vende el invento de Maura y gana millones. Si eso no es un móvil, no sé qué lo será.

Escuchó a Reyes reírse al otro lado del teléfono. Bosch había estado tratando de sacarle una reacción con sus declaraciones provocativas, pero no se esperaba risas.

–¿Te hace gracia? –preguntó–. Vas a dejar que se libre del asesinato.

–Supongo que esto es lo que ocurre cuando ya no tienes placa –dijo Reyes–. Mira en tu ordenador, Bosch. Búscalo en Google. El Departamento de Policía de Tampa resolvió ese asesinato hace un mes y Maura Frederick no tuvo nada que ver con eso. Me debes una, tío. Te acabo de ahorrar un bochorno de los buenos.

Bosch hervía de humillación. Debería haber mirado el caso de Florida en busca de una actualización antes de lanzárselo a Reyes a la cara. Consiguió contenerse y devolverle otra cosa.

–No, Reyes, me la debes tú –le dijo–. Te he salvado de condenar a un hombre inocente.

–Mentira, Bosch. El asesino está libre por lo que habéis hecho el capullo de Haller y tú. Pero no importa, porque hemos terminado aquí.

Reyes colgó y Bosch se quedó con el móvil sin línea pegado a la oreja.

32

Bosch se levantó y fue a la cocina a preparar más café. Todavía le escocía la réplica que le había lanzado Reyes. No tenía dudas respecto a sus acciones con Jeffrey Herstadt, pero dolía que un representante del mismo Departamento de Policía al que él había dedicado tres décadas de su vida lo desestimara con tanta severidad.

«El asesino está libre por ti.»

Esas palabras le dolieron lo suficiente para que quisiera echar otra mirada a sus acciones con el fin de ver si se había equivocado en algún momento.

Miró su reloj. Disponía de una hora antes de coger el coche para ir a reunirse con Ballard. Ella le había enviado un mensaje para citarlo en una gasolinera antes de entrar en Dulan a espiar a Elvin Kidd y Marcel Dupree.

Bosch se rellenó la taza y volvió a la mesa del comedor. Decidió que haría exactamente lo que Reyes había sugerido: buscaría en Google el caso de Tampa y conseguiría la última actualización.

Antes de que tuviera ocasión de hacerlo, le sonó el móvil. Era Mickey Haller.

—Sobre eso de lo que hablamos durante el juicio —dijo—, ¿cuándo quieres hacer el vídeo?

Bosch estaba tan sumido en su revisión de la investigación sobre Montgomery que no sabía de qué estaba hablando Haller.

—¿Qué vídeo? —preguntó.

–¿Recuerdas, lo de la LMC? –dijo Haller–. ¿Leucemia mieloide crónica? Quiero tomarte una declaración en vídeo y que nos pongamos en marcha con eso, quiero enviar una carta de demanda con el vídeo.

Bosch lo recordó.

–Eh, tendrá que esperar un poco.

–¿Por qué? –dijo Haller–. Es decir, tú me lo pediste. Para asegurarte de que Maddie esté cubierta. ¿Ahora tiene que esperar?

–Solo un poco. Estoy trabajando en dos casos diferentes. No tengo tiempo para sentarme a hacer un vídeo. Dame una semana o así.

Bosch pensó en algo al mencionar los casos.

–Es tu vida –contestó Haller–. Cuando estés listo.

–Eh, oye –dijo Bosch–. No sé si esto va a ocurrir, pero puede que necesite ir a ver a otro abogado. No para contratarlo, pero quiero que así lo crea. Quizá mencione este caso, la cuestión de la LMC, y tal vez me pregunte por qué lo he elegido. ¿Te parece bien si le digo que me lo recomendaste? Si después lo verifica contigo, me cubres y me lo haces saber.

–No sé de qué coño estás hablando.

–Es complicado. Se llama Clayton Manley. Lo único que tienes que hacer si llama es decir que sí, que me lo recomendaste.

–Clayton Manley, ¿por qué me suena ese nombre?

–Fue sospechoso de la muerte de Montgomery.

–Ah, sí. Lo sabía. Estás trabajando ese caso, ¿no? ¿Crees que Manley es el asesino?

Bosch ya estaba lamentando haber sacado a relucir una idea aún a medio formar.

–Estoy revisando el expediente, al menos lo que te pasaron a ti –dijo–. Creo que quiero medir a Manley con una treta. Ahí es donde entras tú.

–El caso ha terminado, Harry –dijo–. ¡Hemos ganado!

–Tú has ganado, pero el caso no ha terminado. Tengo información directa del Departamento de que no van a hacer nada con él, porque todavía dicen que fue Herstadt. Es caso cerrado y eso significa que nadie va a hacer nada para encontrar al verdadero asesino.

–Salvo tú ahora. Eres como un perro con un hueso, Harry.

–Lo que tú digas. ¿Estamos de acuerdo con lo de Manley? ¿Por si acaso?

–Estamos de acuerdo. Pero no lo contrates de verdad.

–No lo haré, no te preocupes.

Colgaron y Bosch volvió a su búsqueda en Google. Enseguida encontró y abrió un artículo del *Tampa Bay Times* referido a la detención de dos sospechosos por el asesinato de Larry y Melanie Cassidy:

Dos detenidos por los asesinatos de Palma Ceia
Por Alex White, redactor

Dos hombres fueron detenidos el jueves por el doble asesinato de una pareja de California. Marido y mujer fueron hallados muertos en un coche aparcado en el Palma Ceia Country Club el pasado mes de febrero en lo que parecía una ejecución.

En una conferencia de prensa en el Departamento de Policía de Tampa, el jefe de policía Richard «Red» Pittman anunció las detenciones de Gabriel Cardozo y Donald Fields por los asesinatos de Larry y Melanie Cassidy el 18 de febrero. Ambos hombres permanecen presos sin posibilidad de fianza pendientes de la vista de cargos.

Pittman dijo que los asesinatos tuvieron un móvil económico. Se ha sabido que Larry Cassidy llevaba al menos cuarenta y dos mil dólares en efectivo que había ganado ese mismo día en el Hard Rock Resort & Casino. Explicó que los sospechosos raptaron a la pareja en su propio coche y los obligaron a dirigirse a un rincón oscuro del aparcamiento vacío del Palma Ceia Country Club, que está cerrado los lunes. Obligaron a Larry Cassidy a entregar el dinero, así como las joyas que ambas víctimas llevaban. Se cree que Cardozo ejecutó a continuación a la pareja con sendos disparos en la nuca.

«Fue a sangre fría –declaró Pittman–. Consiguieron lo que querían, el dinero y las joyas, pero luego los mataron igualmente. Fue despiadado. Según los indicios de la escena del crimen, las víctimas no opusieron resistencia.»

Pittman explicó que se creía que Cardozo había sido el autor de los disparos. El jefe de policía alabó el trabajo de los detectives Julio Muñiz y George Companioni para cerrar el caso. Según él, los dos detectives resolvieron el caso después de verificar meticulosamente los movimientos de la desgraciada pareja los días anteriores a los asesinatos.

Muñiz y Companioni descubrieron que los Cassidy llegaron de Los Ángeles el domingo 17 de febrero, porque Melanie Cassidy iba a aparecer en el Home Shopping Network programado para el siguiente martes por la tarde. Presentaba con regularidad un espacio de televenta relacionado con una singular fiambrera para escolares que ella y su marido habían diseñado. Los dos habían estado en

Tampa con anterioridad en varias ocasiones y siempre se hospedaban en el Hard Rock porque disfrutaban del casino. También eran habituales en el Bern's Steakhouse.

Pittman afirmó que el equipo de seguridad del Hard Rock cooperó sin restricciones con la investigación. Muñiz y Companioni pudieron usar las cámaras de vigilancia del casino para rastrear los movimientos de la pareja el día de los hechos. A ambos los vieron jugando y ganando el bote en una de las mesas progresivas, lo cual significa que el valor del bote comunitario crece continuamente al conectarse los jugadores de todas las mesas. Ciertas manos ganadoras obtienen un porcentaje de ganancias del bote progresivo. Larry Cassidy se llevó un bote de cuarenta y dos mil dólares y cobró el cheque del casino que recibió después de ganar.

Pittman dijo que también repararon en dos hombres que observaron los movimientos de la pareja en el casino después de ganar el bote. Ambos, identificados como Cardozo y Fields, también fueron localizados por los detectives. Se cree, según los investigadores, que siguieron a los Cassidy cuando estos salieron para celebrar su victoria con una cena en Bern's. Para un artículo anterior, el *Times* habló con James Braswell, que sirvió a la pareja. Este dijo que eran clientes habituales, pero que el lunes por la noche estaban con más ganas de celebrar que de costumbre y pidieron una botella de champán caro e incluso lo compartieron con una pareja de una mesa vecina.

Pittman explicó que, después de cenar, la pareja se marchó del restaurante para dirigirse hacia

Bayshore Boulevard y volver al hotel. En el semáforo de Howard Avenue con Bayshore, los golpeó el vehículo que iba detrás de ellos. Cuando Larry Cassidy salió para verificar los daños del coche de alquiler, fue confrontado por Cardozo, que le mostró que llevaba una pistola en el cinturón. Le ordenó que volviera al coche y luego se metió en el asiento de atrás. El vehículo de los Cassidy continuó luego hacia Palma Ceia por MacDill Avenue, con Fields detrás en el coche de los sospechosos. Los asesinatos se produjeron poco después de aparcar.

Cardozo y Fields fueron identificados mediante un programa de reconocimiento facial utilizado para analizar los vídeos de vigilancia del Hard Rock. El proceso llevado a cabo por el Departamento de Policía de Florida se prolongó más de dos semanas. Los sospechosos fueron entonces seguidos a sendos apartamentos de Tampa Heights, donde vivían bajo un nombre falso y pagaban el alquiler en efectivo.

Un equipo de agentes dirigido por el teniente Greg Stout, de la Unidad de Operaciones Especiales, hizo batidas simultáneas en los apartamentos a primera hora del jueves y ambos hombres fueron detenidos sin incidentes. Stout explicó en la rueda de prensa que hallaron el arma homicida escondida en el apartamento de Cardozo.

«No nos cabe duda de que tenemos a los culpables», declaró Stout.

Muñiz y Companioni aparecieron en la conferencia de prensa, pero no se dirigieron a los medios. Al contactar con él por teléfono, Companioni dijo: «Este Cardozo es un reverendo [taco] y eso es todo lo que tengo que decir».

Está previsto que los sospechosos comparezcan mañana en el Tribunal del Condado de Hillsborough.

Bosch leyó el artículo una segunda vez y terminó tan convencido como aparentemente lo estaba la policía de Tampa. Leyendo entre líneas, supuso que Fields había cedido y esperaba evitar una acusación por asesinato imputándole la autoría material a su compañero, Cardozo. Parecía evidente que alguien estaba hablando; en caso contrario, no tendrían los detalles sobre el choque entre coches y el rapto en el semáforo.

Siguieron otros artículos en las semanas posteriores a la detención, pero Bosch no necesitaba leerlos. Lo que sabía ya tachaba a Maura Frederick de su lista.

No obstante, Manley seguía en ella y Orlando Reyes no había dicho nada antes, al negarse a hablar con Bosch.

Bosch cogió el móvil y pulsó la rellamada. Esta vez decidió utilizar una estrategia diferente con Reyes.

El detective, confiado, respondió de inmediato:

—Detective Reyes, División de Robos y Homicidios. ¿En qué puedo ayudarlo?

—Puedes empezar por decirme por qué dejasteis a Clayton Manley.

—¿Bosch? Ya te he dicho que no voy a hablar contigo.

—He mirado lo de Tampa y tienes razón: Maura Frederick está descartada. Pero te has ido por la tangente, Reyes. Tienes que decirme por qué dejasteis a Manley al margen o vas a tener que contárselo a un juez.

—¿De qué coño estás hablando? ¿Estás loco?

—En el expediente del caso falta algo de Clayton Manley, algo que no entregasteis a la defensa, y si le meto esa idea en la cabeza a Haller, va a ir a por todas y os va a arrastrar al imbécil de tu compañero y a ti hasta el tribunal para que habléis de ello con el juez.

—El imbécil eres tú, Bosch. No hay nada. Conseguimos la coincidencia de ADN con ese chiflado y punto final. Se acabó. No necesitábamos nada más sobre Manley.

—Está en la cronología, Reyes. En realidad, se trata de lo que no está. Interrogasteis a Manley una semana antes de que os llegara el resultado del ADN, pero no hay nada de Manley en la cronología la semana después de que hablarais con él. No vas a convencerme (y tampoco a Haller ni al juez) de que no hicisteis nada sobre Manley esa semana. Era un sospechoso sólido. Al menos un potencial sospechoso. Así que dime ¿qué ocurrió? ¿Qué es lo que no entregasteis a la defensa? ¿Qué ocurrió la semana antes de que os llegara el resultado del ADN?

Reyes no dijo nada y fue cuando Bosch supo que había dado en el clavo. Había mordido el anzuelo. Gustafson y él habían dado un paso más en el enfoque de Manley, pero lo habían sacado de la versión del expediente que compartieron con la defensa.

—Cuéntamelo, Reyes —dijo Bosch—. Puedo contenerlo. Si no lo haces, tendréis a Haller encima. Si huele dinero, os demandará a vosotros, al Departamento, al Ayuntamiento: estallará y tú estallarás con él. ¿Es lo que quieres? Eres nuevo en Robos y Homicidios. ¿Crees que te dejarán ahí si te manchan con esto?

Esperó y Reyes finalmente cedió:

—Vale, escucha, Bosch —empezó—. De detective a detective, te voy a dar algo para que hagas lo que cojones tengas que hacer si quieres. Pero no va a llegar a nada, porque el chiflado es el culpable. Él lo hizo.

—Tú dámelo —dijo Bosch.

—Tienes que protegerme. Nada de Haller ni de abogados de mierda.

–Nada de Haller ni de abogados.

–Vale, la única cosa que sacamos del expediente era que empezamos lo de Manley examinando a todos los abogados del bufete.

–Michaelson & Mitchell.

–Sí. Queríamos ver con quién estábamos tratando, a qué otros clientes representaban. Es un bufete legal muy poderoso y teníamos que actuar con cautela. Pusimos los nombres de todos los abogados en el ordenador de los tribunales del condado y nos salieron todos sus casos de los últimos diez años. Eran un montón. Pero vimos un dato de interés.

–¿Cuál?

–Hace unos cinco años, Michaelson & Mitchell representaron a Dominick Butino. Lo sacaron libre en juicio por posesión de armas cuando un testigo cambió su declaración. Y eso fue todo. Llegó el resultado de ADN de Herstadt y lo dejamos. No significaba nada, de todos modos.

Bosch lo conocía. Dominick «Batman» Butino era una figura reputada del crimen organizado de Las Vegas que tenía intereses comerciales en Los Ángeles. Supo exactamente lo que habían hecho Gustafson y Reyes. Tenían ADN que relacionaba directamente a Herstadt con el asesinato de Montgomery. No iban a poner en el expediente algo –un mafioso confirmado– que le permitiera a la defensa crear algún tipo de distracción para el jurado.

No querían que Haller construyera una defensa basada en la posible culpabilidad de una tercera parte señalando a un abogado que había amenazado y demandado a Montgomery y cuyo bufete había representado a una figura notoria del crimen organizado. El apodo de Butino no venía del superhéroe, sino de su supuesto uso de un bate de béisbol para reclamar el dinero que le debían.

Era un clásico de la policía. Y podrían haber ocultado de manera involuntaria al asesino real.

–¿Qué abogado? –preguntó Bosch.

–¿Qué? –dijo Reyes.

–¿Qué abogado del bufete representaba a Butino?

–William Michaelson.

Uno de los socios fundadores. Bosch lo anotó.

–Entonces, ¿nunca hablasteis con Manley de esto? –preguntó.

–No hizo falta –dijo Reyes.

–¿Supo alguna vez que lo estabais investigando, que era sospechoso?

–No, porque no era sospechoso. Fue un potencial sospechoso durante unos cinco minutos. Estás actuando como si lo hubiéramos dejado caer, pero no fue así. Teníamos una coincidencia de ADN, un sospechoso documentado que había estado cerca y luego tuvimos una confesión. ¿Crees por un segundo que íbamos a pasar un minuto más con Clayton Manley? Piénsalo otra vez, Bosch.

Tenía lo que necesitaba, pero no podía colgar sin soltarle algo a Reyes.

–¿Sabes una cosa, Reyes? Tenías razón sobre lo que has dicho antes –dijo–. Hay un asesino suelto, pero no por mi culpa. –Y colgó.

Ballard

33

Ballard se reunió con Bosch en una gasolinera de Creen-shaw a cuatro manzanas de Dulan. Ella conducía su furgoneta y Bosch, su Cherokee. Ballard había cargado su tabla de surf de remo dentro de la furgoneta para no llamar la atención. Aparcaron uno al lado de la otra, ventanilla de conductor junto a ventanilla de conductor. Bosch se había vestido de detective, con americana de sport y corbata. Ballard se había vestido informal, con una gorra de los Dodgers, sudadera y tejanos. Todavía tenía el cabello húmedo de ducharse después de remar.

–¿Cuál es nuestro plan? –preguntó ella.

–Pensaba que lo tenías tú –dijo Bosch.

Ballard se rio.

–De hecho, he estado toda la noche ocupada con un caso y no he tenido mucho tiempo para planearlo –dijo–. Pero tengo una buena noticia.

–¿Cuál? –preguntó Bosch.

–Marcel Dupree no ha pagado la pensión alimenticia en tres años y un juez quiere hablar con él de eso. Tiene una orden de detención.

–Eso ayuda.

–¿Qué crees que deberíamos hacer?

–¿Has estado aquí antes? ¿Cómo es la distribución?

–Una vez. Leí que hacían el mejor pollo frito de la ciudad. Y tarta de melocotón. Así que vine a probar. Es como una barra: hay una cola, pides lo que quieres, luego coges una bandeja y buscas sitio para sentarte. Tienen otra sala para cuando se llena, que seguramente estará en uso a la una, al final de la hora de comer.

—Nos hace falta una señal, por si me necesitas. No tenemos radios.

—He traído la mía por si hay que enganchar a Dupree después. —Se la pasó a Bosch—. Quédatela por si algo se tuerce y tienes que pedir ayuda. ¿Recuerdas los códigos?

—Claro. Código tres: agente necesita ayuda. Pero ¿y si las cosas no se tuercen? ¿Qué vamos a hacer?

—Bueno, voy a entrar sola. La mayoría de la gente que está sola mira el móvil. Te iré contando lo que pasa y te enviaré un código tres si necesito que llames a las tropas.

Bosch pensó antes de hablar a continuación.

—Una vez que estés ahí y saques el teléfono, envíame un «Hola» para que sepa que tenemos señal clara —dijo—. Pero mi pregunta es ¿qué esperas conseguir? ¿Crees que podrás oír su conversación, solo echar un vistazo a Kidd? ¿Qué?

—Sí, quiero verlo —dijo Ballard—. Y si tengo suerte y estoy cerca, podría oír algo. Pondré el móvil a grabar, aunque sé que es difícil. Quiero ver si ha entrado en pánico y en ese caso podríamos dar el siguiente paso: asustarlo de verdad y ver qué hace. También podemos presionar a Dupree.

—¿Cuándo?

—Tal vez en cuanto termine de comer. Tú vas vestido como un detective y yo voy de infiltrada. Podríamos llamar a South Bureau, conseguir un par de unidades para que lo paren y luego lo llevamos a su comisaría y les pedimos prestada una sala.

—¿Están muy cerca las mesas?

—No mucho. Si no, habrían elegido otro sitio.

Bosch asintió y dijo:

–Vale, vamos a ver qué ocurre. No te olvides de enviarme un mensaje para que sepa que tenemos señal.

–Es solo un primer paso –dijo Ballard–. Quiero ver con qué estamos tratando aquí.

–Vale, ten cuidado.

–Tú también.

Ballard se alejó. Miró el reloj del salpicadero y vio que eran las 12:45. Dio un giro de ciento ochenta grados en Creenshaw y se dirigió de nuevo al restaurante. Estaba lleno y no había ningún aparcamiento justo delante del establecimiento. Aparcó en la calle, a media manzana, y envió un mensaje de texto a Bosch antes de bajar de la furgoneta: «Voy a entrar».

Bajó de la furgoneta, se colgó la mochila al hombro y caminó hasta el restaurante. Llevaba la pistola y las esposas dentro.

Entró en Dulan a la una en punto y de inmediato notó el olor a comida de la buena. De repente, se le ocurrió que para completar su imagen de infiltrada iba a tener que comer. Miró a su alrededor. Todas las mesas de la parte delantera del restaurante estaban ocupadas y había cola para pedir. Actuando como si buscara a un amigo, Ballard miró la sala adjunta, a la derecha. Había sitio allí. Se detuvo de golpe cuando vio a un hombre sentado solo en una mesa de cuatro. Estaba escribiendo en el teléfono. Ballard estaba convencida de que era Marcel Dupree: cabeza redonda, pero ahora con trenzas en lugar de despeinado, y todo vestido del azul de los Crips, hasta la gorra de los Dodgers. Parecía que estaba esperando a Elvin Kidd para pedir.

La sala era alargada, con una fila de mesas de cuatro que recorría el lado derecho y otra de dos en el izquierdo. La que estaba enfrente de la mesa de cuatro de Dupree ya estaba ocupada por una pareja. La siguiente de dos también, pero la tercera estaba libre. Ballard se dio cuenta de que si se sentaba allí, tendría una visión completa de quien se colocara frente a Dupree.

Fue por el pasillo y pasó junto a él de camino a la mesa libre. Colgó la mochila del respaldo de la silla, dejó las llaves de su furgoneta en la mesa y se volvió a la mesa de cuatro del otro lado del pasillo, que estaba ocupada por tres mujeres.

–Disculpad, ¿os importa vigilar mi mochila mientras voy a pedir? –preguntó–. No tardo. No hay mucha cola.

–Claro, no hay problema –dijo una de las mujeres–. Tranquila.

–Seré rápida.

–No te preocupes.

Ballard volvió a entrar en el comedor principal y se puso a la cola. Mientras esperaba, mantuvo la vista en la puerta para ver si entraba Kidd. Apartó un momento la mirada para enviarle un mensaje a Bosch y decirle que solo estaba Dupree. Él respondió diciendo que había salido de la gasolinera y se había acercado al restaurante. Le preguntó si estaba cerca de Dupree y Ballard le respondió: «Tengo una mesa lo bastante cerca para mirar».

Bosch contestó de inmediato: «Ten cuidado».

Ballard no respondió. Era su turno. Pidió pollo frito, acelgas y tarta de melocotón. Quería suficiente comida para quedarse en la mesa todo el tiempo que Dupree y Kidd estuvieran en la suya. Después de pagar, se llevó la bandeja a la sala adjunta y vio que Dupree ya tenía enfrente a otro hombre negro. La cabeza afeitada le decía que probablemente se trataba de Kidd. No lo había visto entrar en el bar y supuso que había una puerta trasera. Se llevó la bandeja a su mesa, pasando junto a ellos, y se sentó en diagonal al hombre reunido con Dupree.

Ballard hurtó una mirada disimulada y confirmó que era Kidd. Sacó el teléfono y lo sostuvo en determinado ángulo para que pareciera que estaba mirando algo en la pantalla o haciéndose un selfi y empezó a grabar a Dupree y Kidd.

Al cabo de unos segundos, Ballard detuvo el vídeo y se lo mandó a Bosch. Su respuesta llegó de inmediato: «¡No te acerques MÁS!». Y ella respondió: «¡Recibido!».

Ballard empezó a grabar otra vez, pero no sostuvo el teléfono siempre en un mismo punto para no delatarse. Comió y continuó actuando como si estuviera leyendo mensajes de correo, en ocasiones poniendo el móvil plano sobre la mesa, en otras ocasiones levantándolo como para mirar con atención algo de la pantalla. No dejó de grabar en ningún momento.

Por la distancia entre las dos mesas, Ballard apenas escuchaba lo que decía Kidd, menos aún Dupree. Los hombres hablaban en voz baja y solo de vez en cuando se oía alguna palabra de Kidd. Aun así, su porte evidenciaba que estaba agitado o enfadado por algo. En un momento dado clavó con fuerza un dedo en la mesa y Ballard lo oyó decir con claridad: «No estoy de coña».

Lo dijo en un tono controlado y enfadado que se escuchó pese al ruido de la gente comiendo, las conversaciones y la música de fondo de la sala.

En ese punto, Ballard había apoyado su móvil contra un azucarero. Lo puso inclinado para que pareciera que estaba leyendo o mirando algo, pero grabó a Kidd desde abajo. Ballard esperaba que captara el audio.

Kidd bajó la voz otra vez y continuó hablando con Dupree. Entonces, aparentemente a media frase, se levantó de la mesa y empezó a caminar hacia Ballard.

Ella enseguida se dio cuenta de que si Kidd veía la pantalla de su teléfono, sabría que estaba grabando su reunión con Dupree. Cogió el móvil y apagó la pantalla justo cuando llegó a su mesa.

El sospechoso pasó a su lado.

Ella esperó, deseando volverse para ver adónde iba, pero no quería arriesgarse.

Entonces vio que Dupree se levantaba y se dirigía por el pasillo a la sala principal y la puerta del restaurante. Lo vio guardarse un sobre en el bolsillo lateral del chándal mientras caminaba.

Ballard dejó que pasaran al menos cinco segundos antes de volverse para mirar. Kidd ya no estaba a la vista. Había un pasillo trasero con un cartel que indicaba los lavabos. Enseguida escribió a Bosch: «El Rey del Rock ha salido. Dupree sale por delante. Chándal azul, gorra de los Dodgers, no lo pierdas».

Ballard se levantó y siguió la dirección que había tomado Kidd. Había tres puertas al final del pasillo trasero: dos lavabos y una salida posterior. Abrió unos centímetros la última puerta y no vio nada. La abrió un poco más y vio una furgoneta blanca con el cartel de KIDD CONSTRUCTION en la puerta saliendo del callejón. Se volvió y se apresuró hacia la parte delantera del restaurante mientras llamaba a Bosch por el camino.

—«El Rey del Rock ha salido», ¿en serio? —se burló Bosch.

—A mí me hace gracia —dijo Ballard—. ¿Dónde está Dupree?

—Está sentado en un coche en la calle, haciendo una llamada. ¿Dónde está Kidd?

—Creo que vuelve a Rialto.

—¿Has conseguido algo?

—No estoy segura. Me he acercado, pero estaban susurrando. Pero una cosa te digo, Kidd estaba cabreado. Eso seguro.

Ballard frenó su ritmo para poder salir del restaurante con aspecto despreocupado.

–¿Qué hacemos? –preguntó Bosch.

–Quédate con Dupree –dijo Ballard–. Quiero ir a mi furgoneta y ver lo que tengo en mi teléfono.

–Recibido.

–Creo que Kidd le ha dado algo a Dupree. Quiero ver si lo tengo.

–¿Estabas grabando?

–Lo he intentado. Deja que lo mire y te llamo otra vez.

Ballard colgó y al cabo de diez segundos estaba en su furgoneta.

Se sentó y miró el vídeo. La reproducción iba dando saltos, pero tenía a Kidd en pantalla y a Dupree de perfil en ocasiones. Ni siquiera con el volumen al máximo pudo distinguir lo que se decía antes del arrebato de Kidd –«No estoy de coña»–, que se escuchó alto y claro.

A continuación, Ballard observó que Kidd se levantaba de la mesa y empezaba a caminar hacia la cámara. Su cuerpo oscureció parcialmente el encuadre y la imagen saltó cuando Ballard cogió el teléfono para apagarla. Una fracción de segundo antes de que la grabación terminara, Kidd dejaba espacio suficiente en el encuadre para que se viera la mesa de la que acababa de levantarse. Había un sobre blanco en el mantel de cuadros rojos y blancos. Parecía la servilleta plegada de un cubierto.

El vídeo terminó, pero Ballard sabía que después Dupree cogió el sobre.

Volvió a llamar a Bosch.

–Creo que Kidd le ha dado dinero a Dupree. Ha dejado un sobre en la mesa y Dupree lo ha cogido.

–¿Dinero para qué?

–Vamos a preguntárselo.

34

Ballard llamó al detective al mando de South Bureau, le explicó quién era y le preguntó si disponían de una sala de interrogatorios libre para hablar con un sospechoso. El teniente le dijo que en ese momento estaban todas libres y que podía elegir la que quisiera. Ella llamó a Bosch para decirle que estaban listos.

—Pero hay un problema —dijo Bosch.

—¿Cuál? —preguntó Ballard.

—No soy policía. No van a dejarme entrar ahí contigo y un detenido.

—Vamos, Harry, si alguien parece poli eres tú, pero ¿puedes dejar el bastón en el coche?

—Ni siquiera lo he traído.

—Entonces bien. ¿Dónde estás? Quiero mi radio para poder pedir que paren a Dupree.

—Veo tu furgoneta. Nos vemos ahí.

—¿Dupree todavía no se mueve?

—Sigue al teléfono. Y veo que es de los que tienen tapa.

—Un prepago. Perfecto. Me pregunto qué pretende.

—Deberíamos tener a alguien escuchando.

—Pero no lo tenemos, y no creo que esté hablando con Kidd. Acaban de separarse. Ya han hablado.

—Recibido.

Ballard esperó y muy pronto Bosch aparcó a su lado y le entregó su radio por la ventanilla. Ballard pidió que una unidad de patrulla se reuniera con ella en la esquina donde Dupree seguía aparcado.

Pasaron veinte minutos antes de que una terminara con otra intervención y llegara hasta allí. Todo ese tiempo, Dupree permaneció en el vehículo al teléfono. Ballard paró al coche patrulla, placa en mano, y se inclinó para mirar a los dos agentes que iban dentro.

—Hola. Ballard, División de Hollywood.

El conductor fue el que habló. Iba en manga corta, pero tenía tres galones tatuados en el antebrazo izquierdo. Un agente de calle veterano que se lo tomaba en serio. El otro miembro de la unidad era una mujer negra que no parecía muy mayor, solo llevaría unos años en el puesto.

—¿Conocéis a Marcel Dupree, de los Rolling Sixties? —Ambos negaron con la cabeza—. No importa, es el que está en ese Chrysler 300 negro aparcado, discreto. ¿Me seguís?

La etiqueta identificativa del conductor decía Devlin.

—Sí —dijo.

—Vale, lo buscan por no pagar la pensión alimenticia —dijo Ballard—. Ese es nuestro pretexto. Lo detenéis, lo lleváis a South Bureau y lo metéis en una sala. Yo me ocuparé a partir de ahí.

—¿Armas?

—No lo sé. Acabo de verlo fuera del coche y no parecía que fuera armado. Pero tiene una denuncia por posesión de armas y podría tener una en el coche. Ojalá. Entonces tendríamos algo con lo que trabajar. También tiene un prepago con el que está hablando ahora. Lo quiero.

—Entendido. ¿Ya?

—Id a por él. Tened cuidado. Ah, y otra cosa: cuando lo saquéis del coche, no dejéis que cierre la puerta.

–Entendido.

Ballard dio un paso atrás y, en cuanto el coche patrulla arrancó, volvió a su furgoneta, donde estaba esperando Bosch. Los dos subieron a la furgoneta. Ballard se incorporó al tráfico e hizo un giro de ciento ochenta grados que produjo un coro de bocinazos. Puso la sirena y aceleró por la calle hasta que se detuvo detrás del coche patrulla, que a su vez se había detenido detrás del Chrysler de Dupree en un ángulo que impediría a este salir huyendo en su coche sin golpear o bien al vehículo policial o bien al coche aparcado delante de él.

Devlin estaba de pie junto a la puerta del conductor, hablando con Dupree por la ventanilla abierta. Su compañera estaba en el otro lado, preparada y con la mano en su arma enfundada.

Ballard y Bosch se quedaron en la furgoneta y observaron, listos por si los necesitaban.

–¿Vas armado, Harry? –preguntó Ballard.

–No –dijo Bosch.

–Si lo necesitas, tengo una de repuesto debajo del salpicadero, detrás de la guantera. Solo has de meter la mano por ahí debajo.

–Bien. Entendido.

Sin embargo, Devlin convenció a Dupree para que bajara del coche y pusiera las manos en el techo. Su compañera rodeó el vehículo y se quedó junto a la puerta trasera del pasajero mientras Devlin entraba y lo esposaba, cogiéndole una mano cada vez. A continuación, le registró los bolsillos y puso el móvil, la cartera y un sobre blanco en el techo a medida que los encontraba.

Varias personas hicieron sonar sus cláxones al pasar junto a la escena, aparentemente protestando por otra detención de un hombre negro por parte de un policía blanco.

El propio Dupree no pareció protestar en absoluto. Por lo que Ballard había visto, no había dicho ni una palabra desde que había salido del Chrysler. La detective observó que se lo llevaban a la puerta trasera del coche patrulla y lo colocaban en el asiento de atrás.

Con el sospechoso controlado, ella y Bosch bajaron de la furgoneta y se acercaron al Chrysler, que aún tenía abierta la puerta del conductor.

—Si tiene una pistola ahí, estará al alcance del asiento del conductor —dijo Bosch—. Pero deberías buscar tú, no yo.

—Voy —dijo Ballard.

Pero primero se acercó a Devlin y su compañera.

—Llevadlo a South y metedlo en una sala de interrogatorios —dijo—. He hablado con el teniente Randizi y lo ha aprobado. Nosotros revisamos el coche y lo cerramos. Luego vamos para allí.

—Recibido —dijo Devlin—. Un placer trabajar contigo.

—Gracias por la ayuda.

Los dos agentes se metieron en su coche y arrancaron con Dupree. Ballard fue al Chrysler, colocándose los guantes mientras se acercaba.

—¿Te preocupa no tener una orden judicial? —preguntó Bosch.

—No —dijo Ballard—. El conductor ha dejado la puerta abierta y tiene un historial por violencia armada. Si hay un arma ahí, es un problema de seguridad pública. Creo que eso se califica como «registro fortuito derivado de una detención legal».

Estaba citando jurisprudencia que permitía el registro de vehículos si estaba en juego la seguridad de la ciudadanía.

Ballard se inclinó sobre el asiento del conductor a través de la puerta abierta. Lo primero que revisó fue la consola central de almacenaje, pero no había ningún arma. Se inclinó más y buscó en la guantera. Nada.

Se agachó y miró debajo del asiento del conductor. No había nada en el suelo. Metió la mano a ciegas en los muelles y los controles electrónicos del asiento y dio con un objeto que le pareció la culata de una pistola.

—Tengo algo —anunció a Bosch.

Tiró con fuerza y notó que la cinta se soltaba. Sacó una pequeña pistola de debajo del asiento, con cinta negra unida a ella.

—Ahora nos entendemos —dijo.

La puso en el techo del coche con las otras propiedades halladas en la persona de Dupree. Después cogió el teléfono y lo abrió con el pulgar. En la pantalla vio que tenía una llamada perdida de un número con el prefijo 213 que le sonaba vagamente. Había entrado solo unos minutos antes, mientras detenían a Dupree. Sacó su propio móvil y lo marcó. Conectó de inmediato con una grabación que decía que ese número del condado de Los Ángeles no aceptaba llamadas.

—¿Qué pasa? —preguntó Bosch.

Había aparecido a su lado.

—Acaban de llamar a Dupree, una línea del condado que no acepta llamadas —dijo Ballard—. Solo llamadas salientes.

—La penitenciaría central —repuso Bosch—. Alguien lo ha llamado desde la prisión.

Ballard asintió. Tenía sentido. El teléfono no parecía estar protegido por contraseña. Quería saber con quién estaba hablando Dupree antes de su detención, pero no quería arriesgar el caso mirando en la lista de llamadas previas sin una orden.

—¿Qué hay en el sobre? —preguntó Bosch.

Ballard cerró el teléfono y lo puso otra vez en el techo del coche. Entonces cogió el sobre, que no estaba cerrado. Lo abrió y pasó el pulgar por un fajo de billetes.

–Treinta billetes de cien dólares –dijo–. Kidd estaba pagando a Dupree...

–Para que se encargue de matar a alguien –concluyó Bosch–. Tienes que llamar a la penitenciaría central y poner a Dennard Dorsey en custodia protegida lo antes posible. Ahora mismo.

Ballard volvió a dejar el sobre en el techo del coche y sacó el móvil otra vez. Llamó al número de la penitenciaría central que había almacenado en su teléfono para cuando quería preparar un interrogatorio con un recluso. Era el único que tenía.

Tuvo suerte. El agente Valens respondió de inmediato.

–Valens, soy Ballard. Estuve allí hace un par de días para hablar con un tipo del módulo de los Crips llamado Dennard Dorsey. ¿Te acuerdas?

–Ah, sí, me acuerdo. No vienen muchas como tú por aquí.

Ballard no hizo caso del comentario. Era una emergencia.

–Escúchame –dijo–. Esa conversación desencadenó algo y tienes que coger a Dorsey y ponerlo bajo custodia. Nadie puede acercársele. ¿Lo entiendes?

–Bueno, sí, pero necesito una orden de un superior para eso. No puedo...

–Valens, no me estás escuchando. Esto va a pasar ya. Han ordenado matar a Dorsey y puede ocurrir en cualquier momento. No me importa lo que tengas que hacer, sácalo de ese módulo o se lo van a cargar.

–Está bien, está bien, voy a ver qué puedo hacer. Tal vez lo traslade a la sala de visitas y le diga que vas a venir. Entretanto, pido un traslado.

–Bien. Hazlo. Te llamo en cuanto tenga más información.

Ballard colgó y miró a Bosch.

–Van a ponerlo a salvo, de una forma o de otra –dijo–. Volveré a llamar dentro de un rato para asegurarme.

–Bien –contestó Bosch–. Ahora vamos a ver qué nos cuenta Dupree.

35

Ballard y Bosch dejaron macerar a Dupree en una sala de interrogatorios del South Bureau mientras tomaban café y tramaban cómo manejaría Ballard el interrogatorio. Habían acordado que tenía que ocuparse ella. Bosch carecía de credenciales policiales. Si el interrogatorio se convertía en parte de un caso judicial, la acusación podía derrumbarse si se revelaba que Dupree había sido interrogado por alguien que no era un agente de policía en activo.

Acordaron que Ballard se sentaría frente a Dupree con el móvil en el muslo para que pudiera mirarlo y ver mensajes de Bosch, que estaría observando el interrogatorio en tiempo real desde la sala de vídeo de detectives.

Dupree ya llevaba una hora dentro cuando entró Ballard. El agente Valens acababa de llamar desde la penitenciaría central para informar de que Dennard Dorsey estaba a salvo, aislado del módulo de los Crips. Valens también les había dicho que una revisión de las grabaciones de los dos teléfonos de pago del módulo revelaba que un recluso llamado Clinton Townes había hecho una llamada a cobro revertido en el momento exacto de la recibida en el prepago de Dupree.

Ballard estaba segura de que tenía todo lo que necesitaba para convencerlo. Entró en la sala de interrogatorios con un formulario de renuncia de derechos y un sobre grande de pruebas que contenía otro más pequeño, el del dinero recuperado en la detención.

Dupree tenía las manos esposadas por la espalda a una silla fijada al suelo. La sala apestaba a humanidad, una señal de que estaba nervioso, como cualquiera bajo custodia.

—¿Qué coño es esto? —preguntó—. ¿Me tenéis aquí por la puta pensión alimenticia?

—No es eso, Marcel —contestó Ballard—. Te hemos detenido por lo de la pensión, pero no se trata de eso y estoy segura de que lo sabes.

De repente, Dupree se dio cuenta de que reconocía a Ballard.

—Tú —dijo—. Te he visto en Dulan.

—Eso es —repuso ella al apartar su silla y sentarse frente a él en la mesa—. No he oído todo lo que habéis hablado tú y Kidd, pero sí mucho.

—No, no has oído una puta mierda. Hemos hablado bajo.

Ballard se sacó el teléfono del cinturón y lo levantó para que lo viera.

—Lo tengo todo aquí —dijo ella—. Nuestra unidad técnica puede hacer maravillas con el audio. Hasta saca suspiros. Así que ya lo veremos, pero la verdad es que no importa.

Dejó el teléfono en el muslo para poder ver la pantalla.

—Estoy aquí para explicarte tu situación y contarte cómo puedo ayudarte yo a ti y tú a ti mismo —dijo ella—. Pero, Marcel, para eso tienes que renunciar a tus derechos y hablar conmigo.

—No hablo con la policía —dijo Dupree—. Y no renuncio a nada.

Eso estaba bien. No había dicho las palabras mágicas («Quiero un abogado») y hasta que no lo hiciera Ballard podía intentar convencerlo de que le convenía hablar con ella.

—Marcel, estás jodido. Hemos encontrado la pistola en tu coche.

—No sé nada de una pistola.

—Smith & Wesson de nueve milímetros. Satinada. La traería para mostrártela, pero va contra las reglas.

—Nunca he visto una pistola así.

—Salvo que estaba metida debajo de tu asiento cuando te han detenido hace un par de horas. Así que puedes insistir en que nunca la habías visto, pero no va a funcionar y ya te han condenado dos veces, Marcel. Eso significa cinco años en la trena solo por posesión de arma de fuego.

Ballard dejó pasar un momento para que el mensaje calara. Dupree negó con la cabeza, como afligido.

—La habéis puesto vosotros —dijo.

—Eso funcionará tan bien como que nunca la habías visto —repuso Ballard—. Sé listo, Marcel. Escucha lo que puedo hacer por ti.

—Joder. Venga.

—Puedo ayudarte. Hasta puedo dejarlo pasar. Pero estamos hablando de un trato, Marcel. Necesito que cooperes conmigo o lo dejamos aquí y ahora y presento la acusación de posesión de arma de fuego y todo lo que encuentre. La decisión es tuya.

Ella esperó y él no dijo nada. Ballard empezó a recitarle sus derechos, pero Dupree la interrumpió:

—Vale, vale, hablaré contigo. Pero lo quiero por escrito.

—Deja que termine y ya luego firmas la renuncia.

Empezó a leer el texto de advertencia legal desde el principio. No quería que ningún abogado se quejara más adelante de aconsejarle impropiamente. Cuando hubo terminado, le preguntó si era diestro o zurdo.

—Diestro.

–Vale. Te voy a quitar la esposa de la derecha para que firmes. Si te pones violento conmigo, hay cuatro tipos mirando desde el otro lado de esa puerta. Si tratas de hacerme daño, ellos harán lo mismo, pero no te recuperarás. ¿Lo entiendes?

–Sí, lo pillo. Venga, vamos a terminar con esto. Deja que firme el puto papel.

Ballard le puso el formulario de renuncia y un bolígrafo delante a Dupree. Entonces se levantó para situarse detrás de él, le soltó la muñeca derecha y abrió la esposa cerrada en torno a la barra central del respaldo de la silla. Se quedó a su espalda.

–Adelante, firma y luego vuelve a poner la mano aquí.

Dupree firmó el documento e hizo lo que le ordenaba. Ballard repitió el proceso a la inversa para volver a esposarlo. Luego regresó a su silla y de nuevo apoyó el teléfono en el muslo.

–Ahora firma tú el papel –dijo Dupree–. Di que retiras los cargos de posesión de armas por mi ayuda.

Ballard negó con la cabeza.

–No me has ayudado –dijo–. Cuando lo hagas, le pediré a la Fiscalía que lo ponga por escrito. Ese es el trato. ¿Sí o no? Se me está acabando la paciencia.

Dupree negó con la cabeza.

–Sé que estoy jodido –dijo–. Pregunta lo que sea.

–Vale, bien –repuso Ballard–. Empezaré por hacerte saber que tenemos a Elvin Kidd en una escucha, Marcel, todas sus llamadas telefónicas y mensajes de texto. Tenemos el mensaje en el que te citaba hoy en Dulan. Te tenemos a ti reuniéndote con él allí y tenemos esto.

Abrió el sobre con las pruebas y deslizó el del dinero.

–Te ha pagado para eliminar a alguien en la penitenciaría central y tú has accedido a prepararlo. Eso es conspiración para cometer asesinato, además de la acusación de posesión de arma de fuego. Así que estás en un agujero sin fondo y nunca vas a salir a menos que nos digas algo que nos guste más que tú. ¿Entiendes? Así es como funciona.

—¿Qué quieres?

—Cuéntame la historia. Dime a quién quería matar Kidd y por qué. Necesito un nombre para impedir que ocurra. Porque si es demasiado tarde, también lo será para ti. No hay trato. Estás acabado.

—Un tipo llamado Doble D.

—Eso no me ayuda. ¿Quién es Doble D.?

—Ni siquiera sé su nombre. El apellido es Dorsey. Como la universidad.

—Por eso has llamado desde el coche al salir de Dulan. Has puesto esto en marcha, ¿no?

—No, solo estaba llamando a un amigo.

—¿Clinton Townes? ¿Es ese tu amigo?

—¿Qué cojones?

—Te lo he dicho. Lo hemos grabado desde el principio. Sabemos de Dorsey y de Townes. Pero sigue siendo conspiración para cometer asesinato y eso hace que tu cargo de posesión de armas parezca un juego de niños. Una conspiración para cometer asesinato te manda a perpetua sin condicional, Marcel. Lo sabes, ¿no?

—Hijos de puta, me habéis engañado.

—Es verdad, y ahora te queda un único camino hacia la luz, Marcel. Se llama «ayuda sustancial». Es el momento de que me lo cuentes todo. Todo lo que sepas. Y puedes empezar por contarme por qué Elvin Kidd quiere liquidar a Doble D.

Dupree negó con la cabeza.

—No lo sé, no me lo ha dicho —contó—. Solo me ha dicho que quería que se ocuparan de él.

Ballard se inclinó sobre la mesa.

–Elvin Kidd está retirado –dijo–. Está fuera del juego. Dirige una puta empresa de construcción en Rialto. No encargas que liquiden a uno de los tuyos en la penitenciaría central por tres mil dólares sin una buena razón. Así que hazte un favor y responde la pregunta. ¿Qué te contó?

Dupree tenía la mirada gacha, hacia la mesa. La amenaza que estaba sintiendo era casi palpable. Ballard estaba mirando a un hombre que se estaba dando cuenta de que la vida como la había conocido había terminado. Era un soplón de cincuenta y un años y siempre sería un desclasado en su universo. Era un criminal violento, pero Ballard sintió compasión por él. Había nacido en un mundo en el que unos devoraban a otros, y en ese momento a él le tocaba ser la comida.

–Dice que este tipo lo cabreó hace mucho y que ahora le está causando problemas –dijo Dupree–. Nada más. Mira, te lo diría si lo supiera. Estoy cooperando, pero no lo sé. Quería que lo liquidaran y me pagó, y con un jefe de la vieja escuela como Kidd no se hacen preguntas.

–Entonces, ¿por qué se ha cabreado contigo en Dulan? Ha levantado la voz.

–Porque le di su número a Doble D. para que pudiera hablar con él. Pensé que no pasaba nada porque D. era su chico en el barrio por entonces. Que quizá tenían todavía negocios juntos o algo. No lo sabía. La cagué y le di el número. E. K. estaba cabreado por eso.

–Entonces, ¿qué llamada hiciste en el coche al salir de Dulan?

–Tenía que prepararlo, pasarle el mensaje a mi chico, Townes.

Ballard sabía que, aunque había teléfonos de pago que permitían a los reclusos llamar desde su módulo en la penitenciaría central, no era tan fácil. Sin embargo, estaba bien documentado que las bandas usaban varios métodos para enviar mensajes a la cárcel. Madres, esposas, novias y abogados de pandilleros encarcelados a menudo se ocupaban de los negocios dentro. Pero la llamada que recibió Dupree parecía que había sido demasiado pronto para ese método. Townes aparentemente había recibido el mensaje de llamarlo al cabo de treinta minutos de la reunión en Dulan. Desde hacía mucho había rumores de que las bandas utilizaban funcionarios de prisiones para mandar mensajes, motivados por amenazas, extorsión o simple avaricia.

—¿Cómo hiciste que el mensaje llegara? –preguntó Ballard.

—Por un tipo que conozco.

—Vamos, Marcel, ¿qué tipo? ¿A quién llamaste?

—Pensaba que esto trataba de Dorsey.

—Trata de todo. ¿Quién recibió el mensaje para Townes?

Ballard sintió que el móvil le vibraba en el muslo y bajó la mirada para leer el mensaje de Bosch: «No pierdas tiempo en eso. Estará en el teléfono. Sigue».

Ballard estaba enfadada, porque sabía que Bosch tenía razón. Una orden de registro del teléfono le daría el número o números a los que Dupree había llamado al salir de Dulan, y eso probablemente conduciría al mensajero. Necesitaba encaminar la historia hacia Elvin Kidd.

—Vale, no importa a quién llamaste –dijo–. Háblame de Townes. ¿Es el sicario dentro?

Dupree se encogió de hombros. No quería reconocerlo verbalmente.

—¿Sí o no, Marcel? –insistió Ballard.

—Sí, hace trabajos de vez en cuando –dijo Dupree.

–¿Hace falta la aprobación de un superior para hacer algo así? ¿Llamaste a alguien para conseguir permiso para eliminar a Dorsey?

–Se lo dije a alguna gente, pero no por la aprobación. Solo para que supieran que teníamos un negocio entre manos y que Kidd pagaba. Oye, vas a evitar que me pase algo, ¿verdad? Como has dicho.

–Le diré a la fiscalía que has proporcionado ayuda sustancial a la investigación.

–Eso no vale una mierda. Teníamos un trato.

–Si pillamos a Kidd, significará mucho.

–Voy a necesitar protección de testigos después de esto.

–Eso estará sobre la mesa.

Ballard notó otra vibración en el muslo y miró el teléfono: «Dile que queremos que llame a Kidd y le diga que el trabajo está hecho».

Ballard asintió. Era una buena idea. Tenían la línea de Kidd pinchada durante otros dos días y podían grabar legítimamente la llamada, que quizá desencadenara o no una confesión sobre el caso Hilton, pero que podría acabar con el caso de conspiración para cometer asesinato. Ballard comprendía que en ocasiones sabías que un sospechoso era culpable de un crimen, pero te conformabas con acusarlo de otro.

–Hay otra cosa más que vamos a necesitar que hagas, Marcel –dijo–. Vamos a preparar una llamada telefónica entre Kidd y tú. Vas a contarle que lo de Dorsey ya está hecho y vamos a ver qué dice. Y vas a preguntarle por qué lo quería muerto.

–No, eso no voy a hacerlo –dijo Dupree–. Hasta que tenga algo por escrito sobre lo de la «ayuda sustancial».

–Estás cometiendo un error, Marcel. Si traes al fiscal ahora para que escriba eso, van a traerte un abogado y va a saltar todo por los aires, tanto que aquí ya no podremos hacer nada. Perderemos nuestra oportunidad de hacer esto con Kidd y tendrás que joderte, Marcel Dupree. Es lo contrario a «ayuda sustancial». Te acusaré de conspiración para cometer un asesinato por encargo y me iré a casa contenta con eso.

Dupree no dijo nada.

—Esta sala apesta —dijo Ballard—. Voy a salir a respirar un poco de aire fresco. Cuando vuelva, me dices si quieres que preparemos cargos contra ti o contra Elvin Kidd.

Ballard se levantó, se guardó el teléfono y recogió los sobres. Empezó a rodear la mesa hacia la puerta.

—Joder, lo haré —dijo Dupree.

Ballard volvió a mirarlo y asintió.

—Está bien, lo prepararemos.

36

Ballard salió de trabajar a las seis el sábado por la mañana después de una jornada calmada en el turno tres. Se
había pasado la mayor parte de la noche escribiendo un
resumen detallado de los hechos acontecidos el día anterior en la investigación sobre Hilton. Era un informe que
no le iba a entregar a nadie todavía. Estaba operando
completamente por libre en el caso Hilton con la esperanza de que fuera más fácil pedir perdón que permiso,
sobre todo si detenía a Elvin Kidd. En ese caso, el resumen del informe podrían necesitarlo de inmediato.

Después de salir de la comisaría, se dirigió a Venice y
remó un rato a través de la niebla matinal, con *Lola* sentada en la punta de la tabla como si fuera el mascarón de
proa de un barco antiguo. Después de asearse, esperó
hasta las 8:30 para hacer una llamada, con la esperanza
de no despertar a nadie.

Cuando Ballard trabajaba en Robos y Homicidios,
todo el mundo tenía alguien a quien recurrir en cada
fase de la investigación: un técnico forense de referencia, un juez al que acudir para las órdenes, un fiscal al
que pedir consejo y con quien presentar cargos en los
casos dudosos, etcétera, es decir, para los casos que requerían fortaleza e imaginación para defenderlos en un
tribunal. La persona de referencia de Ballard en la Oficina del Fiscal siempre había sido Selma Robinson, una
fiscal firme e intrépida asignada a la Unidad de Delitos

Graves que prefería los casos complicados a los que eran pan comido.

Dado que la naturaleza del turno de noche era entregar los casos a otros detectives por la mañana, Ballard había ido a la fiscalía pocas veces en los cuatro años que llevaba en la sesión nocturna. De hecho, no estaba segura de que el número de móvil de Selma Robinson siguiera siendo el mismo.

Pero lo era. Robinson respondió con una voz cristalina, alerta, y estaba claro que había mantenido el móvil de Ballard en su lista de contactos.

—¿Renée? Vaya. ¿Todo bien?

—Sí, todo bien. ¿No te habré despertado?

—No, llevo un rato despierta. ¿Qué pasa? Me alegra volver a oírte, chica.

—A mí también. Tengo un caso. Quiero hablar contigo si tienes un rato. Ahora estoy viviendo en Venice. Puedo ir a verte y te invito a desayunar. Sé que es improvisado, pero...

—No, está bien. Estaba a punto de salir a por algo. ¿Dónde quieres que nos encontremos?

Ballard sabía que Robinson vivía en Santa Mónica, en una de las calles del campus universitario.

—¿Qué te parece Little Ruby? —preguntó.

El restaurante estaba cerca de Ocean Boulevard, en Santa Mónica, y equidistante de ambas. Además, admitían perros.

—Estaré allí a las nueve —dijo Robinson.

—Trae tus auriculares —contestó Ballard—. Hay material de escuchas.

—Lo haré. Traerás a *Lola*, espero.

—Creo que le encantará verte.

Ballard llegó la primera al restaurante y encontró un lugar en una esquina que les daría algo de intimidad para revisar el caso. *Lola* se metió debajo de la mesa y se tumbó, pero se levantó de un salto en cuanto llegó Robinson y recordó a su vieja amiga.

Robinson era alta y delgada y Ballard nunca le había conocido otro peinado que su afro corto. Tenía estilo y le ahorraba tiempo cada mañana al prepararse para batallar en los tribunales. Era al menos diez años mayor que ella y su nombre tenía historia, porque sus padres se conocieron durante la célebre marcha por los derechos civiles de Selma a Montgomery, en Alabama.

Ballard y Robinson se abrazaron brevemente, pero la fiscal estuvo haciéndole carantoñas a *Lola* durante un minuto entero antes de sentarse y ponerse con la tarea de desayuno y crimen.

—Como te he dicho por teléfono, estoy trabajando en un caso —empezó Ballard—. Y quiero saber si lo tengo o no.

—Bueno, vamos a oírlo —dijo Robinson—. Piensa que estoy en mi despacho y tú has venido a presentar el caso. Convénceme.

De la manera más sucinta posible, Ballard le habló del caso Hilton, revisando los detalles del asesinato y luego el largo período que pasó acumulando polvo en el despacho doméstico de un detective retirado. A continuación, pasó a la investigación realizada en los últimos días y finalmente se centró en Elvin Kidd y en la teoría del verdadero móvil del crimen. Le reveló que había convencido a Marcel Dupree para que colaborara, había impedido que se cometiera un asesinato en la penitenciaría central y había obtenido una confesión que podía apartar a Kidd de las calles para siempre. Pero también quería cerrar el caso Hilton y, con la cooperación de Dupree, creía que estaba cerca. Le pidió a Robinson que escuchara los noventa segundos de conversación telefónica grabada entre Dupree y Kidd a última hora de la tarde anterior, asegurándole que el pinchazo estaba autorizado por el juez Billy Thornton.

Una complicación que Ballard mencionó al explicar la grabación era que los hombres que participaban en la llamada tenían un tono muy similar y usaban la misma jerga de calle. Le dijo antes de la reproducción que la primera voz pertenecía a Dupree y la segunda, a Kidd. Robinson se puso los auriculares y los conectó al ordenador de Ballard, que abrió el software de escucha y reprodujo la llamada telefónica. Al mismo tiempo, le entregó a la fiscal una copia de una transcripción que había realizado durante su turno de trabajo:

Dupree: Pasa.

Kidd: Bro.

Dupree: Eso de lo que hablamos… Hecho.

Kidd: ¿Sí?

Dupree: El hijoputa está en el cielo de los pandilleros.

Kidd: No he oído nada.

Dupree: Ni lo oirás en Rialto. El sheriff no pone un comunicado de prensa por un taleguero que matan en la trena, tío. No queda bien. Pero si quieres, puedes comprobarlo, hermano.

Kidd: ¿Cómo?

Dupree: Llama al forense. Tiene que estar ahí ahora. Además, creo que la peña de la banda va a hacerle un funeral en unos días. Te pasas y ves la caja tú mismo.

Kidd: No, ni de coña.

Dupree: Ya, tú has metido al muy hijoputa en la caja.

Kidd: No digas eso, hermano.

Dupree: Perdón, tío. Da igual, está hecho. ¿En paz?

Kidd: Sí.

Dupree: ¿Me vas a contar el motivo? Ese hermano era tu chico por entonces. Y ahora esto.

Kidd: Me estaba metiendo presión, nada más.

Dupree: ¿Presión por qué?

Kidd: Un trabajo del pasado. Un blanquito que debía demasiada pasta.

Dupree: Ah. ¿Y va y lo saca ahora?

Kidd: Me dijo que la pasma había ido a visitarlo a Bauchet y a preguntar por eso. Luego tú le das mi número y me llama. Y me doy cuenta de que está en la movida. Iba a ser un problema.

Dupree: Bueno, ya no.

Kidd: Ya no. Gracias, hermano.

Dupree: Nada, tío.

Kidd: Nos vemos.

Dupree: Hasta la vista, bro.

Robinson se quitó los auriculares cuando terminó la llamada. Ballard le tendió la mano para impedirle que hiciera preguntas.

—Espera un segundo —le dijo—. Hay otra llamada. Sí que trata de confirmar la muerte de Dorsey y teníamos eso preparado con la oficina del forense.

La siguiente llamada era de Elvin Kidd a la Oficina del Forense del Condado de Los Ángeles, donde habló con un investigador, Chris Mercer. Ballard le pasó a Robinson una segunda transcripción y le pidió que volviera a ponerse los auriculares. Reprodujo la segunda grabación:

Mercer: Oficina del Forense, ¿en qué puedo ayudarlo?

Kidd: Estoy tratando de saber si está ahí un amigo mío. Supuestamente lo han matado.

Mercer: ¿Tiene el nombre?

Kidd: Sí, el apellido es Dorsey. Y el nombre Dennard, con dos enes y acabado en d.

Mercer: ¿Puede deletreármelo todo?

Kidd: D-E-N-N-A-R-D D-O-R-S-E-Y.

Mercer: Sí, lo tenemos aquí. ¿Es usted el pariente más próximo?

Kidd: Ah, no, solo un amigo. ¿Dice cómo murió?

Mercer: La autopsia aún no está programada. Solo sé que murió bajo custodia en la penitenciaría central. Habrá una investigación y realizaremos la autopsia la semana que viene. Puede llamar para pedir más información entonces. ¿Sabe quién podría ser el pariente más próximo?

Kidd: No, no lo sé. Gracias.

Después de oír la llamada al forense, Robinson pidió oír otra vez la primera llamada. Ballard observó mientras escuchaba. Asintió con la cabeza en determinados momentos, como si estuviera verificando elementos de una lista. Al terminar, se quitó los auriculares otra vez.

—El cambio de registro es interesante —dijo la fiscal—. Parece dos personas diferentes. Pandillero total en la llamada con Dupree y luego claro y espabilado con la Oficina del Forense.

—Sí, sabía cómo jugar —dijo Ballard—. ¿Y qué opinas?

Antes de que Robinson pudiera responder, una camarera llegó a la mesa. Las dos pidieron café y una tostada con aguacate. Cuando se fue, Ballard observó que Robinson se inclinaba sobre la mesa, arrugando el entrecejo y la piel tersa y moca de la frente.

—Siempre tengo que mirar un caso desde el punto de vista de la defensa —dijo la fiscal—. ¿Cuáles son las debilidades que podríamos explotar en el juicio? Creo que la conspiración es pan comido. Lo condenaremos por eso sin problema. Esa llamada extra al forense fue genial. Me muero de ganas de reproducírsela a un jurado y que la defensa trate de explicarlo.

—Bien —dijo Ballard—. ¿Y sobre el asesinato de Hilton?

—Bueno, de eso no dice directamente «Lo maté». Habla de un «trabajo», que en algunos círculos es un eufemismo de asesinato. También dice «blanquito», pero no menciona a nadie por su nombre.

–Pero cuando añades la conspiración es evidente que quería matar a Dorsey para que no se destapara lo de Hilton.

–Es evidente para ti y para mí, pero posiblemente no para un jurado. Además, si tienes un cargo que es pan comido y otro con problemas, dejas el incierto y vas a por lo seguro. No quieres mostrar debilidad a un jurado. Sé que no quieres oír esto, pero ahora mismo, solo presentaría cargos por la conspiración. Convertiría el asesinato de Hilton en la razón de la conspiración y lo pondría ahí, pero no pediría al jurado que decidiera un veredicto sobre eso. Diría: «Dame un veredicto de conspiración para el crimen», y este tipo va a quedar fuera de circulación para siempre de todos modos. Sé que no es la respuesta que querías.

Decepcionada, Ballard cerró el portátil y se recostó en la silla.

–Vaya mierda –dijo ella.

–¿Sabes algo de Dorsey desde que lo sacaron de la celda de los Crips? –preguntó Robinson.

–No, ¿debería?

–Has dicho que al principio no fue útil, pero tal vez si sabe que su antiguo jefe ordenó que lo mataran, podría cambiar de tono. Y tal vez sepa algo que se ha callado.

Ballard asintió. Se dio cuenta de que debería haber pensado en eso.

–Buena idea –dijo.

–¿Cuál es la situación de Dupree? –preguntó Robinson.

–Ahora mismo está retenido en South Bureau. Busca un acuerdo de ayuda sustancial. Tenemos hasta el lunes por la mañana para acusarlo.

–Será mejor que lo cuides. Si Kidd descubre que Dorsey está vivo, sabrá que lo han engañado.

–Lo sé. Lo tenemos en estatus de alejamiento.

–Por cierto, ¿por qué hablas en plural?

–Mi compañero habitual está de baja. Todo este asunto me lo trajo un agente de homicidios retirado que se llama Bosch. La viuda de John Jack Thompson le dio el expediente del caso después de su funeral.

–Harry Bosch, lo recuerdo. No sabía que se había retirado.

–Sí, pero tiene poderes de reserva a través del Departamento de Policía de San Fernando.

–Ten cuidado con eso. Podría ser un problema si tiene que declarar sobre cualquier cosa de la que tú no seas testigo.

–Lo hemos hablado. Lo sabemos.

–¿Qué pasa con Kidd? ¿Vas a detenerlo para interrogarlo?

–Hemos pensado que ese será nuestro último movimiento.

Robinson asintió reflexivamente.

–Bueno, cuando estés lista, tráemelo a mí –dijo ella por fin–. Me encantaría llevar este caso. El lunes ven a verme y presentaré el caso sobre Dupree y me ocuparé del acuerdo de cooperación. ¿Tiene abogado?

–Todavía no –dijo Ballard.

–En cuanto tenga uno, cierro el acuerdo.

–Vale.

–Y buena suerte con Dorsey.

–Cuando terminemos de desayunar, iré al centro a verlo otra vez.

Como si le hubieran dado pie, la camarera vino y dejó los cafés y las tostadas de aguacate. También una galleta de perro para *Lola*.

37

Llevaron a Dorsey a verla a la misma sala de interrogatorios de la penitenciaría central. El agente Valens tuvo que empujarlo hasta allí cuando vio que era Ballard quien lo estaba esperando.

–¡Me has engañado, zorra! –soltó–. No voy a hablar contigo.

Ella esperó a que Valens terminara de esposarlo a su silla y saliera de la sala de interrogatorios.

–¿Yo te he engañado? –dijo entonces–. ¿Cómo es eso?

–Lo único que sé es que me arrastraste aquí y que luego estaba en aislamiento protegido por soplón –contestó Dorsey–. Ahora quieren matarme.

–Bueno, habrá gente que quiere matarte, pero no es por mí.

–Eso es una puta mentira. Me iba bien hasta que viniste a verme.

–No, te iba bien hasta que llamaste a Elvin Kidd. Ahí empezaron tus problemas, Dennard.

–¿De qué coño estás hablando?

–Teníamos pinchado el teléfono de Elvin. Oímos tu llamada y entonces… Le puso precio a una cabeza. La tuya.

–Me quieres enredar.

–¿Sí, Dennard? –Ballard abrió su portátil en la mesa–. Deja que te lo explique. Después, si crees que es un juego, les diré que te pongan otra vez en el módulo con tus amigos. Para que puedas sentirte a salvo y en casa. —Abrió el archivo que contenía las grabaciones de las llamadas entrantes y salientes de los teléfonos de Elvin Kidd—. Lo primero que tienes que saber es que teníamos pinchados sus teléfonos, así que tenemos la conversación completa grabada de cuando lo llamaste para advertirle que yo había estado haciendo preguntas.

Ballard empezó a reproducir la primera grabación y esperó a que Dorsey reconociera su propia voz y la de Kidd. Inconscientemente, él se echó hacia delante e inclinó la cabeza, como para escuchar mejor. Ballard la cortó entonces.

—Eso no es legal —dijo Dorsey.

—Sí lo es —repuso Ballard—. Aprobado por un juez del Tribunal Superior. Ahora deja que salte adelante, a la parte que es importante que tú escuches.

Ballard adelantó la grabación un minuto hasta donde Kidd le preguntaba a Dorsey quién le había dado su número y este revelaba que Marcel Dupree. Reanudó la reproducción.

—Así que le cuentas a Kidd que Marcel Dupree te dio su número, y ¿qué hace Kidd? Te cuelga y le envía un mensaje a Marcel diciéndole que quiere verlo.

Ballard levantó su teléfono y le mostró a Dorsey una imagen congelada que claramente mostraba a Kidd, con Dupree de perfil, sentados a la mesa en Dulan.

—Tomé esta foto ayer cuando se reunieron en Dulan —dijo Ballard—. ¿Conoces el sitio, en Crenshaw? En esa reunión Kidd le dio tres mil dólares a Marcel. ¿Para qué crees que eran, Dennard?

—Supongo que me lo vas a contar —dijo Dorsey.

—Eran para encargar un trabajo en la penitenciaría central. Para que uno de tus compañeros de la banda te liquidara. Conoces a Clinton Townes, ¿no?

Dorsey negó con la cabeza, como si estuviera tratando de impedir que la información que Ballard le presentaba le entrara en los oídos.

—Me estás troleando —dijo.

—Por eso te hemos sacado del módulo, Dennard —contestó Ballard—. Para salvarte la vida. Entonces pillamos a Marcel y le dimos la vuelta como una tortilla. Le hicimos llamar a Kidd y decirle que se había ocupado de ti y que no ibas a ser un problema. Mira, escucha.

Ballard sacó la llamada preparada entre Dupree y Kidd y la reprodujo en su totalidad. Se recostó en la silla y observó el rostro de Dorsey al darse cuenta de que su propia gente se había vuelto contra él. Ella sabía cómo se sentía, porque también la habían traicionado su compañero, su jefe e incluso el Departamento de Policía.

—Y espera, tengo una más —dijo después—. Kidd incluso llamó a la Oficina del Forense para asegurarse de que tu fiambre estaba allí, esperando a que lo corten para la autopsia.

Reprodujo la última grabación. Dorsey cerró los ojos y negó con la cabeza.

—Hijo de puta —dijo.

Ballard cerró el portátil, pero mantuvo el teléfono sobre la mesa. Estaba grabando la conversación. Miró a Dorsey, que ahora estaba mirando la mesa con los ojos llenos de odio.

—Bueno… —dijo ella—. Elvin Kidd te quería muerto y ahora cree que lo estás. ¿Quieres que se salga con la suya? ¿O vas a contarme lo que de verdad sabes de lo que ocurrió en ese callejón donde mataron al chico blanco?

Dorsey levantó la mirada hacia Ballard en silencio. Ella sabía que estaba a punto de ceder.

—Si me ayudas, puedo ayudarte —dijo—. Acabo de hablar con una fiscal. Quiere a Kidd por el asesinato. Hablará con tu agente de la condicional, a ver si puede qui-tarte la infracción.

—Se suponía que eso ibas a hacerlo tú —dijo Dorsey.

—Iba a hacerlo, pero que lo haga una fiscal es mejor. Pero eso no pasará hasta que me ayudes.

—Ya te lo dije, nos pidió que no fuéramos al callejón ese día. Después me enteré de que se habían cargado a alguien allí y la policía nos jodió el negocio. Encontramos un sitio nuevo al otro lado de la autovía.

—¿Y eso fue todo? ¿Nunca hablaste de eso con Kidd, no le preguntaste nada? No me lo creo.

—Sí que le pregunté. Me dijo cuatro mierdas y ya.

—¿Qué mierdas, Dennard? Este es el momento en el que o te haces un favor, o vas a acabar mal. ¿Qué te dijo Elvin Kidd?

—Que tenía que ocuparse de un chico blanco que conocía de cuando estuvo de retiro.

—¿De retiro? ¿Qué significa eso?

—En la cárcel. Estuvieron juntos en Corcoran y dijo que el chico le debía dinero por haberlo protegido.

—¿Mencionó el nombre?

—No. Solo dijo que no le pagó lo que le debía, así que preparó la reunión y nos echó a todos. Luego le pegaron un tiro.

—Y diste por hecho que fue Elvin Kidd.

—Sí, ¿por qué no? Era su callejón. Lo controlaba todo. No le pegaban un tiro a nadie allí sin su aprobación o sin que lo hiciera él mismo.

Ballard asintió. No era una confesión directa de Kidd a Dorsey, pero se acercaba, y pensó que sería lo bastante bueno para Selma Robinson. Y entonces Dorsey, sin que lo instaran a ello, añadió la guinda al pastel:

—Cuando tuvimos que cambiar de sitio por la presión por la muerte, lo busqué en el periódico —dijo—. Solo encontré una cosa, pero recuerdo que el chico al que dispararon tenía nombre de hotel. Hilton o Hyatt o una mierda así. Y por eso me pregunté que si tenía todo el dinero del hotel, cómo era que no le pagó lo que le debía. Era estúpido. Debería haber pagado y estaría vivo.

Dorsey acababa de unir todo. Ballard estaba entusiasmada. Cogió el teléfono, terminó la grabación y se la guardó en el bolsillo. Deseó que fuera ya lunes y Selma Robinson estuviera en el Tribunal de Justicia. Quería ir inmediatamente y presentar cargos de asesinato contra Elvin Kidd.

Bosch

38

El sofá de ante de la sala de espera de Michaelson & Mitchell era tan cómodo que Bosch casi se adormiló. Era lunes por la mañana, pero todavía no había recuperado el sueño perdido por vigilar toda la noche la casa de su hija el sábado. No ocurrió nada ni vio ninguna señal del pervertido, pero Bosch estuvo en vigilia toda la noche gracias a la cafeína. Trató de recuperar horas de sueño el domingo, pero los pensamientos sobre el caso Montgomery le impidieron hasta que se echara una siesta. Y ahí estaba, a punto de reunirse con Clayton Manley, y sentía que se hundía en el sofá de la sala de espera.

Por fin, después de quince minutos, el joven de la mesa de recepción fue a buscarlo y lo acompañó alrededor de una gran escalera circular y luego a lo largo de un pasillo con puertas de cristal esmerilado en las que constaba el nombre de los socios, hasta llegar a la última oficina del corredor. Bosch entró en un despacho amplio con un escritorio, una zona de asientos y una pared de cristal con vistas a Angels Flight desde una altura de dieciséis pisos.

Clayton Manley estaba de pie detrás de la mesa. Se acercaba a los cuarenta y tenía el cabello oscuro, pero encanecido en las patillas. Llevaba un traje gris claro, camisa blanca y corbata azul.

–Señor Bosch, pase –dijo–. Siéntese, por favor.

Le tendió la mano por encima de la mesa y Bosch se la estrechó antes de sentarse en uno de los sillones, delante del escritorio.

—Mi colega ha dicho que está buscando un abogado para una posible demanda por homicidio culposo, ¿es correcto? —preguntó Manley.

—Sí —dijo Bosch—. Necesito un abogado. Hablé con uno y no creía que estuviera preparado. Así que aquí estoy, hablando con usted.

—¿Se trata de un ser querido?

—¿Disculpe?

—El fallecido que fue víctima del homicidio culposo.

—Ah, no, ese sería yo. Yo soy la víctima.

Manley se rio y luego vio que en el rostro de Bosch no había ni rastro de sonrisa. El abogado dejó de reírse y se aclaró la garganta.

—Señor Bosch, no lo entiendo —dijo.

—Bueno, está claro que no estoy muerto —repuso Bosch—. Pero me han diagnosticado leucemia como consecuencia del trabajo. Quiero demandarlos y conseguir dinero para mi hija.

—¿Cómo ocurrió? ¿Dónde trabajaba?

—Fui detective de homicidios del Departamento de Policía de Los Ángeles durante treinta años. Me retiré hace cuatro. Me obligaron, de hecho, y entonces demandé al Departamento porque trataron de dejarme sin pensión. Parte del acuerdo le ponía tope a mi seguro de salud, así que esto podría acabar en bancarrota y dejar a mi hija sin nada.

Manley no mostró ninguna reacción visible a la mención de Bosch de que había sido detective del Departamento de Policía de Los Ángeles.

—Entonces, ¿cómo contrajo leucemia en el trabajo? —le preguntó Manley—. Y supongo que es mejor preguntar cómo lo demuestra.

–Es fácil –dijo Bosch–. Hubo un caso de asesinato y robo de una cantidad grande de cesio de un hospital. Es un elemento que se usa en dosis minúsculas para tratar el cáncer, pero desapareció mucho, toda la reserva del hospital, y fui yo el que la recuperó. Lo encontré en un camión, pero no supe que estaba allí hasta que estuve expuesto a él. Me dieron el alta en el hospital y me hicieron radiografías y revisiones durante cinco años. Ahora tengo leucemia y no cabe duda de que está relacionada con esa exposición.

–¿Y todo esto está documentado? ¿En archivos de casos y demás?

–Todo. Están los registros de la investigación de asesinato, el hospital y el arbitraje posterior a mi salida. Podemos conseguirlo todo. Además, el hospital hizo cambios drásticos de seguridad después de eso, lo cual para mí es un reconocimiento de la responsabilidad.

–Por supuesto que lo es. Eh, detesto hacer esto, pero ha dicho que era un caso de homicidio por negligencia. ¿Cuál es exactamente el diagnóstico y el pronóstico?

–Acabo de recibir el diagnóstico. Estaba cansado a todas horas y no me sentía bien, así que fui a hacerme unas pruebas y me dijeron lo que tenía. Estoy a punto de empezar quimioterapia, pero nunca se sabe. Va a acabar conmigo al final.

–Pero ¿le han dado una esperanza de vida estimada o algo así?

–No, todavía no. Pero quiero poner esto en marcha porque, como he dicho, nunca se sabe.

–Entiendo.

–Señor Manley, los abogados del Ayuntamiento son duros de roer. He luchado contra ellos antes. Fui a mi abogado y no parecía realmente motivado por la lucha que implicaría. Así que necesito saber si esto es algo de lo que puede ocuparse. Si se ve capaz.

—No me asustan las batallas, señor Bosch. ¿O debería llamarlo detective Bosch?

—Señor está bien.

—Bueno, señor Bosch, como he dicho, no me asusta la batalla y a este bufete tampoco. También tenemos contactos muy poderosos a nuestra disposición. Nos gusta decir que podemos hacer cualquier cosa. Cualquier cosa.

—Bueno, si esto funciona, hay unas cuantas personas más de las que me gustaría ocuparme.

—¿Quién era su anterior abogado?

—Un tipo llamado Michael Haller. Trabaja solo. La gente lo llama Mickey.

—Creo que es el de la película, trabaja en su coche.

—Sí, bueno, desde que se hizo famoso ya no se ocupa de casos complicados. Este no lo quiere.

—¿Y le dijo que viniera a verme?

—Sí, así es.

—No lo conozco. ¿Le dijo por qué me recomendó?

—La verdad es que no. Solo que usted podría enfrentarse al Departamento.

—Bueno, muy amable por su parte. Puedo enfrentarme al Departamento. Quiero todos los informes que usted y el señor Haller tengan sobre el arbitraje de la pensión. Y cualquier cosa relacionada con la cuestión médica.

—Ni un...

De repente, un ave impactó contra el cristal a la derecha de Manley. El abogado se sobresaltó. Bosch vio al ave aturdida (parecía un cuervo) caer y perderse de vista. Había leído un artículo en el *Times* que decía que las torres de Bunker Hill eran imanes para los pájaros. Se levantó y se acercó al cristal. Miró a la plaza de la estación superior del funicular de Angels Flight. Ni rastro del ave.

Manley se unió a él en la ventana.

—Es la tercera vez este año —dijo.

—¿En serio? —preguntó Bosch—. ¿Por qué no hacen algo al respecto?

—No puedo. El espejo está en el lado exterior del cristal.

Manley regresó a su asiento detrás del escritorio y Bosch volvió al sillón.

—¿Cuál es el nombre del doctor que lo lleva? —preguntó Manley.

—Gandle —dijo Bosch—. Es oncólogo en el Cedars.

—Tendrá que llamar a su consulta y pedirles que me entreguen los documentos relacionados con el caso.

—No hay problema. Una cosa de la que no hemos hablado es su minuta. Cobro la pensión y nada más.

—Bueno, hay dos formas de hacer esto. Puede pagarme por horas. Mi minuta es de cuatrocientos cincuenta por hora facturable. O podemos trabajar con una tarifa prorrateada. No paga nada y el bufete se lleva un porcentaje del dinero concedido o negociado. El porcentaje empezaría en el treinta y cuanto más dinero se recupere, más baja.

—Probablemente elegiría el porcentaje.

—Está bien, en ese caso, llevaría el caso al consejo de dirección y discutiríamos los méritos para decidir si lo aceptamos.

—¿Y cuánto tarda eso?

—Un día o dos. El consejo se reúne martes y jueves.

—De acuerdo.

—Con lo que me ha dicho, no creo que haya problema. Y puedo asegurarle que somos el bufete adecuado para representarlo. Haremos todo y más por servirle y encargarnos de su caso con éxito. Se lo garantizo.

—Es bueno saberlo.

Bosch se levantó y lo mismo hizo Manley.

—Cuanto antes me entregue los archivos, antes tomará una decisión el consejo —le dijo—. Y entonces empezaremos con esto.

—Gracias —contestó Bosch—. Lo reúno todo y estamos en contacto.

Se dirigió a la salida solo, pasando junto a las puertas cerradas de los despachos de Mitchell y Michaelson y preguntándose si había conseguido algo con Manley. Un detalle en el que se había fijado era que no había nada de naturaleza personal en su oficina: ni fotos de familia ni de él mismo estrechándole la mano a gente famosa. Bosch habría pensado que era una oficina prestada si Manley no hubiera mencionado que la colisión del ave era la tercera del año.

Una vez fuera, Bosch se quedó en la plaza, donde los oficinistas estaban sentados a las mesas desayunando tarde o almorzando temprano en diversas tiendas y restaurantes de la planta baja. Revisó el perímetro del edificio y no vio el ave caída. Se preguntó si de alguna forma había sobrevivido y había remontado el vuelo antes del impacto o si el edificio contaba con un equipo de mantenimiento que actuaba con rapidez y limpiaba los restos cada vez que un ave se golpeaba contra el edificio y caía en la plaza.

Bosch cruzó hasta el funicular de Angels Flight, compró un billete y bajó en los vagones antiguos hasta Hill Street, que traquetearon durante el trayecto. Recordó que había trabajado un caso años atrás en el que asesinaron a dos personas en ese minifunicular. Cruzó Hill Street y entró en el Grand Central Market, donde pidió un sándwich de pollo de Wexler's Deli.

Se llevó el sándwich y una botella de agua a la zona de asientos y encontró una mesa. Mientras comía, le envió un mensaje a su hija, pues sabía que tenía más posibilidades de que le respondiera que si la llamaba. Hablar de ella y la demanda con Manley le había recordado que deseaba verla. Pasar las noches de sábado observando su casa en secreto no bastaba. Necesitaba verla y oír su voz.

«Mads, tengo que ir a Norwalk para sacar un registro por un caso. Está a medio camino. ¿Quieres tomar café o comer?»

Ballard había llamado a Bosch el domingo desde Ventura, donde estaba visitando a su abuela, que la había criado durante la mayor parte de sus años de adolescencia. La actualización sobre el caso Hilton era que había ido a ver a una fiscal que estaba dispuesta a presentar cargos contra Elvin Kidd. Había una lista de elementos del caso que Selma Robinson quería abarcar para apuntalarlo por todos lados. Entre ellos estaba el certificado de nacimiento de Hilton. Robinson no quería sorpresas ni que faltaran piezas del rompecabezas que pensaba llevar a juicio.

Bosch no esperaba que su hija le respondiera con rapidez. Nunca lo hacía. A pesar de que era inseparable de su teléfono y por lo tanto recibía puntualmente sus mensajes –incluso si estaba en clase–, siempre parecía reflexionar a fondo sobre lo que le decía su padre antes de responder.

Pero esta vez no fue así. Maddie le contestó antes de que se terminara el sándwich: «Puede ser. Pero tengo clase de 7 a 9. ¿Va bien si cenamos temprano?».

Bosch le envió un mensaje que decía que cualquier momento era bueno y que se dirigiría al sur después de comer, se ocuparía de sus asuntos en Norwalk y luego iría a una cafetería cerca de la Universidad de Chapman y estaría listo en cuanto ella lo estuviera.

En respuesta, recibió el emoticono del pulgar hacia arriba.

Bosch tiró la basura en una papelera y se llevó la botella de agua al coche.

39

Bosch bajó los escalones del edificio del registro del condado en Norwalk mirando al suelo y tan perdido en sus pensamientos que pasó junto a la horda de personas que agitaban formularios de solicitud u ofrecían ayuda de traducción sin siquiera fijarse en ellos. Continuó hasta el aparcamiento y hacia su Jeep.

Sacó el móvil para llamar a Ballard, pero este sonó en su mano antes de que tuviera ocasión de hacerlo.

–¿Sabes qué? –dijo ella a modo de saludo.

–Qué –repuso Bosch.

–La Oficina del Fiscal acaba de acusar a Elvin Kidd de asesinato y conspiración para cometer asesinato. ¡Lo hemos conseguido, Harry!

–Más bien tú. ¿Ya lo habéis detenido?

–No, probablemente mañana. Está todo preparado. ¿Quieres formar parte de ello?

–No creo que deba. Podría complicar las cosas, no tengo placa. Pero no vas a ir sola, ¿no?

–No, Harry, no soy tan imprudente. Voy a ver si el SWAT puede prestarme algunos hombres. También tengo que llamar al Departamento de Policía de Rialto, porque es su territorio.

–Buen plan.

–¿Tú dónde estás?

–De camino a ver a mi hija. Vuelvo esta noche.

–¿Alguna posibilidad de que pases por Norwalk? Todavía no he recibido nada de Sacramento y está en la lista de seguimiento de Selma. Necesitamos el certificado
de nacimiento de Hilton.

Bosch sacó los documentos del bolsillo interior de la
chaqueta y los desplegó en la consola central.

–Acabo de salir del registro. He tenido que mostrar
mi placa de San Fernando para conseguir acceso. Seguí a
Hilton a través de su madre. Su apellido de soltera era
Charles, pero nunca se casó antes de casarse con el padrastro.

–Donald Hilton.

–Exacto.

–Entonces fue madre soltera.

–Sí. Así que he buscado documentos a su nombre y
he encontrado un certificado de nacimiento que coincidía con la fecha de nacimiento del carnet de conducir de
John Hilton. Era él. Y el nombre del padre es John Jack
Thompson.

Ballard tuvo una reacción retrasada.

–¡Cielo santo! –dijo por fin.

–Sí –dijo Bosch–. Cielo santo.

–Oh, Dios mío, esto significa que no hizo nada por resolver el asesinato de su propio hijo. Robó el expediente
para que nadie más pudiera trabajarlo y tampoco lo trabajó él. ¿Cómo pudo hacer eso?

Los dos se quedaron un buen rato en silencio. Bosch
regresó a los pensamientos que lo preocuparon al salir
del registro civil: el puñetazo en el estómago que había
sido saber que su mentor había actuado de un modo tan
poco ético y había puesto el orgullo por delante de encontrar justicia para su propio hijo.

–Esto explica lo de Hunter y Talis –dijo Ballard–. Lo
descubrieron y dejaron el caso para salvar a Thompson

de verse avergonzado en público en el Departamento por saberse que su hijo era drogadicto, expresidiario o un gay enamorado de un pandillero negro, tú eliges.

Bosch no respondió. Ballard lo había clavado. La única cosa que había omitido era la posibilidad de que las acciones de Thompson hubieran sido un intento de proteger a su esposa de ese conocimiento. También pensó en lo que Thompson le había contado en aquella ocasión respecto a no traer a un niño al mundo. Le hizo preguntarse si había sabido algo de Hilton antes de su muerte o solo después de que Hunter y Talis le llevaran la noticia.

—Voy a volver a llamar a Talis —dijo Ballard—. Voy a decirle que sé lo que hicieron su compañero y él. A ver qué tiene que decir.

—Sé lo que te va a decir —respondió Bosch—. Dirá que era una época diferente y que la víctima no contaba. No iban a arruinar el matrimonio o la reputación de John Jack exponiéndole todo eso al mundo.

—Sí, bueno, me importa una mierda. No hay ninguna razón válida para esto.

—No, no la hay. Solo ten cuidado si vas a ver a Talis de nuevo.

—¿Por qué? No me digas que sigues con esa mierda de la vieja escuela.

—No. Solo pienso en el caso. Selma Robinson podría tener que llamarlo a declarar. No querrás convertirlo en un testigo hostil a la acusación.

—Claro. No había pensado en eso. Y siento la broma de la vieja escuela, Harry. Sé que no eres así.

—Vale. —Los dos se quedaron en silencio un buen rato antes de que Bosch hablara—: Entonces, ¿quién crees que editó el informe en el expediente del caso? —preguntó—. ¿Y por qué?

–Talis nunca lo va a reconocer –dijo Ballard–. Pero mi intuición es que interrogaron a la madre y al padrastro de Hilton, les dijeron que el padre biológico era Thompson y lo pusieron en el informe. Se lo contaron a Thompson y él les pidió que borraran toda mención de eso en el expediente. Ya sabes, cortesía profesional, de cabrón a cabrón.

Bosch pensó que era una valoración dura, pese a que sentía que lo que John Jack le había hecho a su propio hijo era imperdonable.

–O estuvo en el expediente todo el tiempo y Thompson lo tachó cuando lo robó –añadió Ballard–. Tal vez se lo llevó por eso. Para asegurarse de eliminar o tachar cualquier mención a la identidad del padre biológico.

–Entonces, ¿por qué no tirar la carpeta o destruirla? –preguntó Bosch–. Así no habría habido ninguna posibilidad de que nada de esto saliera a la luz.

–Eso nunca lo sabremos. Se llevó ese secreto a la tumba.

–Espero que quedara en él suficiente alma de detective y pensara que alguien recibiría el expediente cuando él no estuviera y estudiaría el caso.

–Ese serías tú. –Bosch se quedó en silencio–. ¿Sabes qué me pregunto? Si Thompson llegó a saber del chico antes del asesinato. Tienes una madre soltera. ¿Se lo contó? ¿O solo desapareció, tuvo el niño y puso el nombre de Thompson en la partida de nacimiento? Tal vez Thompson nunca lo supo hasta que Talis y Hunter recibieron el caso y le preguntaron por ello.

–Es una posibilidad –dijo Bosch.

Siguió más silencio; ambos detectives contemplaron desde distintos ángulos esa parte del caso. Bosch sabía que siempre había preguntas sin respuesta en cada asesinato y en cada investigación. Los ingenuos los llamaban cabos sueltos, pero nunca lo eran. A Bosch se le quedaban atados, le apretaban y en ocasiones lo despertaban por la noche. Pero nunca estaban sueltos y jamás se libraría de ellos.

–Vale, tengo que irme –dijo por fin Bosch–. Mi hija solo tiene libre hasta las siete y tengo que llegar allí.

–Vale, Harry –dijo Ballard–. Olvidé preguntarte una cosa: ¿fuiste allí el sábado por la noche?

–Sí. No pasó nada.

–Supongo que eso es bueno.

–Sí. Bueno, cuéntame cómo va mañana con Kidd. ¿Crees que hablará?

–No lo sé. ¿Tú?

–Creo que es uno de esos tipos que renunciará a un abogado, pero luego no dirá nada de valor y tratará de saber qué tienes contra él.

–Probablemente. Estaré lista para eso.

–Y no te olvides de su mujer. O bien lo sabe todo, o no sabe nada, y en cualquier caso podrías sacar algo bueno de ella.

–Lo recordaré.

–Una vez tuve un caso en el que detuve al tipo en un ciento ochenta y siete y en el preliminar el juez lo retuvo, pero dijo que las pruebas eran tan poco sólidas que iba a dejarlo salir bajo fianza hasta el juicio. Así que el tío paga la fianza y empieza a hacer todo lo que puede para retrasar el juicio: despide a abogados a diestro y siniestro y cada nuevo abogado le pide al juez más tiempo de preparación. Y así hasta el infinito.

–Disfruta de tu libertad todo lo que puedas.

–Exacto. Quiero decir, ¿por qué no si estás libre bajo fianza? Así que disfrutar de su libertad incluye a una mujer, casarse con ella y aparentemente no contárselo nunca: «Oh, por cierto, nena, algún día, finalmente, tendré un juicio por asesinato». Así que…

–¡No! ¿Estás de broma?

–No, es lo que hizo. Lo descubrí después. Así que por fin, tras cuatro años de retrasos, el juez se harta, dice que no hay más y el hombre finalmente va a juicio. Pero siguió bajo fianza y tenía un empleo de traje y corbata, era agente inmobiliario o algo por el estilo. Así que cada día se ponía el traje y la corbata en casa y le decía a su mujer que iba a trabajar, pero adonde realmente iba era a su propio juicio por asesinato; lo mantenía en secreto. Esperaba conseguir un veredicto de inocencia y que ella no lo supiera nunca.

–¿Qué pasó?

–Culpable. Revocaron la fianza en el acto y se lo llevaron al calabozo. ¿Te imaginas? Recibes una llamada a cobro revertido desde la prisión del condado y te dicen: «Cielo, no voy a ir a cenar. Acaban de condenarme por asesinato». –Ballard se echó a reír–. Los hombres son arteros.

–No –dijo ella–, todo el mundo lo es.

–Pero siempre he lamentado no haberme enterado de que la mujer no sabía nada. Porque creo que podría haberlo usado. Hablar con ella, informarla, tal vez ponerla de mi lado, y quién sabe qué habría ocurrido. Es una historia graciosa, pero siempre pensé que debería haberlo sabido.

–Vale, Harry, lo recordaré. Conduce con cuidado y saluda a tu hija.

–Lo haré. Buena caza mañana.

Bosch volvió a la autovía 5 y continuó hacia el sur. La diversión de la historia que le había contado a Ballard se apagó y enseguida pensó en John Jack Thompson, en lo que había hecho y en sus posibles motivos. Lo sentía como una traición. El hombre que había sido su mentor, que le insufló la convicción de que cada caso merecía lo mejor de él, que o todo el mundo contaba o no contaba nadie, ese hombre había hecho desaparecer un caso que implicaba a sangre de su sangre.

La única gracia salvadora del momento era que iba a ver a su propia hija. Tanto si tenía cinco minutos con ella como si tenía cincuenta, sabía que ella lo sacaría de la oscuridad, y saldría renovado y capaz de seguir adelante.

Bosch llegó a la Old Towne de Orange a las 16:15 y pasó dos veces por el Circle antes de encontrar un sitio para aparcar. Entró en el Urth y pidió un café. Le envió un mensaje a Maddie con su ubicación y le dijo que podían verse allí o en cualquier otro sitio que ella quisiera. Maddie le respondió con otro mensaje en el que le decía que le diría algo en cuanto terminara la reunión que estaba teniendo con otros estudiantes en relación con un proyecto conjunto de psicología.

Bosch se había llevado el portátil consigo, así como una carpeta que contenía todos los informes del expediente del caso Montgomery referidos a la fugaz vida de la tangente relacionada con Clayton Manley. Trató de escapar de sus pensamientos sobre John Jack Thompson aprovechando el wifi de la cafetería para buscar artículos del caso que implicaba a Dominick Butino. Encontró tres del *Times* y los leyó para refrescar la memoria.

La primera noticia era sobre su detención en Hollywood por agresión y lesión incapacitante después de que atacara a un hombre en la parte trasera de un furgón de cáterin estacionado frente a un estudio independiente de Lillian Street. La policía en ese momento dijo que el hombre que conducía el vehículo, que proporcionaba comida a los equipos de cine y televisión, le debía dinero a Butino porque había financiado la compra del camión. El artículo decía que el hombre fue agredido con un bate de béisbol y que Butino se enfureció dentro del vehículo y destruyó con él varios utensilios de cocina. La víctima, identificada como Angel Hopkins, se encontraba en estado crítico pero estable en el Centro Médico Cedars Sinai, con una fractura de cráneo, un tímpano perforado y un brazo roto.

Según la noticia, fue detenido cuando un agente de policía fuera de servicio que brindaba seguridad en el estudio de Lillian fue al furgón a comprar café y encontró al sospechoso junto a la puerta trasera del vehículo, limpiando la sangre del bate de béisbol con un delantal. Se encontró a Hopkins inconsciente en el suelo de la cocina del furgón.

El segundo artículo era una nota de seguimiento publicada al día siguiente que identificaba a Butino, oriundo de Las Vegas, como presunto miembro de una familia del crimen organizado con sede en Chicago, Outfit. El redactor también decía que Butino era conocido como Batman en los círculos del crimen organizado debido a su brutalidad con el bate de béisbol negro que llevaba cuando iba a recaudar dinero de las operaciones de préstamo de Outfit.

El tercer artículo se publicó tres meses después y explicaba que la Oficina del Fiscal había retirado todos los cargos contra Butino durante el juicio, porque Angel Hopkins se negó a testificar contra él. El fiscal les explicó a los periodistas que, a pesar de que el agente que apareció en la escena estaba dispuesto a contar su parte de la historia, el caso no podía avanzar sin que la víctima les contara a los miembros del jurado lo que había ocurrido, quién lo hizo y por qué. Su abogado, William Michaelson, se citaba en el artículo diciendo que todo se debía a un malentendido y a una identificación equivocada de su cliente. Michaelson alabó el sistema de justicia por dar una resolución justa a un caso que había ocasionado a su cliente una publicidad y una tensión injustificadas.

Era evidente para Bosch que Hopkins había sido intimidado o sobornado por Batman o sus colegas, tal vez incluso por sus abogados.

Bosch vio unas pocas menciones más de Butino en Google, siempre relacionadas con actividades en Las Vegas. Un artículo era sobre una donación de campaña que había hecho a un candidato a alcalde y que este había devuelto por el historial de Butino. El artículo citaba al candidato diciendo: «No quiero dinero de Batman».

Otro artículo solo mencionaba la presencia del mafioso en la primera fila de un combate de boxeo en el MGM Grand.

El más reciente trataba de una investigación federal contra las prácticas corruptas de una empresa de Las Vegas que proporcionaba ropa de cama a varios hoteles con casino del Strip. Butino aparecía mencionado como propietario minoritario de la empresa de ropa de cama y lavandería.

A continuación, Bosch pasó al sitio web del Colegio de Abogados de California y buscó el nombre de William Michaelson para ver si habían tomado acciones disciplinarias contra él. Solo encontró una: cuatro años antes, Michaelson fue censurado en un caso donde se reunió con una cliente potencial en una disputa contractual. La mujer después se quejó al Colegio de que Michaelson escuchó su versión de la disputa durante cuarenta minutos antes de decir que no estaba interesado en el caso. Después, la mujer descubrió que ya estaba contratado por la persona a la que ella pretendía demandar y que se había reunido con ella para conseguir información interna sobre el oponente.

Era un movimiento artero y, aunque el Colegio no fue muy severo con él, le decía a Bosch mucho sobre su carácter y su ética. Michaelson era socio principal del bufete. ¿Qué decía eso de otros socios y asociados que trabajaban para él? ¿Y de Manley, que estaba en el despacho de al lado?

—Eh, pa.

Bosch levantó la mirada cuando su hija se sentó en la silla frente a él. Se le encendieron los ojos. Sintió que el dolor de lo que había descubierto sobre John Jack Thompson y todo lo demás se desvanecía.

40

Maddie dejó la mochila a sus pies, debajo de la mesa.

–¿Te va bien aquí? –preguntó Bosch–. Pensaba que ibas a mandarme un mensaje.

–Sí, pero me encanta este sitio –dijo Maddie–. Normalmente cuesta conseguir mesa.

–Debo de haber llegado en el momento justo.

–¿En qué estás trabajando?

Bosch cerró el portátil.

–Estaba buscando a un abogado en la web del colegio profesional de California –dijo–. Quería saber si alguien lo ha demandado.

–¿El tío Mickey? –preguntó Maddie.

–No, no es él. Otro tipo.

–¿Estás trabajando en un caso?

–Sí. En realidad, en dos. Uno con Renée Ballard, que, por cierto, te manda saludos, y otro por mi cuenta.

–Pa, se supone que estás retirado.

–Ya lo sé, pero quiero seguir en marcha.

–¿Cómo tienes la rodilla?

–Está bastante bien. Hoy he salido sin el bastón. Todo el día.

–¿Al médico le parece bien?

–Él no quería que lo usara. Es un tío duro. ¿Cómo va la facultad?

–Aburrida. Pero ¿has oído la gran noticia? Pillaron al tipo ese el sábado por la noche.

–¿Al pervertido?

–Sí, entró en la casa que no debía. Está en la web del *Orange County Register*. Lo mismo, una casa con chicas. Se coló, pero no sabía que estaba el novio de una de ellas. Lo pilló en la casa, le pegó una paliza y luego llamó a la policía.

–¿Y es culpable de los otros dos?

–La policía no nos ha llamado, pero le dijeron al *Register* que harían pruebas de ADN para ver si estaba relacionado. Lo que sí dijeron es que el *modus operandi* era el mismo. «*Modus operandi*», me encanta decir esa expresión.

Bosch asintió.

–¿Sabes dónde estaba la casa? –le preguntó–. ¿Cerca de la vuestra?

–No, en el barrio del otro lado de la facultad.

–Bueno, fantástico, me alegro de que lo hayan pillado. Tus compañeras y tú deberíais poder dormir mejor ahora.

–Sí, seguro.

Bosch pensaba llamar a su contacto en el Departamento de Policía de Orange en su camino de vuelta a Los Ángeles para conseguir más información sobre la detención. Se sentía eufórico con la noticia y, si estaba actuando con cautela, era porque no quería que su hija supiera lo inquietante que había sido la situación para él. Decidió pasar a otro tema.

–Bueno, ¿de qué es el proyecto de psicología que has estado haciendo?

–Ah, solo una tontería sobre cómo las redes sociales influyen en la gente. Nada revolucionarlo. Tenemos que preparar una encuesta y luego buscar a gente en el campus para que la haga. Diez preguntas sobre FOMO.

–¿Qué es eso?

–¿En serio, papá? –dijo Maddie–. *Fear of missing out,* el miedo a perderse algo; eso genera angustia.

–Entendido. Bueno, ¿quieres comer o tomar algo? Se pide en la barra. Yo guardo la mesa. –Buscó algo de dinero en el bolsillo.

–Pago con mi tarjeta –dijo Maddie–. ¿Quieres alguna cosa?

–¿Vas a comer? –preguntó Bosch.

–Voy a pillar algo.

–Entonces pídeme un sándwich de pollo si hay. Y otro café. Solo. Deja que te dé dinero.

–No, tengo.

Maddie se levantó y se dirigió a la barra. A Bosch no dejaba de hacerle gracia que su hija siempre quisiera pagar, aunque en realidad la factura de la tarjeta de crédito la recibía él.

Vio que a su hija la atendía un joven que seguramente era estudiante también. Ella sonrió y el chico también, y empezó a pensar que ya se conocían.

Maddie volvió a la mesa con dos cafés, uno con nata.

–¿Tienes que estudiar esta noche? –preguntó Bosch.

–La verdad es que no –dijo Maddie–. Tengo clase de siete a nueve y luego unos cuantos iremos al D.

Bosch sabía que el D era un bar llamado District, que gustaba a los estudiantes de más de veintiún años, Maddie entre ellos. El recordatorio de eso suscitó la siguiente pregunta de Bosch:

–Entonces, ¿qué piensas hacer? Después de graduarte.

–No te va a gustar, pero quiero estudiar Derecho.

–¿Por qué no iba a gustarme?

–Sé que quieres que sea policía. Además, significa más tiempo en la facultad y ya te has gastado un montón de dinero mandándome aquí.

—No, ¿cuántas veces hemos hablado de esto? Quiero que hagas lo que quieras hacer. De hecho, la ley es más segura y ganas más dinero. Derecho es genial, y no te preocupes por el dinero. Lo tengo cubierto. Y no me he gastado una fortuna enviándote aquí. Tus becas cubrieron la mayor parte. Así que es al revés. Me has ahorrado dinero.

—¿Y si termino como el tío Mickey, defendiendo a los condenados, como te gusta decir?

Bosch bebió un poco de café como táctica para demorar su respuesta.

—Eso sería decisión tuya —dijo después de dejar la taza—. Pero espero que al menos consideres también la otra cara. Podría ayudarte si quieres hablar con gente de la Oficina del Fiscal.

—Tal vez un día podríamos formar equipo. Tú los capturas y yo los cocino.

—Eso suena a pescar.

—Hablando de pesca, ¿has venido a ver si muerdo el anzuelo?

Bosch tomó más café antes de responder. Tuvo otro momento para pensar cuando el chico atractivo de la barra les entregó la comida y Maddie le dio exageradamente las gracias. Él miró el plato de su hija. Parecía que todo el mundo comía tostada de aguacate últimamente. Qué espantoso.

—¿Eso es la cena? —preguntó.

—Un tentempié —dijo Maddie—. Cenaré en el D. El chico de la barbacoa de la terraza hace los mejores perritos vegetarianos del mundo. Probablemente es lo que más echaré de menos de aquí.

—Entonces, si haces Derecho, ¿no será aquí?

—Quiero volver a Los Ángeles. El tío Mickey fue a Southwestern. Creo que podría entrar. Es un buen vivero para la oficina de la defensa pública.

Antes de que Bosch pudiera reaccionar a eso, el camarero guapo volvió a la mesa y le preguntó a Maddie si le había gustado la tostada. Ella le contestó con entusiasmo y el chico volvió al otro lado de la barra. No se había molestado en preguntarle a Bosch qué tal estaba su sándwich.

–¿Conoces a ese chico? –le preguntó.

–Fuimos juntos a una asignatura el año pasado –dijo Maddie–. Es guapo.

–Creo que él piensa lo mismo de ti.

–Y yo creo que tú estás cambiando de tema.

–¿Es que no venía a estar un rato con mi hija, tomarme un café, comerme un sándwich y aprender palabras nuevas, como FOMO?

–No es una palabra, es un acrónimo: F-O-M-O. ¿Qué pasa, papá?

–Vale, vale. Quería contarte algo. No es gran cosa, pero tú siempre te enfadas cuando crees que te oculto cosas a propósito.

–¿Y cuál es la noticia? ¿Vas a casarte o algo?

–No, no me voy a casar.

–¿Entonces qué?

–¿Recuerdas que me hacía radiografías de tórax por ese caso en el que encontré material radiactivo?

–Sí, y luego dejaste de ir cuando te dijeron que estabas sano.

La preocupación estaba abriéndose paso en la mirada de Maddie. Bosch la quería por eso.

–Bueno, ahora tengo una forma leve de leucemia que es muy tratable y están en ello, y solo te lo cuento porque sé que me habrías gritado si lo hubieras descubierto después.

Maddie no respondió. Miró su café y movió los ojos adelante y atrás, como si estuviera leyendo instrucciones sobre qué decir y cómo actuar.

–No es grave, Mads. De hecho, solo me tengo que tomar una pastilla por la mañana.

–¿Tienes que hacer quimio y todo eso?

–No, en serio. Solo una pastilla. Eso es la quimio. Dicen que con tomar eso estaré bien. Quería contártelo, porque tu tío Mickey me va a defender y va a tratar de sacar dinero. Me ocurrió cuando estaba en el trabajo y no quiero perder todo lo que he ahorrado para ti por eso. El caso es que me dijo que podría salir en las noticias, y eso es lo que quería evitar: que leyeras algo en Internet y luego te cabrearas conmigo por no contártelo. Pero todo está bien, en serio.

Maddie se estiró sobre la mesa y puso una mano encima de la de su padre.

–Papá.

Él giró la mano para poder sujetarle los dedos.

–Tienes que comerte tu tentempié –dijo él–. Sea lo que sea.

–Ya no tengo hambre.

Él tampoco. Odiaba asustarla.

–Me crees, ¿verdad? –preguntó–. Esto es como una formalidad. Quería que te enteraras por mí.

–Deberían pagarte. Mucho.

Bosch se rio.

–Yo creo que tú deberías estudiar Derecho –contestó él.

Maddie no le vio la gracia. Mantuvo la mirada baja.

–Eh, si no tienes ganas de comer, nos lo llevamos y luego vamos al sitio de los helados artesanos que te gusta.

–Papá, no soy una niña pequeña. No puedes arreglarlo todo con helado.

–Vale, lección aprendida. Debería haberme callado y esperar que nunca lo descubrieras.

–No, no es eso. Tengo derecho a sentirme así. Te quiero.

–Y yo a ti, y eso es lo que estoy tratando de decir: no me voy a morir pronto. Voy a enviarte a la Facultad de Derecho y luego me sentaré en el fondo de las salas y miraré cómo condenas a los malos. –Esperó una reacción, una sonrisa o una mueca, pero no recibió nada–. Por favor –añadió–, no nos preocupemos más por eso. ¿Vale?

–Vale –dijo Maddie–. Vamos a por ese helado.

–Bien, vamos. –Hizo una seña al chico guapo y le pidió una caja para llevar.

Una hora más tarde, Bosch había dejado a su hija en su coche y se dirigió al norte por la autovía 5 hacia Los Ángeles. Había sufrido dos reveses en un día: John Jack Thompson había inyectado dolor e incertidumbre en su vida y luego él le había hecho lo mismo a su hija. Se sentía como una especie de criminal.

El resumen era que todavía lo estaba pasando mal con Thompson. Bosch tenía casi setenta años y había visto algunas de las peores cosas que las personas pueden hacerse unas a otras, sin embargo, algo ocurrido décadas antes de que él lo supiera lo había dejado temblando. Se preguntó si era un efecto secundario de las pastillas que se tomaba cada mañana. El doctor le había advertido que podían producirle cambios de humor.

Y encima se dio cuenta de que estaba experimentando FOMO: quería estar presente cuando Ballard detuviera a Elvin Kidd por el asesinato del hijo de John Jack Thompson; no por ver la detención en sí, pues nunca había disfrutado particularmente de ponerles las esposas a los asesinos, pero quería estar allí por el hijo, por la víctima. Al propio padre de John Hilton aparentemente no le importaba quién lo había matado, pero a Bosch sí y quería estar presente. O contaba todo el mundo o no contaba nadie. Tal vez fueran meras palabras para Thompson, pero no para Bosch.

Ballard

41

Ballard tenía los auriculares puestos y estaba escuchando la lista de reproducción que se había preparado para ponerse las pilas. Estaba apretada entre dos agentes fornidos de Operaciones Especiales en la parte de atrás de un SUV negro. Eran las siete de la mañana y circulaban por la autovía 10 en dirección a Rialto para detener a Elvin Kidd.

Dos SUV y nueve agentes, además de otro que ya estaba en un PO (puesto de observación) fuera de la casa de Kidd en Rialto. El plan era detenerlo cuando saliera para ir a trabajar. Entrar en la residencia de un exmiembro de una banda nunca era un buen plan; esperarían a que se fuera. Según el último informe del hombre en el PO, la furgoneta del sospechoso y el remolque de material estaban en el sendero de entrada. No se había informado de ningún movimiento o luz dentro de la casa.

El plan de detención lo había aprobado el teniente de Operaciones Especiales que iba en el primer SUV. El papel de Ballard era el de observadora primero y agente de detención después. Intervendría una vez que Kidd estuviera bajo custodia y le leería sus derechos.

En el segundo SUV, los hombres habían mantenido una conversación como si Ballard no estuviera. El diálogo se entrecruzó delante de ella sin que ni siquiera le preguntaran qué opinaba o de dónde venía. Era solo un parloteo nervioso y Ballard sabía que cada cual tenía formas diferentes de prepararse para la batalla. Ella se puso los auriculares y escuchó Muse, Black Pumas, Death Cab y otros; canciones dispares que le ponían las pilas y le permitían mantener la energía.

Vio que el conductor hablaba por la radio y se quitó los auriculares.

–¿Qué pasa, Griffin? –preguntó.

–Luces en la casa –dijo él.

–¿A qué distancia estamos?

–Tiempo estimado de llegada, veinte minutos.

–Tenemos que darnos prisa. Este tipo podría estar listo para abrirse. ¿Podemos ir en código tres en la autovía?

Griffin le comunicó la solicitud por radio al teniente González, que iba en el primer SUV, y al momento se estaban dirigiendo hacia Rialto bajo luces y sirenas a ciento cincuenta kilómetros por hora.

Ballard se puso los auriculares y escuchó las palabras propulsoras y el ritmo de *Dig Down*, de Muse:

Debemos encontrar una manera.
Hemos entrado en la refriega.

Doce minutos más tarde, estaban en el punto de encuentro, a tres manzanas de la casa de Kidd, con un par de agentes de patrulla de Rialto invitados por razones de cortesía y procedimiento. González y el otro SUV se encontraban en posición a una manzana de distancia, al otro lado de la vivienda del sospechoso. Estaban esperando a que el PO les avisara de la salida de Kidd antes de hacer ningún movimiento. Ballard se había quitado los auriculares definitivamente en medio de *Dark Side*, de Bishop Briggs. Lista para actuar. Se colocó un auricular conectado a su radio y sintonizó el canal símplex que estaba usando el equipo.

Al cabo de tres minutos, recibieron el aviso del PO. Ballard no sabía si el agente estaba en un vehículo, en un árbol o en el tejado de una casa vecina, pero informó de que un hombre negro que coincidía con la descripción de Elvin Kidd se hallaba fuera de la casa, metiendo una caja de herramientas en la parte de atrás del remolque de material. Se estaba preparando para irse.

El siguiente mensaje de radio situó a Kidd con la llave en la mano en la puerta de la furgoneta. Ballard oyó entonces la voz de González ordenándoles a todos que actuaran. El SUV en el que estaba ella arrancó de repente y se golpeó la espalda contra el asiento. Los neumáticos chirriaron cuando el vehículo hizo un giro a la derecha y luego tomó tanta velocidad como adrenalina había en su torrente sanguíneo. El otro SUV también se movió. A través del parabrisas, Ballard lo vio llegar a la escena primero y aparcar bloqueando la salida del sendero a la furgoneta. Solo un segundo después, el otro SUV aparcó en el jardín delantero, bloqueando la otra vía de escape potencial.

Se oyeron muchos gritos cargados de adrenalina cuando el equipo de Operaciones Especiales bajó de los vehículos con el arma desenfundada y apuntó al hombre de la furgoneta, que no se lo esperaba.

—¡Policía! ¡Muestre las manos! ¡Muestre las manos!

Como se había planeado y según lo ordenado por González, Ballard se quedó en el vehículo, esperando la confirmación de que Kidd había sido neutralizado y todo estaba despejado. Sin embargo, ni siquiera volviéndose de lado tenía una visión clara de la cabina de la furgoneta a través de la puerta abierta del SUV. Sabía que era el momento en el que cualquier cosa podía ocurrir. Un movimiento repentino o furtivo, un sonido o incluso un chirrido de la radio podía desencadenar una andanada de disparos. Decidió no esperar al aviso de González; ya había protestado desde el principio por el hecho de quedarse atrás. Bajó del SUV por el lado seguro. Sacó su arma y rodeó el vehículo por detrás. Llevaba el chaleco antibalas puesto.

Rodeó el SUV hasta que tuvo un buen ángulo de visión de la parte delantera de la furgoneta. Vio a Kidd dentro, con las palmas de las manos en el volante y los dedos levantados. Parecía que se estaba rindiendo.

La algarabía de voces dio paso a la de González, que le ordenó a Kidd que se bajara de la furgoneta y caminara de espaldas hacia los agentes. Ballard tuvo la sensación de que pasaban minutos, pero fueron solo unos segundos. Dos agentes agarraron a Kidd, lo tiraron al suelo y lo esposaron. Luego lo levantaron, lo apoyaron sobre el capó de la furgoneta y lo cachearon.

—¿Qué coño es esto? —protestó Kidd—. ¿Venís a mi casa y me hacéis esto?

Ballard oyó su nombre en el auricular de la radio, el aviso de que era seguro moverse y hablar con él. Enfundó el arma y caminó hasta la furgoneta. Le sorprendió el tono de su propia voz, la adrenalina le había tensado las cuerdas vocales; al menos a ella le sonó como la de un niño.

—Elvin Kidd, está detenido por asesinato y conspiración para cometer un asesinato. Tiene derecho a permanecer en silencio. Cualquier cosa que diga podrá ser utilizada en su contra ante un tribunal. Tiene derecho a un abogado. Si no puede costeárselo, se le asignará uno de oficio. ¿Entiende los derechos que acabo de recitarle?

Kidd volvió la cabeza para mirarla.

—¿Asesinato? —dijo—. ¿A quién he asesinado?

—¿Entiende sus derechos, señor Kidd? —repuso Ballard—. No hablaré hasta que responda.

—Sí, sí, entiendo mis putos derechos. ¿A quién decís que he matado?

—A John Hilton. ¿Lo recuerda?

—No sé de qué coño estás hablando.

Ballard había previsto esa negación. También había anticipado que ese podía ser su único momento de confrontar a Kidd. Casi con toda seguridad, el sospechoso pediría un abogado y ella nunca volvería a acercársele. Además, pronto la sacarían del caso por todas las acciones no autorizadas que saldrían a la luz con la detención. No era un buen lugar para hacer lo que estaba a punto de hacer, pero era entonces o nunca. Sacó su minigrabadora del bolsillo de atrás y pulsó el botón de reproducir. La grabación de la escucha entre Kidd y Marcel Dupree estaba preparada en un momento concreto. Kidd oyó su propia voz en el dispositivo.

«Un trabajo del pasado. Un blanquito que debía demasiada pasta.»

Ballard apagó la grabación y estudió la reacción de Kidd. Percibió los engranajes girando y luego deteniéndose en la llamada telefónica de Dupree. Se dio cuenta de que Kidd sabía que acababa de experimentar sus últimos momentos de libertad.

—Ahora vamos a llevarlo a Los Ángeles —dijo Ballard—. Y tendrá una oportunidad de hablar conmigo si…

La interrumpió una voz en el oído. El hombre del puesto de observación.

—Alguien está saliendo. Mujer negra, bata blanca. Lleva… Creo… ¡Arma! ¡Arma!

Todos reaccionaron. Se sacaron el arma y los tipos de Operaciones Especiales se volvieron hacia la fachada de la casa. A través del espacio estrecho entre los dos SUV negros, Ballard vio a la mujer en el camino de piedra que conducía de la puerta principal al sendero de entrada. Llevaba una bata que le quedaba grande –probablemente de su marido– y eso le había permitido ocultar una pistola en la manga. La estaba mostrando mientras gritaba.

–¡No os lo podéis llevar!

Su ojos se posaron en Ballard, un objetivo claro en el espacio entre los dos SUV y la furgoneta; tenía en la mano la grabadora en lugar de la pistola.

Vio que la mujer levantaba el brazo, casi a cámara lenta. Pero de pronto el movimiento se detuvo, con la pistola todavía hacia abajo. Entonces su cabeza explotó en una lluvia de sangre y tejido antes de que Ballard oyera siquiera el disparo desde la distancia. Sabía que había venido del PO.

La mujer se derrumbó después de que se le doblaran las rodillas y cayó de espaldas en el sendero de piedra, que probablemente era obra de su propio marido.

Los agentes corrieron para hacerse con la pistola y comprobar si estaba muerta. Ballard instintivamente también dio un paso en esa dirección y entonces se acordó de Kidd. Se volvió hacia él, pero se había ido.

Se apresuró hacia la calle y lo vio corriendo, con las manos todavía esposadas a la espalda. Fue tras él, gritando a los otros.

–¡Está huyendo!

Kidd era rápido, teniendo en cuenta su edad, que llevaba botas de seguridad y corría con los brazos a la espalda. Pero Ballard lo atrapó antes del final de la manzana y pudo agarrar la cadena que unía las esposas para obligarlo a detenerse.

Esta vez sacó la pistola y la mantuvo al lado del muslo.

–¿La habéis matado? –dijo Kidd sin aliento–. ¿La habéis matado, hijos de puta?

Ballard estaba sin aliento. Trató de tomar aire antes de responder. Sentía sudor en la nuca y el cuero cabelludo. Uno de los SUV estaba avanzando por la calle hacia ellos. Sabía que se iban a llevar a Kidd y que esos serían sus últimos momentos con él.

–Si la hemos matado es por tu culpa, Elvin –le dijo–. Todo es culpa tuya.

42

La muerte de Cynthia Kidd había provocado la salida del «vehículo de incidentes graves», una caravana de diez metros rehabilitada como un puesto de mando móvil y centro de interrogatorios. El VIC estaba aparcado a dos puertas de la casa de Kidd. La calle permanecía acordonada a ambos extremos de la manzana y ya había miembros de los medios montando guardia lo más cerca posible. La investigación física y forense continuó en la casa mientras todos los agentes implicados en el incidente de la mañana fueron interrogados por detectives de la División de Investigación del Uso de la Fuerza, la DIUF, en la segunda sala del VIC, que llamaban «la Caja» por sus dimensiones perfectamente cuadradas.

Los detectives de la DIUF interrogaron a los agentes de Operaciones Especiales uno por uno sobre el problema con la detención y Ballard fue la última de la lista. Cada agente tenía un representante de defensa del sindicato a su lado, porque todos sabían que el resultado de la investigación del disparo podía determinar su carrera. En el aire pesaba un silencio desalentador. Un equipo altamente preparado del SWAT había matado a la mujer de un sospechoso bajo arresto. Era un fallo táctico colosal. Además, la muerta era negra y eso inevitablemente provocaría un enorme escrutinio y protestas por parte del público. Inevitablemente conduciría a rumores de que la víctima iba desarmada y simplemente la ejecutaron. La verdadera historia –por mala que ya fuera de por sí– se retorcería hasta ajustarla a las necesidades de aquellos con planes propios o motivos ocultos en el foro público. Todos en la escena lo sabían, y eso se convirtió en una cortina de terror que descendía sobre lo ocurrido en la calle residencial de Rialto.

Pasaron casi tres horas desde el disparo antes de que interrogaran a Ballard. La sesión con una detective de la DIUF llamada Kathryn Meloni duró veintiséis minutos y estuvo en gran medida centrada en la táctica que Ballard había usado durante la detención de Kidd y la que había observado usar al equipo. La representante de la defensa de Ballard, Teresa Hohman, había sido su compañera de promoción en la academia. Entonces las dos competían en todas las pruebas físicas por ser la mejor recluta, pero después siempre se tomaban unas cervezas y se echaban unas risas en el club de la academia. Era ese vínculo lo que había instado a Ballard a pedirla como representante.

Hasta los minutos finales del interrogatorio, creyó que no había dado ninguna respuesta que pudiera volverse contra ella o el equipo de Operaciones Especiales en términos de errores o tácticas desacertadas. Entonces Meloni le lanzó una pregunta trampa:

–¿En qué momento escuchó que el teniente González u otro ordenara que alguien vigilara o custodiara la puerta de la casa?

Ballard tardó varios segundos en componer su respuesta. Hohman le susurró en el oído que no había una contestación buena, pero que tenía que responder.

–Había mucho griterío –dijo finalmente Ballard–, le gritaban a Elvin Kidd, que estaba en la furgoneta. Yo me estaba concentrando en él y en mi papel en la detención, así que no oí esa orden en particular cuando se dio.

–¿Me está diciendo que hubo una orden y simplemente no la oyó? –preguntó Meloni–. ¿O es que no se dio ninguna orden?

Ballard negó con la cabeza.

–No puedo responder eso de una forma ni de otra –dijo ella–. Estaba completamente concentrada en lo que estaba haciendo y en lo que tenía que hacer. Así nos preparan. Seguí mi formación.

–Volviendo ahora a la reunión de planificación previa a la operación –dijo Meloni–, ¿le contó al teniente González que el sospechoso estaba casado?

–Sí.

–¿Le dijo a él o a otros miembros del equipo que era probable que la mujer estuviera en la casa?

–Creo que, al efectuar la detención tan temprano, todos sabíamos que podía pasar que estuviera en la escena. En la casa.

–Gracias, detective. Es todo por ahora. –Meloni se estiró para apagar la grabadora, pero entonces se detuvo y se volvió hacia Ballard–: Una cosa más. ¿Cree que la muerte de la señora Kidd quizá haya servido para salvarle la vida a varios agentes?

Esta vez Ballard no dudo:

–Desde luego que sí –dijo–. Quiero decir, todos llevábamos chaleco y esos tipos tenían casco y demás, así que nunca se sabe. Pero yo estaba en campo abierto delante de la furgoneta y podría haberme disparado. Luego, por un momento, ella dudó y recibió el disparo.

–¿Cree que dudó porque no pretendía usar el arma? –preguntó Meloni.

–No, no fue eso. Iba a disparar. Lo sentí. Pero dudó porque yo estaba entre ella y su marido, hasta que él echó a correr. Creo que ella pensó que si disparaba y fallaba, podía darle a él. Fue entonces cuando dudó.

Entonces le dispararon a ella y tal vez eso me salvó la vida.

—Gracias, detective Ballard.

—De nada.

—Si no le importa quedarse en la sala, su capitán quiere entrar y hablar con usted.

—¿Mi capitán?

—El capitán Olivas. Estaba trabajando este caso para él, ¿no?

—Ah, sí, es correcto. Lo siento, sigo un poco nerviosa.

—Es comprensible. Lo haré pasar.

Ballard estaba sorprendida de que Olivas estuviera en la escena. Estaban a más de una hora de la ciudad y ella no se había imaginado para nada que se implicaría en la investigación de la DIUF. Sus pensamientos se aceleraron y empezó a sentir pánico al darse cuenta de que a Olivas debían de haberlo informado de la investigación que había conducido hasta Elvin Kidd. Sabía lo que ella había hecho.

—Me ha dicho que quiere hablar contigo a solas —dijo Hohman—, ¿está bien?

Teresa y ella habían quedado a tomar cervezas de vez en cuando, aunque sus caminos en el Departamento eran muy diferentes. Ballard le había contado previamente a Hohman su historia con Olivas.

—O puedo quedarme —añadió.

—No —dijo Ballard—. No hace falta. Dile que entre.

La verdad era que no quería un testigo de lo que podría salir a relucir u ocurrir a continuación, incluso si ese testigo era su propia amiga y representante de defensa.

Cuando salió Teresa, Olivas subió al VIC, cruzó la primera sala y entró en la Caja. Tomó asiento enfrente de Ballard sin decir ni una palabra y la miró un momento antes de hablar.

—Sé lo que has hecho.

—¿Qué he hecho? –dijo Ballard.

—Conseguiste mi firma para la orden de escucha.

Ballard sabía que no serviría de nada negar la verdad. Ese no era el movimiento correcto.

—¿Y?

—Y estoy dispuesto a dejarlo pasar.

—¿Por qué?

—Porque me falta un año para retirarme. No necesito otra lucha contigo ahora mismo, esto es otra medalla en el pecho. Hemos detenido a un asesino, hemos resuelto un caso de hace treinta y un años.

—¿«Hemos»?

—Así lo vamos a jugar. Los dos ganamos. Tú conservas tu placa y yo quedo bien. ¿Qué es lo que no te gusta de eso?

—Supongo que la mujer a la que le han volado la cabeza podría decirte qué no le gusta.

—La gente hace cosas estúpidas en situaciones de estrés. No habrá consecuencias por la mujer de un pandillero. Internamente, al menos. Habrá protestas de Black Lives Matter y todo eso. Pero internamente ella no importa en esta ecuación. Es un daño colateral. Lo que estoy diciendo, Ballard, es que puedo hacerte caer por esto. Quitarte la placa. Pero no voy a hacerlo. Voy a darte el mérito. Y tú me lo vas a dar a mí.

Ballard sabía lo que estaba ocurriendo. El personal de mando del Departamento era conocido por cuidar de los suyos. Olivas estaba buscando un ascenso más antes de entregar la placa.

—¿Quiere ser subdirector? –dijo Ballard–. Salir con una pensión de subdirector, una perita en dulce. Añade un empleo en seguridad corporativa y estará montado en el dólar, ¿eh? A vivir en la playa.

Las pensiones municipales estaban basadas en el salario en el momento de la jubilación. En el Departamento existía una larga ristra de ascensos entre los mandos justo antes de la jubilación y los contribuyentes tenían que pagar la factura. Había también una ristra de degradaciones entre las bases que reducían pensiones y pagos. Ballard recordó la batalla jurídica en la que se vio implicado Harry Bosch después de su jubilación. No conocía todos los detalles, pero sabía que el Departamento había tratado de joderlo.

—Eso es cosa mía —dijo Olivas—. Lo único que necesitamos ahora es acordar un plan de acción.

—¿Cómo sé que no acabará intentando joderme? —dijo Ballard.

—Supuse que me lo preguntarías. Así que esto es lo que haremos: una vez que se calmen las cosas aquí, volvemos a Los Ángeles y damos una conferencia de prensa (tú y yo) y contamos la historia. Es tu seguro de vida. Una vez que sea público, sería malo para mí darme la vuelta y hacer algo contra ti antes de irme. ¿Entendido?

A Ballard la idea de formar parte de una conferencia de prensa con su opresor y némesis se le antojó repulsiva.

—Pasaré de la conferencia de prensa —contestó—. Pero compartiré el mérito con usted y conservaré mi placa. Y no necesito un seguro de vida. Si intenta volverse contra mí en algún momento antes de retirarse, le contaré a todo el mundo este trato asqueroso y saldrá como teniente en lugar de como subdirector. ¿Entendido?

Ballard cogió el teléfono que tenía sobre el muslo. Lo levantó y lo puso en la mesa. La aplicación para grabar estaba abierta en la pantalla. El tiempo transcurrido en el archivo que se estaba grabando era de treinta y un minutos.

–Regla número uno –prosiguió–. Si Asuntos Internos o la DIUF graba un interrogatorio contigo, tú también lo grabas. Para estar a salvo. Digamos que se me ha olvidado apagarlo.

Ballard observó que la piel en torno a los ojos de Olivas se tensaba mientras la sangre le hervía de rabia.

–Calma, capitán –dijo–. Nos hace quedar mal a los dos. No puedo hacerle daño sin que usted me lo haga a mí. Esa es la cuestión, ¿ve?

–Ballard –repuso Olivas–, siempre supe que había algo que me gustaba además de tu físico. Eres una zorra artera y eso me gusta. Siempre me ha gustado.

Ella sabía que el capitán pensaba que las palabras le harían daño y la distraerían. Olivas intentó arrebatarle el teléfono, pero estaba preparada y lo cogió de la mesa. La mano de él le rozó la suya. Se levantó de golpe y la silla se cayó hacia atrás, contra la pared de aluminio.

–¿Quiere luchar conmigo por el móvil? –preguntó ella–. Me he puesto fuerte después de lo que me hizo. Tenga cuidado.

Olivas permaneció sentado. Levantó las manos con las palmas hacia fuera.

–Tranquila, Ballard –dijo él–. Tranquila. Esto es una locura. Me parece bien lo dicho. El trato.

Se abrió la puerta del VIC y Teresa Hohman miró en el interior, atraída por el resonar de la silla contra la fina pared del vehículo.

–¿Todo bien aquí? –preguntó.

–Todo bien –respondió Olivas.

Hohman miró a Ballard, porque no iba a creer a Olivas. Ella asintió y solo entonces Hohman dio un paso atrás y cerró la puerta.

Ballard miró otra vez a Olivas y le preguntó:

–¿Entonces tenemos un trato?

–He dicho que sí –dijo el capitán.

Ballard apagó la aplicación para grabar y se guardó el móvil en el bolsillo.

–Salvo que ahora quiero algo más –dijo–. Un par de cosas, en realidad.

–Joder –dijo Olivas–. ¿El qué?

–Si Elvin Kidd decide hablar, yo hago el interrogatorio.

–No hay problema, pero no va a ceder nunca. Eso haría que lo mataran dentro. He oído que ya ha mandado a tomar viento a los de la DIUF cuando han tratado de interrogarlo sobre la muerte de su propia mujer. Nada de interrogatorios. Quiere un abogado.

–Solo estoy diciendo que es mi caso, mi interrogatorio…, si lo hay.

–Bien. ¿Cuál es la otra cosa?

–El caso del incendio. Vuelva a incluirme.

–Es que no puedo…

–Fue un crimen nocturno, necesita un detective del turno de noche. Es lo que dice y hace usted. Dígale al resto del equipo del caso que hay una reunión mañana a las ocho para ponerme al día.

–Vale, bien. Pero sigue llevándolo Robos y Homicidios y mis hombres lo dirigen.

–Bien. Entonces creo que hemos terminado.

–Y quiero el resumen del informe de esto en mi escritorio antes de la reunión.

–Sin problema.

Ballard se volvió hacia la puerta y Olivas le habló mientras estaba saliendo:

–Ándate con ojo, Ballard.

Ella lo miró. Era una amenaza impotente. Le sonrió sin el menor rastro de humor.

–Usted también, capitán –dijo ella.

43

Ballard necesitó la mayor parte de su turno después de la reunión de esa noche para escribir el informe final del caso Hilton. Tenía que ser completo, pero también estar redactado de tal forma que abordara tres frentes. Primero, mantener a salvo a Harry Bosch. Segundo, incluir a Olivas de un modo que resultara aceptable en cuanto a línea de mando y protocolo. Y tercero, en realidad, el más difícil: había dejado en la inopia a su supervisor directo, el teniente McAdams, durante toda la investigación. Decir en el informe que había estado trabajando bajo la dirección del capitán Olivas cubría muchas cosas, pero no reducía el daño de sus acciones en su relación con McAdams. Ballard sabía que iba a tener que sentarse con él tarde o temprano y tratar de poner paños calientes. No iba a ser una conversación agradable.

Solo se concedió un descanso del ordenador para cambiar de enfoque y relajar la vista. Cogió su coche de servicio y fue al puesto de tacos para comprar comida para llevar.

Rigoberto estaba otra vez trabajando solo, pero en ese momento al menos estaba ocupado con una cola de noctámbulos –tres mujeres y dos hombres jóvenes– recién salidos de un club que había cerrado a las cuatro de la mañana. Ballard esperó su turno y escuchó la charla insípida sobre la escena que acababan de dejar. Pensó que ojalá quedaran langostinos frescos cuando le tocara.

Uno de los hombres se fijó en la placa que asomaba por la chaqueta desde el cinturón de Ballard y la charla pasó a ser en susurros. Enseguida, por consenso de grupo, dejaron pasar a la detective, porque ella evidentemente estaba trabajando y ellos no sabían qué pedir. Ella aceptó la amable oferta y pidió tacos de langostinos; estuvo respondiendo las típicas preguntas que le hizo el grupo mientras esperaba a que Rigoberto le preparara su pedido.

—¿Está en un caso o algo? —preguntó una de las mujeres.

—Siempre —dijo Ballard—. Trabajo en la sesión nocturna, así es como llaman al turno de noche, porque siempre pasa algo en Hollywood.

—Guau, ¿en qué caso está ahora mismo?

—Eh, es de un hombre joven, de vuestra edad. Estaba en el lugar equivocado en el momento equivocado. Le dispararon en un callejón donde venden drogas.

—Lo mataron.

—Sí, lo mataron.

—¡Qué locura!

—Ocurren muchas cosas locas por aquí. Deberíais tener cuidado. Le pasan cosas malas a gente buena. Así que no os separéis y llegad a salvo a casa.

—Sí, agente.

—Detective.

Ballard se dirigió a comisaría con los tacos en una caja para llevar. Pasó junto a un hombre sin camisa y lleno de tatuajes esposado al banco en el pasillo de atrás. En su espacio de trabajo prestado, continuó redactando el informe mientras comía, con cuidado de que no cayeran migas en el teclado para no ganarse una queja del propietario de la mesa durante el turno de día. El envoltorio de papel de aluminio había mantenido todo caliente y los tacos de ceviche de langostinos no habían perdido su sabor.

Al amanecer, imprimió tres copias del informe: una para el teniente McAdams, que le dejó en su bandeja de entrada junto con una nota en la que le pedía una reunión privada; otra para ella, que se metió en la mochila; y la tercera para el capitán Olivas. Puso esta en una carpeta nueva y se dirigió por el aparcamiento hacia su coche.

Le sonó el teléfono casi en cuanto salió del aparcamiento de la División de Hollywood para dirigirse al centro. Era Bosch.

–¿Así que tengo que enterarme del caso Kidd por el *Times*?

–Lo siento. Fue una locura y luego no iba a despertarte en plena noche. Acabo de salir de comisaría y estaba a punto de llamarte.

–Seguro que sí.

–De verdad.

–Así que mataron a su mujer.

–Horrible. Lo sé. Pero era ella o nosotros. De verdad.

–¿Van a pagar por eso? ¿Y tú?

–No lo sé. La cagaron. Nadie estaba vigilando la puerta. Entonces ella salió y todo fue mal. Creo que yo estoy a salvo, porque iba de acompañante, pero esos tipos probablemente reciban una carta.

Bosch sabía que se refería a amonestaciones en su expediente personal.

–Al menos tú estás bien –declaró.

–Harry –dijo Ballard–, creo que estaba a punto de dispararme cuando la abatieron.

–Bueno, entonces tenían al hombre adecuado en el PO.

–Aun así. Nos miramos fijamente. Cuando ocurrió, me estaba mirando y yo a ella. Luego…

–No te fustigues. Ella tomó una decisión. Se equivocó. ¿Kidd va a hablar?

–Ha pedido un abogado y no va a hablar. Creo que piensa que puede demandar al Ayuntamiento por su mujer y conseguir suficiente dinero para un abogado de primera, tal vez tu amigo Haller.

–Lo dudo. Ya no acepta casos de asesinato voluntariamente.

–Entendido.

–Entonces, ¿debería esperar una llamada por mi implicación en el caso Hilton?

–No lo creo. Acabo de terminar el informe y te he dejado al margen. Dije que la viuda encontró el expediente del caso después de la muerte de su marido y contactó con un amigo para que lo entregara. Tu nombre no está en el informe. No deberías de tener ningún problema.

–Es bueno saberlo.

Ballard tomó la rampa de salida de Sunset en la 101. La autovía estaba repleta y se avanzaba muy despacio.

–Se lo estoy llevando a Olivas ahora mismo –dijo ella–. Tengo una reunión en el EAP.

–¿Reunión sobre qué? –preguntó Bosch.

–El incendio-asesinato en el que trabajé la otra noche. He vuelto. Necesitan un detective del turno de noche que los ayude. Y soy yo.

–Da la impresión de que por fin están espabilando.

–Esperemos.

–Es de Olivas, ¿no? Uno de sus casos.

–Él es el capitán, sí, pero yo trabajaré con una pareja de detectives y los tipos de Incendios del Departamento de Bomberos. ¿Y tú? ¿Qué estás haciendo?

–Montgomery. Tengo algo en marcha. Veremos cómo... Ah, casi lo olvido, ese tipo en Orange. ¿Te conté lo de ese tipo que acosaba las casas donde estudiaban las chicas? Lo han pillado.

—¡Fantástico! ¿Cómo?

—Se metió en una casa el sábado por la noche, pero no sabía que uno de los novios se quedaba a dormir. Pilló al tipo, lo zurró un poco y luego llamó a la policía.

—Bien hecho.

—Anoche llamé a uno de los hombres de la Policía de Orange, al que avisé de que iba a vigilar la casa de Maddie. Dijo que el tipo tenía una cámara con una lente de infrarrojos. Había fotos de las chicas durmiendo en la cama.

—Joder. A ese tipo habría que encerrarlo y tirar la llave. Irá a más, ¿entiendes lo que digo?

—Y eso es un problema. No importa lo enrevesado que sea esto, ahora mismo lo tienen por robo de una vivienda ocupada. Eso hasta que llegue el ADN de los otros acosos. Pero entretanto su preocupación es que pague la fianza y desaparezca.

—Mierda. Bueno, ¿quién es? ¿Un estudiante?

—Sí, va a la universidad. Creen que seguía a las chicas desde el campus a su casa y luego volvía a hacerles fotos.

—Espero que le metan prisa al ADN.

—Lo han hecho. Y mi contacto me avisará si paga la fianza. La vista es esta mañana y tienen a un fiscal que va a pedirle al juez que solicite una fianza elevada.

—¿Tu hija sabía que ibas allí los sábados por la noche a vigilar su casa?

—No exactamente. Eso solo la habría preocupado más.

—Sí, lo entiendo.

Terminaron la conversación después de eso. Ballard salió de la autovía en Alvarado y tomó la calle Uno el resto del camino hacia el centro. Llegaba pronto a su reunión y temprano para la mayoría del personal en el EAP. Había plazas de aparcamiento para elegir en el garaje de debajo de la central de la policía.

Al final llegó a la División de Robos y Homicidios veinte minutos antes de la hora de la reunión organizada por Olivas. En lugar de meterse en la sala de brigada y tener que soportar charlar con gente que sabía que no estaba predispuesta a acogerla, caminó arriba y abajo por el pasillo exterior, mirando los carteles enmarcados que trazaban la historia de la división. Cuando trabajó para la División de Robos y Homicidios, nunca se tomó tiempo para hacerlo. La División se creó cincuenta años antes, después de que la investigación del asesinato de Robert Kennedy revelara la necesidad de un equipo de detectives de elite que se encargaran de los casos más complejos, serios y sensibles por aspectos políticos o mediáticos.

Ballard pasó junto a carteles que mostraban fotos y relatos de casos que iban desde los asesinatos de los Manson hasta los Estranguladores de la Colina, desde el Acosador Nocturno hasta el Durmiente Sombrío, casos que se hicieron famosos en todo el mundo y que ayudaron a cimentar la reputación del Departamento de Policía de Los Ángeles. Esos casos también dieron fama a la ciudad como un lugar donde podía pasar cualquier cosa, cualquier cosa mala.

Sin duda había un *esprit de corps* en cada caso asignado a Robos y Homicidios, pero Ballard, siendo mujer, nunca se sintió plenamente parte de ese espíritu, y eso siempre la había molestado. Ahora era un plus, porque no echaba de menos lo que nunca había tenido.

Oyó voces en la zona del ascensor y cuando miró por el pasillo vio a Nuccio y Spellman, los investigadores del Departamento de Bomberos, cruzando el pasillo hacia la puerta que daba acceso a Robos y Homicidios. También ellos llegaban temprano, a menos que Olivas les hubiera dado otra hora de inicio de la reunión.

Ballard cruzó otra puerta, que conducía al extremo opuesto de la sala de brigada. Enfiló el pasillo principal, pasando junto a más carteles históricos y algunos de cine, hasta que llegó a la unidad de Homicidios Especiales y la sala de operaciones. Entró, con la esperanza de que Nuccio y Spellman hubieran sido los primeros para poder hablar con ellos antes de que llegaran Olivas y sus hombres.

Pero no fue así. Llamó una vez y, en cuanto entró en la sala de operaciones, se encontró a los mismos cinco hombres que habían estado allí la última vez, sentados exactamente en la misma posición. Eso incluía a Olivas. Estaban en medio de una discusión, que cesó en el momento en que ella abrió la puerta. Como todo el mundo había llegado con al menos quince minutos de antelación, Ballard lo tomó como una confirmación de que Olivas les había dado a los hombres una hora de inicio anterior, tal vez para discutir qué hacer sobre su inclusión en el caso antes de que ella llegara. Supuso que eso básicamente significaba que iba a ordenarles a los otros investigadores que la mantuvieran a cierta distancia. Era algo que tendría que redireccionar ella.

—Ballard —dijo Olivas—, siéntate.

El capitán señaló una silla al extremo de la mesa rectangular. Eso la pondría frente a él, con los dos tipos del Departamento de Bomberos a su derecha y los dos tipos de Robos y Homicidios, Drucker y Ferlita, a su izquierda. En la mesa había un expediente de asesinato que contenía muy pocas páginas y algunas carpetas más, una de ellas más gruesa que la del expediente del caso.

—Justo estábamos hablando de ti y de cómo vamos a trabajar esto —anunció Olivas.

–¿En serio? –dijo Ballard–. Antes de que llegara, muy bonito. ¿Alguna conclusión?

–Bueno, para empezar, sabemos que te tenemos en Hollywood trabajando en la sesión nocturna, así que buscar testigos sigue siendo importante. Sé que hiciste un par de batidas allí ya, pero la gente en ese mundo viene y va. Estaría bien retomar esa línea.

–¿Algo más?

–Bueno, solo estábamos empezando.

–¿Podemos comenzar con una puesta al día de en qué punto de la investigación estamos? ¿Qué ocurrió con la botella que traje?

–Buena idea. Chatarrería, ¿por qué no nos haces un resumen?

Drucker pareció sorprendido de que la petición viniera de Olivas. Abrió una carpeta en la mesa delante de él y revisó algunas cosas, probablemente para ordenar sus ideas antes de hablar.

–Muy bien, sobre la botella –dijo–. La llevamos a Huellas, como sugeriste, y consiguieron una coincidencia de doce puntos con una huella del pulgar de la víctima, Edison Banks. Así que por ahí vamos bien. Salimos anoche para encontrar al recolector de cascos, para volver a interrogarlo y ver si había algo más que sacarle ahora que tenemos la confirmación de la botella. Por desgracia, no lo encontramos y...

–¿A qué hora estuvisteis allí? –preguntó Ballard.

–Hacia las ocho –respondió Drucker–. Lo estuvimos buscando una hora y no lo encontramos.

–No creo que vuelva a su tienda hasta más tarde –dijo ella–. Iré a verlo esta noche.

–Sería genial –contestó Drucker.

La conversación era incómoda, un reconocimiento de que los hombres estaban haciendo lo que deberían haber hecho desde el principio: traer a la experta en las horas oscuras de Hollywood.

–¿Había otras huellas en la botella? –preguntó Ballard.

Drucker pasó una página del informe que tenía delante.

–Sí –dijo–. Tenemos una huella de la palma. Coincide con una licencia de venta de alcohol que pertenece a Marko Linkov, que es el dueño de Mako's, donde creemos que se vendió la botella. Hablamos con él y miramos el vídeo que nos comentaste. Así que por esa parte estamos al día.

–Entonces, ¿era la mujer del vídeo? –dijo Ballard.

–Localizamos la matrícula, *one for you, two for me*, y resulta que la robaron de un Mercedes de la misma marca y modelo ese mismo día. Nuestra conclusión provisional es que la mujer compró la botella y se la dio a nuestra víctima. Si formaba parte del plan de matarlo, no lo sabemos. Hasta el momento no hemos podido identificarla.

–¿Qué pasa con el cajero automático? Sacó dinero de allí.

–Usó una tarjeta falsificada con un número legítimo y un PIN que pertenece a un hombre de setenta y dos años que reside en Las Vegas, Nevada.

–¿El cajero tiene cámara? ¿Conseguisteis una buena imagen de ella?

–Tú misma viste el vídeo de la tienda –dijo Ferlita–. Puso la mano sobre la cámara. Sabía dónde estaba.

–Ninguna imagen –añadió Drucker.

Ballard no respondió. Se recostó en la silla y consideró toda la información nueva. La complejidad de las acciones de la mujer misteriosa era muy sospechosa y planteó más preguntas.

–No lo entiendo –dijo ella por fin.

–¿El qué? –preguntó Olivas.

–Estoy suponiendo que esta mujer es la sospechosa –respondió ella–. Matrícula robada, tarjeta robada... Pero ¿por qué razón? ¿Por qué no compró la botella en otro sitio donde no iban a relacionarla nunca?

–¿Quién sabe? –dijo Nuccio.

–Es como que quería ser vista, pero no identificada –continuó Ballard–. Hay psicología ahí.

–A la mierda la psicología –dijo Drucker–. Lo que tenemos que hacer es encontrarla.

–Solo digo que tal vez nos ayude entenderla –dijo Ballard.

–Como quieras –dijo Drucker.

Ballard le dejó tener su momento antes de insistir.

–Bueno, ¿qué más?

–¿No basta con eso? –respondió Ferlita–. Hemos tenido el caso dos días y la mayor parte la hemos pasado poniéndonos al día contigo.

–Y no tendríamos lo que tenemos si no fuera por mí –dijo Ballard–. ¿Y la víctima y el caso de legitimación de la herencia? ¿Eso es una copia del expediente? –Señaló la carpeta gruesa que estaba en la mesa junto a Drucker.

–Sí –respondió él–. Lo hemos repasado un par de veces y no hay nada relacionado con esto. Es uno de esos casos donde tienes presentimientos, pero sin pruebas de nada.

–¿Me lo puedo llevar? –preguntó ella–. Lo leeré mientras estoy en el coche esta noche buscando al hombre de la botella. Así estaré tan al día como los demás.

Drucker se volvió hacia Olivas en busca de aprobación.

–Por supuesto –dijo–. Te haremos una copia. Adelante.

–¿Alguien ha hablado con la familia Banks? –preguntó Ballard.

–Vamos a ir hoy a San Diego a interrogar al hermano –contestó Drucker.

–¿Quieres venir? –preguntó Ferlita con tono de provocación.

–No –dijo Ballard–. Seguro que vosotros dos podéis ocuparos.

Bosch

44

Bosch pasó la mañana del miércoles recopilando archivos para una reunión de seguimiento programada con Clayton Manley. El abogado lo había llamado el día anterior y le había informado de que el comité de litigios del bufete había accedido a aceptar su caso a comisión. Bosch sacó todos los archivos que había guardado del caso del cesio desaparecido de una caja donde almacenaba documentos de las investigaciones más importantes de su carrera, la mayoría resueltos, pero otros no.

Cogió el móvil, hizo una llamada y dejó un mensaje para cancelar una sesión de fisioterapia para la rodilla que tenía programada por la mañana. Sabía que su terapeuta se lo haría pagar en la siguiente sesión. Ya sentía el dolor que le iba a causar.

Cuando el teléfono sonó dos minutos después, supuso que sería su terapeuta para decirle que le cobraría la sesión de todos modos porque la había cancelado el mismo día. Pero era Mickey Haller:

—Tu chico llamó, como dijiste que haría.

—¿Quién?

—Clayton Manley. Su dirección de correo es «clayman arroba michaelson and mitchell». Me pidió que le mandara el material de la pensión, porque va a ocuparse de tu caso de homicidio imprudente. ¿Así que le has dicho que te estás muriendo?

–Puede que sí. Entonces, ¿vas a cooperar? Me dejó un mensaje diciendo que quería reunirse hoy. Será por esto.

–Me dijiste que cooperase y eso estoy haciendo. No vas a dejarle que presente ninguna demanda, ¿no?

–No llegaré tan lejos. Solo estoy tratando de entrar en su despacho.

–¿Y no me vas a contar por qué?

Bosch oyó un pitido de llamada en espera. Miró la pantalla y vio que era Ballard.

–No necesitas saberlo todavía –le dijo a Haller–. Y tengo una llamada entrante que tengo que coger. Te contactaré por todo esto después.

–Muy bien, hermano…

Bosch pasó a la otra llamada. Parecía que Ballard estaba en un coche.

–Renée.

–Harry, ¿qué tienes en marcha hoy? Quiero hablarte de algo. Otro caso.

–Tengo una reunión en el centro a las once. Después tengo tiempo. ¿Vas a la playa ahora?

–Sí, voy a dormir unas horas y luego podemos encontrarnos, después de lo tuyo. ¿Qué tal para comer?

–Musso acaba de cumplir cien años.

–Perfecto. ¿A qué hora?

–A la una y media, por si lo mío se alarga. Así duermes más rato.

–Te veo allí.

Ballard colgó y Bosch volvió a trabajar en su propio caso, recopilando un dosier con mucho cuidado que le entregaría a Clayton Manley. Salió de casa a las diez y se dirigió a su cita en el centro, sabiendo por su llamada con él del día anterior que la partida con Michaelson & Mitchell estaba en marcha.

Bosch había reparado en cuatro cosas durante su anterior visita a Manley. Una era que en un bufete que tenía al menos dos plantas de abogados, su oficina, por alejada que pareciera estar, al fondo del pasillo, estaba a solo unas puertas de la oficina de los dos socios fundadores. Tenía que haber una razón, sobre todo a la luz del embarazoso encontronazo que había tenido Manley con el juez Montgomery. Esa clase de reprimenda y humillación públicas normalmente conllevaría que te ordenaran despejar tu escritorio y largarte antes de que acabara el día. En cambio, él mantuvo un puesto cerca de los dos dueños del bufete.

La segunda cosa en la que se había fijado era que aparentemente no tenía secretaria ni asistente personal, o al menos no estaba delante de su oficina. No había ningún empleado del bufete en ese pasillo. Harry suponía que las puertas junto a las que había pasado conducían a suites enormes, las oficinas de Mitchell y Michaelson, cada una con su propio conjunto de asistentes y secretarias custodiando la entrada al salón real. Debía de haber una razón por la cual Manley no tenía nada de eso, pero Bosch estaba más interesado en cómo eso podía afectar a sus planes para la reunión de las once.

Las últimas dos cosas que Bosch había notado durante su primera visita era que el despacho de Manley no parecía disponer ni de cuarto de baño privado ni de impresora. Su conclusión fue que recurría a algún otro lugar de las oficinas donde habría una impresora a disposición de los miembros de menor categoría del bufete.

Hasta que estuvo en la 101 en dirección sur no recordó que supuestamente tenía que llamar a Mickey Haller. Puso su teléfono móvil en altavoz para hacer la llamada. Su Jeep se había fabricado dos décadas antes de que se conociera el bluetooth.

—Bosch, ya era hora.

—Perdona que te haya cortado antes.

—No hay problema y no hacía falta que volvieras a llamar. Ya te he dicho lo que tenía que decirte.

—Bueno, quería saber algo. ¿Manley te preguntó por qué me lo recomendaste?

—La verdad es que sí.

—¿Y?

—Casi no te oigo, tío. Has de conseguir un coche en el que no se oiga ruido dentro y que tenga un sistema de sonido digital.

—Me lo pensaré. ¿Qué le contaste sobre la recomendación?

—Le dije que lo que querías estaba fuera de mi territorio habitual. También que pensaba que el juez Montgomery se había pasado de la raya con él. Que esa no era forma de avergonzar a un compañero abogado, fuera cual fuese la causa. Así que te envié allí porque parecía un caso que podría reportarle algo de atención positiva. ¿Está bien?

—Está perfecto.

—No sé exactamente qué pretendes, hermano, pero espero que no vayas a dejarme por ese tío. Porque la verdad es que le doy sopas con honda.

—Ya lo sé, «hermano», y no se trata de eso. Pronto volveremos a estar encarrilados. Tú confía en mí.

—Le mandé por mensajero el archivo del caso de la pensión. Asegúrate de que cuando termines lo recupero.

—Lo haré.

Veinte minutos más tarde, Bosch estaba en el sofá de ante de la sala de espera de Michaelson & Mitchell. Tenía una carpeta llena de documentos en el regazo. Había llegado pronto para poder tomarle otra vez la medida al lugar, familiarizarse con las caras de abogados y personal, ver quién subía o bajaba la escalera en espiral. Abrió el teléfono, buscó el número general del bufete y esperó.

Sonó un zumbido y el hombre joven de detrás del mostrador de recepción recibió una llamada. Bosch lo oyó decir:

—Yo lo acompañaré.

El recepcionista se quitó los cascos y empezó a rodear el mostrador. Bosch pulsó el botón de llamada.

—Lo acompaño —le dijo el joven—. ¿Quiere una botella de agua o algo?

—No, gracias —respondió él.

Bosch se levantó para seguirlo. Casi de inmediato se oyó el timbre del teléfono en el escritorio de recepción. El chico miró otra vez a su mesa, con expresión contrariada.

—Conozco el camino —dijo Bosch—. Puedo ir solo.

—Oh, gracias.

El joven corrió para alcanzar el teléfono y Bosch rodeó la escalera y se dirigió por el pasillo hacia la oficina de Clayton Manley. Sacó el teléfono y finalizó la llamada.

Las oficinas con el nombre en la puerta estaban todas en el lado izquierdo, es decir, en la parte del edificio con ventanas que daban a Bunker Hill. Había dos puertas sin marcar en el lado derecho del pasillo. Mientras se dirigía hacia la oficina de Manley, abrió ambas, pensando que, si sorprendía a alguien en alguna, podía simplemente decir que se había perdido. La primera puerta daba a una salita de descanso con una cafetera en una encimera y una mininevera con una puerta de cristal que dejaba ver botellas de agua y refrescos de marcas caras.

Pasó a la siguiente estancia y encontró una sala de suministros con una fotocopiadora enorme junto a una estantería con papel, sobres y carpetas. Había también una salida de emergencia.

Bosch enseguida entró y examinó la impresora. Hizo el movimiento más fácil para inhabilitarla: meter la mano por detrás y desconectar el cable. El ventilador y la pantalla digital se apagaron.

Volvió con rapidez al pasillo, caminó hasta la oficina de Manley y llamó una vez a la puerta educadamente antes de entrar. Estaba de pie detrás de su mesa.

—Señor Bosch, pase.

—Gracias. Le he traído los documentos que me pidió del caso de radiación.

—Siéntese. Envío este mensaje y listo. En realidad, es para el señor Haller, para darle las gracias por los documentos que me ha mandado en relación con el arbitraje de la pensión.

—Ah, bien. ¿Cómo lo ha tratado?

Manley tecleó unas palabras en la pantalla y pulsó el botón de enviar.

—¿El señor Haller? —preguntó—. Muy bien. Parecía complacido de ayudar. ¿Por qué? ¿Me he perdido alguna cosa?

—No, no, no sabía si se estaría arrepintiendo de delegar el caso.

—No lo creo. Parecía ansioso por ayudar y me mandó por mensajero todo el material. Déjeme ver lo que me ha traído. También tengo un contrato y la delegación de poderes para que los firme.

Bosch le pasó la carpeta por encima de la mesa. Tenía un par de centímetros de grosor, pues la había ampliado con informes no pertinentes del caso sobre la radiación de cesio años antes. Manley hizo una revisión somera del archivo y se detuvo en una ocasión para mirar uno de los documentos que aleatoriamente habían captado su atención.

—Este material es muy bueno —dijo por fin—. Será muy útil. Solo necesitamos formalizar nuestro acuerdo de que voy a representarlo a comisión y ya podremos empezar. Tendrá el poder y la fuerza de todo este bufete detrás. Vamos a demandar a esos cabrones. –Manley sonrió por su clisé final.

–Fantástico –dijo Bosch–. Eh…, puede llamarme paranoide, pero no quiero dejar este archivo aquí. Son las únicas pruebas que tengo de lo que me ocurrió. ¿Hay alguna posibilidad de que pueda hacer copias y que yo conserve los originales?

–No veo por qué no –dijo Manley sin dudarlo–. Deje que le dé el contrato para que lo lea y lo firme y yo iré a que me hagan copias de esto.

–Buena idea.

Manley buscó en su escritorio una carpeta fina. La abrió y le entregó a Bosch un contrato de tres páginas bajo el membrete de Michaelson & Mitchell. Luego sacó un bolígrafo de un soporte en su mesa y lo dejó delante de Bosch.

–Vuelvo enseguida –dijo Manley.

–Aquí estaré –repuso Bosch.

–¿Quiere algo? ¿Agua? ¿Un refresco? ¿Café?

–Ah, no, gracias.

Manley se levantó y salió de la oficina con la carpeta de Bosch. Dejó la puerta del despacho entreabierta. Él enseguida se levantó y se acercó a la puerta para observarlo dirigiéndose por el pasillo a la sala de fotocopias. Lo escuchó cargar la pila de documentos y luego maldecir al darse cuenta de que la máquina no funcionaba.

Ese era el momento. Bosch sabía que Manley o bien volvería a su oficina para informarle del problema con la fotocopiadora y llamaría a un asistente para que hiciera las copias, o se adentraría en el complejo de oficinas en busca de otra fotocopiadora.

Vio que salía al pasillo, con la cabeza baja, concentrado en los documentos que llevaba. Rápidamente volvió a su asiento delante del escritorio. Estaba leyendo el contrato cuando Manley se asomó desde la puerta.

—Tenemos un problema con la fotocopiadora de este lado —dijo—. Tardaré unos minutos más en hacer esto. ¿Está bien?

—No importa —dijo Bosch—. Estoy bien.

—¿Y no quiere tomar nada?

—No, gracias.

Bosch levantó el contrato como para decir que eso lo mantendría ocupado.

—Volveré pronto —dijo Manley.

Manley salió, y Bosch oyó sus pisadas por el pasillo. Se levantó enseguida, cerró la puerta de la oficina en silencio y volvió a la mesa, esta vez situándose detrás de esta, en la silla de Manley. Miró primero el reloj para llevar la cuenta de la ausencia de Manley, luego hizo una rápida revisión de lo que había encima del escritorio. Nada captó su atención, pero la pantalla del ordenador seguía activa.

Miró el escritorio y vio diversos documentos y carpetas, incluida una que decía MATERIAL DE BOSCH. La abrió y se encontró con que contenía notas de su primera sesión con Manley. Las leyó con rapidez y determinó que era un relato preciso de su conversación. Cerró la carpeta y leyó los nombres de otras. No vio nada que captara su atención.

Miró la hora e hizo rodar la silla hacia atrás para acceder más rápido a los archivadores con llave que había bajo la mesa, a ambos lados. Uno de ellos la tenía en la cerradura. Bosch la giró y abrió el cajón. Contenía carpetas de colores diferentes, que seguramente respondían a alguna codificación cromática. Pasó los dedos por las carpetas con etiquetas con nombres con M, pero no encontró ninguna sobre Montgomery.

Miró la hora. Manley ya llevaba dos minutos fuera. Sacó la llave del cajón y la usó para abrir el otro. Repitió el mismo procedimiento y esta vez encontró una carpeta con la etiqueta MONTGOMERY. La sacó con rapidez y ojeó el contenido. Era tan grande como la que él le había dado a Manley para que hiciera copias. Daba la impresión de que se trataba de documentos del desgraciado caso de difamación contra el juez: la operación de lavado de cara destinada al fracaso desde el principio.

Bosch se fijó en que había varios nombres, números y direcciones de correo electrónico escritos a mano en la solapa interior de la carpeta. Sin tiempo para pensar en lo que eso podía significar, sacó el móvil y tomó una foto de la solapa y del índice de la página opuesta. A continuación, la cerró y la guardó otra vez en el cajón. Lo cerró con llave y la devolvió a su posición original.

Miró la hora. Habían pasado tres minutos y medio. Bosch le había dado a Manley más de cien páginas para fotocopiar y había colocado en medio del paquete dos páginas grapadas que producirían un retraso si se atascaban en una fotocopiadora. Pero no podía contar con eso. Pensó que tenía dos minutos más a lo sumo.

Volvió al ordenador y abrió la cuenta de correo de Manley. Su mirada recorrió la lista de remitentes y luego las palabras en el campo «Asunto». No había nada de interés. Buscó mensajes con el nombre de Montgomery por asunto, pero no surgió ninguno.

Bosch cerró la página de correo electrónico y volvió a la pantalla inicial. En la aplicación Finder buscó otra vez el nombre de Montgomery y esta vez encontró una carpeta. La abrió y descubrió que contenía otras nueve. Miró la hora. No había forma de que pudiera arriesgarse a ojearlas. La mayoría simplemente tenían la etiqueta MONTGOMERY y una fecha. Todas las fechas eran anteriores a la de la demanda de difamación, de manera que Bosch interpretó que eran archivos preparatorios. Pero uno tenía un título diferente, simplemente decía TRANSFERENCIA.

Bosch lo abrió y solo contenía un número de trece dígitos, seguido por las iniciales G. C. y nada más. El misterio lo intrigó. Sacó una foto también.

Cuando cerró la carpeta, oyó el aviso del ordenador de un mensaje nuevo. Abrió la cuenta de correo de Manley y vio que la dirección incluía el nombre Michaelson y el asunto era «Tu "cliente" nuevo».

Bosch sabía que no tenía tiempo y que, si lo abría, este quedaría marcado como leído. Eso podía advertir a Manley de lo que había estado haciendo. Pero las comillas en la palabra «cliente» pudieron con él, así que lo abrió. Era del jefe de Manley, William Michaelson: «Eres un estúpido. Tu cliente está trabajando en el caso Montgomery. Detén toda actividad con él. Ya».

Bosch estaba anonadado. Sin pensarlo más de un segundo, lo borró. Fue a la papelera y lo borró también de ahí. Cerró el programa de correo, volvió a colocar la silla en su lugar y se acercó a la puerta para reabrirla. Justo tras abrirla un palmo, Manley llegó con la carpeta y las copias.

—¿Iba a alguna parte? —preguntó.

—Sí, a buscarlo —dijo Bosch.

—Lo siento, la máquina se ha atascado. He tardado más de lo que pensaba. Aquí tiene sus originales.

Le entregó a Bosch una pila de documentos y se quedó con las copias en la otra mano, luego se dirigió a su mesa.

—¿Ha firmado el contrato?

—Ahora iba a hacerlo.

—¿Todo en orden?

—Eso parece.

Bosch volvió al escritorio, pero no se sentó. Cogió el bolígrafo de la mesa y garabateó una firma en el contrato. No era su nombre, pero era difícil decir qué nombre era.

Manley rodeó la mesa y estaba a punto de sentarse.

—Siéntese —dijo.

—En realidad, tengo otra cita y he de irme —repuso Bosch—. Después de que mire todo ese material, ¿por qué no me llama y discutimos los pasos siguientes?

—Ah, pensaba que íbamos a disponer de más tiempo. Quería hablarle de traer un equipo de vídeo y repasar la historia con usted.

—¿Quiere decir por si muero antes de que vayamos a juicio?

—En realidad, es solo la última moda en negociaciones: que la víctima cuente su historia en lugar de que lo haga el abogado. Cuando tienes una buena historia, como es su caso, sirve de anticipo de lo que pueden esperarse en el juicio. Pero lo prepararemos para la próxima vez. Deje que lo acompañe.

—No se moleste —dijo Bosch—. Conozco el camino.

Al cabo de un momento, estaba recorriendo el pasillo. Al pasar junto al despacho que decía WILLIAM MICHAELSON en el cristal esmerilado, alguien abrió la puerta. Parecía tener unos sesenta años, con el cabello gris y la barriga de un hombre de negocios relajado y de éxito. Miró a Bosch al pasar y él le devolvió la mirada.

45

Musso & Frank Grill había sobrevivido más que ningún otro local de Hollywood y sus salas de techos altos todavía estaban repletas a la hora de comer y de cenar. Tenía esa elegancia clásica y un encanto que nunca cambiaba, así como un menú que también mantenía ese espíritu. La mayoría de sus camareros eran mayores, los martinis se servían helados y venían con un vaso de hielo adicional y su pan de masa madre era el mejor del sur de California.

Ballard ya estaba sentada en un reservado semicircular en la «sala nueva», que solo tenía setenta y cuatro años, en comparación con los cien de la «antigua». Tenía los documentos de una carpeta extendidos delante de ella y eso le recordó a Bosch a cuando revisó la carpeta de Montgomery. Este entró en el reservado desde la izquierda de Ballard.

—Hola.

—Eh, hola. Deja que despeje esto para hacerte sitio.

—No pasa nada. Está bien desplegar un caso para ver lo que tienes.

—Ya lo sé. Me encanta. Pero tendremos que comer tarde o temprano.

Ballard apiló los informes en forma de cruz para que las diferentes pilas que había hecho no se mezclaran. Después, puso todo a su lado en el banquito.

—Pensaba que querías hablarme de tu caso —dijo Bosch.

–Y quiero –contestó ella–. Pero vamos a comer primero. También quiero que me cuentes qué te tiene tan ocupado.

–Probablemente ya no. Creo que acabo de cagarla.

–¿Qué? ¿Qué quieres decir?

–Estoy con un tipo, un abogado de Bunker Hill, que creo que es posible que ordenara que liquidaran a Montgomery. Su coartada es demasiado perfecta y hay un par de cosas más que no encajan. Así que me hice pasar por cliente y fui a verlo, y lo han descubierto esta mañana. Su jefe. Así que adiós a esa vía.

–¿Qué vas a hacer ahora?

–Todavía no lo sé. Pero solo el hecho de que me hayan descubierto me hace pensar que estoy en el buen camino. Tengo que idear otra cosa.

Se acercó un camarero con chaquetilla roja. Dejó los platos de pan y mantequilla y les preguntó si estaban listos para pedir. Bosch no necesitaba mirar el menú y Ballard tenía uno delante.

–Ojalá fuera mañana –dijo él.

–¿Por qué? –preguntó Ballard.

–El jueves es el día del pastel de pollo.

–Oh.

–Tomaré lenguadinas y un té helado.

El camarero lo anotó y luego miró a Ballard.

–¿Son buenas las lenguadinas? –le preguntó a Bosch.

–La verdad es que no –dijo Bosch–. Por eso las he pedido.

Ballard se rio y pidió lo mismo; el camarero se alejó.

–¿Qué son? –preguntó Ballard.

–¿Me lo preguntas en serio? –dijo Bosch–. Es pescado. Pescadito rebozado y frito. Con un poco de limón por encima. Te va a gustar.

–¿Cuál es el móvil del abogado, en tu caso?

–Orgullo. Montgomery lo avergonzó en un juicio público, lo vetó en su tribunal por incompetencia. El *Times* se hizo eco y ahí empezó todo. El tipo demandó al juez con una querella absurda por difamación que rechazaron y volvió a salir en las noticias, lo cual solo empeoró su reputación. Era el hazmerreír de los tribunales.

–¿Y sigue en un bufete en Bunker Hill?

–Sí, se quedaron con él. Puede que sea pariente de alguien. Probablemente será el yerno de Michaelson o algo así. Lo tienen en una oficina, en un pasillo donde los peces gordos pueden vigilarlo.

–Espera un momento, ¿qué Michaelson?

–Es el que descubrió que yo estaba trabajando en el caso Montgomery. Cofundador del bufete. Michaelson & Mitchell.

–¡Joder!

–Sí, resulta que he visto un mensaje de correo donde le decía al sospechoso lo que yo tramaba.

–No me refiero a eso. Me refiero a esto.

Ballard volvió a poner los documentos en los que había estado trabajando encima de la mesa y empezó a separarlos de nuevo en pilas. Hojeó una de ellas hasta que encontró lo que estaba buscando y se lo pasó a Bosch. Era una moción legal con un sello de la fecha del tribunal. Él no estaba seguro de lo que tenía que ver hasta que Ballard tocó la parte superior de la página y vio el membrete del bufete: Michaelson & Mitchell.

–¿Qué es esto? –preguntó.

–Es mi caso –dijo Ballard–. El quemado de la otra noche. El forense lo identificó y resulta que había heredado una pequeña fortuna. Pero era un borracho sin techo y probablemente no lo sabía. Esto es una moción presentada por Michaelson & Mitchell el año pasado tratando de excluirlo del fondo familiar porque había estado desaparecido durante unos cinco años. Su hermano lo quería lejos del dinero y contrató a Michaelson & Mitchell para que se encargan.

Bosch leyó la primera página del documento grapado.

—Esto es de San Diego —dijo—. ¿Por qué iba a contratar el hermano un bufete de Los Ángeles?

—No lo sé —contestó Ballard—. Tal vez tienen una oficina aquí. Pero es el nombre de Michaelson el que está en el alegato. Está en todo el expediente que me ha dado Olivas.

—¿El hermano consiguió lo que quería?

—No, esa es la cuestión: no ganó. Y un año después, el hermano desaparecido muere quemado en su tienda con una estufa de queroseno manipulada.

Ballard pasó los siguientes diez minutos explicándole a Bosch el asesinato de Edison Banks Jr. Durante todo ese tiempo, él trató de digerir el hecho de que el bufete Michaelson & Mitchell estaba implicado en sus dos casos. No creía en las coincidencias, aunque sabía que ocurrían. Y ahí estaban dos detectives que trabajaban en casos diferentes y que acababan de encontrar un vínculo entre ellos. Si eso no era una coincidencia, no sabía cómo calificarlo.

Cuando Ballard terminó su resumen, Bosch se centró en un aspecto del caso que ella había mencionado.

—Esta mujer que compró la botella de vodka —dijo—, ¿no hay identificación de ella ni del coche?

—Hasta el momento no. La matrícula era robada y la tarjeta que usó en el cajero era falsa, robada en Las Vegas.

—Y ninguna foto.

—Nada claro. Tengo el vídeo de la tienda en el portátil, si quieres verlo.

—Sí.

Ballard lo sacó de la mochila y lo colocó en la mesa. Abrió el vídeo, empezó a reproducirlo y giró la pantalla para que él pudiera verla. Observó a la mujer que aparcaba el coche y entraba, usaba el cajero, compraba la botella de vodka y luego se iba. Bosch se fijó en una cinta métrica pintada en el marco de la puerta de la tienda. Con los tacones, la mujer medía más de un metro setenta y cinco.

Podía deducirse la altura, pero el rostro nunca se veía con claridad en el vídeo. Sin embargo, Bosch observó sus gestos y la forma en que caminaba cuando regresaba al Mercedes. Sabía que daba igual si iba disfrazada con una peluca o relleno en las caderas, porque la forma en que alguien camina normalmente es siempre la misma. La mujer tenía un paso corto que podría haber estado dictado por los tacones de aguja y los pantalones de cuero ajustados, pero había algo más.

Movió el cursor al botón de rebobinado y retrocedió el vídeo para poder ver a la mujer saliendo del Mercedes y entrando en la tienda. Su movimiento hacia la cámara le dio otro ángulo de sus andares.

—Tuerce un poco el pie —dijo Bosch—. El izquierdo.

—¿Qué? —preguntó Ballard.

Él rebobinó el vídeo otra vez y giró la pantalla hacia ella antes de pulsar «Play». Se inclinó para verla y narrar la historia.

—Mira su forma de andar —dijo—. Tuerce el pie izquierdo ligeramente hacia dentro. Se ve por la punta de los zapatos. Apunta hacia dentro.

—Como una paloma —añadió Ballard.

—Los médicos lo llaman torsión tibial interna. Mi hija la tenía, pero luego se corrigió. Aunque no a todo el mundo se le corrige. Esta mujer... la tiene solo en la izquierda. ¿Lo ves?

–Sí, apenas. Entonces, ¿qué significa? Tal vez la estaba simulando para engañar a detectives observadores como tú.

–No lo creo.

Bosch abrió su maletín y sacó el portátil. Mientras lo estaba arrancando, el camarero le trajo un té helado. Ballard siguió con agua.

–Vale, mira esto –dijo Bosch que abrió el vídeo de vigilancia de Grand Park y empezó a reproducirlo. Giró la pantalla hacia Ballard–. Es de la mañana que mataron al juez Montgomery. Aquí está él bajando los escalones de camino al tribunal. Observa a la mujer que va delante de él. Es Laurie Lee Wells.

Miraron un momento en silencio. La mujer iba vestida con blusa blanca y pantalón de vestir beis. Tenía el pelo rubio, constitución delgada e iba calzada con lo que parecían zapatos planos o sandalias.

Bosch continuó su narración:

–Los dos se meten detrás del edificio de los ascensores –siguió–. Ella primero y después él. Ella sale, pero él no. Lo apuñalaron tres veces. La mujer sigue caminando hacia el tribunal.

–Tuerce el pie –dijo Ballard–. Lo veo. El izquierdo.

El defecto fue más fácil de ver cuando la mujer se volvió y empezó a caminar directamente hacia el tribunal y la cámara.

–Una rubia y una morena –añadió Ballard–. ¿Crees que es la misma mujer?

–Los andares son iguales en los dos vídeos –dijo Bosch–. Sí, lo creo.

–¿Qué tenemos aquí?

–Bueno, tenemos dos casos diferentes con el mismo bufete implicado. Un bufete con un abogado que sentía rabia por el juez Montgomery. Un bufete que también representó al hermano resentido con Edison Banks, al menos desde un punto de vista legal. Además de eso, ha representado a una figura conocida del crimen organizado de Las Vegas, donde, por cierto, se robó el número de tarjeta de la mujer de negro.

–¿Quién?

–Un tipo llamado Dominick Butino, un matón conocido como Batman, pero no por su gusto por los cómics y los superhéroes. Y recuerda que Clayton Manley, el abogado al que el juez echó de la sala, sigue en el bufete. Lo tienen escondido bajo la mirada vigilante de los socios fundadores. Pero cuando tienes un abogado que la caga así y pone en evidencia a tu bufete, ¿qué haces normalmente?

–Cortar la relación.

–Exactamente. Deshacerte de él. Pero ellos no.

–¿Por qué?

–Porque sabe algo. Sabe algo que podría derrumbar la casa.

–Estás diciendo que este bufete ordenó esas muertes. Manley formaba parte de ello y no quieren que ande suelto –dijo Ballard.

–No tenemos pruebas de eso, pero sí, es exactamente lo que estoy pensando.

–Una sicario con la que probablemente contactaron a través de su clientela del crimen organizado.

–Sicaria.

–¿Qué?

–Una sicaria, no una sicario.

El camarero les trajo las lenguadinas y Bosch y Ballard no hablaron hasta que el hombre se alejó.

–¿Los detectives del caso Montgomery no localizaron a esa mujer? –preguntó Ballard–. Parece que lleva una placa de miembro de jurado.

–Fueron a la sala del jurado y hablaron con ella –repuso Bosch–. Dijo que no vio nada.

–¿Y la creyeron sin más?

–Ella les contó que llevaba auriculares e iba escuchando música. No oyó que atacaban al juez detrás de ella. La creyeron y lo dejaron ahí.

–Pero ¿no tendría que tener salpicaduras de sangre? Has dicho que al juez lo apuñalaron tres veces y ella llevaba una blusa blanca.

–Es lo que uno pensaría, pero esto lo hizo un profesional. A Montgomery lo apuñalaron tres veces debajo de la axila derecha. Tres heridas en el espacio que ocupa una moneda de medio dólar. La hoja cortó la arteria axilar, una de las tres principales del cuerpo. Es un lugar perfecto, porque el chorro de sangre arterial se contiene bajo el brazo. El asesino se va limpio y la víctima se desangra.

–¿Cómo sabes tanto de esto?

Bosch se encogió de hombros.

–Me entrenaron cuando estuve en el ejército.

–¿Quiero saber por qué?

–No.

–Entonces, ¿qué sabemos de esta sicaria?

–Que vamos a ir a buscarla.

46

El primer paso era descubrir si Laurie Lee Wells era Laurie Lee Wells. Bosch había sacado el informe de testigo de Wells de los archivos del caso y lo había compartido con Ballard. Lo había escrito Orlando Reyes, que se había ocupado del interrogatorio. Decía que había metido por rutina el nombre de Wells en la base de datos del NCIS, el Servicio de Investigación Criminal Naval, y no había encontrado ningún registro criminal. Eso era lo esperado; el condado de Los Ángeles no permitía que las personas con antecedentes penales formaran parte de un jurado. No había señal de ningún seguimiento en el informe.

Ballard y Bosch se dirigieron al valle de San Fernando en cuanto se terminaron sus lenguadinas. Con él al volante, ella buscó a Laurie Lee Wells en IMDb y otras bases de datos del mundo del espectáculo y determinó que había un actriz con ese nombre que había tenido un éxito limitado en apariciones como invitada en varios programas de televisión en los últimos años.

—¿Sabes que hay una serie en HBO sobre un sicario que quiere ser actor? —dijo Ballard.

—No tengo HBO —respondió Bosch.

—Yo lo veo en casa de mi abuela. El caso es que Laurie Lee Wells salía en la serie.

—¿Y?

–Pues que es raro. El programa es sobre un sicario que quiere ser actor. Es una comedia negra. Y aquí tenemos a una actriz que podría ser sicaria.

–Esto no es una comedia negra. Y dudo que la actriz Laurie Lee Wells sea la Laurie Lee Wells que estamos buscando. Una vez que confirmemos eso, tendremos que descubrir cómo y por qué nuestra sospechosa adoptó y utilizó su identidad.

–Recibido.

La actriz Laurie Lee Wells vivía en un bloque de apartamentos en Dickens Street, en Sherman Oaks. Era un edificio con medidas de seguridad, así que tuvieron que establecer el primer contacto a través del intercomunicador. Esa nunca era la mejor forma de hacerlo. Como Ballard tenía placa, se ocupó ella de la presentación. Wells estaba en casa y accedió a recibir a los dos investigadores. Pero luego tardó casi tres minutos en abrir la puerta y Bosch supuso que estaba haciendo limpieza: escondiendo o tirando por el inodoro sustancias ilegales.

Por fin sonó la puerta y entraron. Tomaron un ascensor al cuarto piso y se encontraron a una mujer esperando junto a una puerta abierta. Se parecía a la foto del carnet de conducir que habían conseguido antes, pero Bosch se dio cuenta de inmediato de que no era la mujer que había estudiado en los vídeos. Era demasiado baja. Apenas medía metro cincuenta; ni siquiera unos tacones de diez centímetros le habrían dado la altura de quien llegó a la marca de metro setenta y cinco en la puerta de Mako's.

–¿Laurie? –dijo Ballard, pues quería mantener una entrevista amistosa, no de confrontación, y utilizar el nombre de pila era prudente.

–Esa soy yo –contestó Wells.

–Hola, soy Renée y él es mi compañero, Harry –dijo Ballard.

Wells sonrió, pero miró un buen rato a Bosch: no podía esconder su sorpresa por su edad y el hecho de que no estuviera llevando la voz cantante.

—Entren —dijo—. Odio decir esto, porque ya he hecho este papel en una serie de televisión, pero «¿de qué se trata?».

—Bueno, esperamos que pueda ayudarnos —respondió Ballard—. ¿Podemos sentarnos?

—Oh, claro. Perdón.

Wells señaló la sala de estar, que tenía un sofá y dos sillas reunidas en torno a una chimenea con troncos falsos.

—Gracias —dijo Ballard—. Vamos a quitarnos de encima los preliminares. ¿Es usted Laurie Lee Wells, con fecha de nacimiento 23 de febrero de 1987?

—Esa soy yo —dijo Wells.

—¿Ha servido en un jurado en alguna ocasión en los últimos cinco años?

Wells arrugó el entrecejo. Era una pregunta inesperada.

—No… Creo que no —dijo—. La última vez fue hace mucho tiempo.

—¿Seguro que no fue el año pasado? —preguntó Ballard.

—No, hace mucho tiempo. ¿Qué tiene…?

—¿Fue interrogada el año pasado por dos detectives del Departamento de Policía de Los Ángeles que investigaban un asesinato?

—¿Qué? ¿Qué es esto? ¿Debería llamar a un abogado?

—No necesita ningún abogado. Creemos que alguien ha suplantado su identidad.

—Ah, bueno, sí, ya hace casi dos años de eso.

Ballard hizo una pausa y le lanzó una mirada a Bosch. Ahora eran ellos los que no lo habían visto venir.

—¿A qué se refiere? —preguntó ella por fin.

–Alguien me robó la identidad y ha estado suplantándome desde hace dos años –dijo Wells–. Incluso presentó mis impuestos el año pasado y cobró la devolución, y parece que nadie puede hacer nada. Me ha endeudado tanto que nunca podré comprarme un coche o conseguir un préstamo. Tengo que quedarme aquí, porque el piso ya es mío, pero ahora mi historial crediticio es una mierda y nadie se cree que no he sido yo. Traté de comprar un coche y me dijeron que ni hablar, aunque tenía cartas de las compañías de las tarjetas de crédito.

–Es terrible –dijo Ballard.

–¿Sabe cómo le robaron su identidad? –preguntó Bosch.

–Cuando fui a Las Vegas –contestó Wells–. Me robaron la cartera cuando estuve en un espectáculo. Un carterista, supongo.

–¿Cómo sabe que ocurrió allí? –preguntó Bosch.

Wells se puso colorada de vergüenza.

–Porque estuve en uno de esos shows en los que bailan los hombres –dijo ella–. Tuve que pagar para entrar, era una despedida de soltera, y cuando quise coger la cartera para darles una propina a los bailarines ya no estaba. Así que ocurrió allí.

–¿Y lo denunció a la policía de Las Vegas? –indagó Ballard.

–Sí, pero no sirvió de nada –contestó–. Nunca recuperé nada, y luego alguien empezó a pedir tarjetas de crédito a mi nombre y estoy jodida para el resto de mi vida. Disculpe mi lenguaje.

–¿Tiene una copia de la denuncia? –preguntó Ballard.

–Tengo montones porque he de enviar una para dar explicaciones cada vez que me estafan –dijo Wells–. Espere.

Se levantó y salió del salón. Ballard y Bosch se quedaron mirándose.

—Las Vegas —dijo ella.

Bosch asintió.

Wells volvió enseguida y le dio a Ballard una copia de la denuncia de dos páginas que presentó en Las Vegas.

—Gracias —le dijo—. No le robaremos mucho más tiempo, pero ¿puedo preguntarle si está recibiendo informes regulares del uso de su nombre por parte de la persona que le robó la identidad?

—No todo el tiempo, pero el detective me llama de vez en cuando y me cuenta lo que pretende la ladrona —dijo Wells.

—¿Qué detective es ese? —preguntó Ballard.

—Kenworth, de la Policía Metropolitana de Las Vegas. Es el único con el que he tratado.

—Ken… worth —dijo Ballard—. ¿Es nombre y apellido o solo apellido?

—Es el apellido, no recuerdo el nombre. Creo que está en la denuncia.

—Bueno, ¿qué le dijo que estaba ocurriendo? ¿Eran solo compras locales?

—No, se mueve. Viajes, hoteles y restaurantes. Siguió solicitando tarjetas nuevas, porque en cuanto recibimos una alerta por fraude la cancelamos. Pero al cabo de un mes tiene otra.

—Qué horror —dijo Ballard.

—Y todo por una despedida de soltera —repuso Wells.

—¿Recuerda el nombre del local donde ocurrió todo esto? —preguntó Bosch—. ¿Fue en un casino?

—No, no era un casino —dijo—. Se llamaba Devil's Den y normalmente era un bar de estriptis para hombres. Quiero decir que las bailarinas eran mujeres, pero los domingos por la noche era para mujeres.

–De acuerdo –contestó Ballard.

–¿Vota? –preguntó Bosch.

Era otra pregunta inesperada, pero Wells respondió.

–Sé que debería, pero no parece que importe en California.

–Entonces, no está registrada para votar –afirmó Bosch.

–No –respondió Wells–. Pero ¿por qué me lo pregunta? ¿Qué tiene eso que ver con…?

–Creemos que la persona que robó su identidad podría haberse hecho pasar por usted en labores de jurado –dijo Bosch–. Tiene que estar registrada para votar para ser incluida como posible jurado. Ella podría haberse registrado para votar por usted y luego ser elegida como jurado.

–Dios, me pregunto si me habrá hecho republicana o demócrata.

De regreso en el coche, Bosch y Ballard lo discutieron antes de hacer el siguiente movimiento.

–Necesitamos conseguir la dirección de su registro de votante –dijo Bosch–. Así sabremos adónde enviaron la notificación.

–Puedo ocuparme de eso –dijo Ballard–. Pero ¿qué estamos pensando aquí? Toda esta trama, este golpe, dependía de que la asesina recibiera citaciones de jurado. Eso parece… no lo sé. Es descabellado, si me lo preguntas.

–Sí, pero podría no serlo tanto como piensas. Mi hija recibió una citación menos de dos meses después de registrarse para votar. Se supone que es una elección aleatoria. Pero cada vez que sacan un grupo de jurados nuevo, eliminan a los que han servido recientemente o los que no se han presentado a la citación. Así que los votantes nuevos tienen más probabilidades que otros de recibir la llamada. –Ballard asintió de un modo que mostraba que no estaba convencida–. Tampoco sabemos cuánto hace que se planeó esto ni cómo –continuó–. A Laurie le robaron la cartera el año pasado y probablemente ya tenían todo el plan. Un registro de votante podría ser útil como segundo documento de identidad en un fraude. La ladrona podría haber tenido la idea durante mucho tiempo y luego las cosas encajaron.

–Tenemos que descubrir si hay una conexión entre Devil's Den y Batman Butino.

–Y hablar con el detective de Las Vegas. A ver hasta qué punto ha hecho seguimiento.

–Tal vez tiene fotos o vídeos de la Laurie Lee Wells falsa –sopesó Ballard–. ¿Qué más?

–Tenemos que hablar con Orlando Reyes –dijo Bosch–. Él la interrogó.

–Eso es lo que no entiendo. La mujer mató al juez y luego se presentó para cumplir como jurado. ¿Por qué? ¿Por qué no se largó zumbando?

–Para acabar el trabajo.

–¿Qué significa eso? –preguntó Ballard.

–Para completar la tapadera. Si hubiera entrado por una puerta del tribunal y salido por la otra, habrían sabido que era ella. Se quedó para que Reyes pudiera encontrarla, interrogarla y seguir adelante.

–Como lo de comprar el vodka Tito's. Podría haberlo hecho en cualquier sitio, pero lo compró a dos manzanas de donde asesinaron a Banks y en un lugar donde sabía que había cámaras a las que tarde o temprano llegarían. Se lo dije a Olivas y a los otros, hay cierto componente psicológico. Es exhibicionismo. Creo que le pone esconderse a plena vista. No sé por qué, pero está ahí.

Bosch asintió. Creía que Ballard estaba en lo cierto con su valoración.

–Sería interesante saber qué impresión le causó a Reyes –comentó.

–Pensaba que esos tipos no querían hablar contigo –dijo Ballard–. Tal vez debería intentarlo yo con Reyes.

–No. Si lo haces, Robos y Homicidios asumirá el caso. Déjamelo a mí. Cuando explique que esto podría terminar siendo muy embarazoso para él, creo que aceptará que nos veamos fuera de comisaría.

–Perfecto. Tú te ocupas de él y yo trabajo en lo otro.

–¿Estás segura?

–Sí, la placa me da mejor acceso a todo eso. Ocúpate de Reyes y yo del resto.

Bosch puso en marcha el Jeep para poder acercar a Ballard a su coche, en Hollywood.

–Y también necesitamos pensar en cómo abordar a Clayton Manley –dijo mientras arrancaba.

–Pensaba que habías dicho que te había calado –contestó Ballard–. No estás pensando en volver a simular ser un cliente, ¿no?

–No, esa carta ya está jugada. Pero si logro verme con Manley a solas, podría mostrarle lo que tenemos y hacerle ver que sus opciones están disminuyendo.

–Me gustaría estar presente.

–Y yo quiero que estés, enseñando tu placa y tu pistola. Entonces sabrá que se juega el cuello.

–Las veces que estuviste con él en su oficina…

–¿Sí?

–… no hiciste nada que deba saber, ¿no? Nada que pueda sacarme del caso.

Bosch pensó en qué debería contarle. En lo que había hecho y en lo que podían demostrar que había hecho.

–Lo único que hice fue leer un mensaje de correo que apareció en su pantalla –dijo por fin–. Ya te lo conté. Fue cuando se fue de la sala a hacer las fotocopias. Oí el aviso y miré su correo electrónico y vi que era de su jefe, Michaelson, que lo llamaba estúpido por dejar que el lobo hubiera entrado en el gallinero. Esas cosas.

—Y tú eres el lobo.

—Yo soy el lobo.

—¿Y nada más?

—Bueno, lo borré.

—¿Borraste el mensaje?

—Sí, no quería arriesgarme a que lo leyera mientras estaba en la oficina. Tenía que salir antes de que lo descubriera.

—Vale, esto no me lo contaste.

—Cierto.

—¿Y de verdad eso fue todo?

Bosch pensó en las fotografías que había tomado con el teléfono en el despacho de Manley. Decidió guardárselo para él. Por el momento.

—Eso fue todo.

—Bien.

47

En el camino de vuelta a Hollywood para dejar a Ballard en su coche, Bosch llamó a Reyes a su número directo en Robos y Homicidios y activó el altavoz.

–Robos y Homicidios, Reyes.

–Reyes, esta es la llamada más afortunada que hayas recibido jamás.

–¿Quién es...? ¿Bosch? ¿Eres tú? Voy a colgar.

–Si lo haces, leerás sobre ello en el periódico.

–¿De qué coño estás hablando? ¿Estoy en altavoz?

–Estoy conduciendo, así que estás en altavoz. Y estoy hablando de la persona que mató al juez Montgomery. Va a conocerse pronto y tú puedes quedar como que formabas parte de esto o tú y tu compañero podéis quedar como los dos que la cagaron del todo, lo cual no dista mucho de la verdad, Reyes.

–Bosch, no voy a entrar en tus jueguecitos. Voy...

–No es un juego, Orlando. Es tu oportunidad de arreglar tu cagada. Reúnete conmigo en los bancos rosa de al lado de los ascensores en Grand Park dentro de una hora.

–Ni hablar. Dentro de una hora me voy a casa. Antes de la hora punta.

–Pues cuando la cosa se ponga fea recuerda que fui yo el que te dio la oportunidad de formar parte de esto. Una hora. Puedes estar allí o librarte del tráfico. La verdad es que no me importa. Ya estuve una vez en la brigada, Reyes, y quería hacerte un favor. *Bye.*

Bosch colgó.

–¿Crees que va a aparecer? –preguntó Ballard.

–Sí –respondió Bosch–. Cuando hablé con él la otra vez, creo que percibió que esto no era ningún RPD. Creo que lo intimidó su compañero. Esas cosas pasan.

–Lo sé.

Bosch la miró y luego otra vez a la calzada.

–¿Estás hablando de mí? –preguntó.

–No, claro que no –dijo ella–. Además, no somos compañeros. Oficialmente.

–Si resolvemos este caso, podría descubrirse lo que hemos estado haciendo.

–No lo sé. Olivas me puso en el caso Banks. Yo lo conecté contigo y con esto. No veo que me pueda rebotar. Y menos ahora que tengo a Olivas atado en corto.

Bosch sonrió. Ella le había hablado de la conversación con Olivas en el VIC. Pensaba que el trato que había hecho y la grabación de respaldo que tenía eran su mano ganadora.

–De verdad crees que lo tienes atado en corto, ¿eh?

–No. Pero ya sabes lo que quiero decir. No quiere movidas. Quiere que todo vaya como la seda en el año que le queda. Si me jode, se lo voy a devolver. Lo sabe.

–Tienes la mejor baza.

–Por el momento. Pero nada es para siempre.

Ballard había aparcado su coche en la calle, cerca de Musso, y Bosch paró detrás.

–¿Qué vas a hacer ahora? –preguntó.

–Ir a la comisaría y dormir unas horas en la habitación de los camastros antes de la reunión de turno.

–En mis tiempos, cuando estaba en la División de Hollywood, la llamábamos «la suite nupcial».

–Aún la llaman así, al menos los tipos de la vieja escuela. Algunas cosas del Departamento nunca cambiarán.

Bosch pensó que Ballard se estaba refiriendo a algo más profundo que la sala que se utilizaba para echar una cabezada en la comisaría.

–Bueno, entonces no te llamo después de ver a Reyes –dijo él–. Llámame tú cuando te levantes.

–Lo haré –respondió Ballard.

Se bajó del coche y Bosch siguió conduciendo. Al cabo de treinta minutos estaba sentado en el segundo banco rosa más cercano al edificio de ascensores de Grand Park. El primero lo ocupaba un vagabundo que estaba tumbado con la cabeza apoyada en una mochila sucia y leyendo una novela de bolsillo que tenía arrancada la cubierta. Bosch desconocía si Reyes sabía qué aspecto tenía, pero no creía que fuera a tomarlo por el hombre que estaba leyendo.

Diez minutos después de la hora acordada, Bosch estaba a punto de renunciar a Reyes. Estaba sentado en el banco en un ángulo que le daba una visión clara de cualquiera que cruzara el parque desde la dirección del Edificio de la Administración de Policía. Pero no venía nadie. Bosch se inclinó adelante para levantarse y no poner tensión en su rodilla cuando oyó que decían su nombre a su espalda. No se volvió. Esperó y un hombre de traje rodeó el banco desde atrás. Bosch se fijó en la caída desigual del faldón del traje sobre las caderas y supo que el hombre iba armado. Tendría unos treinta y cinco años y era completamente calvo en la parte superior de la cabeza, con un corte estilo monje en los lados.

–¿Reyes?

–Exacto. –Se sentó en el banco–. Casi voy donde el tipo de allí con el libro. Pero he supuesto que tenías un poco más de dignidad.

–Muy gracioso, Orlando –repuso Bosch.

–Dime, ¿qué puedo hacer por ti, Bosch? Tengo que ir a Duarte y el tráfico va a ser un coñazo.

Bosch señaló el edificio de ascensores. Estaban en un ángulo similar al que se veía desde la cámara instalada en la fachada del tribunal que tenían detrás. No podían ver el sitio del apuñalamiento fatal del juez Montgomery.

–Háblame de la jurado –dijo Bosch.

–¿De quién? –preguntó Reyes–. ¿Qué jurado?

–La testigo. Laurie Lee Wells. Su nombre está en el expediente. Tú la interrogaste.

–¿Se trata de eso? Olvídalo, no vamos a repasar cada paso de la investigación. Era una pérdida de tiempo y ahora tú me lo estás haciendo perder a mí. Me voy a casa.

Reyes se levantó para irse.

–Siéntate, Orlando –dijo Bosch–. Ella era la asesina y se te pasó. Siéntate y te lo cuento.

Reyes empezó a levantarse y lo señaló.

–Y una mierda –contestó–. Lo que quieres es una absolución. Liberaste al verdadero asesino y te estás agarrando a un clavo ardiendo. Esa mujer no vio ni oyó nada. Estaba escuchando Guns N' Roses, Bosch. A todo volumen.

–Bonito detalle –repuso Bosch–. No estaba en tu informe. Tampoco decía que la investigaste.

–Sí la investigué. Estaba limpia.

–Quieres decir que buscaste su nombre. Pero si hubieras ido a su apartamento y llamado a la puerta, habrías visto que la auténtica Laurie Lee Wells de Dickens Street, en Sherman Oaks, no era la Laurie Lee Wells que interrogaste. Te engañaron, Orlando. Siéntate y podremos intercambiar información. Te lo voy a contar.

Reyes estaba dudando, incluso nervioso. Era como si un pie quisiera dirigirse a Duarte y el otro al banco. Bosch le lanzó su argumento final:

–¿Sabes que la supuesta jurado con la que hablaste es la sospechosa número uno de otro caso de Robos y Homicidios? El chamuscado de la otra noche. Fue un asesinato encubierto. Como el de Montgomery.

Reyes se sentó por fin.

–Vale, Bosch, te escucho. Y mejor que sea bueno.

–No, no funciona así. Tú hablas primero. Quiero que me cuentes la entrevista. Cómo la encontraste, dónde hablaste con ella. Habla tú y luego hablo yo.

Reyes negó con la cabeza, molesto por tener que ser el primero. Pero enseguida empezó a contar la historia.

–Es sencillo. Recogimos grabaciones de vídeo y luego las miramos. Vimos a la mujer e identificamos la placa de jurado. No recuerdo qué estaba haciendo Gussy, pero fui solo. No teníamos un nombre, evidentemente, así que pedí que me dejaran echar un vistazo en la sala de reunión del jurado. No había nadie como ella. El secretario de los jurados me dijo que habían enviado tres grupos a las salas para la selección del jurado ese día. También verifiqué esos grupos y seguía sin verla. Sabía que no podía estar en un juicio porque había llegado demasiado pronto para eso. En la cinta, quiero decir. Los juicios no empiezan hasta las diez. Ella aparece en la cinta antes de las ocho.

–¿Cómo la encontraste?

–El secretario me dijo que mirara en la cafetería de al lado de la sala de reuniones. Lo hice y allí estaba, tomándose un café y leyendo un libro. El pelo rubio destacaba, ¿sabes? Supe que era ella.

–¿Y te acercaste?

–Sí, le mostré la placa y le hablé del asesinato y de que estaba en el vídeo. Quería llevarla al EAP para el interrogatorio, pero me dijo que estaba en un jurado y quiso quedarse en la cafetería. Hablé con ella allí.

–¿No lo grabaste?

–No. Si resultaba ser una testigo de valor, habría hecho todo lo posible. Pero no lo era. Lo descubrí enseguida, cuando quedó claro que no sabía lo que había ocurrido a seis metros de su espalda. Llevaba los auriculares, ¿recuerdas?

–Sí, Guns N' Roses. ¿Le pediste que se identificara?

–No miré su carnet, si te refieres a eso. Pero sabía que el secretario del jurado tendría todo eso si lo necesitábamos. Mira, Bosch, ahora es tu turno. Dime qué crees que tienes y qué crees que sabes.

–Una pregunta más. Una vez que hablaste con ella y conseguiste su nombre, ¿fuiste al secretario del jurado y confirmaste que de verdad era miembro?

–¿Por qué iba a hacer eso, Bosch?

–Así que la respuesta es no. La encontraste sentada en la cafetería, pero no te aseguraste de que era un miembro legítimo.

–No era necesario. No vio ni oyó nada, no servía como testigo. ¿Vas a decirme ya lo que crees que sabes de ella o no?

–Sé que a la verdadera Laurie Lee Wells, que vive en la dirección que pone en tu informe, nunca la llamaron para ser jurado en el momento del asesinato y que no era la mujer del vídeo.

–Joder. ¿Y relacionas a la mujer del vídeo con ese abogado con el que Montgomery tuvo el problema?

–Estoy en ello. El bufete de abogados representa a una parte que podría estar implicada en un incendio-asesinato y la misma mujer está en un vídeo de las inmediaciones de ese asesinato. Creo que es una sicaria que trabaja para alguien que representa a ese bufete.

Hay más conexiones, sobre todo a través de Las Vegas, y estamos trabajando también en eso.

–¿Quién? No me digas que has metido a Haller en esto.

–No, no es él. Pero no necesitas saber con quién estoy trabajando. Lo que tienes que hacer es esperar hasta que resuelva esto y entonces te llamaremos nosotros. ¿Te parece bien, Orlando?

–Bosch, ni siquiera...

Lo interrumpió un zumbido desde el bolsillo. Sacó su teléfono y leyó el mensaje. Estaba a punto de escribir una respuesta cuando recibió una llamada y la cogió. Levantó una mano para impedir que Bosch hablara. Escuchó a su interlocutor y formuló una sola pregunta: «¿Cuándo?». Escuchó un poco más antes y dijo: «Vale, voy para allá. Recógeme delante».

Reyes colgó y se levantó.

–Tengo que irme, Bosch –dijo–. Y me parece que has llegado tarde.

–¿De qué estás hablando? –le preguntó.

–Clayton Manley acaba de tirarse desde una torre de oficinas en Bunker Hill. Está despachurrado en el suelo del California Plaza.

Bosch se quedó momentáneamente aturdido. Por un instante pensó en el cuervo que se chocó contra el cristal de espejos en la oficina de Manley y que cayó por el lateral del edificio.

–¿Cómo saben que es él? –preguntó.

–Porque ha enviado un mensaje de despedida a todo el bufete –dijo Reyes–. Luego ha subido y ha saltado.

Reyes se volvió y se alejó para dirigirse al EAP y subirse al coche con su compañero.

Ballard

48

En lugar de dormir, Ballard llamó al número de la Policía Metropolitana de Las Vegas que constaba en la denuncia que le había entregado Laurie Lee Wells. Pero le sorprendió cuando la voz que respondió dijo:

—ICO.

Cada agencia de la ley tenía su propio glosario de siglas, abreviaturas y referencias breves a unidades especializadas, oficinas y ubicaciones. Harry Bosch había bromeado diciendo que el Departamento de Policía de Los Ángeles tenía una unidad a tiempo completo dedicada a inventar siglas para las diversas unidades. Pero Ballard sabía que generalmente CO se refería a «crimen organizado», y lo que le dio que pensar era que la denuncia de Wells se refería al robo de una cartera.

—ICO, ¿puedo ayudarla? —repitió la voz.

—Ah, sí, estoy buscando al detective Tom Kenworth —dijo ella.

—Un momento.

Ballard esperó.

—Kenworth.

—Detective, soy la detective Renée Ballard, Departamento de Policía de Los Ángeles. Le llamo porque creo que podría ayudarme con cierta información relacionada con un caso de homicidio que estoy investigando.

—¿Un homicidio en Los Ángeles? ¿Cómo puedo ayudarla desde Las Vegas?

—El año pasado recibió una denuncia de una mujer llamada Laurie Lee Wells. ¿Recuerda ese nombre?

—Laurie Lee Wells... Laurie Lee Wells... Eh, la verdad es que no. ¿Es su víctima?

—No, ella está bien.

—¿Su sospechosa?

—No, detective. Le robaron la cartera en Las Vegas, en un sitio llamado Devil's Den, y eso resultó en una suplantación de identidad. ¿Algo de esto le suena?

Hubo una pausa antes de que Kenworth respondiera:

—¿Puede repetirme su nombre?

—Renée Ballard.

—¿De Hollywood?

—Sí, División de Hollywood.

—Vale, la llamo en cinco minutos, ¿de acuerdo?

—Necesito esa información. Se trata de un homicidio.

—Lo sé, y volveré a llamarla. Cinco minutos.

—Está bien, le doy mi número directo.

—No, no quiero su número directo. Si no me ha engañado, la encontraré. La llamo en cinco minutos.

Colgó antes de que ella pudiera decir nada más.

Ballard dejó el teléfono y se dispuso a esperar. Comprendía lo que Kenworth estaba haciendo: asegurarse de que estaba hablando con una detective de policía real de un caso real. Releyó el informe de la Policía Metropolitana que le había dado Laurie Lee Wells. Al cabo de menos de un minuto, oyó que la avisaban por el intercomunicador de la comisaría de que tenía una llamada en la línea 2. Era Kenworth.

—Lo siento —dijo—. Hay que ir con mucho cuidado hoy en día.

—Trabaja en crimen organizado, lo entiendo —contestó Ballard—. Entonces, ¿quién le robó la identidad a Laurie Lee Wells?

–Bueno, espere un momento, detective Ballard. ¿Por qué no empieza por contarme en qué está trabajando? ¿Quién está muerto y cómo ha surgido el nombre de Laurie Lee Wells?

Ballard sabía que, si empezaba ella, Kenworth controlaría el flujo de la información en ambos sentidos. Pero sentía que no tenía alternativa. El hecho de que hubiera vuelto a llamarla y las maneras precavidas le decían que Kenworth no iba a dar antes de recibir.

–En realidad, tenemos dos asesinatos, uno del año pasado y el otro de la semana pasada –dijo–. Nuestra víctima del año pasado era un juez del Tribunal Superior al que apuñalaron mientras iba al juzgado. A la víctima de la semana pasada la quemaron viva. Por el momento, hemos encontrado dos conexiones: el mismo bufete de abogados representaba a personas posiblemente implicadas en ambos casos, aparentemente no relacionados, y luego está la mujer.

–¿La mujer? –preguntó Kenworth.

–Tenemos a la misma mujer en vídeo en las inmediaciones de las dos escenas del crimen. Lleva pelucas diferentes y ropa distinta, pero es la misma. En el primer caso, el asesinato del juez, incluso la localizaron como posible testigo y se identificó a la policía como Laurie Lee Wells y dio la dirección correcta de la mujer a la que le robaron la identidad en Las Vegas el año pasado. El problema es que fuimos a esa dirección a hablar con la Laurie Lee Wells real y no es la mujer del vídeo. Nos habló de lo que ocurrió en Las Vegas y eso me llevó a usted.

–Se hizo el silencio–. ¿Sigue ahí? –lo apremió Ballard.

–Estoy aquí –dijo Kenworth–. Estaba pensando… Los vídeos esos ¿tienen una imagen clara de la mujer?

–No. Fue lista. Pero la identificamos por su forma de andar.

—Su forma de andar.

—Tiene una torsión tibial. Se ve en los dos vídeos. ¿Le dice algo?

—¿Torsión tibial? No. Ni siquiera sé lo que significa.

—Vale. Entonces, ¿qué puede decirme del caso Laurie Lee Wells? ¿Ha identificado a la mujer que le usurpó la identidad? Trabaja en crimen organizado. Es de suponer que su caso se ha incluido en algo más grande.

—Bueno, tenemos grupos organizados que participan en robos de identidad a gran escala, de manera que pasa por nuestra oficina. Pero el caso Wells lo cogimos porque encajaba con una ubicación que hemos estado mirando.

—El Devil's Den. —Kenworth se mantuvo en silencio para no confirmar la suposición de Ballard—. Vale, si no quiere hablar del Devil's Den, entonces hablemos de Batman.

—¿Batman?

—Vamos, Kenworth, Dominick Butino.

—Es la primera vez que lo menciona. ¿Qué tiene que ver con esto?

—El bufete de abogados que conecta todo esto también representó a Butino en un caso aquí. Lo ganaron. Deje que le pregunte, detective, ya que está en la ICO, si ha oído hablar de una mujer, una sicaria que probablemente trabaja para Butino o el Outfit.

Como empezaba a ser rutina, Kenworth no respondió de inmediato. Parecía estar sopesando con cuidado cada elemento de información que finalmente le daba a Ballard.

—No es una pregunta tan complicada —dijo ella por fin—. Sí o no. Su duda me hace pensar que lo primero.

—Bueno, sí —dijo Kenworth—. Pero es más un rumor que otra cosa. Hemos recopilado información de aquí y allá sobre una mujer que acepta contratos del Outfit.

–¿Cuáles son los rumores?

–Un tipo relacionado con ellos vino desde Miami. Terminó muerto en su suite del Cleopatra. En las cámaras de vigilancia se lo veía subiendo con una mujer. La escena parecía un suicidio: se pegó un tiro en la boca. Pero, cuantas más vueltas le dábamos, más pensábamos que había sido un asesinato. Aunque eso fue hace nueve meses y no hemos llegado a ninguna parte. Se ha enfriado.

–Parece nuestra chica. Me gustaría ver el vídeo. –Kenworth volvió a su pausa habitual–. Le enseñaré los míos si me enseña los suyos –lo tentó–. Podemos ayudarnos mutuamente. Si es la misma mujer, tenemos algo grande. Deme su dirección y le enviaré lo que tenemos. Y usted me manda lo que tiene. Es lo que hacen las agencias de policía que colaboran.

–Me parece bien –dijo Kenworth por fin–. Pero no tenemos su cara. En una ciudad llena de cámaras, parecía saber dónde estaban colocadas todas.

–Lo mismo aquí. ¿Cuál es su correo? Le mando el primero, me envía el suyo y luego le mando el segundo. ¿Trato?

–Trato.

Después de colgar, Ballard buscó el vídeo de Mako's que mostraba a la sospechosa comprando la botella de Tito's y usando el cajero. En el mensaje de correo a Kenworth, escribió «La Viuda Negra» en el asunto, porque era el nombre que se le había ocurrido para la versión de pelo oscuro y ropa negra de la sospechosa de asesinato.

Kenworth trasladó sus maneras telefónicas a su protocolo con el correo electrónico: al cabo de media hora, Ballard no había recibido nada a cambio del detective de Las Vegas. Empezaba a sentir que la habían engañado y estaba a punto de llamarlo cuando recibió un correo con el asunto «Re: La Viuda Negra». El mensaje tenía dos archivos de vídeo adjuntos llamados CLEO1 y CLEO2. El único texto del mensaje decía: «El coche en CLEO2 era robado y luego lo incendiaron en Summerland».

Ballard descargó y miró los vídeos.

El primero mostraba a un hombre con una camisa a lo Jimmy Buffett jugando al *blackjack* en una mesa de apuestas altas en el Cleopatra. Ballard supuso que se trataba de la víctima. La mujer sentada a su lado no estaba jugando. Su melena rubia parecía una peluca. El flequillo le servía de visera y le protegía el rostro, inclinado hacia la mesa, de la cámara.

El hombre cobró sus fichas, luego el ángulo de la cámara cambió cuando la pareja dejó la mesa y se dirigió al ascensor reservado para las suites de la torre. La mujer mantuvo la cabeza baja y apartada de cualquier cámara. Llevaba lo que parecía una bolsa de deporte grande y blanca colgada de uno de los hombros, pantalones sueltos y una blusa que le dejaba la espalda descubierta. La última imagen del vídeo mostraba a la pareja en el ascensor, con el botón del número 42 iluminándose mientras subían. El indicador de la hora mostraba que salieron del ascensor en esa planta a las 01:12:54; entonces el vídeo terminaba.

Ballard pasó a CLEO2. Empezaba con la cámara del ascensor y una hora, 01:34:31, y mostraba a una mujer entrando en la planta cuarenta y dos. Llevaba un sombrero de ala ancha que le ocultaba por completo la cara. Solo se veía un poco de cabello negro que le caía por la nuca. Llevaba pantalones negros, blusa y sandalias. La bolsa de deporte colgada al hombro era negra, pero tenía las mismas dimensiones que la que aparecía en el vídeo CLEO1.

La mujer bajó del ascensor en la planta del casino y las cámaras la siguieron por el inmenso espacio de juego y saliendo al aparcamiento. Caminó por un pasillo hasta un SUV Porsche plateado y se alejó.

Gracias al mensaje de Kenworth, Ballard conocía el destino del Porsche.

Retrocedió el vídeo y observó otra vez el recorrido de la mujer por el pasillo del aparcamiento. Se fijó en que el pie se torcía ligeramente hacia dentro.

—La Viuda Negra —susurró.

Cumplió con el trato y adjuntó el vídeo de Grand Park en un mensaje y se lo envió a Kenworth con este texto: «Es la misma mujer que la de tus vídeos. Ya son tres 187. Tenemos que hablar».

Después de enviarlo, Ballard se dio cuenta de que 187 podría no ser el código penal de asesinato en Nevada. También de que no solo tenían que hablar la Metropolitana de Las Vegas y el Departamento de Policía de Los Ángeles. Tenían que hablar dentro de su Departamento. El caso había alcanzado un punto en el que necesitaba poner al día a Olivas y presentarle la necesidad de cooperar con Las Vegas.

Pero antes que eso tenía que llamar a su propio compañero.

Ballard contactó con Bosch y él respondió de inmediato, pero su voz la ahogaba el ruido de fondo del tráfico y de una sirena. Logró oírlo gritar:

—¡Espera!

Ballard esperó mientras aparentemente Bosch subía las ventanillas del coche y se ponía los auriculares.

—¿Renée?

—Harry, ¿dónde estás? ¿Qué pasa?

—Voy hacia Bunker Hill detrás de una ambulancia. Clayton Manley acaba de bajar treinta y dos pisos sin ascensor.

—Mierda. ¿Se ha tirado?

–Eso dicen. ¿Quién sabe? Se ocupa Robos y Homicidios. Gustafson y Reyes. Voy hacia allí, a ver qué descubro.

–Escucha, Harry, ten cuidado. Esto está empezando a encajar. He estado hablando con la Metropolitana de Las Vegas. Tienen un caso allí, un asesinato. Me han enviado un vídeo y es nuestra chica. La Viuda Negra.

–¿La llaman así?

–No, en realidad el nombre se lo he puesto yo al enviar nuestros vídeos.

–¿Cuál es el caso allí?

–Relacionado con la mafia. Un mafioso de Miami se registró en el Cleopatra, pero no salió vivo. Parecía un suicidio, un tiro en la boca. Pero lo tienen en vídeo subiendo en ascensor con la Viuda Negra. Luego ella baja con una peluca diferente y aspecto distinto. Pero camina igual. Es ella. Estoy segura.

Se hizo un silencio, pero Ballard estaba acostumbrada a eso con Bosch.

–Un suicidio falso –dijo por fin.

–Como Manley –añadió Ballard–. Pero ¿cómo es que se encarga Robos y Homicidios si supuestamente es un suicidio?

–No lo sé. Tal vez lo que le había contado a Reyes hizo que pusieran a Manley de nuevo en su radar. Yo estaba contándole lo que se le había pasado con Manley cuando recibió la llamada. Bueno, estoy llegando. Voy a ver si puedo subir al bufete.

–Harry, podría estar allí. O al menos cerca.

–Lo sé.

–Bueno, si han sentido la necesidad de deshacerse de él, podrían querer hacer lo mismo contigo. Fuiste tú el que fue allí a alborotar el avispero.

–Lo sé.

–Pues no entres. Espérame, voy hacia allá.

Bosch

49

Bosch aparcó en el bordillo nada más pasar el museo de arte en Grand. Abrió la guantera y sacó dos cosas: una pistolita de seis balas en una funda para el cinturón y una vieja tarjeta de identificación del Departamento de Policía de Los Ángeles que debería haber entregado al retirarse, pero que declaró que había perdido.

Se ajustó la funda al cinturón y se guardó la identificación en el bolsillo de la chaqueta. Puso los intermitentes del Jeep y bajó. Al pasar por delante del museo hacia California Plaza, vio a Gustafson y Reyes de pie junto al maletero abierto de un coche sin identificar, sacando material que necesitarían para su investigación. Bosch fue directo hacia ellos y Gustafson lo vio venir.

–¿Qué estás haciendo aquí, Bosch? –preguntó–. Si no eres del Departamento, no eres bienvenido.

–Ni siquiera estaríais aquí de no ser por mí –respondió él–. Estaríais...

–Para que conste, Bosch, todavía creo que eres un mentiroso de mierda –dijo Gustafson–. Así que lárgate. Adiós.

Cerró con fuerza el maletero del coche para subrayar la despedida.

–No me estás escuchando –dijo Bosch–. Esto no es un suicidio y la asesina aún puede estar en el edificio.

–Claro. Orlando acaba de hablarme de la dama asesina. Muy bueno.

—Entonces, ¿por qué estás aquí, Gustafson? ¿Desde cuándo Robos y Homicidios se ocupa de suicidios?

—Este tipo se tira, su nombre sale en nuestro caso, nos llaman. Una puta pérdida de tiempo.

Gustafson pasó a su lado y se dirigió a la escena, en la plaza. Reyes lo siguió obedientemente sin decirle ni una palabra a Bosch.

Él los observó irse y luego examinar la zona. Había una multitud congregada en el otro extremo del edificio, donde Bosch vio varios hombres con uniforme de seguridad estableciendo un perímetro en torno a la lona azul que se había utilizado para cubrir el cadáver de Clayton Manley. Los sanitarios de la ambulancia de rescate se estaban dirigiendo hacia allí y Gustafson y Reyes no estaban muy lejos de ellos. Incluso desde cierta distancia, Bosch vio que la lona azul estaba a menos de un metro del edificio.

No había nada rutinario en los suicidios, pero Bosch sabía por sus años en ese trabajo que quienes saltaban normalmente se impulsaban lejos de la estructura desde la que se tiraban. Siempre había quienes simplemente daban un paso al vacío, pero ese método no era tan preciso ni tan definitivo como un buen salto. Los edificios muchas veces tenían parapetos, andamios para limpiar las ventanas, toldos y otros elementos que podían interferir en una caída limpia. Lo último que quería un suicida era que la caída se interrumpiera, golpear el lateral de un edificio y posiblemente seguir vivo.

Bosch se desvió del camino que los otros estaban tomando y se dirigió hacia la entrada del edificio. Al pasar, examinó California Plaza. Estaba rodeada por tres lados de torres de oficinas. Aquella a la que se dirigía era la más alta, pero supuso que las cámaras de alguna parte de la plaza habrían capturado la caída de Manley. A partir de ellas, podría ser posible determinar si estaba consciente cuando cayó.

Harry se metió la mano en el bolsillo al acercarse a las puertas de cristal giratorias en la entrada al vestíbulo, sacó la tarjeta de identificación antigua y se la ajustó al bolsillo del pecho de la chaqueta. Sabía que el plan era seguir en movimiento y no dar tiempo a que nadie leyera la fecha.

Una vez que franqueó la puerta, vio la mesa redonda de seguridad con un cartel que decía que los visitantes debían mostrar un documento de identidad para que se les permitiera subir. Bosch caminó hacia la mesa con aplomo. Había un hombre y una mujer sentados detrás del mostrador, ambos llevaban una chaqueta azul y una etiqueta con el nombre.

–Detective Bosch, policía –dijo–. ¿Alguno de mis colegas ha preguntado por los visitantes a Michaelson & Mitchell, en la decimosexta planta?

–Todavía no –respondió la mujer; según la etiqueta, se llamaba Rachel.

Bosch se inclinó sobre el mostrador como para ver su pantalla. Apoyó el codo en la superficie de mármol y se llevó la mano a la barbilla, como si estuviera pensando una respuesta. Eso le permitió tapar la tarjeta de identidad con el antebrazo.

–¿Podemos echar un vistazo, entonces? –dijo–. Todos los visitantes del bufete.

Rachel empezó a escribir. El ángulo que tenía Bosch sobre la pantalla no le permitía ver lo que estaba haciendo.

–Solo puedo decirle quién está en la lista de visitantes esta mañana –dijo Rachel.

–Está bien –contestó Bosch–. ¿Dice a qué abogados del bufete iban a ver?

–Sí, puedo proporcionarle esa información si la necesita.

–Gracias.

–¿Es por el suicidio?

–No lo estamos calificando de suicidio todavía. Tenemos que investigarlo y por eso queremos ver quién ha subido al bufete hoy.

Bosch se volvió y miró por las paredes de cristal del vestíbulo. No tenía visión de la escena del crimen, pero sentía que solo llevaba una ventaja pequeña sobre Gustafson y Reyes. Uno de ellos subiría al bufete pronto.

–Muy bien, lo tengo aquí –dijo Rachel.

–¿Me lo puede imprimir? –preguntó Bosch.

–No hay problema.

–Gracias.

Ella se acercó a una impresora y cogió dos hojas de la bandeja. Se las entregó a Bosch, que las tomó mientras rodeaba el mostrador hacia los ascensores.

–Voy a subir a la dieciséis –dijo.

–Espere –repuso Rachel.

Bosch se quedó paralizado.

–Qué –preguntó.

–Necesita una tarjeta de invitado para coger los ascensores –dijo Rachel.

Bosch había olvidado que la zona de ascensores estaba protegida por tornos electrónicos. Rachel programó una tarjeta y se la entregó.

–Aquí tiene, detective. Solo tiene que ponerla en la ranura del torno.

–Gracias. ¿Cómo accedo a la azotea?

–Puede subir hasta la treinta y dos, pero desde allí tiene que tomar la escalera de mantenimiento. Se supone que está cerrada, pero se ve que hoy no.

–¿Cómo suben los empleados a su oficina?

–Entran desde el aparcamiento subterráneo en Hill Street, toman un ascensor hasta esta planta y luego todos pasan por los tornos. Los empleados tienen tarjetas permanentes.

–Muy bien, gracias.

–Tenga cuidado ahí arriba.

Bosch decidió ir primero a la azotea. Al subir en el ascensor trató de pensar en los términos en que lo habría hecho la Viuda Negra. De alguna manera, había atraído a Manley a la azotea y lo había empujado, o lo había incapacitado antes de empujarlo. La cuestión era cómo lo había hecho subir hasta allí. Obligarlo a punta de pistola a caminar por el bufete y tomar un ascensor habría sido demasiado arriesgado. Solo la posibilidad de que hubiera alguien ya en él parecía invalidar esa hipótesis. Pero de alguna manera había logrado que Manley subiera allí.

Mientras subía, Bosch miró por primera vez el listado que acababan de imprimirle. Sabía, por supuesto, que la Viuda Negra podía haber llegado como empleada o con un empleado, pero de todos modos estudió los diecisiete nombres que aparecían en la lista. Ninguno de ellos era Laurie Lee Wells. Eso habría sido demasiado fácil. Solo cuatro eran mujeres, ninguna de las cuales iba a visitar a Manley y solo una iba a ver a Michaelson o Mitchell. Su nombre era Sonja Soquin, que había llegado a las 14:55 para una cita a las tres en punto con Michaelson. Calculando a partir de la hora en la que Reyes recibió la llamada mientras estaba sentado con Bosch, estimó que Manley se había caído del edificio para encontrar la muerte en algún momento entre las 15:50 y las 16:00.

El ascensor se abrió. Salió, miró a ambos lados del pasillo y vio a un agente uniformado delante de una puerta abierta, que Bosch suponía que era la entrada de mantenimiento a la azotea. Caminó hacia allí.

–¿Aún no ha subido nadie? –preguntó.

–Todavía no –dijo el agente–. Podría ser una escena del crimen.

Cuando Bosch se acercó vio que la etiqueta de su nombre decía OHLMAN.

–Voy a subir –dijo él.

El agente dudó al mirar la etiqueta de identificación de Bosch, pero este se volvió, como si mirara por el pasillo.

–¿Es la única manera de subir? –preguntó.

–Sí, señor –dijo Ohlman–. La puerta estaba abierta cuando llegué.

–Vale. Voy a echar un vistazo. Mi compañero, Reyes, vendrá enseguida. Dile que suba.

–Sí, señor.

Ohlman se apartó y Bosch entró en una sala de mantenimiento grande con una escalera de hierro que daba acceso a la azotea.

Subió despacio, protegiéndose la rodilla operada. Había al menos treinta escalones. Cuando llegó arriba, se apoyó en una barandilla para recuperar el aliento un momento y luego empujó una puerta.

Una bandada de cuervos echó a volar cuando el viento hizo que la puerta golpeara ruidosamente la pared. Bosch salió. La vista era magnífica. Al oeste se veía el sol, que empezaba a hundirse en el Pacífico; la gran bola naranja se reflejaba en la superficie azul oscuro a unos treinta kilómetros de distancia.

Caminó hacia el otro extremo, donde el edificio se curvaba. Según sus cálculos, ese era el punto desde el que había caído Manley. Caminó despacio y examinó el suelo, pasando primero por el helipuerto y luego por una zona con gravilla suelta sobre alquitrán. Un helicóptero del Departamento de Policía de Los Ángeles estaba volando en círculos por encima. Casi le zarandeó una ráfaga de viento, un recordatorio de que no debía acercarse demasiado al borde.

Bajo los pies sentía que el alquitrán estaba ligeramente pegajoso donde había dado el sol.

La puerta se cerró de golpe detrás de él. Bosch se volvió, llevándose la mano a la cadera.

No había nadie.

El viento.

Un parapeto de sesenta centímetros recorría el borde del edificio. Tenía un tubo metálico que contenía el neón azul que perfilaba su silueta por la noche. La torre de espejos parecía vulgar por el día, pero destacaba en el perfil del centro después de la puesta de sol.

Cerca del borde, Bosch vio un espacio de un metro donde la gravilla parecía barrida. Se agachó, sujetándose la rodilla con la mano mientras adoptaba la postura de un cácher de béisbol. Estudió la marca y concluyó que podía ser por un arrastre o un resbalón producido durante una pelea. Pero parecía reciente: el alquitrán no se había tornado gris por la exposición al sol y la contaminación, como en otros lugares.

Un helicóptero pasó ruidosamente por encima. Bosch no levantó la mirada. Estaba estudiando aquello, que estaba seguro de que era una marca dejada por Clayton Manley antes de caer por encima del borde y estrellarse contra el suelo duro como un cuervo herido.

50

Había otro agente de policía haciendo guardia en la zona de recepción de la decimosexta planta. La etiqueta del nombre decía FRENCH.

—¿Ha llegado alguno de mis hombres? —preguntó Bosch.

—Todavía no —dijo el agente.

—¿Estás impidiendo que salga la gente?

—Sí.

—¿Cuándo has llegado?

—Estábamos en código siete al otro lado de la calle. Llegamos en cuanto recibimos la llamada. Hará unos veinticinco minutos.

—¿«Llegamos»?

—Mi compañero está arriba. El bufete tiene ascensores también en el segundo nivel.

—Vale, tengo que volver a la oficina de la víctima.

—Sí, señor.

Bosch pasó por el sofá de ante y empezó a rodear la escalera, pero pensó en algo y volvió hacia el agente.

—Agente French, ¿alguien ha tratado de salir desde que estás aquí?

—Solo un par de personas, señor.

—¿Quién?

—No les pregunté el nombre. No me han pedido que lo haga.

—¿Hombre o mujer?

–Dos hombres. Han dicho que tenían que ir al tribunal. Les he dicho que los dejaremos salir lo antes posible y han comentado que llamarían a la sala para notificarlo.

–Vale, gracias.

Bosch rodeó la escalera otra vez. Estaba convencido de que la Viuda Negra se había ido. Caminó en silencio por el pasillo. La puerta de la oficina de Michaelson estaba cerrada, pero la de Mitchell estaba abierta y cuando pasó por delante vio a un hombre mayor con el pelo gris de pie ante la ventana de cielo a techo que daba a la plaza.

La puerta de Clayton Manley también estaba cerrada. Bosch acercó la oreja por si había alguien hablando, pero no oyó nada. Se cubrió la mano con la manga de la chaqueta y bajó la manija para abrir.

La oficina estaba vacía. Bosch entró, cerró, se colocó a un lado de la estancia y la examinó en su totalidad. Miró el suelo primero y no vio marcas en la alfombra ni ninguna otra cosa que suscitara sospecha o interés. Examinó el resto y no vio signos de que se hubiera producido una pelea.

Se situó detrás del escritorio y usó otra vez el puño de la chaqueta para pulsar la barra espaciadora del teclado. La pantalla cobró vida, pero el ordenador estaba protegido por contraseña. Todavía con el puño de la chaqueta sobre la mano, abrió los cajones del escritorio, pero no encontró nada digno de reseñar antes de llegar al cajón inferior. La llave seguía en la cerradura. Consiguió girarla con la manga y encima de varias carpetas estaban los documentos que Bosch le había dado a Manley esa mañana. Vio que había varias notas escritas en los márgenes de la hoja superior.

Justo cuando cogió los documentos del cajón, se abrió la puerta y apareció en el umbral el hombre al que

Bosch había visto ante la ventana de la oficina de Mitchell. Era más alto de lo que había calculado a primera vista. Hombros anchos y contorno amplio pero no gordo. Cuarenta años atrás, podría haber sido jugador de fútbol americano.

—¿Quién es usted? —preguntó el hombre—. ¿Es policía? No tiene ningún derecho a revisar los documentos de un abogado, vivo o muerto. Es una conducta indignante.

Bosch sabía que no había una buena respuesta ni una forma de esquivar las preguntas. Estaba en un brete. La única cosa que tenía a su favor era que Mitchell (si es que era él) no lo había reconocido. Eso hizo que se planteara la posibilidad de que este no fuera consciente de las acciones viles de su propio bufete.

—He dicho que quién demonios se cree que es, entrando aquí y examinando información privilegiada —insistió el hombre.

Bosch decidió que su única defensa era un buen ataque.

Se sacó la tarjeta de identificación de su chaqueta, la mostró y luego se la guardó en el bolsillo.

—Era policía, pero ya no —dijo—. Y no estoy buscando al azar en los archivos de Manley. He venido a por mis propios archivos. Está muerto y quiero mis cosas.

—Entonces contrate un nuevo abogado y que él los pida como su representante —dijo el hombre—. No se irrumpe en una oficina para robar documentos de un cajón.

—No he irrumpido. He entrado. Y no puedo robar lo que ya es mío.

—¿Cómo se llama?

—Bosch. —El nombre no causó ningún impacto discernible en el hombre que estaba en el umbral, lo cual reforzó la hipótesis de Harry–. Tenía una cita con Manley. He venido a firmar unos papeles y me encuentro con que está despachurrado en la plaza. Quiero mi carpeta y los documentos que le di y luego largarme de aquí.

–Le he dicho que no se hacen así las cosas –dijo el hombre–. No se va a llevar nada de esta oficina. ¿Lo entiende?

Bosch decidió cambiar de táctica.

–Es usted Mitchell, ¿no?

–Samuel Mitchell, cofundador de este bufete hace veinticuatro años. Soy presidente y socio administrador.

–Socio administrador. Eso significa que cobra el dinero, pero no participa en los casos, ¿no?

–Señor, no voy a hablar con usted de mi trabajo en esta firma.

–Así que probablemente no sabía lo que tramaban Manley y su socio Michaelson. ¿No sabía nada de la mujer?

–¿«La mujer»? ¿Qué mujer? ¿De qué está hablando?

–Sonja Soquin. Laurie Lee Wells. La Viuda Negra, como quiera llamarla. La mujer que usaban para arreglar las cosas cuando no había una forma legal de conseguirlo.

–No sé de qué está hablando y quiero que se marche. Ahora. La policía va a subir en cualquier momento.

–Lo sé. Y eso no le conviene, Samuel. Va a desenredarlo todo. ¿Dónde está? ¿Dónde está Sonja Soquin?

–No sé de quién ni de qué está hablando.

–Estoy hablando de la mujer que usaron para matar al juez Montgomery por lo que le hizo a Manley en la sala. La mujer que usaron para matar a Edison Banks Jr. para que no fuera una amenaza para la empresa naviera de uno de sus mayores clientes. La mujer que han usado quién sabe cuántas veces antes.

Mitchell reaccionó como si le hubieran echado un cubo de agua fría. Se le tensó la cara. Los ojos se le abrieron como platos y mostraron signos de una comprensión que Bosch juzgó sincera. Sorpresa auténtica seguida por la comprensión de algo terrible.

Mitchell negó con la cabeza y se recuperó.

—Señor —dijo—, voy a pedirle que salga de esta oficina ya...

Hubo un chasquido metálico y un ruido sordo. Se solaparon igual que cuando golpeas la caja y pisas el pedal del bombo de una batería en el mismo momento. A Mitchell se le levantó la parte superior del cabello cuidadosamente peinado y Bosch oyó que la bala impactaba en el techo encofrado. Mitchell cayó de rodillas, con los ojos en blanco. Estaba muerto antes de inclinarse hacia delante y derrumbarse de bruces contra el suelo sin siquiera estirar una mano para frenar la caída.

Bosch miró la puerta abierta detrás del cadáver. Se esperaba a Michaelson, pero era la Viuda Negra. Al costado llevaba una pistola de acero negro semiautomática con silenciador incorporado. Llevaba peluca negra y ropa oscura.

Bosch dobló los codos y levantó las manos para mostrar que no constituía una amenaza. Tenía la esperanza de que el sonido metálico del disparo y el ruido de la caída de Mitchell atrajeran al agente de la zona de espera. O tal vez Gustafson y Reyes llegaran por fin y le salvaran el día.

Bosch señaló el cadáver con la cabeza.

—Supongo que el suicidio de Manley no va a colar ahora.

Al principio, la mujer no mordió el anzuelo. Solo lo miró con lo que era o bien una mueca, o bien una sonrisa torcida. Como una actriz que a Bosch siempre le había gustado. Extrañamente, empezó a pensar en películas en las que había visto a la actriz: *Diner, Melodía de seducción,* otra en la que era una detective que investigaba a un asesino en serie y...

—¿Por qué has hecho esto? —dijo la mujer—. Ni siquiera eres poli.

—No lo sé —contestó Bosch—. El que es poli lo es toda la vida, supongo.

—No deberías haberte metido.

Detectó un acento leve, pero no logró situarlo. De Europa del Este, supuso. Sabía que iba a dispararle en ese momento y no tenía ninguna opción de llegar a su arma a tiempo.

—¿Por qué no te largaste después de acabar con Manley? —preguntó—. Ya deberías estar lejos.

—Me largué —dijo—. Estaba a salvo. Pero entonces te he visto. He vuelto a por ti. El trabajo era Manley y tú. Me acabas de ahorrar mucho tiempo.

Bosch lo entendió: Michaelson estaba haciendo limpieza. No importaba el poder que Manley hubiera tenido sobre él y el bufete, finalmente se había pasado de la raya al dejar entrar al lobo en el gallinero. Tenía que morir..., y el lobo también.

—¿Qué pasa con Mitchell? —preguntó él—. ¿Iba por libre?

—No, pero estaba en medio —dijo la mujer—. Aunque puedo hacer que funcione. Te llevarás el mérito por él también.

Bosch asintió.

—Ya entiendo —dijo—. Expoli cabreado delira. Lanza a su abogado desde la azotea y mata al socio fundador. No va a funcionar. Estaba con un poli cuando has lanzado a Manley desde la azotea.

La mujer hizo un gesto con el arma.

–Es lo mejor que puedo hacer, dadas las circunstancias –repuso–. Ya me habré largado cuando lo averigüen.

Ajustó su puntería y Bosch supo que era el final. De repente, pensó en Tyrone Power muriendo mientras representaba un duelo falso, haciendo lo que amaba. Y en John Jack Thompson yéndose a la tumba con un secreto terrible. No estaba preparado para morir de ninguna de las dos formas.

–Deja que te haga una pregunta –dijo.

–Date prisa –lo apremió la mujer.

–¿Cómo hiciste subir a Manley? ¿Cómo conseguiste que subiera a la azotea?

La mujer esbozó otra vez esa sonrisa torcida antes de responder y Bosch vio que bajaba ligeramente el arma de nuevo.

–Fue fácil. Le conté que habías venido a por él y que teníamos un helicóptero esperándolo en la azotea. Le dije que íbamos a Las Vegas, donde le daríamos una vida y un nombre nuevos. Que el señor Michaelson lo había preparado todo.

–Y te creyó –dijo Bosch.

–Ese fue su error –contestó ella–. Limpiamos su ordenador y envió un mensaje de despedida al bufete. Una vez arriba, el resto fue fácil. Como esto.

Ballard

51

Ballard salió del ascensor y de inmediato vio a un agente de policía de uniforme en una zona de espera a la izquierda. Caminó directamente hacia él, echándose la chaqueta hacia atrás para mostrar su placa. Vio que el nombre era FRENCH.

–Estoy buscando a un hombre: sesenta y tantos, bigote, pinta de policía –dijo.

–He visto a un hombre así, con una identificación de policía legítima –contestó French.

–¿Dónde está?

French señaló y dijo:

–Pasó por detrás de la escalera.

–Gracias –dijo Ballard.

Caminó hasta el escritorio de recepción, donde un hombre joven estaba jugando al solitario en el teléfono.

–¿Dónde está la oficina de Clayton Manley?

–Rodee la escalera y es la última oficina al final del pasillo, después de las oficinas del señor Michaelson y el señor Mitchell. Puedo acompañarla.

–No, quédese aquí. Lo encontraré.

Ballard se movió con rapidez hacia la escalera en espiral y el pasillo. Al entrar en el corredor vio las dos primeras puertas a la izquierda cerradas, pero la última estaba abierta y escuchó voces. Una pertenecía a una mujer y la otra, sin lugar a dudas, a Harry Bosch.

Sacó el arma en silencio y la sostuvo con las dos manos por delante de ella mientras recorría el pasillo y se acercaba a la puerta abierta. Se tensó para escuchar.

—Ese fue su error —dijo la mujer—. Limpiamos su ordenador y envió un mensaje de despedida al bufete. Una vez arriba, el resto fue fácil. Como esto.

Ballard llegó a la puerta y vio a una mujer de pie, de espaldas a ella. Ropa y pelo oscuros. La Viuda Negra, pensó. Detrás de ella había un hombre con el cabello gris caído de bruces en el suelo, pero no era Bosch.

La mujer tenía levantada un arma con un silenciador acoplado.

—Si te mueves, mueres —dijo Ballard.

La mujer se quedó paralizada con el brazo recto, pero el arma solo estaba a medio camino de la posición de disparo.

—Tira el arma y enséñame las manos —le ordenó—. ¡Ya!

La mujer permaneció paralizada y ella supo que iba a tener que disparar.

—Última oportunidad. Tira… el… arma.

Levantó las manos ligeramente para modificar el ángulo de disparo. Le iba a seccionar la médula con un tiro en la nuca.

La mujer abrió ligeramente la mano que sostenía la pistola y el peso del silenciador hizo que bajara el cañón y subiera la culata.

—El gatillo es muy sensible —dijo—. Si la suelto, puede dispararse. Voy a ponerla en el suelo.

—Despacio —contestó Ballard—. ¿Harry?

—Estoy aquí —dijo Bosch desde la derecha.

—¿Vas armado?

—Le estoy apuntando ahora mismo.

—Bien.

La mujer empezó a doblar las rodillas y a agacharse. Ballard la siguió con el cañón de la pistola, conteniendo todo el tiempo la respiración, hasta que el arma tocó el suelo.

—Muy bien, de pie —le ordenó—. Acércate a la ventana y apoya las manos en el cristal.

Ella hizo lo que le ordenaron y se acercó a la cristalera de suelo a techo y luego levantó y colocó las manos contra el cristal.

—¿La tienes? —le preguntó Ballard a Bosch.

—La tengo —dijo él, que levantó ligeramente el cañón para asegurarle a Ballard que la tenía firmemente en el punto de mira; esta se enfundó el arma y se acercó para cachear a la mujer.

—¿Llevas más? —le preguntó.

—Solo la del suelo.

—Ahora te voy a registrar. Si te encuentro otra arma, va a ser un problema.

—No vas a encontrar nada.

Ballard se adelantó y usó el pie para separarle las piernas. Entonces empezó a cachearla hacia arriba.

—¿Es esto necesario? —preguntó la mujer.

—Contigo, sí —contestó Ballard.

—Y apuesto a que te gusta.

—Es parte del trabajo.

Terminada la operación, le puso una mano a la espalda para impedir que se moviera y se sacó las esposas del cinturón.

—Está bien, de una en una —dijo—. Quiero que bajes una mano del cristal y la pongas detrás de la espalda. La derecha primero.

Ballard le cogió la muñeca derecha a la Viuda Negra mientras esta la estaba bajando y empezó a colocársela detrás de la espalda. Pero la mujer se volvió, como si Ballard la hubiera hecho pivotar. Renée trató de impedirlo.

—No...

La vio antes de sentirla. La mujer tenía una navaja con una hoja curvada como un cuerno, toda mate salvo por el filo, que brillaba de tan afilada. Se la clavó en la axila izquierda y en un mismo movimiento fluido le sujetó el cuello con una llave en V. Ya estaba detrás de Ballard, usándola como escudo. Esta vio a Bosch con el arma buscando un disparo limpio, pero no lo había.

—Le he cortado una arteria de debajo del brazo —dijo la mujer—. Tiene tres minutos antes de desangrarse. Deja el arma en el suelo, yo me voy y ella vive.

—Dispara, Harry —dijo Ballard.

La mujer se reacomodó detrás de ella para mejorar su protección. Ballard notaba su respiración en la nuca y sentía que la sangre le resbalaba por las costillas y el costado.

—Dos minutos y medio —dijo la mujer.

—Hay un policía delante —repuso Bosch.

—Y hay una salida a la escalera en la sala de la fotocopiadora. Estamos casi en dos minutos.

Bosch recordó haber visto la puerta de emergencias. La señaló con la pistola.

—Vete —dijo él.

—La pistola —repuso la mujer.

Bosch la dejó en la mesa.

—Harry, no —logró decir Ballard en un suspiro; luego sintió que la arrastraban hacia la puerta de la oficina.

—Retrocede hasta la biblioteca —ordenó la mujer; Bosch levantó las manos y retrocedió mientras ella seguía arrastrando a Ballard hacia la puerta—. Ahora vas a tener que elegir: salvarla a ella o venir a por mí.

Ballard sintió que la mujer la soltaba; cayó contra el marco de la puerta y luego se deslizó hasta quedarse sentada.

Bosch rodeó rápidamente la mesa para acercarse a ella. Enseguida metió la mano en el interior de la chaqueta de Ballard y sacó la radio del cinturón. Sabía cómo usarla.

–¡Agente caída! Necesito ayuda médica inmediata en la decimosexta planta del California Plaza West. Oficina de Clayton Manley. Repito, agente caída. Agente apuñalada, pérdida de sangre, necesita ayuda inmediata.

Dejó la radio en el suelo y le abrió la chaqueta a Ballard para echar un vistazo a la herida de cuchillo.

–Harry, estoy bien, ve tras ella.

–Voy a ponerte sobre el costado derecho para que la herida quede en alto. Te vas a poner bien. Voy a comprimir la herida.

–No, corre.

Bosch no le hizo caso. Al ponerla con suavidad en el suelo de costado, oyó pisadas en el pasillo. El agente French apareció en el umbral.

–French –gritó Bosch–, consigue la ambulancia. Hay un equipo en la plaza. Que suban ya. Luego pon un aviso. Mujer, treinta y tantos, blanca, cabello negro, ropa negra, armada y peligrosa. Se ha ido por la escalera de incendios. Está tratando de salir del edificio.

French no se movió. Parecía paralizado por lo que estaba viendo.

–¡Corre! –gritó Bosch.

Entonces desapareció. Ballard miró desde el suelo a Bosch. Sentía que se le estaba acabando el tiempo. Por alguna razón, sonrió. Apenas lo oía hablarle.

–Aguanta, Renée. Voy a usar tu brazo para comprimir la herida. Te va a doler.

Sosteniéndola por el codo, le levantó el brazo para poder colocarle el bíceps sobre la herida. A Ballard no le dolió en absoluto y eso la hizo sonreír.

–Harry...

–No hables. No malgastes energía. Resiste, Renée. Aguanta.

Ballard y Bosch

52

Ballard parecía no poder moverse en la cama sin que eso le provocara un dolor desgarrador que le recorría como un relámpago el costado izquierdo. La estaban tratando en el White Memorial de Boyle Heights. Era la segunda mañana después de los hechos en California Plaza y ya había salido de la unidad de cuidados intensivos. La Viuda Negra le había cortado la arteria axilar con su hoja curva y Ballard había perdido muchísima sangre. El sanitario le contuvo la hemorragia y luego un médico de urgencias le suturó los vasos sanguíneos dañados en una operación de cuatro horas. Ahora se sentía como si le hubieran atado el brazo izquierdo al cuerpo con cuerdas elásticas y cualquier pequeño movimiento le provocaba un dolor que nunca había sentido en la vida.

–No te muevas.

Giró la cabeza y vio a Bosch entrar en la habitación.

–Más fácil es decirlo que hacerlo –dijo–. ¿Has tenido problemas para entrar esta vez?

–No –contestó Bosch–. Por fin estoy en la lista de aprobados.

–Les dije que eras mi tío.

–Mejor eso que abuelo.

–No se me ocurrió. Bueno, ¿qué noticias traes? ¿Sigue desaparecida?

Bosch se sentó en una silla, al lado de la cama. Había una mesa a su izquierda llena de jarrones de flores, animales de peluche y tarjetas.

–La Viuda Negra está en paradero desconocido –dijo–. Pero al menos saben a quién están buscando. Encontraron una huella en uno de los cartuchos de la pistola que se dejó y creen que la han identificado. Resulta que el FBI llevaba tiempo buscándola por un trabajo que hizo en Miami.

–¿Tienen su nombre?

–Catarina Cava.

–¿Es italiana?

–No, cubana.

–¿Cómo la conectaron con Batman?

–Te olvidas de que ya no formo parte del club. La gente del Departamento no me dice nada. Lo que sé es de un federal que me interrogó y forma parte del operativo conjunto que han montado para esto. El FBI, la Metropolitana de Las Vegas y el Departamento de Policía de Los Ángeles. Me contó que Butino y su gente la eligieron para hacer un trabajo mutuamente beneficioso. Entonces se convirtió en su persona de referencia. Lo que a su vez llevó a que Michaelson & Mitchell contactara con ella.

–¿Tienen a Michaelson?

–Sí, lo pillaron en el aeropuerto de Van Nuys. Estaba a punto de tomar un avión privado a Gran Caimán. Ahora está tratando de salvarse, colgándoselo todo a Manley. Por supuesto, él está muerto y purgaron su ordenador antes de que cayera desde la azotea. Pero les dije lo que Cava me contó: que Michaelson le pidió que nos liquidara a Manley y a mí.

–Bueno, espero que lo encierren cien años.

–Es un tira y afloja. Al final se dará cuenta de que tiene que revelarlo todo si quiere alguna oportunidad.

–¿Tu fuente del FBI tiene alguna idea de cómo Manley tenía pillado a Michaelson? ¿Por qué no se deshicieron de él antes?

–Solo suponen que sabía demasiado. Creen que van a encontrar otros casos en los que Michaelson usó a Cava. El juez Montgomery no fue su primera acción. De hecho, eso podría haber sido una operación no autorizada... Manley utilizó a la sicaria de la casa sin la aprobación de Michaelson. Pero ¿qué iba a hacer él? ¿Despedirlo? Sabía demasiado. Probablemente iba a esperar a que condenaran a Herstadt y que el caso se apagara un poco antes de ir a por Manley.

–Pero llegaste tú y lo aceleraste todo.

–Algo así.

Bosch, sin prestar atención, cogió un perro de peluche que le habían enviado a Ballard con una tarjeta deseándole una pronta recuperación.

–Es de mi amiga Selma Robinson –explicó ella–. La ayudante del fiscal en el caso Hilton.

–Qué bonito –dijo Bosch.

Volvió a dejar el perro. Ballard miró la mesa repleta. Parecía extraño recibir ramos y tarjetas que le deseaban una pronta recuperación después de ser acuchillada por una asesina: no había tarjetas de Hallmark específicas para eso. Sin embargo, la mesa y todas las otras superficies horizontales de la habitación parecían estar cubiertas de flores, tarjetas, animales de peluche u otras cosas de personas que le deseaban una pronta recuperación, la mayoría de ellas compañeros de la Policía. Era una contradicción extraña recibir tanta atención y tantos buenos deseos de un departamento que ella pensaba que le había dado la espalda hacía mucho. El doctor le contó que más de treinta policías aparecieron la noche de su operación para donarle sangre. Le dio una lista de nombres. Muchos eran de la sesión nocturna, pero a la mayoría no los conocía de nada. Cuando leyó los nombres, una lágrima le resbaló por la mejilla.

Bosch pareció comprender las corrientes que le recorrían el pensamiento. Le dio un momento antes de responder.

—¿Así que se ha pasado Olivas?

—Sí —dijo Ballard—. Esta mañana. Probablemente pensaba que tenía que hacerlo.

—Ha tenido una buena semana.

—Ni que lo digas. Primero se lleva el mérito por el caso Hilton y ahora todo esto. Montgomery, Banks y Manley, tres casos resueltos. Pleno.

—Un promedio alucinante. Y todo por ti.

—Y por ti.

—A lo mejor te saca de la sesión nocturna.

—No, no quiero. Nunca trabajaré para Olivas. Eso no cambia. Y si no voy a Robos y Homicidios, ¿adónde voy a ir? Además, en esta ciudad las cosas pasan después de medianoche. Me gusta la noche. En cuanto me dejen, volveré. —Bosch sonrió y asintió. Ya se había imaginado que esa sería su respuesta—. ¿Y qué pasa contigo? —preguntó Ballard—. ¿Qué vas a hacer ahora?

—Hoy es mi día de visitas —dijo Bosch—. Ahora iré a ver a Margaret Thompson.

Ballard asintió.

—¿Vas a hablarle de John Hilton? —preguntó.

—No lo sé —dijo Bosch—. No estoy seguro de que necesite saber todo eso.

—A lo mejor ya lo sabe.

—A lo mejor. Pero lo dudo. No creo que me hubiera llamado si lo hubiera sabido. No creo que me hubiera hecho eso, ¿sabes? Incitarme a descubrir eso de él.

Bosch se quedó en silencio y Ballard esperó un momento antes de hablar:

—Lo siento. Sé que era importante para ti. Y que eso saliera a la luz...

–Sí, bueno… –dijo Bosch–. Es difícil encontrar héroes auténticos. –Se quedaron otro momento en silencio y él quiso cambiar de tema–. La última vez que fui a su casa…, ya sabes, para buscar en su oficina antes de que supiéramos por qué se llevó el expediente…, bueno, encontré una caja en su armario en la que guardaba casos viejos. No expedientes completos, pero sí copias de algunas cronologías, informes y resúmenes de casos antiguos.

–¿Investigados por él? –preguntó Ballard.

–Sí, de sus propios casos. Y había uno… Era un resumen de sesenta días de un caso que yo había trabajado con él. Una chica pasó con su bici por debajo de la autovía de Hollywood… y desapareció. Al cabo de unos días la encontraron muerta. Asesinada. Y nunca lo resolvimos.

–¿Cómo se llamaba?

–Sarah Freelander.

–¿Cuándo fue el asesinato?

–En mil novecientos ochenta y dos.

–Vaya. Ya ha llovido desde entonces. ¿Y nunca se resolvió?

Bosch negó con la cabeza.

–Voy a pedirle esa caja a Margaret –afirmó.

Ballard se dio cuenta de que Bosch llevaba mucho tiempo echándole el ojo al caso. Entonces pareció volver al presente y se le iluminó la cara y le sonrió.

–Bueno –dijo–, creo que te voy a dejar descansar. ¿Alguna idea de cuándo podrás salir?

–Ahora les preocupa una infección –contestó ella–. Por lo demás, está todo bien. Así que creo que me tendrán un día más en observación y dejarán que me vaya. Dos días máximo.

–Entonces volveré mañana. ¿Necesitas alguna cosa?

–No. A menos que quieras llevar a mi perra a pasear. –Bosch se detuvo–. Ya me lo imaginaba –dijo sonriendo.

–No soy bueno con los animales –respondió Bosch–. Es decir, ¿quieres…?

–No te preocupes. Selma ha estado cuidándola y sacándola.

–Mejor. Perfecto.

Bosch se levantó, le apretó la mano derecha a Ballard y luego se dirigió a la puerta.

–Sarah Freelander –dijo ella; Bosch se detuvo y se volvió–. Si trabajas ese caso, cuenta conmigo.

Bosch asintió.

–Sí –dijo–. Trato hecho.

Empezó a salir de la habitación, pero Ballard lo detuvo otra vez.

–De hecho, Harry, necesito otra cosa de ti.

Bosch volvió a la cama y dijo:

–Qué.

–¿Puedes hacer una foto de todas las flores y los peluches? Quiero poder recordar todo esto.

–Claro. –Bosch sacó su teléfono y dio un paso a un lado para poder encajar todos los buenos deseos en el encuadre–. ¿Quieres salir tú? –le preguntó.

–Dios, no –dijo Ballard.

Sacó tres fotos desde ángulos ligeramente distintos, abrió la aplicación de la cámara en el teléfono para seleccionar la mejor y se la envió. Al pulsar «Todas las fotos» vio la que había tomado mientras registraba la oficina de Clayton Manley. Se había olvidado de ella con toda la actividad posterior. Era una foto de un documento del ordenador de Manley antes de que lo purgaran.

Se llamaba TRANSFERENCIA y contenía únicamente un número de trece dígitos seguido por las letras G. C.

Bosch se dio cuenta de que G. C. podría significar Gran Caimán.

—Harry, ¿algo va mal? –preguntó Ballard.

—Ah, no –respondió él–. Todo lo contrario.

Epílogo

Ella siempre se sentaba de cara a la puerta. Siempre venía en cuanto abrían a las once para poder tomarse su café con leche y su tostada cubana antes de que él llegara. Esta vez no era distinta. Era temprano, antes de la hora de comer en El Tinajón. De lo contrario, no habría podido pedir la tostada cubana. No estaba en el menú, había que encargarla.

En su visión periférica vio a una mujer que salía de la cocina y pensó que era Marta con su tostada. Pero no. Se sentó frente a ella y le resultó familiar.

–Batman no va a venir –le dijo.

Cava la reconoció entonces.

–Sobreviviste –afirmó.

Ballard asintió.

–Me ha delatado, ¿no? –dijo Cava.

–No –contestó Ballard–. Batman no ha hablado. Ha sido Michaelson.

–Michaelson…

Parecía genuinamente sorprendida.

–Gran Caimán fue el nexo –dijo Ballard–. Se dirigía allí cuando lo pillaron. Entonces encontramos tu cuenta en el paraíso fiscal, gracias a Harry Bosch. Eso condujo a los federales a buscar la suya en el mismo banco. Una vez que consiguieron su dinero, la partida había terminado. Delató a todo el mundo para que le quedara lo suficiente para cuidar de su familia.

–La familia es lo primero –dijo Cava.

—Y nos contó cómo encontrarte.

—Los únicos errores que he cometido en la vida vienen de fiarme de los hombres.

—Saben cómo decepcionar. Algunos.

Cava asintió. Ballard le miró las manos y le dijo:

—No las muevas. Estás detenida.

Esas palabras eran la clave. Acto seguido varios miembros del operativo especial –FBI, Metropolitana de Las Vegas y Departamento de Policía de Los Ángeles– entraron desde el pasillo trasero y a través de la cocina y la puerta principal, con las armas preparadas: no iban a correr riesgos con la Viuda Negra.

Ballard se levantó y retrocedió desde la mesa. Los hombres fueron a por Cava, la tomaron por los brazos, la sujetaron con fuerza y la cachearon. Encontraron el cuchillo curvo en una funda para el antebrazo hecha a mano que Ballard había pasado por alto cuatro semanas antes. También encontraron una pistola en el bolso que Cava había dejado en el suelo.

Mientras la estaban esposando, se quedó mirando a Ballard a los ojos. Sonrió ligeramente mientras la alejaban de la mesa hacia la puerta de la calle. Había una furgoneta esperando para transportarla a la oficina de campo del FBI en Las Vegas. Arrancó en cuanto cerraron la puerta lateral.

—Hora de irse, Renée.

Era Kenworth, de la Metropolitana de Las Vegas. Se puso detrás de ella y le quitó la grabadora del cinturón mientras se soltaba el minúsculo micrófono del lado interior de la blusa.

—En realidad no ha reconocido nada –dijo.

—Ha mostrado conocimiento de la conspiración y los crímenes –respondió Kenworth–. Eso es lo que dirá el fiscal. Y yo digo que buen trabajo.

–Tengo que hacer una llamada.

Ballard sacó su teléfono y marcó uno de los nombres de su lista de favoritos mientras caminaba hacia la parte de atrás para contar con más intimidad.

–Harry, la tenemos.

–¿Complicaciones?

–Ninguna. Hasta tenía el cuchillo. En una cinta elástica en el antebrazo. Se me pasó ese día.

–A todo el mundo se le habría pasado.

–Puede ser.

–Entonces, ¿ha hablado contigo? ¿Ha dicho algo?

–Ha dicho que nunca puedes fiarte de los hombres.

–Sabio consejo, supongo. ¿Cómo te sientes?

–Me siento bien. Pero casi me ha sonreído cuando se la estaban llevando. Como si estuviera diciendo que no ha terminado.

–¿Qué otra cosa iba a hacer? A mí también me sonrió.

–Fue extraño.

–Las Vegas es extraño. ¿Cuándo vuelves?

–Iré a la oficina de campo del FBI para ver qué necesitan de mí. Luego volveré en cuanto termine.

–Bien. Avísame.

–¿Estás trabajando en Freelander?

–Sí, y he encontrado al tipo. Al que ella le dijo que no. Sigue vivo.

–No hagas nada hasta que vuelva.

–Recibido.

Agradecimientos

El autor recibió la ayuda de muchas personas para escribir este libro. Entre ellas, Rick Jackson, Mitzi Roberts, Tim Marcia y David Lambkin, por parte de la policía, y Daniel Daly y Roger Mills, en cuanto a los aspectos jurídicos.

En relación con la investigación y la edición, quiero darles las gracias a Asya Muchnick, Linda Connelly, Jane Davis, Heather Rizzo, Terrill Lee Lankford, Dennis Wojciechowski, John Houghton, Henrik Bastin, Pamela Marshall y Allan Fallow.

Muchas gracias a todos.

Nota del autor: Los pasos que las fuerzas del orden tienen que dar para conseguir una escucha aprobada por un tribunal son muchos; se han abreviado con propósitos dramáticos en esta novela.